suhrkamp taschenbuch 2272

Gebürtig, der erste Roman von Robert Schindel, überraschte Publikum und Kritik durch ein kunstvoll breites episches Personengeflecht voll stiller Dramatik und bezwingender Dialogdramaturgie, dem Melancholie, sarkastischer Schmäh und Gedankenschärfe einen unverkennbaren Sprachstil verlieh.

Dem 1944 geborenen und in Wien lebenden Robert Schindel ist ein unvergleichlicher Roman seiner Generation, der jüdischen und der nichtjüdischen, gelungen. Er erzählt aus der Gegenwart heraus über jene Befangenheit und Verstrickungen aus Scham und Lüge, die sich als ›gläserne Wand‹ immer wieder aufs neue zwischen die unsere Jahrhundertkatastrophe überlebenden Juden und die nachgeborenen deutsch-österreichischen Nichtjuden schiebt.

Im Mittelpunkt stehen das ungleiche Zwillingsbruderpaar Danny und Alexander, die Freundin Christiane, die Soziologin Mascha und der Wiener Romanautor Emmanuel Katz, sie treiben das Romangeschehen zwischen Wien und Venedig, Hamburg und München, Frankfurt am Main und New York weiter und sind alle gemeinsame Opfer einer niemals vergehenden Vergangenheit. *Gebürtig* ist aber auch ein Liebesroman: Getragen von der Hoffnung, daß Liebe und Verstehen zwischen den Gebürtigkeiten einmal möglich werden.

Robert Schindel
Gebürtig

Roman

Suhrkamp

Umschlagfoto:
»Klein-Konrad« (John Petschinger)
in dem Spielfilm *Gebürtig*
von Lukas Stepanik und Robert Schindel
Foto: © Cult Film, Wien 2002

Für Rachel Salamander und
Georg Stefan Troller und
Ruth Beckermann

10. Auflage 2014

Erste Auflage 1994
suhrkamp taschenbuch 2273
© Suhrkamp Verlag Frankfurt am Main 1992
© für die Fotos im Innenteil des Buches:
Cult Film, Wien 2002
Suhrkamp Taschenbuch Verlag
Druck: Druckhaus Nomos, Sinzheim
Printed in Germany
Umschlag: Göllner, Michels, Zegarzewski
ISBN 978-3-518-38773-3

Die ganze Welt ist ein Fußboden.
Johann Nestroy

Prolog
Doppellamm

Man kommt nicht heraus aus dem Kopf
Man kommt nicht hinein in den Traum
Das Herz, es geht spazieren
Man kommt nicht heraus aus dem Herz.

Jakob Haringer

I.

Die Kinder des Doppeladlers waren in ihrer Mehrheit
Schafe, die ihr Leben damit verbrachten, sich in Scheiße
und Blut zu wälzen, so daß ihre letztendliche Schlach-
tung keinen sättigte, außer Gott. Deren Kinder sind wir,
sagte der Lektor Demant zu seinem Herzen, derweil er
Ende April gegen elf abends zu seinem Beisel trottete.
Diese Lämmer sind gelegentlich mittelwild, und den
meisten sind längst zwei Köpfe aus der Wolle gewachsen. Der eine blökt, der andere mampft das Blöken. An
einem Hals hängt eine kröpfige Glocke, am anderen ein
schlipsähnlicher Klöppel.

Demant machte einen langen Schritt, um nicht in ein
verlorenes Frauenlachen zu steigen, dessen erbrochener
Rest auf dem Trottoir lag, und dachte auf das hinauf an
Christiane, seine Freundin im Februar, Juli und November der letzten beiden Jahre.

Christiane saß im Lokal und überlegte, wie sie die
momentanen Phantasien ihrer Freundin mitteilen
könnte, ohne diese dabei vom Gesprächsteppich zu
saugen. Schließlich hob sie ein Lachen aus dem

Bauch, welches sperrig im Lokal hing und langsam auf die Herumsitzenden tropfte. Niemand konnte diese Phantasien schildern, draußen hatte es aufgeklärt, vorne bei der Theke standen die arbeitslose Soziologin Mascha Singer aus Ottakring und der Designer Erich Stiglitz aus Mauthausen. Ein schneeverwehter Hamburger mit Ketchup gehörte ebenso zu den momentanen Phantasien der Christiane wie Geräusche von Schulterbissen im Gesternland, das ist vielleicht in Lilienfeld an der Traisen. Christiane Kalteisen hat letzten Winter begonnen, als Psychotherapeutin zu arbeiten. Nun saß sie neben der Freundin, aber sie suchte unter ihren eigenen Gesichtern jetzt eines aus, mit dem sie den daherkommenden Demant empfangen konnte.

Sonst befand sich außer mir noch ein halbes Hundert Leute im Lokal, so daß bis auf Danny Demant alles eingerichtet war. Doch solange er nicht daherkommt, laufen die Stories hinter meinem Rücken ab. Ich bin übrigens einigermaßen im Lokal verteilt, denn ich schreibe auf, was mir entgegenfällt, damit die diversen Wortlosigkeiten eine Spur bekommen. Ich bin Sascha Graffito.

Demant betrat sein Lokal. Christiane hob den Kopf, modellierte mit den Mundwinkeln das vorbereitete Spottdrosselgesicht, so daß Demant die Rede zu seinem Herzen abschloß, indem er ihm sagte:

Diese Lämmer, du weißt, die Enkel des Doppeladlers, sind in gewissen Schichten sehr innerliche Menschentiere, waidwund in ihren Körpersprachen, positiv geladene Stiefpole in den Pupillen, aber durchherrscht von einer feierlichen Sinnlichkeit. Wenn sie ihre Köpfe heben und in den herrgottsfreien Himmel blicken, dann kommt von dort ihre Angst vor Bombe und Regengift und bringt sie zum Glockenläuten, Parolen singen, derweil aus ihren Gedärmen Lebenslust und Liebeslist die Wolle feucht machen. In Herz und Lunge sitzen Glaube und Aberglaube, welche sich im Hirn als IDENTITÄT und ICHSEIN ausdrucken. Falls die Lämmer sich dann benennen, führt ein jedes vor seinem Eigennamen ein HÖRT HÖRT oder ein WEDER VERWANDT NOCH VERSCHWÄGERT als Titel.

Da schau ich ja, begrüßte er spöttisch Christiane, und da er seine Schwermut grade noch hinter seinen Zähnen stoppen konnte, küßte er sie elegant und leichtlippig, aber doch nicht flüchtig zwischen ihre unruhigen Mundwinkel, zog sich den Pullover über den Kopf und setzte sich.

> Das doppelköpfige Unschuldslamm
> Weidet ab die innerlichen Schollen
> Herausmodelliert aus dem Zeitenschlamm
> Muß jeder Kopf sich im anderen wollen.

2.

Was soll der fünfunddreißigjährige Stiglitz, blond und aus Oberösterreich mit der jüdisch-wienerischen Singer aus Ottakring reden, frag ich mich, und sicher fragt sich das Stiglitz auch. Dabei kennen die beiden einander. Sie haben gemeinsame Freunde, Danny Demant und mich zum Beispiel, sie sehen sich bei Festen jetzt wie früher bei Demos und immer in den Beiseln. Sie wissen solala voneinander. Stiglitz steht hier, weil daheim niemand ist, und er schaut den Frauen in die Augen und trinkt

Wein. Mascha wartet auf Freunde und Bekannte und läßt sich anschauen. Mit den Augenwinkeln hat sie Demant bemerkt, wird noch einige Floskeln mit Erich wechseln und dann zu Dannys Tisch gehen. Erich nickt zu Demant hin, wird aber stehenbleiben, denn bei Danny wird geredet, geredet, da geht man mit Sicherheit allein heim.

Weil Mascha von den Floskeln zu den Pausen zwischen den Floskeln übergeht, bemerkt Erich, daß sie alsdann weggehen will. Ihm steigt die Magensäure hoch, er schaut in die Augen der Schwarzen und sagt:

Mauthausen ist eine schöne Gegend.

Mascha nickt und hört auf mit dem Nicken. Jetzt muß mir die Luft wegbleiben, denkt sie sich, denn bei solchen Bemerkungen ist sie immer schon starr geworden. Sie hat nie erfahren können, ob sie so was aufregt, denn sie hat sich ganz einfach aufgeregt.

Hörst du, sagt sie, das ist eine geschmacklose Bemerkung. Aber geh, sagt er, ich bin dort aufgewachsen. Ich weiß es. Die Gegend dort ist sehr schön. Als Kind hab ich dauernd im Konzentrationslager gespielt. Ein Superspielplatz. Glaubst, daß ich mir als Zehnjähriger was dabei gedacht habe? Erst mit Zwanzig hab ich erfahren, daß mein Onkel als Häftling dort war.

Gut, regt sich Mascha auf, gut. Kinder sind Kinder. Doch jetzt bist du dreimal so alt. Wie kannst du bloß so blauäugig unbefangen daherreden?

Wegen Rassenschande übrigens, redet Erich weiter. Na, weil ich unbefangen bin. Stiglitz stellt das Glas hinter sich. Jetzt sieht er, daß von Weggehen keine Rede mehr ist. Gebannt steht die hochnäsige Soziologin auf seinem Kinderspielplatz. Der Fleischhauer, der der SS das Fleisch geliefert hat, ist zwar jetzt in Pension, aber dem

Stiglitz sehr vertraut. Mit dem Sohn des Murners ist er aufgewachsen, und der Murner war SS im Lager. Na und? Mascha funkelt ihn an:

Du glaubst, du kannst nichts dafür.

Was soll denn ich dafür können?

Weil du so unbefangen darüber sprichst. Du redest so blauäugig daher.

Während der kleine Erich auf der Todesstiege von Mauthausen herumhüpft, vergeht die Zeit so, als würde Mascha noch einmal vom Steinbruch geworfen werden. In der kalten Riesenstadt Wien will sie ihm noch den dreckigen Himmel verdunkeln. Er sieht genau, wie sie ihn durch ihre Empörung verspottet; unbefangen zieht sie einen toten Verwandten nach dem andern aus ihrem Schoß, ohne auch nur ein Wort zu sagen, so daß dem kleinen Erich die Glaskugeln aus der Hand fallen, aber statt die Stufen des Steinbruchs runterzuspringen, lustig, verschwinden sie in den aufgerissenen Mäulern jener zerschmetterten Kadaver.

Mascha sieht nichts dergleichen. Schon wieder ist sie zugleich außer sich und zugleich tief in sich gesunken, als ob ihre Sandkiste mit Asche gefüllt sei. Bevor sie die Hände zur Abwehr erheben kann, springt der kleine Erich dem großen mit Karacho in den Bauch, und Stiglitz zieht seine Lippen zu einem Strich:

Arschloch, sagt er, verschwind! Ich red nie mehr ein Wort mit dir! Du willst mich als Faschisten hinstellen? Schleich dich!

Da steht das Lamm mit zwei Köpfen
Will erbleichen, zugleich erröten
Um sich dabei nicht zu erschöpfen
Sind beide Köpfe vonnöten

3.

Während ich mein Viertel leere, sehe ich Mascha mit herabgezogenen Schultern zum Tisch Demant und Kalteisen laufen. In ihren Rücken starrt Erich Stiglitz, bevor er seine Augen zu Boden senkt, hinter sich greift, das leere Glas betrachtet, sich von der Wand löst und ums Eck zur Toilette hingeht.

Mascha sitzt nun neben Danny und berichtet ihm: dabei schaut er sie nicht an, sondern ist für sie bloß Ohr. Christiane Kalteisen redet und lacht in ihre Freundin hinein; diese ist im sorglosen Widerspiel auf fröhliche Weise eingesponnen, so daß dieser Tisch für mich in seine zwei Hälften auseinanderbricht, als baue sich zwischen den jeweils Zweien die gläserne Wand auf, stumm, unsichtbar, hermetisch. Stiglitz kommt zurück und nimmt seinen Platz wiederum ein, bestellt sich ein neues Glas und beobachtet wie ich dieses Quartett.

Maschas Augen sind feucht, aber Demant ist mit seinen Augen aus dem Raum fort und vielleicht auch aus der Zeit; sein Ohr scheint ihn vollständig zu vertreten. Selbst in den Pausen, die Mascha nun einlegt, und dahin Demant sein Gesicht taucht, ist von seiner spirituellen Präsenz nichts zu bemerken. Das Ohr verschwindet hinter den Backenknochen, seine Augen registrieren die langsamen Veränderungen in Maschas Antlitz nicht anders als ein beliebiges Gesicht das Vergehen der Zeit in einem anderen Gesicht.

Natürlich, jetzt geht sie sich ausweinen bei ihrem jüdischen Freund, denkt Stiglitz. Dort sitzen die Wiener und scheißen ihn an, während er nichts tun kann als Wein trinken und auf den Fußboden starren. Er mag gar nicht abstreiten, daß Mascha auf ihn einen Reiz ausübt, in dem sein obszöner Geburtsort sich mit ihrem – für ihn – jüdischen Gehabe aufs Gröbste verbunden hat. Dieser Reiz bringt ihn ins Beweiseführen hinein, zumal er längst seinen Provinzstatus überwunden hatte. Der gleiche Reiz aber verführt ihn, justament auf seiner Herkunft zu beharren und sich entsprechend zu gerieren. Intellektuelle Frauen möchten es sein müssen, die ihn als Mann anzunehmen haben, hoffentlich sogar solche, deren gebrochener Hochmut sie als begierlich erscheinen läßt. Es kommt ihm in der Tat andrerseits lächerlich vor, sich nach zehn Jahren Wien noch immer als mühlviertler Aufsteiger zu fühlen, ohne hier so mühelos dazuzugehören, wie er es längst schon verdient hatte. Man möchte doch annehmen, daß gerade die Juden einen Sinn für Diskriminierung entwickelt haben, aber statt sich mit ihm zu verbinden, weil seine Fremdheit doch womöglich ihre eigene Fremdheit spiegelt, plustern sie sich zum Inbegriff urbaner Intelligenz auf. Grade die, als ob sie in dieser Stadt damals nicht ohne weiters aufs Lächerlichste gedemütigt wurden, bevor man sie fortbrachte.

Masochistisch bis zur Vergasung, aber ihm gegenüber das Opfer herausstellen. Ihn dann stehenlassen. Für Mascha gehör ich, bohrt sich Stiglitz diese Gedanken in die Seele, zu den ewigen Siegern in diesem Land. Deshalb muß ich in dieser Stadt ewig verlieren.

Mascha aber redet eine Zeitlang zu Demant hin. Sie will im Moment gar nicht wissen, was dieser davon hält, sondern sie spricht gegen ihr bohrendes Gefühl an, aus dem Unbestimmten heraus. Es ist gleichgültig, ob Rechtfertigungen die aufsteigenden Traurigkeiten durchpflügen. An jedem der Wörter, so bei den jeweils vorletzten Silben, dunkeln vage Empfindungen des Scheiterns diese ein. Dadurch wird ihre Rede immer zwittriger und zieht aus sich selbst Pausefetzen heraus, währenddessen sich ihre Augen befeuchten.

Es scheint so, als könnte sie ohne weiters von diesem Stiglitz provoziert werden, ohne auch nur einen Moment persönlich angesprochen worden zu sein. Es ist ja nicht so, daß er sie interessiert, aber immerhin hatte sie früher doch in seinen Bewegungen ihre Anziehung auf ihn lesen können. Doch ihr Jüdisches hat, wie sie jetzt wieder einmal sieht, ein von ihrem sonstigen Ausdrucksvermögen abgekoppeltes Irrlaufdasein angenommen; kraft dieser Abkoppelung unterbrechen und setzen sich seine auf sie bezogenen Bewegungen fort, so kommt's ihr vor. Die Selbständigkeit ihrer Brüste und Beine, ihrer Stimme und ihrer Augen ist ihr schon so eingewohnt und halt überhaupt eine Frauenangelegenheit, aber auf blonde Muttersöhne wie Stiglitz wirken solche gesonderten Attribute wie sonderbehandelte, wie sedimentiertes Knochenhebräisch, so spürt sie's. Sie sind längst aus Maschas Zeitraum herausgebrochen und machen oberösterreichische Landschaften erst ganz und gar oberösterreichisch. Ohne ihre zufällige Judenscheide ist dem Erich Stiglitz die schöne Landschaft Mauthausen ganz und gar gleichgültig. Da Mascha sich ausgeschlossen sieht, aber darin begehrt und angegeilt wird, muß sie doch wenigstens eine Aufregung herausbringen dürfen.

Wenn er jetzt so unbefangen darüber redet, dann siedelt

er mich wirklich aus; er drängt mir ein Erbe auf, das ich nicht angetreten habe, und tritt unbefangen sein eignes an.

Alle sind sie, alle, unbefangen und unschuldig herausgetreten aus der Judenschlägerei und all den andern Heimatgefühlen, stehn da herum mit der Selbstverständlichkeit, die der Gegend gleicht, in der sie so heimeln.

Er sagt schlicht, sagt Mascha zu Demant, daß ich vögeln muß mit ihm, denn Österreich lebt vom Fremdenverkehr.

Geh, geh, macht Demant.

Jedenfalls setzt er sich über meine Empfindlichkeit hinweg. Ich laß mir's nicht gefallen. Es hat sich nichts geändert. Die Väter haben die Unsern in die Öfen geschoben, die Mütter haben den Rosenkranz gebetet, und die Söhne wollen uns großzügig eingemeinden, setzen sich darüber hinweg, wollen unbefangen selber die Opfer sein.

Sind sie's nicht? Demant fragt über Raum und Zeit hinaus.

Sie bleiben die Hiesigen. Die Sieger. Und mich zertrennen sie. Und ich existiere in Stücken. Und was ich bin, ist mir fremd. Das wollen sie haben! Das laß ich mir nicht mehr gefallen!

Er besteht auch bloß aus Stücken. Demant tauchte sein Gesicht in eine lange Pause, bevor er das hinsagt.

Mascha starrt ihn pathetisch an: Die Donau verbindet sie aber, zischt sie bombastisch. Weißt du, Danny, seine Stücke machen dieses Land aus. In so was soll ich versinken. Das tät ihnen passen, diesen blauäugigen Muttersöhnen.

Mir tät's auch passen. Ich meine, die versinken doch

selbst da drin. Sollten wir nicht durcheinand drin versinken?

Mascha Singer antwortet nun leise, wieder dunkeln die Hintersilben:

Ich weiß, ich bin unverständlich für dich. Demant lächelt.

Was nützt es schon, wenn pünktlich ich dich versteh? Wenn für den da Mauthausen eine schöne Gegend ist, dann kannst du das doch stehenlassen.

Ach, du willst sein wie er. Schon wieder einmal. Oder wie sie. Und Mascha schaut mit versperrtem Gesicht zu Christiane Kalteisen hinüber. Demant wirft seinen Kopf zurück, seine Stimme sirrt etwas bei den jeweiligen Silbenanfängen:

Dürfen unsere Juden gelegentlich ein bißchen tot sein oder müssen sie auch als Knochenmehl ständig gespitzt bleiben?

Mascha schüttelt den Kopf, öffnet die Lippen, aber statt der dunkelsilbrigen Wörter kommt nichts, sondern die Tränen fallen ihr in den Mund zurück.

> Weit im Himmel das Luftgrab
> Der sechs Millionen Lämmer
> Das Doppellamm fragt jetzt um Rat
> Das Land der Söhne, Land der Hämmer.

Erstes Kapitel
Enge

1.

Wenn links und rechts kein Platz ist. Von oben tropft's, von unten sprudelt's. Geh halt einen Weg. Aus dem Rücken kommt Geplärr, vor dir lauern bloß die Gedanken, die du selbst abgesondert hast. Aber schreiben, Alexander Graffito. Immer den Leuten hintennachschreiben:

»An dir ist nichts echt, Sascha«, sagt mir Danny Demant kurz nach Beginn dieser verwickelten Geschichte, mit deren Hilfe ich ihn entwickeln möchte. Wir sitzen beide beim Zeppelin, kurz nach dem Aufsperren, wir beide, Aug in Aug, zwischen uns der Tisch. Kein Stiglitz, keine Singer, die Christiane Kalteisen im Gegentakt seines bangen Herzens und so weiter.

»An mir ist nichts echt? Hoffentlich.« Elegant sag ich ihm das über den Tisch hin. »Das Echte kann mir gestohlen bleiben.«

»Ist das eine Idee von dir, Graffito?«

»Was soll denn das summarische Beteuern von Ehrlichkeit, Wahrhaftigkeit, Echtheit. Wir sind doch nicht beim Heurigen.«

Demant nickt mir zu. »Schon gut«, sagt er. »Hauptsache, du schreibst hintennach auf, hurtig und präzise, denn Spuren müssen her. Mir wird öd bei dem Gedanken, daß alles so ist oder anders und egal.«

»Ich weiß«, beruhige ich ihn, »dir ist es lieber zu eng als daß du in den Himmel qualmst.«

»So ist es.« Demant fährt sich mit beiden Händen unters Hemd, ansonsten hat er sich längst eine beachtliche Gelassenheit antrainiert. An mir aber stell ich mit Vergnügen eine gewisse Schwerfälligkeit beim Schreiben fest.

»Das geht nicht«, sagt mir Demant. »Wenn einer *Zores* hat von uns beiden, dann bist du der, welcher aufnotiert. Obwohl«, er hält inne und zieht sich die Hände aus dem Hemd, »...schade, daß, was ich tu, nicht von selbst redet, sich nicht selbst in die Geschichte bringt.«

»Wo kein Platz ist, da ist kein Platz«, sag ich wieder über den Tisch. »Aber ich find's ganz ordentlich, daß ich so zäh bin beim Notieren. Als Zwillingsbruder mag ich mich nicht in Windwörtern, Qualmwörtern und sonstigen Erbauungsworten bewegen. Laß das meine Sorge sein, Bruderherz, und tu endlich was.«

Demant führt sich den Mokka zum Mund.

»Tja.«

Später gehen wir auseinander, als habe jeder sein Leben, wie es gerade sich lebt in Disposition, und so können wir gar nicht wissen, was für unsägliche Bombastik uns aus der Zukunft noch entgegenwachsen wird. Allerdings hege ich den Verdacht, daß Demants Beziehung zur Zukunft skandalös ist.

2.

Seit Monaten halt ich mich durch. Auf Beleidigungen reagiere ich mit Schweigen. Die wüste Kavalkade wundgeschossener Gedanken blutet und schreit ohne Laut. Das ist gut so, wenn's lautlos ist, sonst verlier ich das Maß.

Ich denke an Mascha, die mich so überfrostet hat. Fabelhaft. Jetzt weiß ich, ich bin nicht der, für den ich mich halte, sondern das, worin ich mich befinde. Mascha ist mir zuwider, sie kennt mich, liebt mich auf keinen Fall, das ist kein Wunder. Nun sitze ich da und tu gar nichts. Diese Tatlosigkeit, in der vielleicht eine verschwiegene Leidenschaft der Kränkung haust, macht mich mir fremder, als ich mich schon in ihrer Nähe gefühlt habe. Doch wieso kann ich nicht schreien, wenn man mir weh tut? Wieso blute ich nicht, wenn man mich sticht? Warum schreibe ich keine Klagen wie mein Bruder Alexander, dem jede Enttäuschung zum literarischen Ereignis wird, und der noch zum großen Dichter reift aus lauter Verärgerung? Mit Tagebuchnotizen ist nichts getan, keine Spur in mir von Alexanders Genugtuung.

»Wenn ich Angst hab, schreib ich's auf«, sagt er. »Dann ist die Angst im Wort und springt von dort die Leser an, und ich gehe entlang des Donaukanals, und vergnügt bin ich wieder geworden.«

Ach, Alexander, mir geraten die Tagebuchnotizen zu einer Karawane vor sich her trottender Wörter.

Ich hab mich entschlossen, ein Fest zu geben, hier bei mir in der Halmgasse, ein Open House. Wilma hat mir schon mit großmächtigen Vorbereitungen gedroht; seit zwei Stunden sitzt sie jetzt tatsächlich in der Küche und schneidet Brote, kocht Eier und klappert mit dem Geschirr. Ich hab mich offiziell in das Manuskript von Emanuel Katz zurückgezogen, welches ich beurteilen und möglichst bald fix und fertig haben soll.

Heute ist das engste Fest des Jahres, doch ich feier nie Weihnachten, diesmal veranstalte ich eben ein Open House. Gegen zehn werden die Linken von Mutti und

Vati mit vollem Bauch hier ankommen. Jeder wird sich über seine Familie beschweren und hier bei mir Wein in sich hineingießen, und gegen zwölf werden die ersten Tränen fließen.

Wilma ist die Frau, die es auf sich genommen hat, mir meine leere Zeit totzuschlagen. Vor Monaten hat sie sich eingeredet, in mich verliebt zu sein, nun steht sie wieder einmal in der Küche und macht Salat. Meinem Hinweis, sie sei nicht meine Frau Mutter, begegnet sie mit herzlichem Gelächel, nichtsdestotrotz macht sie die Salate wie Mutter. Da kommt sie zur Tür herein, und nachdem sie eine Weile mir übers Haar gestrichen, mir Augen und Ohren geküßt hat, geht sie wieder hinaus. Mit Tagebuchnotizen läßt sich so ein Zustand schlecht überbrücken. Ob der Emanuel Katz auch kommt, fragt sie beim Hinausgehen über die Schulter.

»Ich will's nicht hoffen, Wilma. Er wird sicher kommen.«

Emanuel Katz hatte lange Zeit seinem Leben zugesehen, wie es gleichsam sich selbst genügte. Bis vor zwei Jahren hat er nichts getan als seiner todwunden Familie umfassendes Auffangbecken für deren Melancholie zu sein. Seine Mutter hatte drei Jahre Auschwitz auf erbarmungslose Weise überlebt und bezeichnet dieses Wunder seit damals als Strafe. Wann immer der junge Emanuel sein Leben mit etwas Persönlichem ausstatten wollte, sah sie ihn mit ihren halbgebrochenen Augen an, um dann bittere Bemerkungen herauszuflüstern: »Was tust du mir an, Emanuel? Aber gut, bitte, tu, was du willst, ich hab mich schon in der Erd.«

Vater Leon, in Budapest von Wallenberg gerettet, sah dann gern von der Zeitung hoch: »Was willst du?

A Philosoph? Den Leuten die Welt erklären? *Meschugge!*«

Tante Elisabeth hat längst seine Motive durchschaut: »A Prophet will er sein.« Onkel Hugo nickte: »Du meinst a Schnorrer.«

»Aber bitte«, sagte Leon, nachdem seine Frau stumm das Zimmer verlassen hatte, »hörst du auf uns? Ka Red. Nimmst Rücksicht auf Mamma? Ka Spur. Wir haben den Hitler bloß dafür überlebt, damit wir der Welt einen Idealisten schenken. Na ja« – Leon nach einer Pause – »die üblichen Verluste.«

Emanuel wurde Nationalökonom und arbeitet seit zehn Jahren in einer Bank. Inzwischen ist er fünfunddreißig, er bewohnt eine Zweizimmerwohnung zwei Straßen von den Eltern entfernt.

Bis vor zwei Jahren hatte Emanuel pausenlos in seiner Freizeit der Familie die Ohren hingehalten, so ist der lebendige Tod mit allen Wörtern in ihn hineingeraten. Oft fragte er sich, wozu er eigentlich Geld verdient, ins Kino geht, einer Frau bei der Liebe zu ihm zuschaut, wie sie versucht, Gefühle in ihm zu mobilisieren. Man atmet ein, man atmet aus, gelegentlich etwas rascher, was soll's, denkt er.

Vor zwei Jahren hatte ihn dann Mutter um sechs Uhr früh angerufen, doch die zwei Straßen waren zu weit weg, als daß er mehr von Vaters Tod mitbekam als ein behagliches Totengesicht. Na so was, soll er gesagt haben, nachdem er aus dem Bett gefallen war, es stirbt sich, auch a Verlust für die Welt. Emanuel legte den Vater ins Bett zurück. Mutter blieb regungslos in ihrem Sessel sitzen. Nach einer Weile sagte sie, ohne aufzuschauen:

»Und ich? Wie kann er das tun?«

Emanuel spürte, wie ihm das Blut in den Kopf stieg, zugleich zersprang in seinen Brusteingeweiden eine Kapsel. Da kamen ihm schon die Tränen und tropften auf das lächelnde Antlitz des Vaters.

»Geh doch mit«, dachte er, »leg dich zu ihm Frau Katz.« Der Haß sprang ihn unvermittelt an. Es wurde ihm schlecht, und er erbrach einen grün auseinanderlaufenden Leichnam direkt auf die Füße der Mutter.

»Emanuel«, schrie sie und kam vom Sessel hoch.

»Verzeih, Mama.« Er lief ins Bad, sie ihm nach, klammerte sich von hinten an.

»Laß mich nicht so da«, weinte sie laut. Er steckte den Kopf unter den Wasserhahn, sie schlug von hinten die Arme um seinen Bauch und drückte, er kotzte die zweite Leiche, etwas kleiner und rötlich, ins Waschbecken.

Obzwar seine Eltern fromm kaum waren, hörte Emanuel auf sich zu rasieren. Er war darüber auf beklommene Weise erstaunt. Daher erklärte er der Mutter nach dem Begräbnis, er werde sie ab nun einmal die Woche besuchen, ansonsten sein eignes Leben leben. Sie möge ihn ja nicht bloß so anrufen, er werde sich jeweils melden.

»Mir auch recht.« Amalie Katz zuckte die Achseln. »Ich hab mich ohnedies in der Erd.«

Er zog in einen anderen Bezirk. Sodann begann er sämtliche Bücher, deren er habhaft werden konnte über Auschwitz, Sobibor, Treblinka, Theresienstadt, Mauthausen und die anderen Lager zu lesen. Diese Lektüre heiterte ihn auf, obwohl ihn das etwas genierte. Sein Gang wurde federnd, er begann auch Kaffeehäuser aufzusuchen und abends bei Zeppelin zu verkehren, er, der Banker im Künstlerlokal dieser Stadt.

Nachdem er ein halbes Jahr Rotwein in sich hineingegossen und hernach Dauerreden über die Beknacktheit der Wiener Juden gehalten hatte, ging er den meisten Judenfreunden und nahezu allen Juden in der Szene gehörig auf die Nerven. Auch Demant hatte schon zwei, drei Reden solcher Art über sich ergehen lassen. Nun gebot er ihm energisch Einhalt, indem er ihm den Rotwein ins Gesicht schüttete. Während der Rotwein dem Katz vom Bart auf die Hose tröpfelte, begann Emanuel zu lachen. Er spürte dabei, wie sich langsam aber unwiderstehlich wiederum eine Kapsel öffnete, und ein Gefühl von Freiheit war direkt hinterm Lachen. Es gewann, anfangs etwas gepreßt, eine Fröhlichkeit, die zuerst den verärgerten Demant ansteckte, schließlich lachten manche im ganzen Lokal.

Nächsten Tag rasierte sich Katz den Bart ab und begann mit der Niederschrift jenes Manuskriptes, welches Demant nun vor sich liegen hat und das seinem Verleger zufolge, falls brauchbar, in naher Zukunft als Buch erscheinen sollte.

3.

Ob Mascha auch kommen wird? Ich bemerke, wie ich so tu, als würde ich aufmerksam Emanuels Manuskript lesen. Alexander kommt herein.

»Du arbeitest?«

»No ja.« Ich hebe verlegen die Hände. »Glaubst du, wird Mascha kommen?«

»Du hast recht. Sie ist unberechenbar.«

»Sie ist imstand und kommt mit dem steirischen Trunkenbold, dieser großen Liebe.«

»Hättest ihr gesagt, sie soll zu Haus bleiben oder allein kommen.«

»Was fällt dir ein. Das ist ein Open House. Bei mir darf sich jeder ansaufen und sich Wilmas Brote in den Bauch stopfen.«

»Na dann; verlaß dich halt auf ihren *Tam*. Woran arbeitest du?«

»Katzens Textabsonderungen. Juden und Juden und Nazis und damals.«

»Über die Hussiten wird er schreiben.«

»Schlecht?«

Graffito starrt mir ins Gesicht. »Sind wir nicht ein Volk von Archäologen geworden? Du kennst doch den Witz, als zwei Juden ins prächtige Grabgewölbe von Rothschild eintreten, ehrfurchtsvoll drin herumstehen, bis sich der eine ein Herz nimmt und mit tiefem Atem sagt: ›Das lebt.‹«

»Nix lebt.« Ich schaue ärgerlich zu Sascha hinauf. »Sei so gut und geh zu Wilma in die Küche zurück.«

Graffito zuckt mit den Achseln und geht aus dem Zimmer.

»Halt sie bei Laune«, sag ich ihm noch schnell in den Rücken.

Zwei Manuskripte hab ich gegenwärtig am Hals. Das eine ist fad und das andre lästig. In ein paar Jahren feiern die Sozialdemokraten ihren hundertsten Geburtstag. Ein sogenannter Vordenker dieses Vereins hat nun einem Verlag mit staatlicher Unterstützung schon jetzt dieses Manuskript aufgeschwatzt. Es hat achthundert Seiten, eine aufgelegte Frechheit. Dabei soll es sich bloß um den ersten Teil handeln, der Rest folgt dann pünktlich zum Geburtstag. Dieser Genosse Pfennigschmied listet penibel jede ideologische Wirtshausrauferei auf und versieht sie mit unzähligen Kommentaren, barbarisch. Der letzte Schrott aus der Rumpelkammer des Austromarxismus wird blankpoliert, damit's blendet. Immerhin sechzigtausend. Dazu kommt das Buch von Katz. Noch eins, welches der Welt erklärt, wie wenig die Juden aus den Kazetts herauskommen, falls sie herauskamen. Wie komme ich eigentlich dazu, mich andauernd mit toten Juden beschäftigen zu müssen. Ein donnerndes Leben! Ich schau aus dem Fenster. Draußen schneit's, die Wiener haben weiße Weihnachten, als ob das was ändern würde. Vermutlich wird Mascha kommen. Vorige Woche hat sie mir ins Gesicht gesagt, unsere Beziehung sei zu inzestuös. Zu inzestuös, um alsogleich mit diesem steirischen Volltrottel zu vögeln. Und dann kommt der Katz auch noch daher, um mir vorzuwerfen, ich würde mein Judentum verleugnen. Ausgerechnet Katz. Unlängst hat er's für sich entdeckt, schon führt es sich auf wie Makkabäus persönlich.

Während Demant derartigen Gedanken nachhängt, sitz ich in der Küche und schäl harte Eier. Wilma bewegt sich vor mir, als wohne sie seit Jahren hier. Hübsch ist sie. Wenn's draufankommt, gibt die sicher eine passable Depressionsnudel ab. Es läutet an der Tür, ich geh aufmachen.

»Ist das hier bei Demant?«

Draußen steht eine unbekannte Dame. Demant kommt aus dem Zimmer heraus.

»Was, um halb sieben kommen schon die ersten?« Er starrt auf die Dame. »Ja?«

»Die Inge Haller hat gesagt, bei dir ist heute ein Fest, zu dem jeder kommen darf.«

Demant schaut mich an. »Natürlich«, sagt er dann. »Komm rein. Bißchen zeitig.«

»Ich hab's zu Haus nicht mehr ausgehalten. Deswegen bin ich jetzt schon gekommen. Soll ich wieder gehn?«

»Wer ist da«, ruft Wilma aus der Küche.

»Wer da ist, ist da«, sagt Demant. »Gib mir den Mantel.« Wilma kommt heraus. Die beiden Frauen schauen sich in die Augen.

»Ich bin die Christiane«, sagt die eine und wird rot.

»Sascha«, sag ich und verbeuge mich. Wilma schaut auf Demant, Demant schaut auf Christiane, diese schaut zu Boden. Hernach setzen wir vier uns um den Küchentisch. Demant drückt der Christiane einige Zwiebeln in die Hand. Ich schäl noch immer harte Eier. Wilma bringt Wasser zum Kochen. Danny betrachtet die Neue beim Zwiebelschneiden, dann fragt er sie nach ihrem Familiennamen. Das ist eine Marotte von ihm.

»Kalteisen«, antwortet sie, die Tränen rinnen ihr über die Wangen.

»Kalteisen«, lacht Demant. »Woher kennst du die Inge Haller?«

»Ist meine Therapeutin.«

Und wieder beginnt eine Geschichte so, als ob sie nimmer aufhören könnte. Mir wär's nicht aufgefallen, aber Wilma läßt einen Teller mit Aufstrich fallen, bevor der Heilige Abend hereinbricht.

4.

Die meisten kamen nach zehn. Obwohl gesättigt, blieben sie großteils beim Buffet stehen. Dort begannen sie einander zu begrüßen und Brote zu essen. Innerhalb einer Stunde waren an die fünfzig Leute in Demants Wohnung erschienen, schoben sich im engen Vorzimmer aneinander vorbei, küßten einander dabei die Backen und bliesen jene schmächtigen Wörter aus, die insgesamt das gesellschaftliche Gesumms ausmachen. Einige Kinder jagten in Hinternhöhe der Herumstehenden durch die Zimmer, rollten auf den Teppichen. Demant brachte Fernbedienung und Videogerät in Sicherheit, dann setzte er sich an den Küchentisch und wartete die Begrüßungen der Neudazugekommenen ab.

Auch Christiane blieb neben ihm sitzen. Sie wurde jedem Gast von Demant vorgestellt; stundenlang sagte sie von Zeit zu Zeit »Servus«, sonst schwieg sie und ließ das ganze Geschehen in den Ohren versickern.

Emanuel Katz erschien, neben ihm eine schlanke, fast einsneunzig hohe Blondine, Käthe aus Bremen. Er selbst, mit kaum einem Meter siebzig und rundlich, hatte ein an Sucht grenzendes Faible für schlanke Riesendamen, je deutscher desto lieber.

Mascha Singer mit ihrem Steirer, prompt. Der trank schüchtern erst einmal ein Viertel Wein aus, dann hielt er Demant die Hand entgegen. Mascha lächelte, ihre Augen blitzten, ihr machte es Spaß mit Untner Fritz aus Deutschlandsberg bei Demant aufzutauchen. Der lächelte zurück, um dann aufmerksam in Christianes Gesicht zu schauen. Diese blickte hellwach aus ihren grauen Augen in Demants dunkle zurück, so daß Mascha sich wegdrehte.

»Servus Demant«, wiederholte Untner. Danny gab ihm die Hand, deutete im Sitzen eine Verbeugung an.

»Wie ein Aquarium.« Erich Stiglitz rief's in die Küche hinein.

»Hast du die Aufstriche gemacht?« fragte Hanna Löwenstein. Demant nickte.

Käthe aus Bremen erschrak. Hanna war mit einem Mann gekommen, der ihr vor drei Wochen den Abschied gegeben hatte. Dieser verzog sich sofort in die entfernteren Räumlichkeiten.

Ich sehe, das Fest nimmt einen glücklichen Verlauf. Wie aufgemischt sind diese Leute, gekommen von ihren Familien lächeln sie noch immer bei mir kreuz und quer in die Gesichter von Freunden und Konkurrenten, in Unbekanntes und Allzuvertrautes. Das Gesumms begann zu kondensieren und zu klumpen. Verschiedene Stehkonvente entstanden; locker standen manche viertselbst im Raum, locker sperrten die Schulterpartien etwelche fünfte aus, es fielen die ersten stilettgleichen Rezensionen ebensolcher fünfter in die zugekehrten Rücken, gaben im Zwischenwortbereich den hingesagten Sätzen eines derart in den Rücken Gestochenen eine rätselvolle Verlängerung, daß die Sperrschultern sich allmählich ankrampften und dann seitlich gedreht werden mußten.

Begegnungen wurden gesucht und gemieden. Käthe schmiegte sich an Hannas Freund vorbei, als stiege sie in, er aus der U-Bahn, so was hatte sich gekannt. Querschläger von Lauerblicken trafen die Falschen und verführten diese zu Mißverständnissen; Mystifikationen wurden dutzendweise angefertigt, um für die nächsten Jahre ihre Wirkungsgeschichte zu entfalten. Auch Wilma belauerte ums Eck Danny und Christiane, doch die waren noch weit von jenem Labyrinth, dessen Unübersichtlichkeit sich wie immer als besonders bittersüß erweisen würde, fest waren sie im Augenwinkelkontakt, im flüchtigen Blick, im Vorhof etwaiger Verstrickung.

Nichts tat sich, alles war in mittelfristigen Absichten

wie eingekapselt, solche Zwischenzauder machen alkoholsüchtig, redesüchtig, die Angst ist ein Federball.

Erich Stiglitz im aufgeregten Gespräch mit Mascha Singer und Fritz Untner. Käthe setzte sich zu Demant und Kalteisen. Hanna, diese wuschelige, dunkle Frau, musterte sie aus einigen Metern. Der kleinwüchsige Sebastian Postl, ein Ethnologe, war mit seinem winzigen Sohn auf den Schultern ins Zimmer gesprungen gekommen. Dieser mochte Wilma unbedingt an den Haaren ziehen, also nahm Wilma den kleinen Markus oder wie er heißt in die Höhe und trug ihn durch die Wohnung.

Hanna fragte mit angetrunkener Stimme den Katz, warum der sich immer die kühlen Blondinen aus dem Norden aussuche. Katz lachte und bestritt, daß die Blonden aus dem Norden kühl seien. Hanna sagte ihm ins Gesicht, was sie sich schon seit Monaten dachte. Katz stellte in Abrede, daß er sich mit solchen Frauen selbst blondieren wolle.

»Du redest, als fühltest du dich wie eine Schmuddeljüdin.«

»Ich bin eine Schmuddeljüdin und du ein Schmuddeljude.« Stiglitz schnappte auf, daß da zwei Schmuddeljuden über Schmuddeljuden reden, und versenkte auf das hinauf seinen Blick in Maschas Augen. Hannas neuer Freund, ein Exilchilene, wanderte daweil von Zimmer zu Zimmer, bis er den kleinen Markus zum Spielen bekam.

Einer hat Mehmo mitgebracht, einen türkischen Graphiker, und der näherte sich spiralig einer allein dasitzenden Frau, Magda, die ein andrer mitgebracht hatte. Auch Stiglitz hatte kurz erwogen, sich dieser Schönheit zu widmen, doch nach ein paar Wörtern schreckte er, der Oberösterreicher, vor ihrem Tirolerisch zurück:

»Aus der Provinz bin ich selber. So ein Aquarium«, dachte Stiglitz.

»Willkommen im Wiener Sumpf«, begrüßte Katz den soeben eintretenden Paul Hirschfeld, denn gerade vorhin hatte ihm Hanna Löwenstein mit angetrunkener Stimme klipp und klar erklärt, warum er eben eine Sucht auf Blondinen hat.

Das Fest nahm einen glücklichen Verlauf. Endlich konnte Hanna der zufällig sich an ihr vorbeischmiegenden Käthe aus Bremen zurufen: »Ich muß mit dir reden.«

Käthe, zu ängstlich, um nein zu sagen, mußte sich mit Hanna in eine Ecke zurückziehn, und dort konnte Hanna schlußendlich das anbringen, wofür der erstaunte Katz erst herhalten mußte. Hanna erklärte nun der Käthe klipp und klar, daß der Hang ihres schwarzhaarigen Chilenen auf blonde Nordische unauthentisch sei. Doch jetzt habe sich Armando gefunden und stünde zu seiner südlichen Herkunft. Somit sei Käthe chancenlos, und beide sollten doch zufrieden sein, daß es so ist, wie es jetzt ist. Da Käthe darauf sich nichts zu erwidern getraute, begann Hanna mit sehr angetrunkener Stimme alle Fehler herzuzählen, welche Käthe in der Vergangenheit an Armando begangen hatte. Käthe kam es vor, als wäre Hanna schon all die zwei Jahre an der Türschnalle ihres Schlafzimmers gesessen, so vollständig war die Aufzählung ihrer Verfehlungen. Sie begann zu weinen, worauf Hanna zufrieden ihren Vortrag beendete, und vergnügt kam sie aus dem Eck heraus. Katz legte sich danach seufzend das nasse Gesicht der Käthe auf die Brust.

Magda hatte wohlgefällig das Kreisen von Mehmo beobachtet, um, als er sie zögernd am Knie berührte, aufzufahren und einen Aschenbecher auf ihn zu werfen. Das Blut pulste aus Mehmos Nase in Bögen durchs Zimmer. Er sprang auf, um sich auf Magda zu stürzen, doch Stiglitz und Armando erwischten ihn noch an den Schultern, so daß Magda an ihm vorbei durch zwei Räume ins Badezimmer lief und sich dort einschloß. Die vor der Tür sich allmählich anklumpenden Leute vernahmen ein schrilles Weinen, da wurde schon Mehmo von drei Männern durchs Vorzimmer geschleppt. Demant war aus der Küche gekommen.

»In meinem Haus wird nicht gerauft«, schrie er, und er zitterte vor Wut, wie alle glaubten. Ich aber weiß, wie sehr ihn seine alte Angst angesprungen hat.

»Nicht gerauft«, wiederholte der winzige Markus und pfefferte seine Faust in Wilmas Bauch.

»Ich hab nichts getan«, brüllte Mehmo.

»Du gehst jetzt«, sagte Demant. Hernach schob er die Leute von der Badezimmertür. »Magda«, mußte er schreien, weil die so laut heulte, »er ist ja schon fort.«

Es wurde still im Bad. Wieder weinend sperrte sie auf. Demant nahm sie freundlich um die Hüften und geleitete sie zum Mantel.

»In meinem Haus werden keine Aschenbecher geworfen. Nicht einmal zu Weihnachten.«

Magda starrte wütend auf Demant.

»Ich geh mit dir«, sagte hastig Erich Stiglitz und wühlte sich seinen Mantel hervor. »Vielleicht ist der Typ noch in der Nähe.«

Nachdem die beiden fortgegangen waren, nahm das Fest weiter seinen glücklichen Verlauf. Wilma bekam Kopfschmerzen, wollte heim und ging.

Um drei hatten auch die anderen Gäste Demants Open House verlassen und waren verschwunden draußen in der frostigen Christnacht. Christiane Kalteisen war geblieben, schüchtern und eisern zugleich.

»Du kannst dableiben, ohne daß ich«, sagte Demant schüchtern.

Im Traum begannen sie sich zu lieben, und davon erwachten sie und waren mittendrin und ineinander. Es war halbfünf Uhr früh.

Die Stille Nacht war vorbei.

5.

Gegen Mittag zogen sie sich warm an und gingen spazieren. Der Nebel stand hoch, plötzlich kam die Sonne durch, die Jesuitenwiese lag unter Schnee. Als sie die Rustenschacherallee überquerten, bot sich ihnen ein Breughelgemälde. Buntgekleidete Kinder zogen ihre Rodeln Richtung Rodelberg. Väter standen mit Zipfelmützen am Fuß des Hügels herum, aber alles wirkte trotz des Menschengewimmels still und erhaben. So gingen die beiden Arm in Arm durch die Freizeit des Christtages.

»Schöne Ohren hast du«, sagte Demant.

»Sag's noch mal.«

»Schöne Ohren.«

»Ah. Das tut gut.« Christiane hielt Demant um die Hüften, er hatte seinen Arm auf ihrer Schulter. Sie ist etwas größer als ich es gewohnt bin, dachte er, eine so schöne Frau. Obwohl ohne Make-up wirkte sie geschminkt, rund um die Augen war eine dunkle Ellipse eingezeichnet, die Wimpern waren dunkler als sie selbst.

»Das ist die Jesuitenwiese«, begann Demant. »Hier bin ich aufgewachsen. Erst haben wir in der Friedensgasse

– da hinten – mit Steinen Fußball gespielt, dort bin ich in die Schule gegangen, hier waren die großen Fußballschlachten, erst mit Tennisbällen, hernach mit Gummi, schließlich mit Plastikbällen. Ich war ein ganz guter Fußballer, technisch beschlagen, vielleicht ein bißchen langsam und bei Zweikämpfen feig. Ich hab selten gerauft, ich mußte es auch kaum, ich bin schon großgewachsen zur Welt gekommen. Außerdem hatte ich mir angewöhnt zu diskutieren, einem Raufer schnell vorm Beginn seiner Attacke einige Entscheidungsfragen zu stellen. Das hat ihn meist gestoppt.«

Derlei redete sich Demant in die Kindheit hinunter, während sie Richtung Praterstadion durch den gerupften Wald hinter der Jesuitenwiese dahingingen.

»Hast du dich in mich verliebt?« fragte er sie, denn irgendwie wußte er nicht, wieso er neben ihr war, wie es überhaupt zu jener Zauberdämmerung nach dem Fest gekommen war.

»Halb«, sagte sie und betrachtete neugierig die nackten Bäume, welche wahrlich verlottert ihre Krähen beherbergten. »Übrigens gestern hab ich meinen Mann verlassen. Ich hab ihn und meine zwei Töchter unterm Christbaum sitzen lassen. Mir war so schlecht.«

»Zwei Töchter hast du auch? Wie alt bist du überhaupt?«

»Sie sind drei und acht. Ich bin zehn Jahre verheiratet.«

»Na so was! Du hast die Kinder im Stich gelassen?«

»Nein, unterm Christbaum hab ich sie gelassen.«

»Und den Vater?«

»Der ist auch unterm Christbaum gesessen.«

»Und was geschieht jetzt?«

»Was du willst.«

»Ich? Wieso ich?«

»Es hat doch alles keinen Sinn«, Christiane steckte die Hände in die Manteltaschen.

»Was hat keinen Sinn?«

»Die Familie. Der Beruf. Die Kinderaufzucht.«

»Was für ein Beruf?«

»Ich bin Kurärztin in Baden. Herbert ist auch Arzt.«

»Ist ja toll.« Ärzte flößten dem Demant schon seit je Respekt ein. »Ich wollt auch immer Arzt werden.«
Christiane lachte: »Jetzt bist du Politiker geworden.«

»Spinnst du?«

»Na, der Streit gestern über neunzehnachtundsechzig mit dieser Agathe.«

»Ach so. Mit der Zeit haben sich die Erinnerungen anstelle der damaligen Ereignisse gesetzt. Offensichtlich waren wir damals andere Leute als heute und vertragen das unterschiedlich schlecht. Und du?«

»Damals war ich sehr katholisch und in einem Internat.«

»Und heute?«

»Musikalisch bin ich noch immer«, Christiane lächelte etwas.

Die beiden gingen um das Heustadelwasser herum, unterquerten die Südosttangente, umrundeten das Lusthaus.

Da geh ich neben dieser seltsamen Person, ein Fuß vor dem andern, ein Fuß hinterm andern. Immer wieder rutscht sie mir in die Augenwinkel. Jetzt, da ich doch aufgehört habe mit den pathetischen Umschlingungen einer mir ohnedies fremden Welt, laß ich durch die Augenwinkel sie wieder herein, bis mir der Blick steckenbleiben wird. Übliche Aufregungen! Bis hierher bin ich gekommen. Da geh ich nun neben einer, die mir ans

Herz will, weil ich ihr zwischen die Beine will. Soweit kommt's wieder, und ich weiß schon jetzt, daß ich das Herz spüren werde zwischen ihren Beinen, und die Lust wird viel zu süß sein, als daß ich mir diese seltsame Person einfach wieder aus den Augenwinkeln reiben kann.

Ein Hund schnüffelte an seinen Socken, ein Herr lächelte ihn seltsam an, ein anderer Herr kam hinter einem Baum hervor. Demant mit der Hand auf Kalteisens Schulter war versucht, hinterm Baum und sodann weiter und weiter in diesen Kulissen fortzugehen, nicht zu schnell, aber froh, wieder im vorgestrigen Tag anzukommen.

Ich bin doch bloß ein exotischer Fluchtort für jene, dachte er sich, aber sein Mund näherte sich von selbst ihrem kleinen linken Wunderohr, und indes er sich schon als gänzlich Flüchtender wahrnahm, waren seine Lippen im Ohr angekommen. Christiane holte jäh Atem, dann ersetzte sie ihr Ohr durch den Mund.

Sie betraten das Jägerhaus und warteten auf einen der Ober.

Hernach erzählte er von seinem Kommunistenvater, der in Mauthausen hingerichtet worden war, sie berichtete von ihrem christlich-sozialen Vater, der Gendarm in Sankt Ägyd und dann Parteisekretär der Volkspartei in Lilienfeld war, er betonte seine jüdische Herkunft, sie sagte, damit könne sie nichts anfangen, sie interessiere sich nicht für Politik, er wollte einen Vortrag halten, unterließ es aber, so daß sie von Medizinstudium und gleichzeitigem Kinderkriegen redete, er drückte darob seine Bewunderung aus, die sie aber nicht annehmen wollte. Er sagte ihr seine drei oder vier bisherigen großen Liebschaften auf, nannte Namen, mischte aber auch sein jetziges Gefühl für sie mit Gesichtspunkten von früher über Frauen im allgemeinen, sie warf ein, daß ihre Schwiegermutter sich im zweiten Ehejahr an einem Haken in der Küche aufgehängt hatte, der Schwiegervater sei ein paar Jahre als ein Nazi im Gefängnis gesessen und danach verstorben, Herbert interessierte sich auch nicht für Politik. Dann entwarf er einen kurzen Abriß von Mittelschule, abgebrochenem Germanistikstudium, kam auf seine Lektorentätigkeit zu sprechen. Währenddessen tranken sie Kaffee und Rotwein, er wurde zusehends eingesponnen in eine neue Zeit, die soeben begonnen hatte, sie eilten nach Hause in die Halmgasse und warfen sich aufs Bett.

Gegen sechs Uhr abends ging sie. Sie hatte beschlossen in eine Wohnung nach Hernals zu ziehen, die ein Bekannter nur selten benutzte. Sie verabredeten sich für den nächsten Tag.

Dann lag er still auf dem Bett, nachdem er sich den mit Hochnebel durchherrschten Himmel heruntergeholt und sich auf die Brust gelegt hatte. Da war er nun, still lächelnd, wie blöde.

6.

Nachdem er eine Weile so auf dem Bett gelegen war, stand er auf, um sich Katzens Manuskript zu holen. Er wollte auf dem Ellenbogen diese wunderliche Geschichte zu sich nehmen, vielleicht auch Christianes Geschlechtsherz aussperren von seinem Raum, seinem Leib, von der Hemisphäre, in welcher er allein zu bestimmen wünscht. Am Weg zum Manuskript erreichte ihn der Anruf Wilmas, gestoppt stand er nackt im Vorzimmer, währenddessen ihm Wilma das Ohr heißredete.

»Kaum bin ich weg, holst du dir irgendeine Schlampe ins Bett, was bin ich überhaupt?«

Demant ließ die Schlußsätze verklingen.

»Ich stehe«, sagte er ihr dann, »hier im kalten Vorzimmer, und mir friert bald der Arsch zu. Würd's dir was ausmachen, später noch einmal anzurufen?«

»Das ist mir wurscht, ob dir der Schwanz abfriert«, schrie Wilma, um dann lachend hinzuzufügen: »Dann ist wenigstens Schluß mit solchen Geschichten.«

»Ich will eh, daß Schluß ist mit allen solchen Geschichten.«

»Fahren wir jetzt nach Venedig«, fragte Wilma, von ihrem Lachen eingeholt.

»Warum nicht?« Demant lachte. Er ging unter die heiße Dusche, sang die Caprifischer, wusch sich die Haare, zog sich an und rief Wilma zurück.

»Hör zu, Horvath. Was da heute los war, weiß ich nicht. Ich hab keine Ahnung. Seit Stunden bin ich völlig ohne Begriff. Ich hab mich jetzt sehr geduscht, heiß, kalt, lau, die Haare hab ich mir intensivst gewaschen, mich überhaupt vollständig durchgeschwemmt, und bin durchaus ratlos. Vielleicht bin ich verliebt«, er lachte.

»Mach dich lächerlich.«

»Ich weiß es nicht. Womöglich ist's eine gewöhnliche Geschichte. Vor einer Stunde ist sie eh gegangen.«

»Bis vor einer Stunde war sie noch da? Ist mir neu, wie feurig du sein kannst.«

»Schon recht, Wilma. Wer von uns beiden ist ganz albern, wer fast ganz?«

»Du weißt, daß ich Venedig schon gebucht habe.«

»Was redest du dauernd von Venedig? Wir fahren nach Venedig.«

»Willst du mit mir überhaupt nach Venedig fahren?«

»Willst du nach Venedig fahren?«

»Ich hab dich gefragt, ob du mit mir nach Venedig fahren willst.«

»Warum soll ich mit dir nicht nach Venedig fahren wollen?«

»Dann fahren wir wie ausgemacht miteinander nach Venedig. Ich betrachte dein Abenteuer als erledigt.«

»Nach dem Abenteuer wird der Morgen teuer.«

»Wie soll ich das wieder verstehen?«

»Warum trennst du dich nicht von mir, Horvath? Ich bin doch ein Saukerl.«

»Sei nicht so kokett!«

»Ich bin ein koketter Saukerl. Trenn dich doch von mir.«

»Das tät dir so passen.«

»Halb.«

Wilma atmete einige Mal durch. »Ich liebe dich, du Idiot«, sagte sie schließlich.

»Du sollst das nicht sagen.«

»Du sollst nicht wahllos rumvögeln.«

»Du sollst das nicht sagen.«

»Sehen wir uns heute?«

»Unmöglich«, entfuhr es Demant. »Ich muß das Manuskript von Emanuel Katz durcharbeiten.«

»Dann komm ich zu dir. Ich werde dich nicht stören.«

»Was hast du denn?«

»Ist sie wirklich gegangen?«

»Warum sollte ich dich belügen?«

»Das ist wahr. Mich brauchst du nicht einmal anlügen.«

»Also Wilma. Wir fahren nach Venedig. Sei nicht so.«
»Na schön. Ruf mich morgen an.«

Demant ging in seiner Wohnung von Zimmer zu Zimmer und in die Küche und aufs Klosett und von Zimmer zu Zimmer. Vor den Fenstern schneite es. Er öffnete eins, beugte sich hinaus und betrachtete den Donaukanal. Schlieren, dachte er, schloß es wieder und holte sich das Manuskript und eine Flasche Rotwein.

Da sitzt er, mein Bruder, ein Unbekannter seiner selbst und trinkt sich in den Abend. Mich freut es, wie er Spuren produziert. Mit kleinen Rotweinpfützen hinter sich kann er gradso neubeginnen wie mit einer Solidaritätsadresse an die kämpfenden Völker Schwarzafrikas. Ich selbst hab's merkwürdig getroffen mit meiner heimlichen Vertrautheit zu Mascha Singer. Früher hatte ich in ihren Augen dem Danny bloß zum Verwechseln ähnlich gesehen, jetzt bin ich ihr unverwechselbar zum Gegenschein geworden. Sie will mich weiterhin regelmäßig treffen, um mir Geschichten zu erzählen, melancholische Sonaten sind das bisher gewesen. Ihr Vater ist vor Jahrzehnten bei einem Autounfall gestorben, vorher war er in Dachau gesessen, danach hatte er zwei Dinge gemacht: zum einen in der Kommunistischen Partei das wiedererstandene Österreich mit entsprechender Aktivität angefüllt, zum andern als ein ausgehungerter und zerquälter junger Jude so schnell wie möglich eine schöne junge Frau gefunden, sie aus Zeitmangel jeweils nur im Morgengrauen kurz umarmt, um hernach in den von der Partei zur Verfügung gestellten Tatraplan zu springen, fünfzehn Stunden in deren Auftrag und Bestimmung Bezirksorganisationen im russisch besetzten Österreich miteinander zu verbinden. Mascha ist noch im Mutterleib gewesen, als er neunzehnhundertneunundvierzig bei den Vorbereitungen zu den zweiten Nationalratswahlen der Zweiten Republik bei Prottes, mitten im Erdölgebiet, aus dem fahrenden Auto gefallen war. Da zu diesem Zeitpunkt der Konflikt Titos mit Stalin seinen Höhepunkt erreicht hatte, wurde drei Jahrzehnte später für Mascha dieser Tod bei Prottes zum Mysterium. Seit Jahren schon hatte sie munkeln gehört. Das Gemunkel vermischte sich seit kurzem mit ihrer Sehnsucht, zum jüdischen Teil der Familie zu gehören, da doch ihre ganze Familie von der Mutter her präsent und nichtjüdisch ist. In ihr ist seit je eine Vertrautheit mit und ein Mißtrauen zu sich selber innig verzahnt. Dauernd kommt ihr der unbekannte Vater als einzig Vertrauter entgegen, aber er kommt ohne Gefühl für Distanzen ihr so nahe, daß sie erschrocken Schutz bei steirischen Naturburschen zu suchen scheint. So bleiben die Geschichten in ihr über, hängen ihr buchstäblich aus dem Mund heraus; sie kann sie weder schlucken noch ausspeien. Mit solcher Zunge redet sie jetzt von Zeit zu Zeit wie früher in Demants Armen nun mir gegenüber, zwischen uns der Kaffeehaustisch.

Ich bin das geborene Bruderherz. Meine Horchlappen wachsen und wachsen, denn Mascha hat mich inzwischen fest angenommen. Ein brüderlicher Gast sitze ich ihr bei ihren melancholischen Solokonzerten, und indem sie mittels ihrer Geschichten aus ihrem zerrissenen Ich hin zur Peripherie strebt, wirft meine aufnotierende Aufmerksamkeit sie zurück in ein Ich, aus dem sie ohnedies nicht sich herausgewagt hätte. So bleib ich ihr ganz angenehm, und es ändert sich gar nichts bei ihr; ich aber bin um die Geschichten reicher, die mich noch bekannt machen werden.

»Manchmal«, sagt mir Mascha, »hab ich Lust mit dir

zu schlafen. Aber nicht wegen Danny. Ich möcht wissen, ob's noch immer inzestuös ist.«

»Ich bin nicht Danny. Willst du das wissen?«

»Es ist nicht wegen Danny. Du bist doch ein ganz anderer.«

»Natürlich. Das sieht doch ein jeder. Ich find's nett, daß du mit mir schlafen willst, manchmal. Lassen wir's sein.«

»Lassen wir's sein.« Mascha nickt.

Da sitzen sie alle herum, sich selbst fremd, jeder an seiner Statt. Ich hab's merkwürdig getroffen, bekannt wie ich mir bin durch die fremden Geschichten.

Demant las zwar im Manuskript, aufgefaßt hatte er noch keine Silbe. Bevor er zu betrunken war, rief er sich ein Taxi und fuhr zu seinem Beisel, dortselbst er in Kompanie weitertrinken wollte. Da Katz heute früh nach Bremen abgefahren war, drohte ihm beim Zeppelin keine Diskussion über Leben und Tod.

Eben als Demant aus dem Taxi steigt, komme ich mit Mascha aus dem Zeppelin heraus. Danny schaut uns verwundert an, doch Mascha geht an ihm vorbei zu ihrem Auto.

»So ein *Kochlefl*. Mußt du dich mischen?« Demant schaut der Schwarzen nach.

»Klar«, lache ich. »Sie klingt jedesmal wie eine verstimmte jüdische Orgel.«

»Ich weiß, ich weiß.«

»Das muß ich hören. Immer wieder.«

»Armer Bruder. Mir kann grad das gestohlen bleiben.« Demant dreht sich in Richtung Lokal.

»Kommst mit?«

So geh ich mit Danny ins Lokal zurück und verteil mich im Raum wie üblich.

Demant setzte sich an seinen Stammtisch, bestellte ein Viertel Rotwein und wartete bis es kam. Sein Gesicht war bereits ein wenig eingesunken, es hatte sich aus dem exponierten Profil gleichsam selber in die Flachheit zurückgenommen. Mit jedem Glas´ wird es weiter abflachen und dem ganzen Demant eine stumpfe Stille verleihn, aus der plötzlich Bitterkeiten rascher den Weg ins Wort und ins Freie finden. Seine Unschlüssigkeit in der halbherzig begonnenen Unternehmung Kalteisen mochte am liebsten sich selber verborgen bleiben, so springt der Angstmotor an, um dann bei den Trunkenreden in die Distanzen zu gehen. Noch aber verharrte Demant im gedrungenen vis-à-vis zum Römerglas vor sich, halb geduckt beobachtete er das Kommen, Schieben, Gehen, Sitzen, Essen und Trinken. Leute setzten sich zu ihm, die er nicht kannte, und die miteinander redeten, daweil er diesen Gesprächen zuhörte, ganz ohne Interesse und mit seinen Blicken über deren Köpfe hinweg.

Alfred Taler, ein schreiender Poet, der sich selbst seit Jahrzehnten zum Wiener Original hochstilisiert hatte, ging von Tisch zu Tisch und gab mit schleifender Stimme Aphorismen von sich, die ihn selbst erheiterten. Einst war er noch auf die Kaffeehaustische gestiegen, um von dort zu einigen Wörtern zusammengefaltete Weltsichten zu Gehör zu bringen wie AUCH MAO IST EIN CHINESE oder DONALD DUCK IST EIN TSCHECHE oder DER BUNDESKANZLER FRISST MIR AUS DER HAND. Inzwischen war er zu behäbig geworden, um noch Tische zu besteigen, er wanderte zwischen ihnen herum, platzte erfolgreich in die Gespräche, bemerkte schließlich den

Demant, welcher abrupt den Blick abwandte und somit den Poeten erst recht zu sich trieb.

»Der Demant ist auch noch immer da«, schrie er durch den Raum. Schließlich entdeckte er den in der Ecke dösenden Scharringer, weckte ihn auf und begann in ihn hineinzubrüllen. Scharringer hob angewidert seinen Schädel, begann zu grimassieren, stand hernach auf, wurde im Vorbeigehen vom Poeten umhalst. Der alte Scharringer stieß seinerseits einen aus dem Grunzen kommenden Brüller aus, ein gedrungener aufrechter Lyriker mit viel zu zarten Versen, als daß sie hinter seiner trunkenen Gestalt durchgeschienen hätten. Paul Hirschfeld mit der Pullmannkappe stieß beim Hereinkommen auf die zur Toilette hintorkelnden Poeten, zwängte sich, selbst ein Poet, an ihnen vorbei, um neben Demant Platz zu suchen.

Paul und Danny kannten sich schon seit über dreißig Jahren. Einst hatte der um einige Jahre ältere Demant die ersten Versversuche des jungen Paul öffentlich verlacht. Mit den Jahren sind sich die beiden nähergekommen, wohl auch, weil sie lange genug in den gleichen Kaffeehäusern verkehrt hatten. Demant bewunderte durchaus Hirschfelds Texte, doch fühlte er sich unbehaglich, denn ständig las er im lächelnden Blick des Freundes den Vorwurf, daß er als Lektor mit Verlagsbeziehungen noch nichts für dessen Gedichte getan habe. So genierte es ihn stets etwas, wenn Paul seine unvermeidliche Mappe herauszog, um aus seinen neuesten Gedichten vorzulesen, unbeeindruckt vom Lärm und etwaigen unfreiwilligen Zuhörern.

»Hab heute keinen Kopf«, sagte Demant zu Hirschfeld. Dieser tat so, als machte ihm das nichts aus, und steckte seine Mappe wieder ein. Danach saßen sie einträchtig nebeneinander und schauten den andern zu, wie sie kamen, schoben, gingen, aßen und tranken. Demant selbst begann rascher zu trinken, Paul nippte lange an einem kleinen Wodka und verlangte danach Mokka wie immer.

»Morgen wird mich Agathe fürs Fernsehen interviewen. Fünfzehn Jahre Achtundsechzig.«

Aber Demant war mit seinen Gedanken woanders, er war in Hernals. Inzwischen war es Mitternacht, Scharringer hielt sich nicht mehr auf den Beinen, mit einem lauten Seufzer fiel er auf den Rücken. Das ganze Lokal sah zu, wie Demant angetrunken und entschlossen über ihn drüberstieg, während gleich hinter ihm Hirschfeld mit dem Ober Scharringers Leib nach Haltegriffen absuchten. Schließlich bekam Paul ihn unter den Achseln zu fassen, er zog ihn mit derartiger Mühe hoch, daß ihm die Brille dabei anlief. Der Ober hatte seine Arme um Scharringers Hüften gewickelt, so kam der hoch, wackelte mit dem Kopf und grimassierte. Demant beobachtete das Geschehen hinter seinem Rücken überhaupt nicht, sondern suchte neben dem Münzfernsprecher nach dem Zettel mit Christianes Telefonnummer.

»Bist du das, Christiane«, sagte er mit schleifender Stimme in die Muschel.

»Ja, ja, hier bin ich.«

»Kannst du, willst du, …ich möchte, daß du herkommst.«

»Wo bist du?«

»Beim Zeppelin. Gumpendorferstraße.«

»Ich komme.«

Zufrieden nickend hing Demant ein. Scharringer stand ihm gegenüber und rülpste, hernach erbrach er gegen

44

Demants Brust. Dieser sprang selbstverständlich zur Seite und schaute zu, wie ihm das Gespiebene am Pullover herunterrann und danach an der Hose. Paul und der Ober brachten Scharringer nach draußen, Demant stand da und begann sofort zu riechen.

Notdürftig gereinigt wartete er im Mantel vor der Tür auf Christiane. Er hatte sie in ihrem Auto erwartet, doch sie entstieg einem Taxi. Er ging rasch auf sie zu.

»Nehmen wir's gleich.«

»Wohin?« fragte sie.

»Zu dir. Mich hat der Scharringer angekotzt. Entschuldige den Gestank.«

»Wer ist Scharringer?« Christiane nahm ihn ohneweiters in die Arme, nachdem sie im Taxi Platz genommen hatten. Mit offenen Augen küßte sie ihn schnell und oft auf Mund und Hals, so daß er mit geschlossenen Augen ihren Mund und Hals zurückküßte. Sie fuhren nach Hernals, eine unbekannte Gegend für Demant. Es hatte zu schneien aufgehört.

»Was ist mit deinem Auto?«

»Kaputt.«

»Warum bist du gekommen?«

»Du hast mich doch gerufen. Weißt du das nicht mehr?«

»Ah deshalb. Das ist ein Grund, ich geb's zu. Du mußt in mich verliebt sein.«

»Halb«, wiederholte sie.

Ah, sie riecht gut, dachte Demant. Dabei, wir sind noch nicht in Hernals.

Sie betraten beide die beiden unvertraute Wohnung. Sie fielen übereinander her. Sie waren ganz still und wach, als der Morgen dämmerte.

»Ich bin auch halb in dich verliebt«, sagte Demant dann

und bedeckte sie mit seinem Leib. »Wieso wird bloß dein rechtes Ohr rot?« fragte er plötzlich.

»Hexenfieber«, sagte sie und atmete schwer.

»Ach so«, sagte er, blieb in ihr drin, der Schweiß stand auf Rücken und Hintern. So fand sie der Morgen.

8.

Es begab sich, daß sie nicht auseinanderkamen. Zwar war Demant mit Wilma verabredet, zwar mußte Kalteisen zum Dienst nach Baden ins Esplanade, doch so hoch auch die Wintersonne über Hernals bereits stand, so tief waren sie ineinander verkraucht, schliefen und wachten, lagen die Stunden da, schüsselförmig. Die Körperränder schienen sich im Atem, im Geruch, in den wechselnden Temperaturen zu verflüssigen. Gesprochen wurde kaum. Sie eilten im jeweils ganz und gar eigenen der verständigen Sprache voraus oder zogen sie hinter sich her. Ein Kometenkopf sind wir mit einem Sprechschweif, dachte sich Kalteisen. Durch welche Niemandsländer rasen wir, ich und dieser schwarze Mensch, er und ich?

In einer Höhle bin ich gelandet, dachte sich Demant, in der Tür steht der Würgeengel. Der Atem machte ihm ebenso Erektionen wie der Anblick ihrer Ohren; sogar der Sonnenstrahl durchs Dachfenster auf seinen Bauch. Er stand auf, also doch, ging gespreizt im Zimmer auf und ab, schlenkerte mit den Gelenken, um sich die Begierde irgendwie herauszuschütteln, schließlich stellte er sich unter die kalte Dusche, brachte endlich sein Geschlecht in Entspannung, zog sich die Hose drüber, setzte sich an die Bettkante, um Christiane füglich anzuschnarren: »Komm raus aus Walhalla und ruf wenigstens im Esplanade an.«

»Red nix«, erwiderte sie, drehte sich auf den Bauch, mit dem Hintern zog sie Danny auf der Stelle ins Bett.

»Das geht so nicht«, keuchte er, kam wieder hoch. »Gehen wir raus.«

»Wie du willst.« Sie seufzte. »Jetzt werden wir hundert Stunden reden.«

»Reden ist gut. Reden beruhigt. Gehen wir raus und reden wir.«

Während sie noch unter der Dusche stand, redete sie bereits: »Wir waren ein Kometenkopf, die ganze Zeit, ein einziger Kometenkopf. Wir waren… ich habe… du wolltest, es ist alles so unbekannt. Hernach haben wir ständig einen Schweif hinter uns hergezogen.«

»Den Kometenschweif?«

»Ja so etwas. Dieser Schweif ist das Reden.«

»Alles hat einen Schweif.« Demant saß im Sessel, Kalteisen trocknete sich ab.

»Wenn wir reden, dann geht alles verloren, besser gesagt, alles wird benannt und bekannt.«

»Versteh ich nicht. Gehörst du zu der Sorte, die immer behauptet, alle Gefühle werden zerredet?«

»Andere sagen das auch?«

»Ich red aber gern.« Demant bekam ein schuldbewußtes Gesicht. »Ich will Bekanntes und Benanntes. Das vorhin ist eh zwischen den Wörtern.«

»Vor den Wörtern, glaub ich«, sagte Christiane. »Ich bin musikalisch und nicht katholisch.«

»Ich bin auch nicht katholisch.«

»Ich mal lieber.« Christiane war auf einmal ihm gegenüber. Er wollte im Aufstehen und im Aufsiehingehen sein Gefühl des Gegenübers beschwichtigen. Daher begann er sie zu umarmen, doch fremd lag sie an seiner Brust, obwohl sie lächelnd ihn ihrerseits umfing.

»Wir sind doch keine Viecher«, brummte er und ging zu seinem Sessel zurück.

»Was wärest du am liebsten?« fragte sie und setzte sich auf seinen Schoß, gleichsam um die Beschwichtigung zu unterstützen.

»Eine Eule«, sagte er zögernd. »Wenn die Philosophie ihr Grau in Grau malt, ist eine Gestalt des Lebens alt geworden. Und mit Grau in Grau läßt sie sich nicht verjüngen, nur erkennen. So beginnt die Eule der Minerva erst in der hereinbrechenden Dämmerung mit ihrem Flug. Und du?«

»Ich? Ich wäre lieber die Minerva als die Eule. Die Eule ist doch ein Vieh.«

»Das gilt nicht«, lachte Demant. »Was wärst du am liebsten?«

»Spielen wir was anderes.« Christiane bekam das erste Mal einen mürrischen Zug.

»Du hast angefangen.« Demant küßte sie aufs Mürrische im Antlitz.

»Ein Mann«, platzte sie heraus und stand rasch auf. Die Beschwichtigung war bereits gescheitert. Sie bemerkte es und fügte rasch hinzu: »Oder eine Frau. Oder ich will sein irgendwie Ich.«

»Ich bist du, wenn du im Nichtich bist.«

»Red nix«, sagte Kalteisen.

Sie suchte nach Zigaretten, fand keine.

Ich mach schon wieder alles falsch, sagte Demant zu seinem Herzen. Dauernd geb ich abendländisches Kulturgut von mir, zitiere die Denker und Dichter, finde kein eigenes Wort. Warum zieh ich sie in mein angewohntes Denkkabinett, statt ins Freie zu gehen? Sie will mit Energie sprechen, ich antworte mit Büchern. Was schlepp ich meinen alten Scheiß in alle neuen Gegenden mit?

Prompt sagte Kalteisen, während sie eine seiner Zigaretten zum Mund führte: »Du bist ziemlich gescheit, gelt?«

»Ach was. Was nützt das schon?«

»Ich find's nützlich. Immer, wenn ich was nicht weiß, frag ich dich. Gehen wir runter. Ich muß das Auto reparieren lassen. Kennst du dich mit Autos aus?«

Unten umrundeten sie den Wagen.

»Am besten ist's, du rufst die Pannenhilfe. Wir können da im Café warten.« Noch während er das sagte, wollte er weg.

»Ich möchte weg. Ich muß ein bißchen was tun. Ich fahr nämlich übermorgen früh nach Venedig.« Christiane nickte:

»Ich komm schon zurecht.«

Sie will mich auch lossein. Ich mach alles falsch. Und um sich das zu bestätigen, schlug er ihr vor, sie solle nach vier Stunden im Café Museum auf ihn warten. Als sie lächelnd zustimmte, war er verblüfft und etwas enttäuscht. Er drehte ihr den Rücken zu und ging Richtung Hernalser Hauptstraße davon.

Wird er sich umdrehn, fragte sich Kalteisen. Er verschwand um die nächste Ecke.

Kalteisen schaute noch eine Weile in die Gasse hinein, aus der er verschwunden war, sie spürte so starke Erregungen im Bauch, daß sie sich an der Häuserwand anlehnen mußte.

Zweites Kapitel
Kälte

1.

Konrad Sachs fuhr aus dem Schlaf hoch. Mit zitternden Händen tappte er am Nachtkästchen herum, fand die Brille und setzte sie sich auf. Seine Frau Else sagte mit schläfriger Stimme:

»Schon wieder schlecht geträumt, nicht wahr?«

»Hab ich geschrien?« Konrad drehte sich zu ihr hin, fuhr sich dabei durchs schüttere Haar, bemerkte dabei den Schweiß an der Stirn.

»Das geht schon so den ganzen Herbst«, flüsterte Else. »Schlaf weiter.«

Konrad stieg mit steifen Beinen aus dem Bett, rührte am Fußboden herum, bis er die Pantoffel mit den Zehen spürte, zog sich im Aufstehen die Pyjamahose über die große Bauchwölbung und verließ das Schlafzimmer. Er ging durch den Flur und an der Toilette vorbei ins Wohnzimmer, öffnete die Balkontür und trat ins Freie.

Wegen des Vollmonds war die Elbe bereits zu erkennen, der frische Dezemberwind vertrieb ihn sofort vom Balkon. Er erledigte schnell die Toilette, steckte hernach seinen schweren Schädel unter die Wasserhähne, um sich anschließend aus dem Schrank den braunweißen Norwegerpullover zu holen, streifte ihn über die Jacke, zog darüber den Schlafrock. In dessen Tasche fand er die Zigaretten, zündete sich eine an, obwohl ihm der Arzt Vorstellungen übers Rauchen auf nüchternen Magen gemacht hatte, ebenso wie über Freßsucht und Biergenuß. Er betrat wiederum den Balkon, schloß hinter sich die Tür.

Jetzt war er in seinem Geviert, gleichsam in der Welt, aber außerhalb seines behaglichen Daheims.

Unten auf der Straße nahm der Verkehr bereits zu, es war sechs Uhr früh, eine Stunde vor dem Aufwachen ist er wieder einmal aufgewacht. Da stand er im Ausklang seiner Angst, während der Schweiß auf der Stirne im Westwind auskühlte.

Seit seiner Jugend hatte er die Angstträume nicht mehr gehabt, bis zu jenem zweiten September dieses Jahres. Er wußte es genau, es war am Tag nach seinem vierundvierzigsten Geburtstag gewesen, als ein Außenstehender ihn wiederum mit seinem furchtbaren Geheimnis konfrontiert hatte. Er war damals mit noch schwerem Schädel von den Feierlichkeiten frühmorgens auf der Elbpromenade entlanggelaufen, wohl auch, um seinen Kater aus dem Körper zu gehen. Überhaupt stapfte er sehr gerne im Sand vor seinem Haus in Richtung Blankenese; das ist die Bewegung, die er sich verordnet hatte, seit sie vor Jahren in die so günstig gelegene Wohnung an der Elbchaussee eingezogen waren. Der zweite September war ein trockener, schon in der Früh warmer Tag gewesen. Er stapfte verbissen dahin, vorbei an den leeren Strandcafés. Kaum, daß ihm Menschen begegneten. Aber Eggenberger.

Jawohl, dem Eggenberger mußte er begegnen. Er lief an ihm vorbei, als hätte er ihn nicht bemerkt, dachte erschrocken, was sein Münchner Studienkollege zwanzig Jahre später auf der Elbpromenade verloren hatte, da hörte er in seinem Rücken bereits Eggenbergers Stimme:

»Sachs, bist du's?«

Konrad blieb stehen, mußte sich umdrehen und wartete mit scheinbar überraschtem Gesicht, bis Eggenberger seine Hand ergriff und freudig auf und ab pumpte.

Eggenberger, der Mitwisser. Eggenberger war dabei, als der junge Sachs in den Bibliotheken die Dossiers seines Vaters studierte, der einst der große Mann im Generalgouvernement war und unweit des großen südpolnischen Vernichtungslagers seine Residenz hatte. Vorher schon war er ein hoher Nazijurist gewesen, nachher wurde er in Nürnberg verurteilt und hingerichtet. Natürlich wußte Sachs schon die ganze Zeit, wer sein Vater war. Er hatte sogar noch dunkle Erinnerungen an jenes große Lager, das er an der Hand des Vaters nicht selten besucht hatte, vor allem bestimmte Gerüche erinnerten ihn daran.

Sowohl die Mutter als auch die ältere Schwester hielten das Andenken des Vaters hoch und sprachen von Schandurteilen der Siegermächte über jene, die das alles so nicht gewollt, aber doch treu zum Vaterland gestanden waren. Was allerdings sein Vater in den Jahren getan hatte, wußte der aufwachsende Konrad nicht und wollte es lange Zeit auch nicht wissen. Er entsann sich noch genau einer Autofahrt irgendwann nach dem Krieg. Seine Mutter fuhr mit ihm und zwei Onkeln nach München. Diese Onkel waren gar keine Onkel, sondern Kameraden seines Vaters, und Konrad turnte an ihnen herum. Seine Mutter rief ihn von Zeit zu Zeit zur Ordnung, aber die Männer winkten ab und spielten weiter mit ihm. Einer von ihnen war Alois Eggenberger, der Vater von Herrmann Eggenberger. Der sagte zu ihm:

»Na, Prinz von Polen, wo hab ich die Schokolade versteckt?«

Konrad wollte weiter den Leib des Onkels absuchen, zögerte aber, lachte und rief:

»Jawoll, ich bin der Prinz von Polen. Mama, wo liegt Polen?«

»Im Osten«, antwortete der Eggenberger und gab ihm die Schokolade.

»Und wo sind wir?«

»Im Westen. Gott sei Dank, im Westen.«

Heute wußte Konrad Sachs nicht mehr, ob er schon damals die ganz frühen Erinnerungen im Zusammenhang mit dem Titel »Prinz von Polen« gehabt hatte. Jetzt glaubte er sich jedenfalls zu erinnern, daß man ihn schon in Krakau so gerufen hatte, daß er dann im Auto die frühe Zeit zum ersten Mal wiedererinnert hatte, aber sicher war er sich nicht, ein Kuddelmuddel.

Später kamen die diversen Kameraden seines Vaters gelegentlich zu Mutter in die Wohnung. Irgendwann hörten dann diese Besuche auf.

Konrad begann in München zu studieren. Dort lernte er den Eggenberger kennen. Herrmann kam zu ihm:

»Sachs. Bist du der Sohn von Ernst Sachs?« Konrad nickte.

»Da schau her! Der Prinz von Polen. Ich bin der Eggenberger.«

»Welcher Eggenberger?«

»Mein Vater und dein Vater waren so.« Und Herrmann legte seine Zeigefinger nebeneinander.

»Ach so. Davon weiß ich gar nichts.«

»Mein Vater hat mir oft von euch erzählt.«

»Wo ist er denn jetzt?«

»Schscht.« Herrmann schaute sich um.

Die beiden begannen einander privat zu treffen. So erfuhr Konrad, daß der alte Eggenberger sich vor kurzem doch nach Südamerika abgesetzt hatte, denn derzeit seien die Deutschen ganz wild drauf, dem Westen in den Arsch zu kriechen und ihrerseits nach dem Muster von Nürnberg Jagd auf die alten Kämpfer zu machen.

Als sie später die Dossiers über den »König von Polen« studierten, schoben diese sich rasch zwischen Konrad und Herrmann. Konrad konnte nicht ohne Übelkeit erfassen, was sein Vater urkundlich offenbar getan hatte, während Herrmann eben diese Taten aus der Zeit erklärte und als unumgänglich hinstellte. Der Respekt vor Ernst Sachs wuchs ihm ins Unermeßliche. Zugleich aber, und das verblüffte Konrad, stellte er die Echtheit des Bildmaterials in Abrede. Die Leichenberge, die jetzt überall veröffentlicht wurden, tat er als Fälschung der Siegermächte ab, vor allem das gänzlich verjudete Amerika sei groß im Fabrizieren und Verbreiten solcher Lügen.

Konrad konnte sich diesen Widerspruch nicht recht erklären: Einerseits las er in einer Rede seines Vaters von Polen und Juden als Wanzen, andrerseits sollten die Vergasungen eben dieser Wanzen eine Lüge sein?

»Aber geh. Arbeiten haben's müssen, und g'wöhnt waren sie's nicht. Der Kampf im Osten war kein Honiglekken. Ausgerechnet die Juden hätten wir verschonen sollen, wo wir uns selbst nicht geschont haben? Aber Vergasen, Blödsinn.«

Konrad hatte das Gefühl, Herrmann glaubte, was er sagte. Er aber war vom ersten Augenblick davon überzeugt, daß alles so war, wie es abgebildet wurde.

»Ich hab's selbst gesehn«, sagte er eines Tages zu seinem großen Schrecken. Ihm kam's vor, als stünden ihm die Leichenberge vor Augen, und er als Fünfjähriger sah sie, an der Hand des Vaters. »Nein, das kann nicht sein«, fiel er sich ins Wort. Das half wenig. Kaum las er vom ständigen Leichengeruch in Auschwitz, hatte er ihn auch schon in der Nase. Eggenberger nannte ihn »überspannt« und zog sich allmählich von ihm zurück.

Konrad ging noch vor Ende des Studiums von München weg. Er hatte heimlich noch vieles über seinen Vater nachgelesen. Dieser war ja auch nicht gerade zurückhaltend in öffentlichen Äußerungen gewesen. Zu allem Überfluß wurde Beginn der sechziger Jahre eine Autobiographie des Vaters aufgefunden und veröffentlicht. Sachs beschloß, keinen Vater zu haben, nie einen Vater gehabt zu haben. Er zog nach Hamburg und begann als Kulturredakteur beim liberalen Hamburger Echo zu arbeiten. Seine Herkunft hielt er geheim. Gott sei Dank war ja Sachs ein recht häufiger Name, dennoch erwog er sogar, diesen zu ändern. Allein die Auffälligkeit so einer Namensänderung überhaupt hielt ihn davon ab.

An die zwanzig Jahre traf er niemanden von früher. Schließlich heiratete er, nachdem er zum Kulturchef der Zeitung aufgestiegen war. Angesehen hier, hatte er einen Freundeskreis, welcher strikt antinazistisch war. Er selbst gab sehr häufig Proben dieser Gesinnung von sich.

Die Träume seiner Jugend, die ihn so gequält hatten, waren nahezu verschwunden. Er hatte sich leidlich eingerichtet; ein fröhlicher, etwas plebejischer und zugleich zartbesaiteter Kulturmensch ist aus ihm geworden.

»Lebst du in Hamburg?« fragte ihn der Eggenberger.

»Iwo. Geschäftlich. Und du?«

»Bin Advokat in Stuttgart. Auch geschäftlich da.«

Konrad holte Atem:

»Sag Eggenberger, bist du noch immer ein Nazi?«

»Ich? Ich war doch nie…«

»Na ich mein, die Auschwitzlüge und so. Dein Vater. Die stille Hilfe et cetera.«

»Was fällst du so über mich her? Verrückt?«

»Warst du nicht einer der unsäglichen Verteidiger im Frankfurter Prozeß?«

»Na und? Leben wir in einem Rechtsstaat?«

»Jetzt schon.«

Eggenbergers Gesicht verzerrte sich, sein Hals wurde fleckig.

»So eine Lippe! So tönt jetzt der Prinz von Polen?«

Sachs trat einen Schritt auf ihn zu:

»Noch ein Wort, und du kriegst eins in die Schnauze.«

Die beiden Männer starrten einander an. Sachs drehte ab und stapfte weiter und wortlos davon, Richtung Blankenese. Bald hörte er hinter sich ein Gemecker. Dann schrie Eggenberger »feige Sau«, um Richtung St. Pauli davonzugehen. Seit damals hatte Konrad wieder seine Träume.

Er beobachtete einen Lastkahn auf der Elbe, Zigarette im Mund. Von den Zehen aufwärts begann er zu frösteln.

2.

Im Zug sitzen. Kniescheibe an Kniescheibe mit Wilma. Ein vertrautes Gesicht, das Mienenspiel ist kalkulierbar. Was soll ich da schon notieren? Den Semmering hinauf, bis man oben ist und auf der anderen Seite hinunter, so kommen wir nach Mürzzuschlag. »Mürzzuschlag«, sagt Wilma. Was soll mir zu Mürzzuschlag einfallen? »Meine Mutter kommt aus Mürzzuschlag«, sagt Wilma. Na schön. Wir fahren an ein und derselben Mürz entlang, bis sie Mur heißt. Nur die Mur. Wenn ein Fluß schon so heißt, was ist da noch zu erwarten? Ein Urtümmel? Eine langsame Verdächtigung bis zu den Zusammenrottungen? Roseggers Waldheimat, bigotte Kinder stolpern über die eigenen Wurzeln. Wie schön ist das bucklige Land in Österreich. Judenburg, Heimwehr, Erzberg, Schilcher, Zeltweg, das sonnige Kärnten, Kniescheibe an Kniescheibe, wollen wir in Klagenfurt aussteigen, einer von uns beiden, ich?

Noch eine Nacht hatte Demant in Hernals verbracht, betrunken von allem. Ich habe meinen Bruder zum Bahnhof gebracht, ihm ein neues Notizbuch überreicht, der Wilma einen larvierten Mitleidsblick zugeworfen, mich verabschiedet, um mich wie immer in Demants innere Geographie zurückzuziehen. Da sitzt mein langsam abkühlender Zwilling Kniescheibe an Kniescheibe mit der Frau, welche ihm jetzt die Zeit totzuschlagen beginnt, die eben sich mit Leben erfüllt hat. Warum bemerken eingebildete Liebhaber keine Temperaturunterschiede? Stets sind ihnen die Gegenstände ihrer Begierde ein und dieselbe Natur. Dabei haben sie – aufs Jahrzehnt aufgerechnet – zumeist Erfolg; Wilma ist drauf und dran, lieber auszusitzen als auseinandergesetzt zu werden von zufälligen und kurzatmigen Amouretten. Als gebranntes Kind setzt sie auf Dauer, auf Dasein, auf unerbittliche Nachgiebigkeit.

»Wir könnten Karel Slatnik besuchen«, sagte Demant. »Vielleicht fährt er mit nach Venedig.«

»Möchtest du das?« Mit verständnisvollem Gesicht, in dem auch der Schatten, der es jetzt überzog, dem Verständnis bloß die Konturen nahm, stimmte Wilma zu.

»Ach nein.« Demant blieb sitzen. »Du willst doch unter

uns sein, wie ich dich kenne. Kennst du den Witz, Wilma? In Klagenfurt steht ein Mann mit Hut vorm Schalter und sagt:

›Nach Laibach will ach.‹ Darauf der Beamte:

›No was jetzt? Wollen Sie nach Laibach oder wollen Sie nach Villach?‹

›Will ach nach Villach, will ach nach Villach. Will ach nach Laibach, will ach nach Laibach. Nach Laibach will ach.‹«

Der Witz war erzählt, und Wilma lachte. So kommen wir eben nach Villach.

Kärnten ist ohnedies ein sonderbares Land. Wie es der Philosoph und Bildhauer Karel Slatnik da aushält, obwohl er in Favoriten aufgewachsen war, wird mir nie eingehen. Da wuchs einer im Schatten des Amalienbades auf, bloß um nun jeden Tag auf die Karawanken zu starren. Die Karawanken. Ein unverläßliches Gebirge. In Thörl-Maglern müßte man sein, denke ich. Immer auf dem Sprung nach Italien. Eindrucksvoll das Kanaltal. Erdbeben und Merlot. Am Beginn der Poebene sind selbstverständlich die Berge nach rechts hinten gewichen und glänzen im Abendlicht.

Auf der Fahrt von Mestre nach Venedig steckten Demant und Horvath die Köpfe aus dem Fenster und warteten auf die Ankunft. Hernach fuhren sie mit dem Vaporetto zur Accademia, um dann in San Stefano die Locanda aufzusuchen, in der sie wohnen wollten. Dort roch es nach Katzen, aber die mongoloiden Hotelbesitzer empfingen sie mit Gleichmut.

Wilma ließ den Kofferdeckel aufspringen. Sie war im Begriffe, die Kleider in den wackeligen Schrank zu schichten, als Demant zur Tür ging.

»Ich muß was erledigen. Treffen wir uns in einer halben

Stunde im Café gegenüber?« Dann rannte er den Trampelpfad entlang zur Telefonzentrale. Doch Christiane war nicht zu erreichen. Schönes Venedig!

3.

Else konnte keine Kinder bekommen. So nahmen Konrad und sie seit Jahren ihr Frühstück zu zweit ein, ließen gleichsam die Zeit von halb acht bis viertel nach acht zwischen den Bissen und Schlucken privat verstreichen. Else liebte diese Dreiviertelstunde. Im allgemeinen vermieden beide intensive Gespräche. Probleme aller Art wurden andermal besprochen, jetzt begnügten sie sich mit einem Blick, einem Nicken, einer Andeutung. Still war es aber deswegen doch nicht, vor allem Konrad schlürfte und schmatzte, denn hier ist er zu Hause, da braucht er sich nicht zusammenpressen wie sonst überall; auch Bemerkungen zu den Gedanken, die ihm im Kopf standen, ließ er ohne Zögern aus dem Mund fahren. Else mochte ihn besonders als Schmatz- und Grunzmonster, seine halbverschlafenen Kalauer ließen sie hell auflachen. Zu streng war sie selber aufgewachsen, zu gerade hatte sie sich nahezu ein Vierteljahrhundert halten müssen. In der Holsteinschen Pastorenfamilie war es sehr englisch zugegangen. Vor Jahren hatte sie ein Geschäft mit Kosmetika eingerichtet, das sie nun mit drei Angestellten betrieb. Es lag in der Nähe der Lombardsbrücke, es war gediegen und fein. Je stärker ihre Sinnlichkeit unter Zucht stand, desto heftiger verfiel sie ihr, wann immer sie erlaubt war, und hier in diesen vier Wänden war sie erlaubt wie nirgendwo sonst. Sie liebte diesen dicklichen, gelegentlich stark kindlichen Mann seit Anbeginn. Mehr noch als seine geschliffenen Essays, seine gepflegte Redeweise in Gesellschaft liebte sie dies Kalauern, dies Schnarchen und Schmatzen. Fürze zum Frühstück gehörte zu ihrer Dreiviertelstunde. Sie selbst beschränkte solche Leibesäußerungen auf den Liebesakt und sein Drumherum, dabei aber geriet sie ohne Probleme gerne völlig außer sich. Kurzum, gegen die Regel führten die beiden eine gute Ehe, es fehlte ihnen an gar nichts, denn falls ihr Kinder allenfalls gefehlt hätten, fehlten sie ihm nicht, denn wenn Konrad etwas für sich selbst nicht mochte, dann waren es Kinder. So traf es sich bestens.

Else ahnte nichts von Konrads düsterem Geheimnis, aber vielleicht entströmte eben diesem Geheimnis ein Fluidum, das sie so anzog. Konrad jedenfalls spürte vage, daß der in ihm ruhende Prinz von Polen durchaus seinen eigenen Charme ausstrahlte, so daß sich sein etwas steifes Gemüt dadurch auflockerte, gleichsam verflüssigte. Wer hat schon im Herzen ein lustiges Geschöpf, das zwischen Stacheldraht und Krematorium herumtollen konnte und dem sich Gottes Sonne keinen Augenblick verdunkelt hatte.

Seit der Begegnung mit Eggenberger begann nun aber vor allem das Traumauge von Konrad einen mehr und mehr mitleidlosen Blick auf den Prinzen zu werfen, mehr und mehr verlor dieser an Unschuld, und als hätte er bereits einen Begriff von Unheil, zog er sich um so fester in die Brust zurück. So begann er sukzessive in Konrads Seele zu klemmen. Starr begegnete sein Blauauge dem Blick von Traumauge, und wenn sich des Prinzen Augen abwandten, erblickten sie statt des Stacheldrahts und der gestreiften Menschenschatten auf einmal einen schrecklichen Rippenkerker.

Sachs war heute ungewöhnlich mürrisch. Durch seine schweren Lider beobachtete er Else, die ihn ihrerseits aufmerksam musterte; dazu hatte sie ihre Wangen mit den Händen bedeckt, und so aufgestützt schaute sie ihm geradewegs ins Gesicht.

»Warum schaust du mir ins Maul?« Konrad hieb mürrisch mit dem Messer das Frühstücksei in der Mitte durch, betrachtete das Ergebnis und schob hernach die beiden Teile zur Seite.

»Gibt's etwas, was du mir mitteilen willst?« Else reichte ihm eine Serviette.

»Ich glaub schon.« Er lächelte sie verlegen an. »Wann müssen wir heute bei Adels sein?«

»Knapp vor acht«, sagte sie. Sie holte die beiden Eihälften zu sich herüber, kratzte den Inhalt in eine Tasse, salzte ihn und schob die Tasse wieder hinüber.

»Was heißt eigentlich Uwaga?« fragte sie dabei.

»Keine Ahnung.«

»Heut nacht hast du wenigstens dreimal Uwaga oder so ähnlich gerufen. Was ist das für ein Wort?«

»Vielleicht ist's polnisch?« Konrad zuckte mit den Achseln, von tief innen spürte er einen Ort, von dem aus ihm schlecht zu werden begann.

»Kannst du polnisch?«

»Kein Wort. Gib mir das Mineralwasser.« Er trank es aus. Die Übelkeit ließ nach. Er stand auf.

»Ich sause.« Else nickte:

»Hol die Geschenke ab, vergiß nicht.«

Schon im Mantel kam er zurück, küßte sie dick auf den Mund.

»Nie sollst du mich befragen, liebste Else.«

»Alles klar, Lohengrin.«

Lachend verließ er das Haus und stieg in seinen Granada. Lächelnd räumte sie wie immer das Geschirr weg, setzte sich anschließend auf die Toilette, wo es noch nach Konrads Stuhlgang roch. Ganz etepetete ging sie zu ihrem Volvo und fuhr gut gelaunt in die Stadt. Strahlend betrat sie ihr Geschäft.

»Fröhliche Weihnachten«, sagte sie zu den Angestellten und davor stehenden Kunden. Dann ging sie nach hinten und holte kleine Geschenkpakete aus dem Versteck.

4.

Schönes Venedig. Als Demant zu Wilma zurückkam, die prompt im Café auf dem Campo San Stefano auf ihn gewartet hatte, war er innerlich bereits entschlossen mit ihr zu brechen. Er setzte sich ihr gegenüber an den Tisch und rief nach einem Grappa. Da brach ihr freundliches Lächeln in sein Gesichtsfeld ein, ihm war's zum Bersten zumute, denn er konnte keines der Wörter herausbringen, welche nötig wären, um diese nahezu unendliche Liebessehnsucht zu stoppen, womöglich noch vor der eigenen Grenzhaut. So sprach er bloß einige sinnlose Sätze zu ihr hin, aus Verlegenheit kam ihm dabei der Speichel ungebremst aus dem Mund und traf sie am Kinn.

»Hast du alles ausgepackt, die Luft ist ja ganz mild, wie spät ist es, wann warst du das letzte Mal da, wieviel Schilling sind so viel Lira et cetera.«

Gegen halbzehn gingen sie dann Arm in Arm quer über den Platz in ein kleines Restaurant. Dort begann Demant Nudeln in sich hineinzuschaufeln und Krüge von Rotwein einzugießen, daweil Wilma sich durchaus mit Gläsern begnügte, auch aß sie auf feine Art ein Mailänder Schnitzel, um erst später betreten im gemischten Salat herumzustochern, denn bis dahin hatte der Wein Demants Herz mutig gemacht, und so rollten nun von seiner Zunge die Sätze aus der Höhle, die in ihm bereits länger wie eingemeißelt vorhanden waren.

»Vorhin hab ich natürlich Christiane angerufen. Sie war nicht da. Verzeih mir, liebste Wilma, ich krieg die Frau nicht aus meinen Sinnen heraus. Bevor ich da jetzt nicht klarsehe, möchte ich dir nicht mehr ganz nahe kommen.« Indem er die Arme ausbreitete und die Hände mit den Handflächen nach oben weit von sich in der Schwebe hielt, sprach er weiter eilig aus dem Zentrum:

»Wollen wir uns wie Freunde zueinander verhalten, aber nicht jetzt wie Mann und Frau. Wollen wir diese Stadt gemeinsam genießen, dahin gehen und dorthin, essen und trinken, wollen wir uneingezwängt von uns die Gebäude betrachten, frei atmen mein ich, wollen wir also ohne Anspruch aufeinander ein bißchen da bleiben?«

»Und vorm Schlafengehen ein Bussi auf die Wange«, fragte sie in die Rede hinein. Demant nickte eifrig:

»Genau. Ich seh, du verstehst mich, so ist es gut.« Er schnellte hoch, um sie kurz auf die Backe zu küssen, traf sie an der Nase, zog sich etwas wackelig wieder in seinen Sessel zurück.

Wilma schwieg und stocherte im gemischten Salat und sagte kein Wort. Nachdem Demant eine Weile diesem Schweigen zugehört hatte, stand er plötzlich auf, holte sich den Mantel und rief schon von der Tür:

»Es mußte sein. Ich geh nochmals telefonieren.«

Wilma schaute ihm nach, wie er die Tür von außen zumachte und dann draußen an ihr vorbeilief, wieder hinein in den Trampelpfad.

Wilma zahlte und ging mit kleinen Schritten an der Locanda vorbei zur Brücke vor der Accademia, überquerte sie nach kurzem Zögern und ging neben der Accademia in eine Gasse hinein und immer weiter, bis sie die Lichter der Giudecca gegenüber sah. Vor dem Wasser blieb sie stehen und ließ den Dezemberwind zu sich, so daß ihr Gefühl von Verlassenheit sich hier am Ort wußte; so rannen schnell die Tränen, und indes sie rannen, wußte sie immer weniger, was sie hier gegenüber der Giudecca tun sollte. Darauf begann sie Richtung Santa Maria della Salute zu gehen, blieb zuerst vor dieser Kirche stehen, lief dann schnell um sie herum, um jetzt nach San Marco zu schauen, dessen Lichter in ihren Augen tanzten und schwammen. Hoch im Osten stand der Orion, fremd und unbarmherzig, kein Freund mehr wie noch vor Tagen überm Donaukanal vom Fenster der Halmgasse aus.

Immer laß ich mich so behandeln. Immer und immer.

Wilma machte kehrt, aber nun ging sie bestimmter und in sich gepanzert wiederum Richtung Accademia. Vor einem Hotel blieb sie sofort stehn, betrachtete es kurz, verschwand darin. Kurz danach lief sie nach San Stefano zurück, um den Paß zu holen. Nach einigem Hin und Her bekam sie ihn ausgehändigt. Sie hatte Angst vor der Begegnung mit Demant, als sie wiederum zur Accademia zurücklief, obwohl der doch ohnedies in Richtung Campo Mannin weggegangen war. Sie hatte andrerseits kurz gezögert, ob sie diesem Mann einen Zettel aufs Bett legen sollte, doch dann hatte sie mit Stolz verzichtet. Erhobenen Kopfs ließ sie San Stefano im Rücken zurück, keinen Blick warf sie auf der Brücke zu dem links oben stehenden Orion. Erst im Hotel vermißte sie etwas, ein Buch, eine Zeitung, irgend so etwas.

So lag sie da, ohne Schlaf, eingepanzert und mit dem Gefühl, von den Stunden, die jetzt kommen und gehen, geleert zu werden. Also stand sie wieder auf, lief durch die Gassen, bis sie noch Licht in einer bereits geschlossenen Bar sah. Mit zwei Rotweinflaschen unter den Achseln kehrte sie zurück. Oben im Zimmer wollte sie eine öffnen, doch sie hatte keinen Korkzieher. Sie warf sich aufs Bett und begann laut zu weinen.

Demant wartete geduldig, bis eine Telefonzelle frei war. Jetzt erreichte er Christiane sofort. Ihre Stimme belebte sich, als er sich zu erkennen gab, sie freute sich.

Er freute sich, sie freuten sich, er flüsterte samtene Wörter, sie genoß sie als Pralinen, er sagte ihr seine Sehnsucht, seine Liebe, sie antwortete mit ja, aha, sehr schön und am Schluß mit ich auch.

Federnd ging er zurück ins leere Zimmer, zog sich aus und schlief gleich ein, das Bild Christianes bis zuletzt unter den Lidern.

5.

Nächsten Morgen lag er noch lang und breit da im Doppelbett, beide Arme im rechten Winkel vom Körper und wachte so auf. Es war schon guter Vormittag, Wilma war nicht da, noch nicht zurück, Wilma war weg. Demant fuhr noch ein bißchen mit den Händen in der anderen Betthälfte auf und ab, lauschte ein wenig nach draußen, verließ dann das Bett, klemmte sich das Geschlecht zwischen die Schenkel und stand so da.

Jetzt muß ich mich mit ihr befassen. Jetzt werd ich gleich aus der Locanda herauskommen müssen, um am vorletzten Tag des Jahres die Stadt nach ihr abzusuchen. Immerhin hat sie ja die Wäsche noch hier, die Bücher, die Zahnbürste, sie wird von selbst kommen. Er ging zum Waschbecken, urinierte hinein, weiter mit dem Ohr nach draußen. Dann ließ er die Wasserhähne spritzen, nahm Wilmas Zahnbürste, ging zum Schrank und suchte sich Unterwäsche. Bevor er sich anzog, schlüpfte er ins Bett zurück, da lag er still.

Wilma war in den Kleidern überm Bett eingeschlafen, irgendwann nachts fröstelnd hatte sie sich hineingelegt, dann in der Früh verlegen das Hotel bezahlt und verlassen, die Rotweinflaschen blieben zurück. Sie ging ins Café gegenüber der Locanda San Stefano und saß vor dem Cappuccino, sah durch die breiten Glasfenster zum Eingang hinüber, ob Demant herauskommt. Häufig verdeckten spielende Kinder, andere Passanten und überhaupt Leute den Eingang. Dieses Hinüberstarren über den Campo San Stefano, daweil ihr der Kaffee auskühlte und auch der zweite, machte sie wieder verdrossen, denn als sie vorhin das Hotel verlassen hatte, um jetzt zum vierten Mal den Weg über die Akademiebrücke zu gehen, war sie guten Mutes gewesen. Drauf und dran auf Demants Vorschlag einzugehen, einige schöne Tage hier zu verbringen, mit dieser herzenswarmen Nachgiebigkeit sich dabei doch in seinem Leben auszubreiten, war sie nahezu entschlossen ins Café zurückgegangen. Jetzt starrte sie womöglich schon zu lange auf den Eingang gegenüber, so geht das nicht, sie zahlte und ging aus dem Café heraus, da stand sie mitten auf dem Platz, als Demant das Hotel verließ.

Sie sahen einander sofort und begannen aufeinander zuzugehn; er spürte sein Lächeln, es klebte ihm an der Wange. Sie trat vor ihn hin.

Sie betrachteten einander stumm, es war fast zwölf Uhr, der Platz war voll Sonne, um das Denkmal herum jagten die Kinder, andere schossen einen Ball immer wieder gegen die Kirchenwand an der Nordseite.

»Ich hab mir das alles überlegt«, sagte sie und hakte sich bei ihm unter.

»Freut mich, daß du nicht in einen Kanal gefallen bist«, murmelte er. »Wohin willst du jetzt?«

»Hast du schon gefrühstückt?«

»Du denkst an alles, so ist das«, sagte er.

Sie gingen in das Café gegenüber. Er trank doppelten Espresso und aß zwei Sandwiches. Sie sah ihm anfangs zu, dann begann sie zwischen seinen Bissen von der vergangenen Nacht zu berichten. Sachlich mit der Stimme, das Gesicht während der Erzählung ohne große Bewegung, der Atem gleichmäßig. Demant hörte sich alles in voller Ruhe an, hie und da fiel ihm ein Brösel aus dem Mund. Nachdem sie geendet hatte, stand er auf.

»Komm, wir gehn die Rotweinflaschen holen. Wo sind wir denn.«

Sie schüttelte den Kopf.

»Ich geh dort nicht mehr hin, ich möchte nach San Marco.«

Also setzte sich Demant wieder hin, begann zur Theke hinüberzuschielen, schließlich bestellte er sich einen doppelten Grappa. Sie schaute ihn überrascht an, lächelnd stimmte er zu, um sie dann wegen ihres Verständnisses zu loben.

»Du bist prachtvoll«, sagte er und nahm den Grappa zögernd in die Hand. »Jede andere wär auf der Stelle abgefahren oder hätte sich aus Trotz dem nächsten Mann ins Bett gelegt oder mir, wie's kommt, ins Gesicht geschlagen. Warum läßt du dir das gefallen?«

»Ich möchte«, sagte Wilma, während er das Glas auf einmal leerte, »daß du eine gute Zeit hast. Ich bedeute dir als Frau offenbar nicht so viel, dafür kannst du doch nichts. Ich hasse nichts als kleinliche Streitigkeiten.«

»Prachtvoll«, sagte er, doch er glaubte ihr kein Wort. Ein anderes Gambit, dachte er, sie ist eigentlich nicht zum Aushalten. Kurz schoß ihm durch den Kopf, daß ihr älterer Bruder schon seit fünfzehn Jahren gelähmt im Rollstuhl sitzt, ihre ganze Zuneigung aus dieser Stellung bezieht. Ohne Absicht warf er ihr einen langen, eisigen Blick zu, so daß Wilma nach kurzer Zeit die Augen senkte und mehr zur Tischplatte als zu ihm murmelte:

»Fahren wir nach San Marco. Ich liebe dich, Demant, das kannst du nicht ändern. Das ist meine Sache. Mach dir keine Sorgen.«

Einen Dreck liebst du mich, dachte er, spürte, daß er seine Gedanken durch die Augen verriet, wandte sich rasch ab, um den Ober zu rufen.

Sie fuhren nach San Marco, gingen über den Platz. Er hatte das starke Bedürfnis, die Tauben links und rechts mit den Füßen wegzukicken, sie schaute mit großen Augen auf den Dogenpalast und die Basilika vor ihnen, er sah hinter ihrem Genick vorbei zum Café Florian, in das er jetzt am liebsten allein gegangen wäre, um eine Karte an Christiane zu schreiben. Sie zog ihn weiter zur Basilika hin, wollte hinein und hinauf.

Er ging stumm neben ihr her, warf keinen Blick auf die halbdunklen Fresken. Sie jammerte, daß sie den Führer im Hotel gelassen hatte und daher nicht wußte, von wem was ist, er sagte aufs Geratewohl »Veronese« und trat dann mit ihr auf den Balkon. Jetzt lag halt der Markusplatz weit unter ihren Füßen, und die beiden schauten von oben auf ihn drauf. Wenn sie die Blicke hoben, konnten sie selbstverständlich etliche Gebäude in der

Nähe und weiter weg sehen, doch da Wilma den Führer im Hotel vergessen hatte, identifizierten sie keines.

Nachdem sie eine Weile dort geblieben waren, stiegen sie schweigend wieder herunter. Unten wollte Wilma sofort einen Führer kaufen und tat es.

»Ich geh nochmals rauf«; sagte sie zu ihm.

»Ich warte dort auf dich«, sagte Demant und deutete aufs Café Florian. Sie nickte und verschwand in der Basilika. Er ging mitten durch die Leute zum Florian. Drin fand er einen Platz in einem Raum, der »Bar« hieß und setzte sich zum Fenster. Ihm gegenüber saßen zwei Damen, die in einer Sprache so laut sprachen, daß er auf Rumänisch tippte. Er zog ein Heft aus der Tasche, riß ein Blatt ab und schrieb mit großer Geschwindigkeit einige Zeilen. Als sie nach einer halben Stunde zurückkam, saß er da, küßte sie zur Begrüßung. Sie war fast ohne Atem, so war sie dann zurückgelaufen, doch er lächelte, gleichgültig gegen die ganze Stadt.

6.

Etwas nach halb acht standen Else und Konrad vor der Wohnungstür des Regisseurs Peter Adel, hinter der die Schritte seiner Frau zu hören waren. Margot Dronte-Adel grätschte den Mund, ein strahlendes Empfangslächeln begleitete die beiden in den Vorraum, da kam schon der kugelrunde, glatzköpfige Adel aus dem Zimmer heraus, küßte ihnen die Backen, legte sich die Garderobe über den Arm, verstaute sie, während Margot das Ehepaar ins Wohnzimmer geleitete.

Die Adels wohnten am Eppendorfer Baum, ein schönes, altes Bürgerhaus, eine geräumige Wohnung, gediegene

Einrichtung. Nichts an dem Interieur ließ vermuten, daß Peter Adel ein wilder und verrückter Theatermann war, dessen Inszenierungen heftigste Unruhen auslösten, wobei aus der Entfernung oft nicht auszumachen war, ob solche affektiven Kundgebungen Ekel, Empörung, Begeisterung oder auch nur Fassungslosigkeit entsprungen waren. Auf diese Art hatte sich Adel in der bundesdeutschen Theaterlandschaft etabliert. Ohne seine Arbeit wäre er verloren gewesen, er hätte sich in der Konformität deutscher Nachkriegswirklichkeit längst verheddert; am Alkohol und anderen Drogen wäre er längst zugrunde gegangen. So aber hatte er sich, obwohl ihm Frauen bislang gleichgültig waren, in seine Lieblingsdarstellerin verliebt und die Margot Dronte nach einigen turbulenten Jahren sogar geheiratet. Mit einem Schlag verlor er eine Reihe von Dramaturgen, auf deren Begabungen er mehr Wert zu legen begann als auf ihre Schultern oder Hände.

Die Dronte aber blieb die Dronte. Nach wie vor spielte sie in nahezu allen Produktionen ihre Rolle, ganz ergeben dem Regiekonzept ihres Mannes, der seinerseits ihrer Schauspielkunst nach wie vor schutzlos ausgeliefert blieb.

In Konrad Sachs hatte Adel nicht nur einen Bewunderer, sondern mit der Zeit war eine merkwürdige Freundschaft entstanden. Über Adel ließ Sachs nichts kommen. Wie immer eine Inszenierung geglückt oder mißglückt war, Sachs verteidigte sie. Er hatte die Fähigkeit der Interpretation anhand der Arbeiten Adels nahezu perfektioniert, so daß Adel gelegentlich verblüfft die Hintergründe von Auflösungen aus den Artikeln von Konrad erfuhr, die er selbst mit schlechtem Gewissen als eher flach empfunden hatte. Er ist der beste Dramaturg post festum, dachte er sich immer wieder, und so blieb auch er dem fast zehn Jahre Jüngeren ergeben.

Margot und Else hatten ihre gegenseitigen Beziehungen diesem Gehäuse eingepaßt, doch während Margot auch privat eine große Schauspielerin blieb, verharrte Else gern im Halbschatten der Begegnungen, ruhig, freundlich, ganz in derselben Ekliptik, in der sie auch zu Konrad stand.

Auch Peter Adel hatte ein Geheimnis. Niemand wußte, daß er Jude war, außer Hitler und dessen Helferlingen. Als Achtjähriger war Peter mit seinen Eltern nach England geflohen, als Siebzehnjähriger war er zurückgekommen. Doch schon seine Eltern waren protestantisch gewesen, sie gingen, wie er verkündete, aus politischen Gründen außer Landes. Was niemand wußte, blieb auch tief in Adels Seele. Sein Vater, ein angesehener hanseatischer Kaufmann, konnte die Schmach, plötzlich bloß ein Jude zu sein, nicht lange aushalten. Noch in England riß ihm das Herz, und darüber kam Peters Mutter nie mehr hinweg. Sie kehrte zwar noch mit ihrem Sohn in das zerspellte Hamburg zurück, verfiel dort aber der Melancholie und nahm sich neunzehnhundertfünfzig das Leben, indem sie gedankenverloren in einen britischen Militärjeep lief. Onkel und Tanten, einige Vettern hatte Peter Adel in Polen verloren, doch er hatte sie kaum gekannt. Er fühlte sich durchaus nicht als Jude, er stellte im Gegenteil in sich die verlorene Würde seines Vaters wieder her, denn da sein Vater als Jude das Land verlassen hatte, beschloß er, es als Deutscher wieder zu betreten, und dabei blieb es. Doch konnte er sich schwer verhehlen, daß etwas Dunkles in ihm ständig präsent blieb.

»Die Würfel sind gefallen. Ich mach es«, sagte Adel, als

sie um den Tisch herum in die Fauteuils sich versenkt hatten.

»Ist das nicht wunderbar«, fragte Margot. »Ich spiele Bogers Sekretärin. Unter anderem.«

»Gratuliere.« Konrad Sachs lachte breit. Else machte ein erstauntes Gesicht, sie beugte sich vor, um den Drink am Tisch zu erreichen.

»Irgendwann«, sagte sie und nahm einen Schluck, »werde auch ich erfahren, worüber ihr euch so freut.«

»Ah ja, Else, pardon. Peter inszeniert die Ermittlung von Peter Weiss.«

»Kenn ich nicht.«

Konrad, der Belesene, schilderte seiner Frau kurz und präzise, was das für ein Stück ist.

»Was«, wunderte sich Else, »das kann man inszenieren? Wie willst du den Frankfurter Auschwitzprozeß inszenieren?«

»Schweinebüchern«, antwortete Adel, und seine Augen begannen zu funkeln. »Ich inszenier's als schweinebücherne Banalität. Gewöhnliche Leute – du und ich – sitzen auf der Anklagebank, so war's doch. Boger, ein freundlicher Opa und so weiter.«

Sachs nahm schnell einen Schluck, denn heiß und kalt ward es zugleich in ihm, er bemerkte gut, wie ihm die Handflächen feucht wurden.

»Keine Monster.« Adel lachte. »Kleine Befehlsempfänger. Boger zum Beispiel war zu seiner Sekretärin, einem weiblichen Häftling, höflich und korrekt. Das hat sie in Auschwitz privilegiert.«

»Ich soll mit Strapsen auftreten«, sagte Margot. »Ich hör schon jetzt die Kritik röhren.«

»Aber es waren doch Monster.« Sachs richtete seine blauen Augen auf Adel. »Willst du behaupten, jeder von uns könnte sich so was ausdenken wie die Boger-Schaukel?«

»Jeder. Jeder. Jeder.« Peter Adel nickte bei jedem Wort. »Das ist der Clou. Bist du denn sicher, daß du damals nicht dazu imstande gewesen wärst?«

Sachs antwortete nicht. Schließlich zuckte er mit den Achseln, währenddessen sein Prinz von Polen mit den kleinen Patschhänden zusammenklatschte und fröhlich herumzutollen begann. Sachs arbeitete sich aus dem Stuhl hoch.

»Entschuldigt mich einen Moment.«

Adel blickte dem Sachs in den Rücken.

»Tja«, sagte er, und genießerisch wandte er sich an die Runde, »tja, das wird was.« Und zitierte, als Sachs das Zimmer wieder betrat:

»Boger hat den Bogen raus. Wird das Kind schon schaukeln.« Danach lachte er kurz, seine dunklen Augen blieben auf dem Gesicht von Konrad, aber das Funkeln war verschwunden, glanzlos lagen sie im fetten Antlitz des Regisseurs, fast stumpf begleiteten sie den Sachs, der sich wieder in den Stuhl fallen ließ.

»Womöglich hast du recht, Peter.«

»So ist's. So zeig ich's.« Adel fuhr schneidend mit der Hand durch die Luft. In seinen Augen waren Schlieren zu sehen, er schloß sie kurz, lachte nochmals auf, herzlich und freudlos zugleich.

7.

Schweigend schauten sie vom Florian auf den sich eindunkelnden Markusplatz. Von Zeit zu Zeit unterbrachen Wilma oder Danny das Schweigen, vor allem dann, wenn es laut wurde. Sie tauschten Redensarten aus, derart, daß sie vom jahrelangen Einverständnis und dem Druck der Vertrautheit ganz flach zwischen ihnen standen, als sei die Bauchigkeit von Mitteilungen längst in die Mitteiler gewandert. Schließlich erhoben sie sich, jeder an seiner Statt gingen sie nebeneinander in der großen Diagonale und verschwanden neben dem Wagonlits-Büro in den Gassen von San Marco.

Der dreißigste Dezember war mild. Venedig sah aus wie das vergehende Jahr dreiundachtzig: verschlissen und endgültig trieben die Bewohner ihren Bestimmungen entgegen, so kam's Demant vor, wenn er gedankenverloren den Leuten nachsah, die eben noch vor ihm links und rechts ausgewichen waren.

Also gingen sie – gelegentlich hakte Wilma sich wieder unter – wie verschlissen und endgültig hinein in die Sotoportego secondo Lucatello, blieben vor einem der wuchernden Maskengeschäfte stehen, fuhren mit den Augen den Kitsch rauf und runter. Demant betrachtete stumpf eine riesige Topfpflanze, die mitten auf das Plätzchen hingestellt worden war, Wilma schritt inzwischen schon durch das Tor durch und zog Demant zur Ponte dei Bareteri. Dort schaute er auf ein uraltes Grammophon in der Auslage, dann kamen sie vorbei an der Trattoria Sempione. Als sie bei der Marzaria del Capitello angelangt waren, wälzten sich die Menschen vor ihnen, als hätten sich alle Leute hier verabredet. Über das Brückchen gingen sie vorbei an dem ausgestellten Regenschirm, weiß mit roten Kirschen, und Wilma äußerte ihren Wunsch, ihn zu kaufen, doch Demant war bereits am Textilgeschäft Al Duca d'Aosto vorbei zum Ramo Marzaria San Salvador gelangt. Also mußte Wilma wiederum hinter ihm her gehen.

Das tät ihm so passen, daß er mich verliert, dachte sie bitter, doch als sie ihn erreicht hatte, lag wiederum das zufriedene Lächeln unter ihrer Nase.

Über Marzaria San Salvador, Campo San Salvador, Marzarieta due Aprile, erreichten sie den Campo San Bartolomeo.

»Wer ist das?« fragte Wilma und deutete auf einen Mann, der dort in seltsamer Haltung auf seinem Steinsockel stand. Demant las den Namen ab, der eingemeißelt war.

»Goldoni«, sagte er ihr.

»Ah ja, da steht's.«

Also marschierten sie an dem alten Komödianten vorbei, beiden war schon seit dem Florian jede Art von Fröhlichkeit fremd, sie wanderten einfach weiter durch die Calle del Fontego dei Tedeschi, bogen scharf nach links ab, so daß die Deutsche Schule in ihren Rücken geriet, kamen über die Fondamenta del Traghetto del Buso zur Rialtobrücke.

»Jöh«, sagte Wilma, als sie sie sah.

Stumm gingen sie über das Zeug drüber, vorbei am Ramsch links und rechts, bloß über ihnen kam ein Stern nach dem andern hervor, gelegentlich bemerkt von Demant, obwohl er zumeist mit den Augen ein paar Schritte vor sich auf die Gasse blickte.

Bei der Trattoria Letizia wollte Demant stehenbleiben, um die Speisekarte herunterzulesen, doch jetzt kam Wilma voran, als würde sie am Ende der Ruga vecchia San Giovanni was Besonderes erwarten, doch der Trampelpfad wurde bloß schmal, so blieb sie auf der Rughetta del Ravano stehen, um zu beobachten, wie sich Demant nun ihr wieder annäherte. Gemeinsam überquerten sie alsdann den Rio tera San Silvestro, um über die Calle de l'ogio o de la Rughetta auf dem Campo San Aponal zu erscheinen. Dort ergriff Wilma, man weiß nicht, wieso, Dannys Hand und kratzte mit dem Zeigefinger ihn in der Mitte des Handtellers.

»No, Signora«, lachte Demant, nahm ihr die Hand weg, legte sie aber, um die Abruptheit dieser Bewegung zu vertuschen, sogleich um ihre Schulter, zog sie durch die enge Calle de Mezo zum Campiello dei Meloni.

»Tolle Stadt«, sagte Wilma und schaute in den Sternenhimmel. Ein Herr war von hinten dem Demant in die Ferse gestiegen und hatte sich entschuldigt. Demant entleerte den Schuh von etwaigen Steinchen, Wilma war ein paar Schritte vor ihm, er sah sie als Silhouette auf Ponte de la Madoneta.

Sie betraten San Polo, dort standen einige dunkelrot gestrichene Bänke herum. Demant setzte sich auf eine davon und betrachtete ein paar grüne Fensterläden. Eine schwarzhaarige Frau griff von dort nach draußen und holte ein gagerlgelbes Hemd zu sich in die Wohnung. Wilma schaute in alle Ecken dieses mittelgroßen Platzes, dann setzte sie sich neben Demant auf die Bank. Auf die Art vergingen wiederum einige Minuten.

»Wo gehen wir eigentlich hin«, ließ sich Wilma schließlich vernehmen.

»Wer kann das schon erraten«, Demant hob die Arme und ließ sie fallen.

»Jedenfalls ist's ganz schön hier«, sagte sie und begann wieder in die Ecken zu schauen.

»So viele Leute«, murmelte Demant, »so viele Gassen, Plätze, alle haben sie Namen, die Leute, die Gassen, die Kanäle, und im Grund passiert überhaupt nichts.«

»Weil du es nicht willst«, widersprach Wilma auf der Stelle.

»Ich setz einen Fuß vor den andern, rufe jede Gasse bei ihrem Taufnamen, mehr kann man nicht verlangen.«

»Aber wir laufen doch an den Mauern vorbei, hinter denen genug geschieht.«

»Das ist wahr.«

So trotteten sie weiter über Salizada San Polo, Ponte San Polo, Calle dei Saoneri, Calle dei Nomboli, und wie diese Schneisen auch immer heißen.

»Also wohin.« Wilma blieb stehn. Sie waren schon in der Calle nova de San Simon.

»Da vorn ist schon der Bahnhof. Laß mich Geld wechseln, und dann sehen wir weiter.«

»Wollen wir nicht ins Ghetto?« Wilma hakte sich wieder unter.

»Was, in welches Ghetto?«

»Na da, dort hier, das ist doch das älteste Ghetto.«

»Hunger hab ich. Durst hab ich.«

»Wir könnten doch dort gleich in der Nähe…«

»Ich fahr mit dem Boot zur Akademie. Geh doch allein ins Ghetto. Wir könnten uns ja…«

»Nein, Demant.« Wilma stoppte wieder. »Dieser Abend gehört uns.«

»Gut«, stimmte er zu. »Hinter der Akademie gibt's ein tolles Eßlokal. Da kannst du Fisch essen.«

»Und du?«

»Ich werd auch was essen.«

»Küß mich!«

»Wilma!« Demant ließ seinen dunklen Blick in Wilmas Gesicht fallen. Dann sog er die Luft ein und küßte sie auf die Lippen.

Beim Bahnhof wechselte er zweitausend Schilling, dann fuhren sie zur Akademiebrücke. Nachdem sie ausgestiegen waren, deutete Wilma stumm auf den Orion.

In der Trattoria Cugnai bestellte sie eine Coda di Rospo. Er schaufelte die Spaghetti, sie tranken beide Wein und sprachen so viel wie früher im Florian. Ein angeregter Abend. Schönes Venedig.

Nach zwei Stunden und bißchen bezahlten sie und gingen über die Brücke zur Locanda San Stefano. Sie stieg vor ihm die Treppe hinauf. Er stapfte hinten nach, in der Nase den Katzengeruch, sein Blick auf Wilmas Hintern, bis sie im zweiten Stock waren.

8.

Dort waren sie im Zimmer. Er machte die Fensterläden auf, so daß das Quieken von unten heraufkam, dazu ein Sausen und doch ein Gran von Frost, so daß er es wieder schloß. Drehte sich um, da zog sie sich grad den Rock von den Hüften ab, überquerte mit dem Pullover ihren Kopf, schmiß BH und Slip zur Seite, und schon lag sie im Bett, die Decke um die eine Schulter, die zweite hob sich vom Leintuch ab. Er zog sich aus, stellte sich zur Waschmuschel und lullte, dabei wandte er ihr von oben bis unten die Hinterseite zu. Hernach ging er ums Bett herum und kroch in seine Hälfte.

»Mußt du nicht pischen?«

»Schon.«

Sie holte sich aus dem Bett, warf den Wintermantel um und verließ das Zimmer.

Demant, Zigarette im Mund, auf dem Rücken, schaute er dem Rauch nach. Was nun? Wir sind längst im Stillstand, werden wir still liegen? Der Zettel mit den hingeschriebenen Zärtlichkeiten an Christiane war in seiner Tasche, er aber starrte auf die Muster an der Decke. Ihm ging allerlei durch den Sinn, ein Nachhall wohl der Wanderungen durch die da und dort laufenden Gassen, in denen er stillstand, dabei Meter um Meter hinter sich absonderte. Ein Mann floh nach dem Süden, erinnerte sich Demant, um dem Tod zu entgehen. Die Landschaft wurde immer lichter, die Farbunterschiede der Gegend zeigten sich bloß als Flirren in der Luft, die Schatten, denen er entlief, waren zwar da, schienen sich aber nicht auf ihn zu beziehen, sondern sie besprenkelten in leichter, eleganter Manier die blau-weiße Sauce, aus der sein Süden nun bestand.

Als er ganz unten im herrlichen Blond des Sonnenballs einen Weg entlangging, kam ihm eine Frau entgegen. Sie lächelte sehr, und im Weitergehen war ihm das Schwebende dieses Lächelns in die Schritte geraten. Ein Laut entsprang seiner Kehle, ein Mittelding aus Schluchzen und Jauchzen, denn er wußte nun, daß der Tod seine Spur verloren hatte. Mit leuchtenden Augen schaute er in den blaßblauen Himmel. Da fiel er auf den Rücken, weil sie in dem Moment brachen, doch er nahm noch wahr, daß ihm eine Distel ins Genick gestochen hatte. Wilmas Hand befand sich plötzlich auf seiner Brust, und Demant zuckte zusammen.

»Schläfst du?« Sie streichelte ihm die Brust und den Bauch, Demant wandte ihr sein Gesicht zu, sie starrte ihn lächelnd an, fuhr mit der Hand am Schwanz vorbei zu den Hoden und begann sie zu kraulen. Da kam sie schon mit den Beinen in die seinen hinein, oben wurden Gesicht und Hals mit schnellen Küssen bedeckt. Als Demant den Mund bewegte, um ein Wort zu formen, holte sie von hinten einen Zeigefinger und legte ihn blitzschnell auf seine Lippen, drückte ihn mit ihren Schultern in die Rückenlage, legte sich auf ihn drauf. Mechanisch fuhr Demant mit seinen Händen in ihr Haar, tastete sich zu den Schultern. Als er sie an der Taille hatte, wollte er sie zur Seite schieben, aber sie gab nach, glitt weiter nach unten. Dabei deckte sie ihn weiter auf und war schon mit dem Mund um sein Geschlecht herum.

»Was soll das«, sagte er freundlich. »Wir haben doch ausgemacht... He, Klammeraffe!«

Wilma antwortete nicht und sah zu, wie ihm das Geschlecht wuchs, kreiste mit ihrem Becken etwas über ihm, um ihn, obwohl selber noch trocken, in sich hinein zu drücken. Dabei warf sie immer schneller den Atem aus, und sie begann zu stoßen.

Warum nicht, dachte sich Demant, während sie an ihm auf und ab hüpfte, aber er nahm seine Arme von ihr und legte sie links und rechts neben sich hin. Auf die Art vergingen einige Minuten.

Wilma fiel über ihm zusammen, legte den Kopf auf seine Schultern, er machte eine gröbere Bewegung, weil er bemerkt hatte, daß sich unten nichts mehr nach was anfühlte und rutschte dabei aus ihr heraus. Sofort war sie mit den Fingern unten, um das zu reparieren, und so machte sie weiter. Schließlich spürte er ein bitteres Kommen, und kam. Schnell nahm er seine Arme, fixierte sie mit den Händen an ihren Hüften an sich, damit sie mit den Bewegungen aufhöre, so lagen sie unbewegt aufeinander. Aus Höflichkeit wartete er ein oder zwei Minuten, küßte sie ein bißchen, worüber er sich alsogleich ärgerte, dann schubste er sie zart von sich herunter, stand sofort auf, holte sich seine Unterhose und wischte sich ab. Steifbeinig ging er zur Waschmuschel und spritzte sich Doppelhände voll Kaltes ins Gesicht. Wilma beobachtete ihn vom Bett aus durch halbgeschlossene Augen. Das ständige Lächeln war verschwunden, der Atem wurde wieder gleichmäßig, und langsam spürte sie auch wieder die Bitterkeit im Mund und den feinen Druck unter der Brust.

Demant drehte den Kopf und sagte über die Schulter: »Das ändert gar nichts.«

»Ich weiß.«

»Gar nichts ändert das.« Demant ging wieder ins Bett. »Wozu haben wir das jetzt überhaupt gemacht? Ich will das überhaupt nicht haben. Wenn das so ist…«

»Halt den Mund.« Wilma sagte das mit matter und schläfriger Stimme. »Laß mich schlafen, ja?«

Sie drehte sich weg, knipste das Licht aus und machte sich unverzüglich ans Einschlafen.

Er lag noch da, Zigarette im Mund, auf dem Rücken.

Still liegen tu ich. Warten bis morgen früh. Bis ich hinaus kann aus dem Zimmer, hinein in die Gassen und Plätze. Fort von ihr. Weg von allem. Fort auch von mir. Ein Unbekannter – will ich den letzten Tag des Jahres über mich ergehen lassen. Als Komödiant will ich heruntersteigen von meinem Sockel und die Straßen und Gassen mit Witzen vollstopfen, die Stadt selbst in ein Verwirrspiel verstricken, daß sich Kanäle verirren, aber Menschen sich plötzlich finden und daran merken, daß sie sich überhaupt verloren hatten. Dieses Weib neben mir, eine Unbekannte ohnedies, und als solche gibt's nichts zu verlieren, nichts zu finden. Und im Ghetto tragen drei Schirennläufer eine riesige *Mesuse* aus einem Geschäft heraus, aus Glas ist die, und auch das *Sch'ma Israel* ist durchsichtig, da ist ein Mensch aus dem Grab gekommen und hat sich in der *Mesuse* versteckt, nicht aus dem Grab, sagt der Schirennläufer Franz Klammer, aus der Lawine ist er gekommen, aber er versteckt sich doch hier in Venedig, denk ich. Was ist eine Meduse, fragt Klammer, und die andern zwei Schirennläufer lachen, da kommen schon Männer mit wehenden Bärten gelaufen, heulend und betend hängen sie sich an den gläsernen Sarg, und mit Schistöcken peitschen die Schirennfahrer auf die Bärtigen, so ist ein Gebrause in der Luft, und ich steh und seh, wie der *Mensch* in der *Meduse* sich bewegt, und herauskommt er, stellt sich auf vor mir, ein weißgekleideter Mann oder eine Frau oder ein Mann, wer ist das, fragt mich eine wie Wilma, ich lese die Inschrift herunter und sage Florian Findeisen, doch dann, ich wart, daß ich versteiner, doch die Bärtigen rufen: *Awek, awek,* dreh ich mich um und gehe über Brücken und Gassen, da steh ich am Weg, der führt direkt ins Wasser, Franz Klammer fährt mit dem Boot vorbei, winkt mir zu mit dem Schistock, ich winke zurück mit etwas, was mir den Arm verlängert, Christiane kommt mir entgegen mit einem schwebenden Lächeln, und heller Tag ist in mir, ich schwebe selbst, Wilma hatte die Fensterläden aufgestoßen, Demant hörte das Quieken und Pfeifen von San Stefano. Sie beim Fenster, lächelnd und nackt, und von dort kam sie lächelnd her zum Bett, und lächelnd kam sie auf ihn zu.

9.

Peter Adel hatte sich bequem zurückgelehnt, den Cognacschwenker in der Hand, hörte er interessiert der Stille zu, die nach seiner Tirade entstanden war. Konrad räusperte sich und schaute auf Else wie immer, wenn er in sich ein Drunter und Drüber hatte. Sie sagte sogleich:

»Wir haben was für euch.«

Sachs erhob sich, holte den Autoschlüssel aus dem Ho-sensack, verließ das Zimmer, ebenso wie Margot Dronte. Else Sachs blieb mit Adel allein, der fragte sie sofort:

»Alles in Ordnung, Else?«

»Wieso fragst du?«

»Ist Konrad krank?«

»Gar nicht.«

»Er wirkt so bedrückt.«

»Alle Nazisachen regen ihn auf.«

Adel nickte beruhigt. Und Else wollte nicht recht zuge-ben bei sich selbst, wie sehr sie besorgt war. Nicht nur seine Träume, sondern mehr und mehr überhaupt schien Konrad von Dingen gequält zu werden, die sie nicht einmal erraten konnte.

»Was heißt ›Uwaga‹«, fragte sie. Adel setzte sich auf. Margot kam herein, die Hände voller Pakete, und sie legte alle auf den Tisch.

»Uwaga? Was ist das?« Adel fragte zurück.

»Ach nur so. In der letzten Zeit ist mir einige Mal das Wort untergekommen.«

»Uwaga, das klingt nach gar nichts.«

Margot aber lachte:

»Das ist polnisch und heißt ›Achtung‹ im Sinne von ›Vorsicht‹.«

»Woher weißt du?« Adel war verblüfft.

»Tadeusz.«

»Ah der.«

Margot Dronte war lange mit dem Bühnenbildner Ta-deusz Janda zusammengewesen, der seit neunzehnacht-undsechzig in Hamburg lebte. Kein Freund von Adel.

Sachs kam zurück und nahm Pakete aus einer Reisetasche heraus. Die nächste Zeit verbrachten die vier damit, alles auszupacken, in die Hände zu klatschen, Freudenslaute von sich zu geben und Bedankungen auszusprechen. Rundum umarmten sie einander schließlich, tranken Cognac, und der Abend am Eppendorfer Baum schritt fort, die vier in ihm und einverstanden.

Als sie heimfuhren, sagte Else dem im Beifahrersitz dösenden Konrad, was das Wort Uwaga bedeutete. Sachs fuhr auf.

»Das also.«

»Und?« Else fuhr langsam den Schlump hinunter.

»Keine Ahnung, woher ich das habe«, sagte er und hörte sein Herz schlagen.

Du mußt aufpassen, dachte er, als sie bei der Sternschanze vorbeifuhren. Denn er glaubte zu wissen, daß sie zu ihm Uwaga gesagt hatten wie zu den Ihren guten Tag, obwohl er doch bloß ein fünfjähriger Knirps an der Hand des Vaters war. Seit der Begegnung mit Eggenberger war dieses Wort wieder modern geworden bei ihm, und Sachs spürte, wie sehr er nun im Schatten dieses Wortes seine Balance halten mußte.

»Gibt's was, das du mir nicht sagen willst«, fragte Else wiederum, als sie zu Bett gegangen waren.

»Du glaubst, ich hab Geheimnisse vor dir?«

»Vielleicht vor dir.« Else nahm ihn in die Arme.

»Was soll ich dir denn verraten von dem, was ich selbst nicht weiß?« Else nah bei seinem Ohr. Sie küßte ihn und sagte:

»Keiner redet unbegründet in fremden Sprachen beim Träumen.«

»Verhör mich nicht!«

»Aber Konrad. Liebster. Liebster. Komm zu mir. Komm.«

Und Konrad schlief mit Else, als hielte er sich an einer Klippe fest, indes der Ozean drohte, ihn hinaus zu treiben ins Offene, hinaus, wo es Haie gab und was immer, und überall, soweit das Auge reicht, Aushäusigkeit. Else spürte, daß etwas auf sie zukam. Hab ich Kraft, fragte sie sich.

»Ich lieb dich«, keuchte sie. Er grunzte zustimmend, aber die Angst wich ihm nicht von der Seite und machte jetzt die Lust scharf und köstlich. Als sie vorbei war, blieb er zurück in stillerem Wasser, aber gegenüber von allem, was ihn bergen konnte, jenseits der Seinen.

Eine Ermittlung, dachte er, während Else wegglitt unter seiner Achsel ins Schlafland. Eine Ermittlung, eine Anklage gegen dich, Prinz von Polen, und keine Chance werd ich dir lassen. Du bist vergiftet von Anbeginn.

Und du nicht? Der Prinz gab Antwort.

Und ich auch. Vor allem ich. Achtung. Stillgestanden. Kein Ton.

Nächsten Morgen wußte Sachs nichts, was in der Nacht noch passierte, aber Else betrachtete ihn voll Liebe, Zärtlichkeit und ohne Fragen.

»Keine Eier heute«, sagte Sachs, bevor er ins Bad ging. Da wußte Else, daß düstere Zeiten anbrechen werden.

»Keine Eier«, antwortete sie. »Mehr Kaffee?«

»Ja.«

»Gut.« Und Else bei ihm. Nah bei sich. Und er?

Drittes Kapitel
Gebürtig

1.

Vor ihnen ging's hinauf auf die Rax. Karl Ressel und seine Tochter Susanne verließen das Preiner Gscheit, um über den Schlangenweg zum Carl-Ludwighaus aufzusteigen. Der wolkenlose Himmel im Mai neunzehnhundertachtzig versetzte sie in beste Stimmung, und so gingen sie los und hinauf.

Im Waxriegelhaus rasteten sie; um sie herum und an etlichen Tischen, in der Eingangstür, auf der Toilette, wo sie hinsahen, waren junge deutsche Touristen anzutreffen. Ressel und Susanne zogen bald weiter.

Sie wollten vom Carl-Ludwighaus noch auf die Heukuppe, von dort in die Steiermark hineinschauen, sich's abends in der Hütte gemütlich machen und nächsten Tag übers Plateau zum Ottohaus wandern, dann mit der Seilbahn wieder runter nach Hirschwang und zurück nach Wien.

Ressel kannte die Rax sehr gut. Er hatte einst als Mitglied des Republikanischen Schutzbundes an den Februarkämpfen der Wiener Arbeiter in Simmering teilgenommen. Nach der Niederschlagung war er mit zwei weiteren Genossen geflohen, auf der Rax hatten sie sich nahezu das ganze Jahr neunzehnvierunddreißig verborgen gehalten. Der Wirt des Waxriegelhauses – damals war es ein Roter gewesen – warnte sie immer dann, wenn Gendarmen sich anschickten, den Berg nach Februarkämpfern abzusuchen. In aller Ruhe sah Ressel die Gendarmen heraufkeuchen. Erst als diese bei einer bestimmten Biegung erschienen waren, schnappten sich Karl Ressel und die Seinen den Rucksack und verschwanden in einer der herumliegenden unbewirtschafteten Hütten. Die Gendarmen fragten uninteressiert beim Ludwighaus die Leute ein bißchen aus, drehten sich hernach um und gingen den Karlsgraben und den Schlangenweg wieder hinunter.

Neunzehnfunfunddreißig wurde Ressel in Wien dann verhaftet, des Hochverrats angeklagt, kam aber ein Jahr später durch die Amnestie wieder frei. Stand da, zweiundzwanzigjährig, arbeitslos, von der sozialdemokratischen Parteiführung im Stich gelassen, so daß er sich der illegalen Kommunistischen Partei anschloß. Ein Jahr später ging er bereits auf Schleichwegen über die Pyrenäen. In der Elften Internationalen Brigade kämpfte er im Bataillon »12. Februar« mit andern Österreichern gegen die Francogenerale. Nach dem Abzug der Interbrigaden landete er in den Internierungslagern Frankreichs und wurde neunzehneinundvierzig prompt den Deutschen übergeben. Diese brachten ihn nach Dachau, dann nach Mauthausen, und vierundvierzig wurde er ins Kazett Ebensee überstellt.

Nach der Befreiung arbeitete er als Kader in der Kommunistischen Partei, dann als Personalchef bei den Simmering-Graz-Paukerwerken. Nach dem Staatsvertrag neunzehnfünfundfünfzig wurde er als Kommunist entlassen, kam aber bei einem von der KP kontrollierten Wirtschaftsbetrieb unter. Jetzt ist er eben in Pension gegangen. Seine Frau war vor Jahren gestorben, seine Tochter, freie Journalistin und seit neunzehnachtundsechzig aus der Partei ausgetreten, hatte sich ihrem Vater nach langjährigen Konflikten wieder angenähert, und so machten sie des öfteren Ausflüge miteinander.

Dennoch war die Einsamkeit des Karl Ressel beträchtlich. Die gelegentlichen Treffen mit anderen Spaniaken halfen da wenig und täuschten ihn schlecht darüber hinweg, daß viele der Ziele, für die er Herz, Hirn und Muskel verbraucht hatte, in nicht erreichbare Fernen verrückt waren. So saß er Jahr um Jahr vorm Fernsehgerät, spielte Karten mit einigen alt gewordenen Genossen und mußte zusehen, wie einer nach dem andern fortstarb. Er, der tapfere Kämpfer, war weich geworden mit den Jahren, nahezu tolerant und bemüht, etliches nachzuholen, wozu er früher nicht Zeit noch Gelegenheit hatte. So las er zwar mit großem Interesse die großen Romane der Weltliteratur, nachmittags und bei schlechtem Wetter saß er über ihnen im Gemeindebau in Simmering, doch mit wem sollte er darüber reden? Was geschah, wenn er vom Buch hochblickte, wenn er es zuschlug? Er spürte deutlich, wie dünn das Leben geworden war, und auch in der großen Politik waren die Fronten nicht klar wie früher.

Doch die Berge. Da war seine Jugend, sichtbar und begehbar. Die Rax. Da hatte er seine Hoffnungen ganz.

Sie näherten sich bereits dem Ludwighaus. Susanne ging hinter ihm, sie ging in seinem Schritt. Geredet wurde natürlich nichts, wie es sich gehörte am Berg. Schließlich betraten sie beschwingt das Schutzhaus, herrlicher Tag, ein paar Leute saßen dort, sie nahmen einen Tisch beim Fenster. Die Heukuppe, zweitausendsieben Meter hoch, zum Greifen. Beide aßen sie Schweinsbraten mit Semmelknödeln, sie fühlten sich gut, jetzt war die Zeit, bißchen zu plaudern. Dann werden sie ganz hinaufgehen. In einer Stunde.

2.

Sie schnarcht die Nacht durch und schnarcht. Wenn sie kurz unterbricht, beginnt sie zu wimmern. Ich steh auf, geh im Dunkeln mit breitem Schädel aus dem Schlafzimmer, um etwas für die Ohren zu suchen. Da ich jetzt schon im Vorzimmer bin, setz ich mich in einen Sessel, atme ruhig durch, steh wieder auf, hol mir aus der Küche ein Glas Milch. Eklig. Im Zimmer trete ich ans Fenster und starre wie immer auf den East River hinunter. Drei Uhr morgens. Alle polnischen Jüdinnen über vierzig schnarchen. Immer polnische Jüdinnen. Das ist, wenn ich nicht irre, Joana Friedmann oder Liebermann oder Sussmann. Die meisten der Ihren sind in Polen vertilgt worden, deswegen liegt sie ja neben mir. Ich bin sicher, für mich gibt's keine Frauen mehr auf der ganzen Welt, außer jenen. Ach, ich brauch die Finsternis gar nicht zu bezeichnen; es genügt die Herkunft aus dem Nacht- und Nebelland, und ich kann's spüren, wenn auch nur für kurze Zeit, wo sie da sind, die Jüdinnen aus Polen. Ich wälz meinen Bauch auf sie, und sie schreien, als wär alles noch vor uns. Ganz gewöhnlich keuchen sie, Zukunft ist noch nichts. Dann schnarchen sie. Immer. Es ist erbärmlich.

Ich werde Polen nicht betreten mit seinem Waldvolk, das nie was anderes gelernt hat als Juden zu quälen und auf den Knien vor der tschenstochauer Madonna zu rutschen. Ich werde Österreich nicht betreten und nicht Wien, wo ich so geboren bin, daß ich jetzt hier sitz um drei in der Früh und Schnarchen und Wimmern. Auch meine Eltern haben sie nach Polen gebracht. Aus Tarnov sind sie gekommen, nach Auschwitz sind sie gegangen. Nichts ist geblieben, nicht einmal ich bin noch von ihnen. Soll ich mir wieder die Lieder meines Cousins Mordechai anhören, statt mir die Ohren zu verstopfen, damit ich mich zurücklegen kann zu Joana oder heißt sie Hannah? Ich glaub, ich werde jetzt da sitzen bis in den Morgen hinein. Ich möcht da zurückgelehnt bleiben, bis sie aufsteht und fortgeht.

Morgen abend ist wieder eine widerliche Premierenfeier. Mein neues Stück wird viel Erfolg haben, wissen jetzt schon alle, und so wird's sein. Nächstens werden sie mir noch den Großen Preis zuschanzen, als ob das was wäre. Was ist das überhaupt, wenn meine Stücke Erfolge sind, wenn sich die Romane, in den Kultursprachen übersetzt, gut verkaufen, außer in Deutschland natürlich, das tät denen passen, dem ganzen pangermanischen Gesocks, daß sie meine Erzeugnisse noch in ihrer Kanzlei- und Kommandantensprache lesen. Was das ist? Ein aufgeblasenes *Nebbich* ist das alles, bloß dazu da, daß der *Nebbich* Herrmann Gebirtig in diesem *nebbichen* Loch auf den *nebbichen* East River glotzen kann.

Mir will's halt nicht in den Schädel, daß ich mir in Ebensee die Hände blutig gerissen hab im Stollen, nur um nicht zu sterben, um jetzt ein Erfolgsstück nach dem andern der amerikanischen Mittelklasse vor den Rüssel zu werfen. Und Zuckerman will, daß ich über Ebensee schreib. Genauso könnt ich an der Brause von Birkenau hängen und eine Erstickungssinfonie verfassen, »damit die Spießer etwas Kühnes lesen«. Ausgerechnet Zuckerman. Was ist, wenn ich schreib, wie unmöglich sich sein Vater in der Gaskammer aufgeführt hat. Aber in Ebensee gab's ja keine Gaskammern, über Ebensee soll ich ja nur berichten. Für wen, für was? Jetzt ruft mich jene; können denn die Frauen nicht ein einziges

Mal ohne mich eine Nacht durchschlafen? Ich möchte selbst eigentlich ohne mich auskommen; das ist das einzige, was für Ebensee spricht. Dort war ich die ganze Zeit dabei und überhaupt nicht vorhanden. Ach Mama.

3.

Zwischen den Bissen erzählte Karl Ressel seiner Tochter wieder einmal von früher. Sie kannte die Geschichten alle, dennoch hörte sie aufmerksam zu, als müßte sie alles wieder und wieder abspeichern für später. Verglichen mit andern Leuten, dachte sie sich, hat mein Vater doch ein mutiges und überhaupt beachtliches Leben hinter sich gebracht. Die meisten seines Alters haben sich doch, zermürbt von Arbeitslosigkeit, dem Hitler ergeben und stapften hernach hinaus nach Polen, Rußland, Kreta und Afrika, ließen sich dort Schußwunden zufügen, froren sich Körperteile ab, vergifteten sich die Seele und ruinierten sich das Nervenkostüm. Zurückgekehrt entwickelten sie doch nach und nach das Triumphgefühl des Überlebens in sich, mehr und mehr schob sich die harte Zeit in die Ödnis des Alterns hinein und illuminierte dieses Einerlei und Allerlei heutiger Verhältnisse. Gestanden zu haben, derweil die andern lagen! Andrerseits war ja auch Vaters entbehrungsreiches Leben dem der Stalingradkämpfer vergleichbar. Doch auf der anderen Seite der Barrikade gestanden, gegen den Faschismus schon in Spanien gekämpft zu haben, in Guadalajara, unter dem Guadarrama in der Casa del Campo beim Manzanares, das entschied alles. Auf seiten der Unterdrückten stand er, dachte sie, und war nicht Mitwirker eines Angriffkrieges. Aber unterschied er sich nach dem Krieg sonderlich von den Stalingrad- und Smolenskkämpfern? Redete er nicht auch von damals wie sie? Ist er nicht genauso unfähig, über persönliche Gefühle zu reden wie sie? Unterschied sich der blinde Glaube an Stalin von dem an Hitler? Susanne Ressel meinte nicht die politischen Konsequenzen, die sich aus den unterschiedlichen Gefolgschaften ergaben. Sie dachte an Weltanschauung als Religionsersatz. Nach achtundsechzig war diese Ähnlichkeit ihres Vaters mit den Wehrmachtssoldaten ihr unerträglich geworden und Grund ihres Zerwürfnisses mit ihm.

»Du sitzt vorm Fernseher wie sie«, sagte sie ihm damals. »Du bist so spießig, so prüde, so sexualfeindlich wie die.«

Er verbat sich selbstverständlich solche Redensarten, daweil ihre Mutter aus dem Beschwichtigen nicht mehr herauskam. Susanne zog rasch aus. Lange Jahre, bis nach dem Tod der Mutter konnten die beiden sich nicht aufeinander einstellen. Susanne ging ihren Weg, ohne Kommunistische Partei, aber nicht ohne Weltanschauung. Sie schloß sich alsbald der Frauenbewegung an, während sie Politikwissenschaft zu Ende studierte. Nach wenigen Jahren begann sie allmählich sich wieder zurückzuziehen. Unduldsamkeit und Missionseifer hatte sie auch dort wiedergefunden. Zeitweilig war sie selbst mitgerissen von dem Gefühl, im Namen des Richtigen das Falsche zu bekämpfen, und bei den Richtigen die Falschen der Richtigen. Bald kam es ihr vor, daß die Mitkämpferinnen im Umgang mit Abweichlern den Kommunisten von früher glichen, doch wußte sie auch, daß dies keine Spezialität von Kommunisten und Frauenbewegung war, sondern allgemeiner Brauch aller ins

Kraut schießenden Neuen Bewegungen. Vater aber hatte in den einsamen Jahren eine beachtliche Moderatheit entwickelt, konnte andere Meinungen ganz gut aushalten.

»Drüben in der Looswand ist er heruntergefallen, der Pepi.« Karl Ressel schob den Teller zur Seite und trank vom Bier. »War ein feiner Kerl.«

Susanne schaute neugierig ins zerfurchte Gesicht des Vaters. Es ging ihm gut beim Erzählen, seine Wangen waren ein bißchen gerötet, seine Augen blitzten, gerne unterstrich er seine Geschichten mit lebhaften Gesten; überhaupt war sein Gesicht von großer Wandlungsfähigkeit, wenn er Dialoge wiedergab, und Susanne mochte mehr und mehr diesen komödiantischen Geschichtenerzähler.

»Im Spätherbst vierunddreißig bist du wieder nach Wien hinein, gelt?«

Der Vater nickte. Plötzlich schwieg er. Das Blut wich ihm aus dem Gesicht, seine Augen trübten sich ein. Susanne kam es vor, als stellten sich seine spärlichen Haare auf, und sie erschrak.

»Was ist?«

»Pscht.« Ganz leise hatte sich dieses Wort durch seine Kehle gekämpft, Susanne hielt inne. Sie begriff gar nichts. Ist etwas vorgefallen? Ist ihm schlecht? Es ist alles wie grad noch. Sie beobachtete ihn. Er hatte den Kopf etwas zurückgelehnt. Da bemerkte sie, daß ihr Vater hörte. Noch nie hatte sie einen Menschen so hören gesehen, mit weißem Gesicht, blutgefüllten Ohren, die zu vibrieren schienen. Wahrlich, Karl Ressel hörte.

Und so hörte Susanne eine steirisch eingefärbte Stimme, die vom Nebentisch herüberkam. Dort saß ein weißhaariger, rotgesichtiger Mann um die siebzig, und der redete zu seiner Gesellschaft, zu einer Frau und zwei andern Männern. Susanne konnte aber nichts besonderes wahrnehmen dabei, denn der Mensch redete bloß über Pilze, und wie man den gedrungenen Wulstling von einem Pantherpilz unterscheiden könne und solches Zeug. Sie schaute fragend den Vater an, wollte was sagen, doch der wiederholte sein mühsames »Pscht«.

Karl Ressel konnte den Sprecher nicht sehen, denn der saß ihm im Rücken und in der Nebennische. Schweißperlen erschienen auf der Stirn. Schließlich mußte er sich erheben. Er zwängte sich aus der Nische heraus, um auf die Toilette zu gehen. Dabei warf er dem Mann einen kurzen Blick zu. Dieser Blick sollte wohl unauffällig ausfallen, doch Susanne sah, daß er wie ein Blitz auf das Gesicht des Redners zufuhr. Der unterbrach seine Rede und schaute dem davongehenden Ressel in den Rücken. Dann runzelte er die Stirne. Ressel war auf der Toilette verschwunden. Der Mann streckte sich und starrte noch dem Ressel hinterdrein. Dann wendete er langsam den Blick, um nun auf Susanne hinzuschauen. Er räusperte sich, rief den Wirt, um zu zahlen. In kürzester Zeit wiederholte er seinen Wunsch, nun bereits in der Form des Befehls. Er stand auf, denn er war sichtlich rasch in Eile geraten. Seine Gesellschaft schien sehr erstaunt über den jähen Aufbruch zu sein. Er hatte sich vor allen Fragen bereits verabschiedet, ging dem Wirt entgegen, zahlte stehenden Fußes und verließ die Hütte. Die andern bezahlten, um dem Mann hastig zu folgen. Susanne saß da und wußte nicht recht, was sie davon halten sollte. Also stand sie auf, um wenigstens irgend etwas zu tun, um zu schauen, welchen Weg die Leute eingeschlagen hatten. Es kam ihr vor, als würden sie nach Prein absteigen. Sie drehte sich wieder um, ging zu ihrem Tisch zurück. Als der Vater zurückkam, fragte er sie gleich, wohin die Leute gegangen waren, sie sagte es ihm. Er stand vor ihr, schon schweißüberströmt, und nun begann er zu zittern. Schnell ging er weg und zum Telefon. Susanne hörte, daß er im Vorbeigehen die Nummer vom Waxriegelhaus erfragte. Sie erhob sich, um ihm beizustehen, denn Vater schien von Minute zu Minute mehr zu verfallen.

Karl Ressel hatte den Oberscharführer Anton Egger wiedererkannt, nach dem man vor zwanzig Jahren und mehr eifrig gesucht hatte. Mit überfliegender Stimme anfangs, dann beherrschter, hatte er im Waxriegelhaus dem Wirt den Vorfall gemeldet, damit von dort die Gendarmerie auf den Egger warten, ihn festnehmen konnte. Hernach ging Ressel zum Tisch zurück, ließ sich fallen, atmete durch. Er schaute seine Tochter an, hob das Bierseidel, führte es zum Mund. Dabei brach er zusammen.

4.

Mit dem Hubschrauber hatten sie Karl Ressel ins Spital nach Wiener Neustadt geflogen, dort lag er unter einem Zelt, sehr unähnlich dem Biwakzelt von vierunddreißig, aus der Nase hingen Schläuche, in die Oberarme träufelten Flüssigkeiten, alles war weiß und métallise, fremdartig schoben sich Fleischköpfe in sein Gesichtsfeld. Bei jedem Atemzug gab's einen Moment der Spannung, ob die Luft komme oder nicht, doch sie kam und kam doch also wieder herein, so daß er sie ausprusten konnte, jedesmal eine Explosion in den Ohren.

»Sterbe ich?« fragte Ressel einen Fleischkopf über sich. Dieser veränderte sich zu einem gediegenen Lächelkopf, die tiefe ruhige Stimme schnurrte Beruhigendes in Ressels Ohren hinein, nicht ganz verstehbar, denn die Explosionen verschluckten etliche Wörter.

Wo hab ich diesen Tonfall schon gehört, fragte sich Ressel, während er angestrengt lauschte.

»Wo denken Sie hin, Herr – Ressel? Wir kriegen das schon hin. Versuchen Sie jetzt zu schlafen. Wir sind halt nicht mehr der Jüngste, netwaa!« Der Arzt fuchtelte mit seinen waschlappenartigen Händen vor Ressels Gesicht und verschwand aus seinem Gesichtsfeld.

»Ist das der Herztod?« fragte er nächsten Tag seine Tochter. Auch Susanne verzog das Gesicht zu jenem Lächeln, und sie schüttelte den Kopf.

»Ein Infarkt ist es schon«, sagte sie herzlich, »aber nicht gefährlich. Du mußt...«

Ressel wußte Bescheid. Das also ist das Sterben, dachte er sich. Sie wollen mich mit den Schläucherln ins Leben zurückzerren. Wozu? Wenn das Herz zerreißt, wozu soll ich das überleben? Plötzlich schob sich ein Gedanke in die anderen Gedanken hinein und brachte diese zum Zerplatzen: Der Egger! Der Schädelknacker!

»Wo ist der Egger?«

»Sie haben ihn erwischt, Papa«, antwortete munter die Tochter.

»Er war«, krächzte Ressel, »ein Mörder, ein Vieh. Ich hab's erlebt in Mauthausen und auch in Ebensee.«

»Red jetzt nicht. Das hat alles Zeit.«

»Keine Zeit, nein. Ich werd gleich sterben. Jetzt ist halt wirklich keine Zeit mehr. Hol mir einen Polizisten. Ich muß noch aussagen. Red nicht schon wieder zurück«, er lächelte.

Susanne ging aus dem Zimmer und versuchte einem Arzt zu erklären, was der nicht erklärt haben wollte, er verschränkte seine Arme, verbot jede Art von Aufregung.

»Sind Sie gescheit? Sein Leben hängt an einem Schnürl. Ab jetzt darf überhaupt niemand zu ihm.«

»Das geht nicht«, antwortete Susanne.

»Tut mir leid.«

Noch ein Tag verging, von Zeit zu Zeit erschien der Fleischkopf und redete auf ihn ein.

»Was ist mit der Polizei?« fragte Ressel in das Geschnurre hinein.

»Das muß jetzt warten, Herr Ressel.«

Wie eine Stichflamme schoß dem Karl Ressel die Erkenntnis in den Kopf: Der redet mit mir wie zu einem Hund. Platz! So ist das also. Resigniert wollte er sich dreinschicken, er hob an zu seufzen, so, als ob er mit den Achseln zucken würde, doch der Atem war weg, statt dessen ein helles Licht, ein Gebirge, vielleicht der Guadarrama, er wußte es nicht.

5.

Demant nahm den Stift, machte eine Wellenlinie unter »er wußte es nicht« und daneben ein Fragezeichen. Während ich meinen Zwilling beobachte, wie es ihn hin und her reißt zwischen Christiane und »schönes Venedig«, zwischen Faulian und Spitzenlektor, breitet sich die Behaglichkeit in mir weiter aus. Ist schon eine feine Sache, auf dem Hintern zu sitzen, bloß der Umgebung die Ohren zuzuwenden, aufzunotieren, was passiert und gelegentlich, wie soll ich sagen, wortlos einzugreifen. Bei den heutigen filigranen Persönlichkeiten genügt doch die Änderung des Blickwinkels, eine unmerkliche sogar, und schon sitzen die Helden im Angstgehäus und bibbern, schon schlachten Revolutionäre die eigne Vergangenheit, sitzen im Kamptal in der Sonne und blinzeln.

Mich freut auch sehr, wie ich alles im Überblick habe; schön schnurren die Verläufe ab. Vorn sitzt Danny und wartet auf den Zug nach Wien, kopfschüttelnd liest er in einem der beiden Manuskripte – wollen wir annehmen in dem von Katz – hinten geht sich Wilma den letzten Streit aus dem Leib, stampft über die Brückchen und Plätzchen ihres unglücklichen Silvestervenedigs, in Wien freundet sich Christiane Kalteisen mit einem unbekannten Hernals an, während von innen eine leicht schwindelige Eifersucht auf Wilma zu keimen beginnt. Im Norden saß der dickliche Katz unterm Weihnachtsbaum, den die Familie von Käthe – Vater, Mutter, Onkel, Tante – in Bremen in der Wohnung aufgestellt hatte, grad, daß er nicht OH DU FRÖHLICHE singen mußte, jetzt ist er mit Käthe nach Hamburg rübergereist, dort sie selbst eine enge Wohnung besitzt. Konrad Sachs ist mit Else in sein Ferienhaus auf Borkum verreist.

Schön und ganz und gar übersichtlich liegt das alles vor mir. Wenn ich mich nun im Café Bräunerhof zurücklehne, den Stift aus der Hand lasse, weil sich der rechte Zeigefinger eingekrampft hat, rausschaue auf die Galerie ALTE UND NEUE KUNST, dann passiert weiter gar nichts.

Ich weiß ja noch viel zu wenig vom Leben, in dem ich selbst zu leben mir anmaße; ein Steinchen bin ich bloß im Geröll der ganzen Gegenwart, aber was tut's? Möge es den meisten so gehen, mir geht's anders, denn hier weiß ich alles.

Bisweilen kann ich die Lust, mich selbst hineinzuwerfen ins Geschehen, kaum unterdrücken. Mein Kontakt mit Mascha Singer droht mich hineinzuziehen, und dann ist's wohl vorbei mit den großen Übersichtlichkeiten. Ich hab mir nun mal vorgenommen zu notieren statt zu handeln, denn nur so werde ich in die Rolle hineinwachsen, die mir ein unbekanntes Talent zugewiesen hat. Wäre Danny nicht mein Zwillingsbruder, nie hätte ich es geschafft, das Leben ihm zu überlassen und allwissend und allfühlend auf dem Hintern sitzen zu bleiben.

Karl Ressel ist im Mai verstorben, sein Mithäftling in Ebensee, Herrmann Gebirtig, ist eben zurückgekrochen in sein Bett zur schnarchenden Polin und erwartet wie immer seine *nächtlichen Tag.*

Wie dem auch sei. Demant schaute unwillig hoch, als Wilma vor ihm stand in der Cafeteria des Bahnhofes von Venedig. Er nickte unwillig und schob das Manuskript in die Tasche.

»Haben wir nicht alles abgemacht und ausgeredet?«

»Ich seh nicht ein, warum ich allein in Venedig bleiben soll.«

»Du selbst hast mir doch ins Gesicht geflüstert, ich soll abhauen zu der Schlampe.«

»Ich werd auch einmal zornig werden dürfen. Aber bitte, ich entschuldige mich vielmals.«

»Laß das. Das ist es ja eben«, schrie Demant, »du bist so unecht, so mild, so aggressiv...«

»No was jetzt?«

»Ich will mit dir nicht diskutieren. Laß mich aus Wilma.« Wilma setzte sich lächelnd.

»Was regst du dich so auf. Das ist doch alles häßlich und kleinlich. Was spricht dagegen, daß wir in aller

Ruhe zurückfahren, dann geht jeder in seine Wohnung
– du halt zu ihr – und Prosit Neujahr.«
»Fahr mit einem andern Zug.« Demant stand auf.
»Oder spring in den Kanal!«
»Was macht dich denn so wütend? Was hab ich dir ge-
tan?« Er schüttelte den Kopf und ging aus der Cafeteria
heraus, mit Koffer und Tasche verließ er sofort den
Bahnhof.
In verschiedenen Abteilen fuhren sie zurück nach Wien.
An verschiedenen Tischen saßen sie im Speisewagen. In
Kärnten schaute Demant vom Manuskript auf und betrachtete die Karawanken. Wilma saß hinter ihm, zu
leer, um auch nur traurig zu sein.
Um acht Uhr abends am Südbahnhof stieg er aus, bemerkte Christiane sofort und lief in ihre Arme. Während er ihren Kopf an seiner rechten Schulter spürte und
die Küsse am Hals, ging Wilma links an ihnen vorbei,
mühsam am Koffer tragend. Er sah ihr in den Rücken,
daweil sie davonging, dann wendete er den Blick und
schaute fröhlich in Kalteisens Augen.
Knapp vier Stunden fehlten noch auf neunzehnhundert-
vierundachtzig.

6.

Das Begräbnis von Karl Ressel gestaltete sich zu einem
Veteranentreffen der österreichischen Spanienkämpfer,
der Spaniaken. Die Trauerrede hielt ein Spaniak, unter
den Herumstehenden standen sie zuhauf, ein schloh-
weißer Charakterkopf neben dem andern. Man into-
nierte und sang: »Spaniens Himmel breitet seine Sterne
/ über unsre Schützengräben aus / und der Morgen
leuchtet in der Ferne / bald geht es zu neuem Kampf hin-

aus.« Und: »Genossen im Graben singt alle mit / laßt
schweigen die anderen Lieder / wir singen das Lied der
Jaramaschlacht / wo gefallen so viele Brüder.« Da drin
war auch Susanne, und auch sie sang diese Lieder. Dann
gingen sie alle aus dem Krematorium heraus, nachdem
sie wieder und wieder der Susanne die Hand geschüttelt
und Wörter voller Freundlichkeit über ihren Vater ge-
murmelt hatten. Er war ein tapferer Genosse, ein präch-
tiger Kamerad, ein glühender Antifaschist, ein guter
Mensch.

Anton Egger wurde, als er beim Waxriegelhaus vorbei-
ging, festgenommen und am gleichen Tag nach Wien
überstellt. Man wußte einiges über ihn. Nicht nur kam
er in verschiedenen Erlebnisberichten ehemaliger Ka-
zetthäftlinge vor, auch die Polizei hatte ihn nach dem
Krieg auf ihren Fahndungslisten. Gleichwohl war er ein
kleiner Fisch, ein steirischer Gendarm, nicht einmal ein
Nazi, als er nach dem Anschluß irgendwie über die Polizei zur SS kam und dann ab neunzehnzweiundvierzig
erst in Dachau, dann in Mauthausen und zuletzt in
Ebensee Dienst tat. Nach fünfundvierzig tauchte er unter, bald schon aber arbeitete er unangefochten bei einer Bewachungsfirma in Salzburg, lebte hernach jahrelang in Dortmund, heiratete und übersiedelte erst neun-
zehnachtundsiebzig als Pensionist wieder nach Österreich, ließ sich in Vöcklabruck nieder. Seine Frau hatte
eine Möbelfirma. Nun erstanden sie ein kleines Haus
am Attersee und genossen dort – wie es schien – ihren
Lebensabend.

Egger, der seit Kriegsende allerdings Albert Eigler hieß,
war mit den Jahren sorglos geworden, denn niemand
kümmerte sich um ihn. Er kam seit damals mit seiner
Ostfrontgeschichte ohne weiters durch. Die Steiermark

betrat er allerdings nicht mehr, das war ihm zu riskant. Grade deshalb wanderte er häufig auf der Rax, da konnte er ins Steirische sehen, und das genügte ihm dann auch. Neunzehnachtzig nahm er eine zusätzliche Wohnung in Wien, um seinem Sohn, der nach dort geheiratet hatte, und seinem Enkelkind näher zu sein. Zur Zeit seiner Festnahme war er grade siebzig Jahre alt.

Das alles recherchierte sich Susanne zusammen, um dann einen Artikel in einer Wiener Wochenzeitschrift unterzubringen. »Wie konnte«, schrieb sie, »am Ende dieser Mann, ohne seine Identität zu verändern, mit kaum veränderten Namen, allen Nachforschungen mühelos entgehen?«

Der Artikel erregte kein besonderes Aufsehen, außer in antifaschistischen Kreisen. Die Österreicher wunderten sich weder besonders, noch zeigten sie Interesse an der Verfolgung ehemaliger Nazidiener.

Egger bestritt vom ersten Moment an, daß er mit Anton Egger identisch sei, er heiße Albert Eigler, habe – wie so viele – alle Papiere verloren und könne auch nichts dafür, daß im Standesamt Leoben keine Spur von Albert Eigler zu finden sei. Staatsanwalt Leibenfrost war aber überzeugt, den richtigen an der Kandare zu haben. Die damalige Fahndung und die Erwähnung in diversen Memoiren schienen ihm genug Handhabe zu liefern, ihn in Untersuchungshaft zu nehmen.

Susanne aber faßte den Tod ihres Vaters als Auftrag, diesen Mann zu überführen, und sie begann sich nach Zeugen umzusehen. Sie wußte nicht so recht, was ihr bevorstand. Traurig und aggressiv zugleich begann sie die Autoren aufzusuchen, welche diesen Egger in ihren Erinnerungen beschrieben hatten. Der erste hieß Mattuschka und war in Mauthausen gewesen. Seine Frau führte sie nun ins Wohnzimmer. Dort saß Karl Mattuschka und wandte ihr seine erblindeten Augen zu. Stunden sprachen sie miteinander. Ihr kam es vor, als hätte Mattuschka ein ausgefaltetes Leben nach dem andern im Brusteingeweide aufbewahrt, und so zog er auch eins nach dem andern von dort heraus. Gelegentlich ging seine Frau auf Zehenspitzen durch den Raum, brachte Tee und später Cognac.

Mauthausen. Ein Tag wie ein ganzes Leben, ein Roman. Die verklungenen Begebenheiten schlagen hart auf im Gehörgang der Gegenwart, dachte sie, und das ist zwar schrecklich und fürchterlich, eine glasierte Variante der Vatergeschichten, aber gegenwärtig half ihr das nicht weiter.

Während Mattuschka begann, den Cognac etwas rascher zu leeren, schien es, als hätte er ihre Gedanken erraten, denn »ich kann Ihnen ja gar nichts nützen«, sagte er mit knurrendem Ton. »Am besten ist, Sie gehen zu David Lebensart. Wenn einer außer den Verstorbenen und Verkalkten und Blinden wen kennt, der über Egger was aussagen kann, dann er.«

Sie verabschiedete sich und ging, behangen mit den steinernen Tränen, den versinterten von Mauthausen, aus der Wohnung von Mattuschka heraus. Über das Dokumentationsarchiv von Lebensart stieß sie auf Herrmann Gebirtig.

»Der wird Ihnen nicht kommen«, sagte Lebensart. »Der kommt Ihnen bestimmt nicht. Der betritt dieses Land nicht, er schreibt nicht einmal irgendwas auf deutsch. Nichts darf hier erscheinen, so berühmt er inzwischen ist, nichts. Was glauben Sie, wer den schon aller hier haben wollte, aus allen Gründen.«

»Mein Vater ist nun mal am Egger gestorben. Deshalb wird er kommen. Er wird auch wollen, daß sie ihn verurteilen.«

»Ich möcht Sie bestimmt nicht entmutigen«, sagte Lebensart. »Aber nicht einmal ich hab ihn herbekommen.«

»Selbstverständlich wird er kommen«, antwortete Susanne Ressel. »Und ob er kommt.«

»*Mazel tow.*«

»Wie?«

»Viel Glück wünsch ich Ihnen.«

7.

In den Jännertagen vierundachtzig fuhr Demant mit Kalteisen und den beiden Kindern nach Lilienfeld. Dort hatte Christianes Schwester einst das Haus geerbt, hatte jetzt der Christiane den Schlüssel gegeben, und da stand Demant, den Koffer in der Hand im Vorraum. Vor ihm kugelte die dreijährige Sabrina, hinter ihm raunzte die übermüdete achtjährige Alice, noch weiter hinten schneite es, und in der Nähe rauschte ein Bach.

Zwei der drei Personen waren ihm unbekannt, vor zwei Stunden hatte er sie zum ersten Mal gesehen, »Kinder wie Kinder eben sind, hübsche bösartige Dinger«, dachte er sich, dazwischen und darüber Christiane, ruhig, ausgeglichen jetzt, endlich auf dem Lande, wenn auch nur paar Tage, mittendrin Demant wie irgendwo.

Zum Haus führte eine eiserne Stiege, die sich im Bogen von unten halbrechts hinaufdrehte, oben vom Vorraum links ein Zimmer, geradeaus an der Duschnische vorbei zur Küche, von dort rechts ins andre Zimmer. Vorm Vorraum gibt's noch eine Veranda. Sabrina lief ins Zimmer links, Alice hin zur Küche und ab nach rechts, Christiane schritt zur Küche, Demant stand da und schaute herum.

Da bin ich in Lilienfeld an der Traisen angekommen, da haben Christianes Eltern Jahrzehnte gelebt, da ist alles passiert, und ich werde es erfahren. Das bucklige Land, na schön.

»Komm doch weiter«, sagte Christiane, und Demant ging vor in die Küche, schaute sogleich durch das Fenster, welches kleinflächig und hoch angebracht worden war. Er sah das Kreuz eines Berggipfels. Christiane folgte seinem Blick.

»Der Muckenkogel. Aber das zeig ich dir alles später.«

Sabrina kam gelaufen, Alice kam gegangen, es wurlte in der Küche, das Gepäck wurde hin und her geschoben, »das Klo ist die Stiege hinunter, du kannst das übrige Gepäck aus dem Auto nehmen«, »wo ist mein Teddy, ich hab Hunger, Bini will dinken«, »der Saft ist im Eiskasten«. Demant ging die Stiege hinunter zum Klo, sperrte zu, setzte sich hin.

Aber später kam alles zur Ruhe, der Abend hatte sich gut festgesetzt im Traisental, die Nacht umhüllte Kalteisens Haus seelenruhig, links lagen dann die Kinder in tiefem Schlaf auf Matratzen, nichts war von dort zu vernehmen, rechts waren Danny und Christiane im Bauernehebett wie verschwunden. Schwere große Tuchenten lagen wie große Steine auf ihnen drauf, zwischen den beiden gab's die beiden hohen Bettkanten, dafür war der Raum nieder und der Plafond nahe, das

Zimmer war insgesamt noch sehr kalt, man schwitzte unter den Decken und fror, falls man etwas von sich herausstreckte, doch Demant war müde und vielleicht auch ein bißchen flüchtig, denn er tauchte rasch ein in die ohnedies angelieferte Dunkelheit, welche in sich noch so still war. Es war, als könnte man die Landung der Schneeflocken draußen hören.

Ob das eine gute Idee war? Ich muß schon einigermaßen skeptisch zusehen, wie mein Bruder den Sprung vom schönen Venedig ins Traisental in sich schlichtet; mir kommt's hastig vor, was er beginnt, mit sich zu unternehmen, kaum, daß ihm ohnedies Wundersames widerfahren war.

Bei so einer Hast werden kulturelle Schocks notorisch. Nach kürzester Bekanntschaft stürzt sich Herr Demant in die Untiefen einer niederösterreichischen Familiensaga? Ich meinte schon, was ich sagte, als ich sagte: »Tu endlich was!« Und sicher lassen sich auch aus den jetzigen Fibrigkeiten überraschende Schlußfolgerungen ziehen. Doch es könnte mir nun passieren, daß ich mich vom Sitz des Seelengeflechts weit vorbeugen muß, um hinunterzuschauen, was sich da unten anbahnt. Keinesfalls darf ich hinunterfallen, sondern heroben muß ich bleiben; das brodelnde Gebürtige da unten zu mir heraufwachsen lassen, sonst na ja.

Denn ich bin überzeugt. Allen mag es an Übersicht mangeln, einer muß drüberschauen, das bin ich, sonst macht das Aufnotieren keinen Sinn.

Mich macht's hellwach. Als solcher wache ich über seinen Schlaf und sitze in seinem Leben, gefaßt darauf, daß er auf die Idee kommen wird, mich von dort zu vertreiben. Das wird nicht passieren. Ich bin überzeugt.

Mascha Singers verstimmte jüdische Orgel ist ja ganz

hübsch für meine künftigen Geschichten, aber was wird erst die gebürtige Kalteisen aus dem stillen Traisental erklingen lassen? Wird sie sich als Triangel erweisen inmitten Marschgebraus und Sonntagsländlern oder hege ich da mein liebstes Vorurteil? Was geht's mich an, soll passieren, was unsereiner ohnedies nicht zu verhindern weiß, womöglich finden wir sogar Gefallen an all dem, wenn wir traut unter ihnen sind. Werde ich das Triangel heraushören bei den mächtigen Glocken dieses Tales?

Tief schlafen die beiden im eiskalten Zimmer rechts, doch hinter der Reisalpe wird der Himmel langsam morgig, tief schlafen die Kinder im mittelkalten Zimmer links.

8.

Der alte Leopold Kalteisen war vor dem Krieg Gendarm in Sankt Ägyd gewesen, dort war er aufgewachsen. Aus Wilhelmsburg ist die Augustine Wiederhofer gekommen, dort war sie dann Verkäuferin im Lebensmittelhandel. Lilienfeld liegt in der Mitte, dorthin sind sie erst nach dem Krieg hergezogen. Leopold war hier viele Jahre Bezirksparteisekretär der Österreichischen Volkspartei. Sankt Ägyd, am Fuße von Göller und Gippel, aber den Gippel durfte man nicht betreten, der war Privatbesitz. Also stapfte Leopold Kalteisen in den freien Stunden auf den Göller, war sozusagen mit Latschen, Disteln und Gemsen bekannt und intim, grüßte alle Förster und gelegentlich die dazugehörigen Wilderer, doch die dreißiger Jahre waren die dreißiger Jahre. Leopold Kalteisen war pragmatisierter Beamter, fix mit nix und christlich-sozial.

Neunzehnhundertachtunddreißig heirateten Augustine und Leopold katholisch und im Mai; trotz »Mein Kampf« als Hochzeitsgeschenk des Führers sind sie beide katholisch geblieben.

Die Föhren bogen sich so, und die Föhren bogen sich anders, und der Krieg war aus. Nach dem Zusammenbruch krempelte ganz Sankt Ägyd die Ärmel auf und machte sich an den Wiederaufbau der österreichischen Heimat. Leopold war kein Nazi gewesen, und das bißchen Nazi von Frau Augustine fiel nach fünfundvierzig kaum ins Gewicht. Bald danach hatte der alte Kunschak den nicht belasteten Kalteisen nach Lilienfeld gerufen, und keine zweihundert Meter neben der russischen Kommandantur auf Dörfl 15 bezogen sie das Haus mit der halbrechts sich drehenden Eisenstiege zur Veranda, Vorraum, Zimmer links, Küche, Zimmer rechts, aber vor der Stiege ein hundert mal hundert Meter großer Garten mit Apfel- und Weichselbäumen, und am Ende im Eck gegen das Schwimmbad zu stand ein Bienenstock.

Zehn Minuten zu Fuß über die Traisen in der Nähe des Platzls befand sich die Bezirksparteileitung Lilienfeld, im Schatten des großen Stiftes. Weiter nach hinten kam man vorbei am Friedhof, doch wenn der hinter einem lag, wurde es enger und eng, und bald bot sich jedem ein Wasserfall an, um den das Sagengut des Bezirkes kreiste.

Mit den Russen war man rasch arrangiert, und neunzehnachtundvierzig kam Leopold junior zur Welt. Kaum hatte er die Augen aufgeschlagen, wußte man, ein Priester ist auf die Welt gekommen. Kaum konnte das Polderl etwas in der Hand halten, war es die Bibel, kaum konnte er hüpfen, hüpfte er schon auf dem Blasebalg für die Orgel. Lilienfeld begann sich allmählich aus dem Nachkriegselend herauszuwuchten. Es waren harte und unbeschwerte Tage für Augustine. Bloß die Angst vor den Russen, die so fremd waren, aber ganz nahe, ließ Augustine bisweilen nicht ordentlich schlafen des Nachts, und irgendwann im Frühsommer neunzehnzweiundfünfzig war das Polderl weg und verschwunden.

»Jetzt haben ihn die Russen doch gestohlen!«

So schrie und weinte sie und lief von Schrambach bis Marktl, von Mittag bis Spätabend. Leopold Kalteisen ging auf die Kommandantur und fragte den Adjutanten des Kommandanten mutig nach dem Verbleib seines Sohnes. Dieser hob die Augenbrauen, schnarrte einige Wörter ins Telefon, und zehn Minuten später waren an die hundert Soldaten im Hof angetreten. Die einen begannen wegzumarschieren, andere bestiegen die beiden Jeeps. Binnen zwei Stunden wurde das Polderl im Moos schlafend beim Wasserfall gefunden.

»Ich bin eben wer, Gusti«, sagte Kalteisen, nachdem er das Polderl mit ein paar kräftigen Ohrfeigen schlafen gelegt hatte.

»Sie haben es nicht gewagt«, antwortete Augustine.

In der Villa Martina, einem schönen grau-braunen Gebäude, saß am siebzehnten Juni neunzehnhundertdreiundfünfzig der sowjetische Kommandant sehr unruhig auf seinem Hintern, daweil sein Kopf, zuvorderst die Ohren, im Rundfunkgerät zu verschwinden drohten. Ostdeutsche Arbeiter oder wer hatten in Berlin für Randale gesorgt. Dem Leopold Kalteisen war das egal, als er vor dem Krankenhaus auf und ab lief. Der kleine Poldi hob währenddessen interessiert Steine vom nassen Erdboden auf, um zu schauen, was es da alles darunter gab. Damals fanden sich noch Massen von Regenwürmern, welche in mehreren Teilen auseinandergeschnitten sich auch in verschiedene Richtungen entfernten, ein Rätsel, ein Wunder. Der auf und ab laufende Vater antwortete auf keine der Fragen, sondern hieß dem Polderl das Kuschen, schaute immer wieder zu einem Fenster hinauf, aus dem aber keiner zurückschaute. Überhaupt war's langweilig, ständig auf ein Fenster hinaufzuschauen. Nach etlicher Zeit erschienen aber dann doch Kopf und Haube einer Krankenschwester, und sie winkte ihnen zu. Auf das hinauf eilten Kalteisen und Kalteisen ins Haus, hasteten die Stufen hinauf, wurden von der Krankenschwester empfangen und zu Kalteisen geleitet, der eine winzige Kalteisen in den Arm gelegt worden war.

»Das ist deine Schwester Christiane«, wurde dem Polderl mitgeteilt, ein Rätsel, ein Wunder.

Später nahm der alte Kalteisen aber doch Notiz von den Ereignissen im fernen Berlin, und so wußte Christiane schon früh, daß sie am Tag der deutschen Einheit geboren worden war.

9.

Konrad Sachs hatte sich vor Jahren ein Haus auf der Nordseeinsel Borkum gekauft. Es steht in der Randselstraße beim Quermarkenfeuer. Die Fläche dort heißt »Heimliche Liebe«, da sind er und Else gern um Silvester, denn um diese Zeit ist der Sturm Gastgeber der Insel.

Auch neunzehnhundertdreiundachtzig/vierundachtzig fanden sie sich in ihrem Haus ein. Nachdem sie ausgepackt hatten, den Kamin entzündet und einen Spaziergang zum Südstrand gemacht hatten, gingen sie in ihr Haus und waren angekommen.

Es ist gut, daß ich jetzt da bin, dachte Sachs und schaute ins Kaminfeuer. Draußen geht der Sturm herum wie gewohnt. Geh ich zum Fenster, sehe ich, wie die Wolken den Himmel entlangfetzen, wie der sich binnen Minuten in den Farben ändert, wie die Stimmung über dem Städtchen schwankt, aber auch wie festgefügt ein Haus ist, wenn es mein Haus ist. Es ragt ins Weltmeer. Da sitz ich also inmitten des Hauses vorm Kamin und brauch mich an nichts erinnern. Gibt es mehr Gegenwart als mein Haus im Sturm in der Nordsee? Alles ist fahl draußen, die Strände sind leergefegt, die Spaziergänge zu den Dünen liegen wie jedes Jahr in der Zukunft. Da sehe ich das Gesicht von Else im Feuerwiderschein, glatt und entspannt ist es. Sie hat die Nickelbrille auf der Nasenspitze und liest »Die Ermittlung« von Peter Weiss. Lies du nur, Else, unschuldig, wie du dasitzt im behaglichen Heim. Dir kann die Vergangenheit nichts anhaben. Nicht einmal Peter Weiss wird dir in die Quere kommen, eine Lektüre ist eine Lektüre ist eine Lektüre.

Nach diesen Gedanken begann sich Sachs in Saul Friedländers Buch über den Kitsch zu vertiefen, denn er verspürte seit längerem den vagen Wunsch, eine kleine Serie über Kitsch zu schreiben. Er wußte nicht genau, wie er auf die Idee gekommen war, aber als sie sich festgesetzt hatte, blieb sie. So tastete er sich sukzessive an das Thema heran, und so saßen die beiden in der Nordsee auf festem Grund und lasen bis zum Abend. Irgendwann unterbrach Else und bereitete das Abendbrot, irgendwann schalteten sie den Fernsehapparat ein, irgendwann öffneten sie den Champagner, um Mitternacht küßten sie sich, sie hörten von draußen das bißchen Geknatter von Feuerwerkskörpern. Sie zogen sich warm an und gingen Arm in Arm über die Heimliche Liebe zur Bürgermeister Kievit-Promenade, begegneten einigen Menschen, nicht viele waren es, der regnerische Wind fuhr ihnen ins Gesicht, das tat ihnen gut, das mochten sie gern. Hie und da riß der Himmel auf, gelegentlich kam die Deichsel des Großen Wagens herunter. Augenblicke später waren alle Sterne wieder verschwunden. Sie waren allein und fest beisammen.

Am Neujahrstag aber war es windstill und der Himmel blau, wolkenlos, die Wintersonne kam in ihr Zimmer.

Sie setzten sich ins Auto und fuhren den Hinterwall entlang nach Ostland und weiter und weiter über Duale in die Sternklippdünen. Denn abends waren Jens Stuwe und seine Freundin angesagt, da wollten sie dann zurück sein, ein reicher, natürlicher Tag hinter ihnen, denn Stuwe wohnte in Kierkerdünen gleich um die Ecke, sie trafen sich häufig in den ersten Januartagen schon seit Jahren.

Jens Stuwe leitete die Featureredaktion beim Norddeutschen Rundfunk. Sachs und er hatten etliche Sendungen gemeinsam gestaltet, sie waren überhaupt ganz gut miteinander bekannt. Stuwe hatte sein Haus von den Eltern geerbt. Seit vielen Jahren kam er her über Silvester, seit einiger Zeit hatten sich die Sachsens dazugesellt.

Diesmal war Jens mit einer neuen Freundin da, die brachte ihre Freundin mit und die ihren Freund. Sachs sah sich unbekannten Leuten gegenüber, zudem war ihm peinlich, wie sich die Neue in Stuwes Haus ungeniert bewegte, also durch die Zimmer lief, die

Dinge bewegte und mit perlendem Lachen die Räume anfüllte. Sie stellte dem indignierten Konrad ihre Freundin Käthe Richter vor und Emanuel Katz aus Wien.

Als nach einer halben Stunde der Höflichkeit genüge getan worden war, wollte sich Sachs aus dem Sessel wuchten, er wartete ungeduldig, bis Else ihre Unterhaltung mit der Neuen beendet haben wird, da sagte ihm Jens Stuwe ins Gesicht:

»Übrigens, Herr Katz schreibt eben an einem Roman.«

»So?« Sachs wandte sich dem Wiener zu. Katz lächelte.

»Mußt du alles ausplaudern?«

»Laß mich Reklame machen.«

»Worüber schreiben Sie denn, sind Sie Schriftsteller?« Sachs äugte zu Else hinüber, befremdet, wie gut die sich mit der Neuen bereits arrangiert hat.

»An sich arbeite ich in einer Bank«, antwortete Katz.

»Aha«, meinte Sachs. »Die Schriftstellerei betreiben Sie also als ein Hobby oder so ähnlich?«

»So ähnlich«, sagte Katz. »Privat. Ich bin ja auch bloß privat ein Jude.«

Sachs fuhr zusammen. »Was? Wie? Verzeihung, was sagten Sie?«

»Er schreibt«, redete Stuwe dazwischen, »über einen Juden, der nach fünfundvierzig aus einem Lager nach Amerika emigriert und von der Vergangenheit eingeholt wird, kann man das so sagen?«

»Sicher«, sagte Katz lässig.

Konrad Sachs schwieg beklommen. Etwas hatte er jetzt falsch gemacht. Was heißt im Privatleben ein Jude? Else drehte ihren Blick von der neuen Bekannten weg und hin zwischen Sachs und Katz. In den Augenwinkeln sah sie Konrads Verlegenheit, und in den Augen des Wieners lag, wie sie zu bemerken glaubte, herausfordernder Spott. Fast übertrieben hochgereckt saß der in seinem Stuhl und musterte Sachsens Gesicht. Sodann lächelte er, drehte sich zu Stuwe und fragte mit breitem Mund:

»Habe ich mich wieder mal danebenbenommen?«

»Er erschreckt so gern Deutsche«, antwortete der.

»Ganz und gar nicht«, sagte Sachs. »Im Gegenteil, das finde ich doch hochinteressant. Schreiben Sie gleichsam über die eigne Familie?«

»Wie man's nimmt.«

Emanuel Katz spürte einen aberwitzigen Genuß, hier auf der Nordseeinsel gegenüber diesen fünf Deutschen sich den Judenstern anzuheften; schon war da was – wie mit den Händen zu greifen.

»Es tut mir leid«, sagte er boshaft, »daß ich mit meiner Herkunft mitten in die Unterhaltung hineinplatze. Das hat mit dem Zwang zu tun, unter dem ich seit einiger Zeit leide. Ich hab nämlich einen Testzwang.«

»Entschuldige schon, ich find das einigermaßen abgeschmackt«, ließ sich Käthe vernehmen.

»Oh, ist's dir peinlich?«

»Das braucht doch niemandem hier peinlich zu sein«, sagte Konrad Sachs mit lauter Stimme und warf einen abschätzigen Blick auf die Blonde. »Reden wir *Tacheles*. Sie orientieren sich, ob Sie hier unter Nazis sitzen, ist's so?«

»Ach Nazis«, antwortete Katz und warf die Hand gegen den Boden. »Sie sind ja alle zu jung dazu. Ich will gar nicht *Tachles* – nett, daß Sie diesen Ausdruck gewählt haben. Es ist vielleicht bloß so eine Art Information, damit alles klar ist, und wir über andere Sachen reden können.«

»Und dann nie reden werden«, warf Käthe ein.

»Warum sollten wir über andere Sachen reden? Könnt ich noch etwas Wein haben?« Sachs hatte sich tief in den Stuhl zurückgesetzt, erhob sein leeres Glas, schaute durch es hindurch in die Höhe. »Wir Deutschen reden viel zu selten über dieses Thema. Seitdem es so gut wie keine Juden mehr gibt in diesem Land, wird auch nicht darüber gesprochen, warum es keine mehr gibt.«

»Freut mich, daß Sie das sagen.« Katz stand auf und wanderte zum Fenster.

»Wissen Sie«, sagte er mit dem Rücken zu den Anwesenden, »ich find's selber blöd, dauernd zu sagen, wie geht's, das Wetter ist scheußlich, und übrigens bin ich ein Jude. Ein Jude bin ich. Andrerseits krieg ich auf die Art die Füß auf den Boden. Denn«, und Katz drehte sich um und schaute die Deutschen an, »wenn einer dann sagt, Juden sind auch Menschen oder aber das macht doch nichts oder einer meiner besten Freunde ist Jude oder gar, das tut uns aber leid, aber was geschehn ist, ist geschehn, dann ist irgendwie alles klar, und ich kann mich verdrücken.«

»Manchmal übertreibst du aber«, sagte Stuwe und erhob sich, um den Wein aus der Küche zu holen.

»Er übertreibt nicht«, sagte ihm Konrad Sachs in den Rücken. »Das Mindeste, was wir tun können, ist, unsererseits deutlich zu sagen, was wir über Hitler denken, über die Judenvernichtung und all das, was heute damit zu tun hat. Es gibt keine Normalität. Bloß Schuld und Unschuld.«

»Mitschuld und Mitunschuld auch«, fügte Emanuel hinzu.

»Jedenfalls«, sprach Sachs weiter, »stehen unsere Nächte heute unterm Schuldgestirn. Es kann keine Normalität geben.«

»Warum nicht?« fragte Rosemarie, die Neue, daweil Stuwe mit dem Wein bei der Tür wieder hereinkam.

»Darüber schreibe ich«, antwortete Katz schnell, als befürchtete er, Rosemarie könnte jetzt davon zu reden anfangen, daß sie doch mit dem Ganzen nichts zu tun habe, damals noch nicht auf der Welt, im Heute lebe, andre dringliche Sorgen hätte, und was noch alles.

»Ich find's hochinteressant«, sagte Konrad Sachs. »Kennen Sie Peter Adel?«

»Den Regisseur? Nein.«

»Ich würde euch gerne bekannt machen. Er wird die Ermittlung inszenieren, im März. Wie lang bleiben Sie denn hier noch im Norden?«

»Ich glaub bis Dreikönig.« Katz warf einen Blick auf Käthe, die wie unbeteiligt beim Tisch saß und sich Käsestangen in den Mund schob.

»Ach schade. Vielleicht ein andermal. Könnte ich bei Gelegenheit Einblick in das Manuskript bekommen, oder mögen Sie das nicht?«

»Ah doch. Gerne.«

»Dann wollen wir mal.« Federnd kam Sachs vom Stuhl hoch. »Auf morgen«, sagte er, »ich mein, wenn Sie Zeit erübrigen.«

Die beiden gingen rüber in ihr Haus, er hellwach und gut gelaunt, sie bang wie zumeist in letzter Zeit.

Der Prinz von Polen schlief fest.

10

Auf der Portenwiese lag der Schnee, in ihm große Flekken, die dem Abhang ein stukkaturhaftes Aussehen gaben, dazu am unteren Teil die Bäume; ein wuchernder Bart. Demant war als erster aufgestanden, und er hatte sich ohne Frühstück unverzüglich aufgemacht, diese Ortschaft zu erkunden – das also ist die Portenwiese, gehört sie zum Muckenkogel? –, um sich nicht die beiden Kinder in die Hand geben zu lassen. Schon gestern hatte er sich mit dem Rücken gegen Christiane eingerollt und war trotzig weggeglitten in einen unruhigen Schlaf, der wegen der brüllenden Stille, die um das Haus lag, nur flach ausfiel, an dessen Oberfläche immer wieder kleine Träume entlangliefen. Morgens war er allerdings durch einen Tritt in den Bauch aus dem letzten Traum gefahren. Er hatte sich in der Nacht zu Christiane umgedreht, nun erblickte er ihre Tochter Sabrina, sie lag zwischen ihnen, klammerte sich an Christianes Brüsten und Schultern fest und teilte nach hinten Tritte aus. Demant hatte sein Gesicht zu einem Lächeln verzogen, strich hernach dem Kind in den Haarlocken herum, um sodann das Bett zu verlassen. In der Küche hatte er einen Blick durchs Küchenfenster auf das Kreuz des Muckenkogels geworfen, einen Seufzer von unten heraufgeholt, ausgeatmet, und war zum Bad marschiert. Dann nahm er eine der herumliegenden Wanderkarten, fuhr mit dem Zeigefinger bißchen in ihr auf und ab, steckte sie ein. Jetzt ging er um das Haus herum, die Hände fest in den Manteltaschen. Er kam bei der Bäckerei Schindl vorbei, daneben ist also der Bach, der schon seit Anbeginn rauschte und rauscht. Da stand er, daweil die Einwohner von Lilienfeld an ihm vorbeigingen, hinein in die Bäckerei, heraus aus ihr, hinein in den Gasthof Traxler und zum Fleischhauer, heraus. Er begann, eine der Straßen entlang zu gehen, die ihn sicher irgendwohin führen würde, dort er in Ruhe sich mit sich versammeln könne, etwas abseits von dem Dreimäderlhaus, welches mit großer Schnelligkeit über ihn gekommen war.

Als er auf der Straße so langging, jene Portenwiese betrachtend, schlug es zehn vom nahen Stift, und so schritt er in Richtung dieses Stiftes. Der Briefträger nahm die Pfeife aus dem Mund und schaute ihm nach. Zwei alte Damen, eine mit Stock, begegneten ihm und sagten grüß Gott, er antwortete mit guten Tag.

Was tu ich da, fragte Demant sein Herz, als er bei den beiden Damen vorbei war und nun rechts neben der Villa Martina ging.

Was tu ich im Ländlichen, am Ort fremder Kindheit, ein heutiger Gast. Ahnungslos marschiere ich durch die Geheimnisse. Aufgepfropfte Gegenwart. Ist das gut, hier an den Quellen der Christiane zu stehen, mich mit ihrem Herkommen abzugeben und zugleich mit ihrem Jetztsein? Ich muß es wohl immer gleich fremd haben. Kaum vergaff ich mich, muß ich es sofort weit treiben, gleich geh ich auf die Rätsel los, und diesmal sind's wurzelige Rätsel offenbar. Das Geheimnis ihres Gesichts, ihr rotes Wunderohr, die beiden Töchter sind mir nicht rätselig genug. Da müssen russische Kommandanturen her, ein verlorengegangenes Polderl, ein Wasserfall hinterm Stift, ein Bezirksparteisekretär, der vermutlich da vorn aus dem Gebüsch springen wird, um seinem Schwiegersohn von morgen eine auf die Nase zu geben oder – was dasselbe ist – gerührt zu umarmen.

Demant war wieder an einer Wegkreuzung angelangt. Links ging es in den nächsten Ort, rechts über die Traisen zum Stift. Er trottete über die Brücke, starrte von dort ins Wasser.

Die Traisen, der Schicksalsbach, dachte er. Ein Knurren war dabei gleichzeitig aus dem Gehirn und aus dem Bauch gekommen.

Und eine große Familie scheint Christiane auch zu haben. Alle werden sie noch herbeigesprungen kommen, um ihn zu betrachten. Womöglich ist der hinkende Pfarrer da vorne ihr Onkel, eine Kusine turnt da in der Auslage dieses Kaufhauses, kleine Neffen treten als Kalkanten die Blasebälge der Stiftsorgel, und hinten am Friedhof liegen Dutzende von Kalteiserne, soll ich hingehn und all die Namen ablesen? So ein Unsinn.

Demant blieb unter einem steinernen Tor stehen, das wohl in die alte Stiftmauer geschnitten worden war — oder auch nicht.

Die Sippe kommt ja teils aus Sankt Ägyd und teils aus Wilhelmsburg, wenn ich mich recht erinnere. Also spätestens übermorgen werde ich mich in diesen Ortschaften befinden. Dort erst kann dann Christiane so richtig mit den Gebeinen klappern. Hier sind ja die Einheimischen selber Zugereiste.

Leer lächelnd ging Demant auf das Stift zu.

Das ist eben so. Die Leute dieser Gegend kommen eben von da und aus der Umgebung. Die sind alle eben immer da. Leute wie Bäume. Sie biegen sich hin und her, und schon ist ein Jahrhundert um.

Demant stand vor dem Stift. Über dem Tor stand, was er nun laut herunterlas: TEMPLUM HISTORIBUS B. MARIAE VASSUMPTAE DICATUM.

Der hinkende Pfarrer war plötzlich neben ihm, blickte ihn fragend an, sagte: »Grüß Gott.«

»Grüß Gott«, erwiderte Danny Demant.

11.

»Gebirtig speaking.«

»Sprechen wir deutsch, Herr Gebirtig. Hier ist Lebensart aus Wien. Kennen Sie mich?«

»Wer kennt Sie nicht, Herr Lebensart? Gut, für Sie soll sein, sprechen wir deutsch.«

»Entschuldigen Sie, ich behellige Sie…«

»Behelligen Sie mich!«

»Vorab, wie geht es Ihnen?«

»Na ja, man lebt. Sind Sie gesund?«

»Da klag ich nicht, Herr Gebirtig.«

»Fein. Was wollen Sie wissen? Sie wollen doch was wissen.«

»Hören Sie zu. Egger ist verhaftet worden.«

»Egger! Der Schädelknacker.«

»Kein andrer, Gebirtig. Der.«

»Freut mich zu hören.«

»Ein Mann namens Ressel hat ihn auf der Rax entdeckt.«

»Auf der Rax! Die Rax gibt's auch noch?«

»Hören Sie zu. Dieser Ressel ist kurz darauf am Herz gestorben. Seine Tochter will also unbedingt, daß der Prozeß gegen Egger wenigstens mit einer Verurteilung endet.«

»Ist doch klar.«

»Herr Gebirtig, wir haben kaum Zeugen.«

»Kein Wunder.«

»Sie will, daß Sie nach Wien kommen.«

»Ich? Wissen Sie denn nicht, daß…«

»Ich weiß das. Frau Ressel will, daß Sie dennoch kommen.«

»Ausgeschlossen.«

»Hab ich ihr gesagt. Hab ich ihr eh gesagt. Ich möchte auch, daß Sie kommen. Egger streitet ab, jener Egger zu sein, er hat auch andere Papiere, nennt sich Eigler oder so ähnlich. Doch ich bin sicher, es ist Egger. Ressel hat ihn an der Stimme erkannt.«

»Das interessiert mich nicht.«

»Was, Sie wollen nicht, daß man ihm seine Taten nachweist?«

»Doch, aber klar. Hören Sie, Lebensart, wenn Sie wollen, mach ich eine detaillierte Aussage hier beim Sheriff. Die sollen Ihnen das dann schicken oder dem Gericht, was weiß ich?«

»Machen Sie das. Besten Dank. Aber ich fürchte, das wird nicht langen.«

»Sorry. Mehr kann ich nicht tun.«

»Was ist, wenn er nicht verurteilt wird?«

»Wie? Soll ich daran schuld sein, wenn die österreichischen Nazis ihn nicht verurteilen?«

»Herr Gebirtig. Die Richter sind keine Nazis. Auch die Geschworenen nicht. Hoffentlich.«

»Na sehen Sie!«

»Aber eine mündliche Aussage, Identifizierung, das ist viel stichhaltiger, glaubwürdiger, sicherer und so fort.«

»Für mich kein Grund, mich in die Schlangengrube zu begeben. Ihre Arbeit, Herr Lebensart, höchster Respekt, auch daß Sie dort hocken. Ansonsten versteh ich nicht, was Juden heute in Österreich zu suchen haben. Ohne mich!«

»Sie werden ihn womöglich freisprechen. Ist schon vorgekommen hier.«

»Lasten Sie mir das nicht an! Soll er Gurken pflanzen in Leoben oder wo er herkommt.«

»Aus Leoben, richtig.«

»Die Leute dort haben doch nie einen Hitler gebraucht. Die waren immer schon so. Was geht's mich an.«

»Es gibt viele andere Österreicher. Inzwischen. Die Frau Ressel lastet dem Egger auch den Tod ihres Vaters an.«

»Lassen Sie mich in Ruhe. Niemand zwingt diese Leute, in so einem Land zu bleiben, wo die Eggers Jahrzehnte frei herumrennen.«

»Regen Sie sich nicht auf!«

»Reg ich mich auf? Es ist wahr, es ist ja lächerlich, was reg ich mich auf. Entschuldigen Sie vielmals, Lebensart, ich hab wie gesagt großen Respekt vor Ihren Leistungen im Aufspüren der Naziverbrecher und im Wachhalten...«

»Freut mich zu hören. Mir geht's vor allem um Gerechtigkeit. Ihnen doch auch.«

»Mir? Nein. Es gibt keine Gerechtigkeit. Gibt es nicht. Ich jedenfalls habe meine Lektion gelernt.«

»Ich glaube daran. Deshalb behellige ich Sie ja.«

»Sie können mich immer behelligen. Ich weiß aber, es gibt sie nicht. Behelligen Sie mich, aber lassen Sie mich in Ruhe. Ich komme euch da nicht rüber.«

»Frau Ressel will noch mit Ihnen reden.«

»Nein, auf keinen Fall, hören Sie, Lebensart, halten Sie mir diese Frau vom Leib!«

»Gut, Gebirtig, ich möchte das respektieren. Dann wünsch ich Ihnen...«

»Danke, danke. Soll ich beim Sheriff aussagen?«

»Tun Sie das. Das Ganze kommt an den Staatsanwalt Leibenfrost…«

»Wie heißt der?«

»Lei-ben-frost. Ich schick Ihnen die genaue Adresse, Aktenzahl et cetera.«

»Na schön. Also, bleiben Sie gesund, Herr Lebensart.«

»Nichts für ungut, Herr Gebirtig. Leben Sie wohl. *Schalom.*«

»*Schalom.*«

12.

Sie gingen vom Stift weiter nach hinten zum Wasserfall. Demant hatte Sabrina auf den Schultern. Alice lief vor und blieb zurück, platzte in die Gespräche, warf Steine und Hölzer. Christiane Kalteisen schien eingewickelt in Erinnerungen zu sein, sie sprach viel, schnell und ganz ohne atemlos zu werden. Danny stapfte nebenher, im Knirschen der Schritte seufzte jedesmal die Vergangenheit auf. Er spürte deutlich, wie ihn das Geraune umfing, und so bewegten sie sich alle miteinander Richtung Wasserfall, welcher am Ende des sich verengenden Tals seit langer Zeit toste. Entgegen kam ihnen keiner, obwohl dieser frühe Jänner mild und mit blauem Himmel versehen war. Sehr weiß war der Schnee, so daß die Fichten satt aussahen. Nachdem sie eine Weile so gegangen waren, begann es allmählich zu rauschen, sie stiegen etwas hoch, an Bänken vorbei und schraubten sich endgültig in das Tal hinein. Dann standen sie vor dem Wasserfall, betrachteten ihn, drehten sich um und gingen wieder aus dem Tal heraus. Sabrina wurde immer schwerer, auch begann sie dem Demant mit den

Fingern in die Ohren zu greifen und an den Haaren zu zerren. Alice, die wieder einmal den dreien von vorne entgegenlief, flog über einen Stein, begann zu brüllen und ein fabelhaftes Echo zu erzeugen. Hernach wollte sogar sie von Demant getragen werden. Sabrina wurde also auf Christianes Schultern gesetzt, und Demant mußte die Achtjährige auf seinem Nacken aushalten. Nach kurzer Zeit wurde ihm die zu schwer, und so war auf halbem Weg zurück eine wilde Schreierei im Gange. Irgendwie kamen die vier dann doch wieder am Platzl an, gingen in die Konditorei, so war der Vormittag des fünften Jänners um.

»Alles wiederholt sich, gelt«, fragte Demant Christiane. »Bist du nicht selber als Kind mit den Eltern diesen Weg oft gegangen?«

»Immer wieder und nicht nur mit den Eltern, nein, nein«, antwortete sie.

»Und warum muß auch ich dorthin laufen, noch dazu mit diesem Nilpferd auf den Schultern?«

»Müssen?«

»Wärst du allein mit den zweien da hineingelaufen?«

»Ich bin doch wegen dir dort hingegangen.«

»Bloß meinetwegen?«

»Ausschließlich. Ich kenn das doch schon so gut.«

»Aha. Besten Dank.«

»Ich versteh nicht. Du wolltest doch so viel über mich wissen. Wie ich aufgewachsen bin, was mir wichtig war, wieso bist du jetzt sauer?«

»Ich bin nicht sauer. Mir sind diese Kinder einfach zu schwer.«

»Merkwürdig. Herbert hat sich nie beklagt.«

»Fräulein, ein Viertel Rot! Was sagst du?«

»Die Kinder gehören auch zu mir.«

»Natürlich.«

Alle miteinander aßen ein bißchen. Sabrina war müde und raunzte ständig, Alice las dafür still im Mickymausheft. Danny trank seinen Wein, Christiane beobachtete ihn stumm.

»Ist dir fad?« fragte sie ihn nach einer Weile.

»Das kann man nicht sagen.«

»Ist es dir zu viel?«

»Was hast du denn? Laß es, wie es ist!«

»Ich mag nicht.«

Sabrina wollte sich jetzt auf der Mutter Schoß setzen, Christiane setzte sie akkurat in ihren Sessel zurück, Geplärr, andere Besucher der Konditorei sahen von den Illustrierten hoch oder unterbrachen ihre Unterhaltungen, schauten her, eine Bühne. Als wäre sie sich dessen bewußt, nahm die Kleine den Zuckerstreuer und warf ihn durchs Lokal. Demant spürte ein Zucken im Gesicht, zugleich stellte sich vage eine frühe Erinnerung ein, er nahm kurzentschlossen Sabrina vom Sessel hoch und verließ mit ihr die Konditorei. Draußen angekommen setzte er sie auf seine Schultern und ging im Sturmschritt quer über den Hauptplatz. Die Dreijährige schrie, was ihr Leib hergab, so daß ein gewisses Aufsehen entstand. Er kümmerte sich nicht darum, sondern überquerte die Traisen. Dabei begegnete er dem Pfarrer, grüßte ihn durch das Geschrei des Kindes hindurch und eilte an der Villa Martina vorbei zum Kalteisenhaus. Sabrina hatte plötzlich aufgehört zu brüllen.

»Kamel«, sagte sie. Also begann Demant nach der angeblichen Manier der Kamele zu gehen, zwei schnelle Schritte vor, einer zurück und dann in die Knie und hoch. Sabrina lachte fröhlich und bohrte in seinen Ohren.

Ohne Mutti geht's ja, dachte Demant ergrimmt, daweil er mit dem selbsterfundenen Getorkel beim Schindl einbog. Auch der Briefträger war wieder da, und wieder nahm dieser seine Pfeife aus dem Mund, als Demant vorbeitanzte. Im Zimmer links angekommen, rief er:
»Ins Bett, Sabrinaleben, in die Heia.«
»Nein.«
»Und ob. Wenn du im Bett bist, erzähl ich dir eine Geschichte.«
»Mama!«
»Nix Mama. Danny. Danny erzählt dir eine Einschlafgeschichte.«
»Mama!«
»Danny!«
Kleine Pause. Während Demant das Kind entkleidete, blieb es still. Er trug es ins Bett. Von dort rief Sabrina:
»Danny!«
Und Demant erzählte der Sabrina Kalteisen die Einschlafgeschichte von den verhexten Hühnern, die Geschichte einer vagen Erinnerung, und während er sie in ruhigem, onkelhaften Ton vortrug, spürte er, wie ihn ein gelindes Grausen langsam einzuwickeln begann. Aber Sabrina war bereits eingeschlafen.

13.

Emanuel Katz war mit Käthe von Borkum zurückgekehrt, und er verlebte nun noch einige Tage in ihrer engen Wohnung Lippmannstraße, Hamburg-Altona. Er hatte auf Borkum den Konrad Sachs nächsten Tag noch einmal getroffen. Sie hatten beide einen Spaziergang an der Promenade gemacht, und Emanuel hatte sich über das Interesse, das Sachs seiner Person entgegenbrachte, gewundert.

»Ich treffe selten – Juden«, hatte Sachs dem Katz erklärt, »und bin immer sehr bedrückt. Ich fühle mich bedrückt, ich kann's nicht anders sagen.«

»Was ist denn so bedrückend daran«, hatte Katz ihn gefragt. »Das könnte ja direkt mich wieder bedrücken.«

»Nein, so mein ich das nicht, so hab ich es bloß gesagt. Ich hab ein Gefühl von Scham, wenn ich mit einem Juden spreche.«

Braver alter Bursche, hatte sich Katz gedacht, laut war er aber anders geworden: »Die Scham nützt mir auch nichts. Warum sollten wir nicht frank und frei reden können?«

»Ich glaub schon, daß die Scham etwas nützt«, hatte Sachs entgegnet. »Die Deutschen sind doch schon wieder so frech und großmäulig, reden alles weg, tun so, als wäre Auschwitz nichts anderes als Dresden oder Hiroshima. Aber ob sie mir nützt oder nicht, ich empfinde sie einfach. Glauben Sie mir, Katz, für mich ist's nicht lustig, ein Deutscher zu sein.«

»Und für mich als Jude, dito.«

»Das ist was anderes.« Sachs war stehengeblieben. Beide hatten sie aufs offene Meer hinausgeschaut.

»Natürlich ist's was anderes. Aber wenn Sie glauben, als Opfer ist man aus dem Schneider…«

»Ach Katz, wie reden Sie?«

»Wissen Sie was? Reden wir über etwas anderes.«

»Gut«, hatte Sachs gestottert und war weitergegangen. »Wie Sie wünschen. Verzeihen Sie, ich wußte nicht, daß… Ihnen das Thema… unerwünscht ist.«

»Ganz und gar.« Katz kickte energisch eine Coladose weg. »Ich wünsch mir einfach unverkrampftes Reden.

Ich meine, nicht diese ständigen Rechtfertigungssuaden.« Er war der Coladose nachgegangen und hatte diese wiederum mit einem zornigen Fußtritt fortbefördert. »Im übrigen ist das Reden von der Scham auch eine Art von Rechtfertigung.«

»Ach so?« Sachs spürte, wie seine Kiefer unwillkürlich einen imaginären Gegenstand zwischen den Zähnen zu mahlen begannen. »Vielleicht sollte man's auf sich nehmen, als hätte man's selber verschuldet. Persönlich. Mit beiden Händen.« Und Konrad Sachs hatte beide Arme vor sich ausgestreckt, als würden sie nicht ihm angehören. Sofort wußte er auch, daß diese fremde Bewegung ihm wohlbekannt war, sie glich der auf einem Foto von Ernst Sachs bei einer Rede in München neunzehnsiebenunddreißig. Sogleich hatte er die Arme fallen lassen.

»Ach Unsinn.« Katz hatte das über die Schulter zum erstarrten Sachs hingesprochen. »Quälen Sie sich nicht so. Sie sind ja in Ordnung. Zu Ihnen hätte ich gleich Vertrauen.«

Auch jetzt wußte Emanuel Katz nicht, warum er das gesagt hatte. Denn eigentlich hatte er ein unangenehmes Gefühl, als säße er auf dem Richtstuhl, eingehüllt in der geborgten Robe der vertilgten Vorfahren. Ich war diesem Gespräch überhaupt nicht gewachsen, sagte er zu sich, als er und Käthe auf dem Rückweg nach Hamburg waren. Der Deutsche spricht wahr, der Jude lügt. So war es doch. Ich hab mich nur geschämt, als er von seiner Scham sprach. Statt mich zu freuen, daß ein Deutscher so redet, hab ich bloß abgewiegelt und ihm noch Vorhaltungen gemacht. Gegen den hab ich's doch leicht. Ich hätt ihm das sagen sollen. Das rächt sich noch.

»Sagen Sie, wann beginnen die Proben von diesem Adel. Wie heißt das Stück?«

Sachs hatte durchgeatmet, dann war er zu Katz hingegangen:

»Lassen Sie mich Ihre Hand drücken. Ich weiß, das ist pathetisch, aber ich muß es machen. Wenn Sie Vertrauen zu mir hätten, bedeutet das mir mehr als Sie ahnen.«

Was war sein Vater, fragte sich Emanuel, schwieg aber, hatte wie selbstverständlich Sachsens Hand ergriffen, und so waren sie ein bißchen dagestanden am Strand von Borkum.

»Nach Dreikönig beginnen die Proben zur Ermittlung. Mögen Sie einmal heraufkommen? Ich stell Sie vor. Vielleicht könnten Sie bei der einen oder anderen Probe dabeisein.«

»Ist Adel Jude?«

»Nein.« Sachs hatte hernach eine Pause gemacht. Dann zögernd:

»Aber er könnte einer sein.«

»Wie Sie.«

»Wie ich? Nie und nimmer!« Knurrend war dieser Satz aus Sachsens Kehle gefahren. Emanuel hatte ihn erstaunt angeschaut, dann wieder weg und aufs Meer. Sie waren bald danach zurückgegangen, hatten sich verabschiedet. Als Emanuel vom Haus des Konrad Sachs weggegangen war, hatte er noch einmal zurückgeschaut. Sachs war im Fenster gestanden, und er hatte mit dem Kopf genickt, bevor Katz um die Ecke verschwand.

Jetzt saß er in Käthes Wohnung vor der Waschmaschine und stopfte Schmutzwäsche hinein. Käthe ging im Zimmer auf und ab, das Telefon in der Hand.

»Meine Brüder kommen vorbei«, sagte sie. »Hast du was dagegen?«

»Sind sie so blond wie du?«

»Klar. Und über einsneunzig. Beide.«

14.

»Da war einmal ein Bub, der hieß, na, wie hat er denn geheißen, gleich wird es mir einfallen, a ja Rudi, also da war der Rudi, der ist von Wien in einen kleinen Ort aufs Land geschickt worden, damit er dort einen Knödel nach dem andern zum Essen bekommt. Denn in Wien war es noch gar nicht lange her, da fielen vom Himmel Eisenstücke herunter und zerstörten Häuser und Fabriken, denn es war Krieg. Nach einem Krieg gibt es häufig zu wenig zu essen, die Wiener ernährten sich von Erbsen und Bohnen. Doch auf dem Land bei den Bauern gab's Futter, und so schickte man den kleinen Rudi dorthin. Rudi staunte nicht schlecht, als er statt der vielen Ruinen...«

»Wo ist die Prinzessin?«

»Warte, warte. Er staunte sehr, weil er statt der Ruinen Wälder, statt hoher Häuser kleine viereckige Bauernhöfe sah. In der Mitte eines der Bauernhöfe liefen Hühner herum und gackerten und zwar so.« Demant gakkerte. »Zwischen ihnen gab es auch Gänse, ganz weiß, die streckten den Kopf vor, falls Rudi ihnen zu nahe kam und zischten.« Demant zischte. »Auf den Telegrafendrähten saßen schwarze Vögel und beobachteten den Rudi, wenn er mit seinem roten Gummiball herumschoß. Der Bauer ging gelegentlich vorbei, hatte eine Gabel auf der Schulter und stocherte damit im Mist. Ein knechtartiger junger Bursche trug Säcke von einem Platz zum anderen. Manchmal nahm er ein vorbeilaufendes Hendel hoch, hielt es dann an einen Holzpflock und haute ihm mit einer Hacke den Kopf ab. Bisweilen lief das Huhn danach noch so ein bißchen im Hof umher, ohne Kopf und flatterte wild mit den Flügeln, schließlich blieb es liegen, wurde aufgeklaubt, gerupft und gebraten. Rudi bekam Fleisch und einen Knödel nach dem anderen.«

»Wo ist die Prinzessin?«

»Warte, warte. Der Sohn des Bauern hieß Kasimir und war so alt wie Rudi. Die beiden liefen einmal vom Bauernhof fort und über die Wiese. Die schwarzen Vögel auf den Telegrafendrähten beobachteten die beiden Kinder, bis sie im Wald eingetaucht waren. Der Wald wurde immer dunkler und finsterer. Kasimir lief zielsicher immer voraus, und Rudi hatte Mühe, ihm zu folgen. Auf einmal standen sie vor einem kleinen Bach, den liefen sie entlang, und der Wald wurde wieder lichter. Als sie bei einem Zaun angekommen waren, saßen auf ihm einige Kinder und begrüßten den Kasimir. Sie steckten die Köpfe zusammen und wisperten.« Demant wisperte. »Da trat ein größeres Mädchen aus der Gruppe heraus und wies mit ausgestrecktem Arm auf den Rudi.

›Wer bist denn du?‹

›Ich bin der Rudi.‹

›Das ist nicht wahr. Du bist nicht der Rudi.‹ Und alle Kinder schrien im Chor: ›Du bist nicht der Rudi. Du bist nicht der Rudi.‹ Rudi schaute hilfesuchend zu Kasimir. Der sagte mit tiefer Stimme: ›Wer denn, wer denn?‹ Das Mädchen antwortete: ›Schaut's! Er hat den bösen Blick.‹ ›Stimmt‹, flüsterten andere Kinder. ›Und eine

Hakennase‹, sagte das größere Mädchen. ›Du bist der Belzebub.‹

›Was ist ein Belzebub?‹ fragte der Rudi. Die Kinder flüsterten wieder miteinander. Rudi hörte, wie jemand sagte: ›Vielleicht ist er auch bloß verhext. Vielleicht bist du ein verhexter Prinz.‹ Rudi bekam Angst. ›Ich bin doch der Rudi‹, weinte er los. Er drehte sich um und wollte davonlaufen, doch die Kinder hatten ihn schnell eingekreist.

›Ich werde dich von deinem Bann befreien‹, sagte das Mädchen. ›Haltet ihn fest!‹

Das Mädchen steckte ihren Finger in den Mund, dann malte sie Kreuze auf Rudis Stirn, ein Kreuz nach dem andern, dabei murmelte sie irgendwas. Ein Bub hatte einen Frosch gefangen und hielt ihn am Schenkel fest, schwenkte den Zappler vor Rudis Augen. Der machte sie zu, doch da wurde er schon dreimal um sich selbst gedreht. ›Er ist ein verhextes Huhn‹, sagte das Mädchen schließlich. ›Wenn eine Frau, eine Königin ihn küßt…‹«

»Eine Prinzessin.«

»›Eine Prinzessin, von mir aus oder eine Königin gar, dann wird er‹, sprach das größere Mädchen, ›wieder zu einem Huhn, legt Eier, und zu Ostern kann man ihn schlachten.‹

›Küß ihn, küß ihn‹, schrien da die Kinder.

›Nein‹, sagte das größere Mädchen. ›Ich bin nur eine Bäuerin. Da muß schon eine Prinzessin kommen oder eine Königin.‹«

Ah, dachte Demant, jetzt ist sie eingeschlafen. »Kurz und gut«, erzählte er der Schlafenden weiter, »als zwei oder drei Stunden vergangen waren, in denen Rudi immer wieder beschworen wurde, sich auch ohne Zutun einer Königin in ein Huhn rückzuverwandeln, tat sich plötzlich ein Licht auf, denn die Sonne kam vom Westen durch den Wald. Die Bäuerin erschien, rief: ›Kasimir, da gehst her und auch du, Rudi!‹ Da schrie Rudi: ›Seht's, ich bin der Rudi!‹ Die Kinder schwiegen, und Rudi wußte, daß sie ihm nicht glaubten. Die Bäuerin sagte:

›Schau, Rudi, wen ich dir mitgebracht habe.‹

›Mutti‹, schrie Rudi und lief auf sie zu. Die Mutter breitete die Arme aus. Rudi stürzte in ihre Umarmung, das große Mädchen flüsterte bleich:

›Die Königin!‹

Da wurde Rudi auch schon innig geküßt. Die Sonne verschwand hinter einer Wolke, als sie wieder hervorkam, war Rudi verschwunden. Ein schwarzer Vogel flog in den Himmel und landete auf dem Telegrafendraht. Seitdem beobachtet Rudi von dort alle Kinder, die auf den Wiesen spielen – bis auf den heutigen Tag.«

Demant stand auf, schüttelte sich, warf noch einen Blick auf Sabrina, um deren friedliches Gesicht er sie beneidete, ging heraus aus dem Zimmer und setzte sich in die Küche. Durchs Fenster gewahrte er das Kreuz des Muckenkogels. Der Berg kam ihm so bekannt vor. Immer schon hatte er das Kreuz des Muckenkogels gesehen. Aber wo?

15.

Holger und Hans erschienen gleichzeitig um vier bei Käthe. Zu Katzens Erstaunen brachten sie Päckchen mit und gratulierten ihr mit breitem Lachen zum einunddreißigsten Geburtstag.

»Da hast du mich halt blöd sterben lassen«, sagte Emanuel, nachdem er den Brüdern die Hand gedrückt hatte. »Kommt noch wer?« flüsterte er ihr bei Gelegenheit zu. Sie verneinte und begann vorsichtig das Papier abzulösen, während die Brüder auf dem niedrigen Sofa saßen und zwischen ihren emporragenden Knien stumm die Schwester beobachteten.

Eine Ansammlung semmelblonder Monster, dachte sich Emanuel und nippte daweil an einem Wodkagläschen. Nachher hörte er zu, wie die Geschwister über dies und jenes redeten, sich nach irgendwelchen Personen erkundigten, Jugenderinnerungen aufriefen und nach einigen Anspielungen wiederum abtaten, so daß das ganze Geklingel ganz ohne Interesse für Emanuel blieb. Gelegentlich warf der eine oder der andere Bruder einen flüchtigen Blick auf Katz. Mit der Zeit stellte sich wie von selbst bei ihm ein Gefühl von Ungebetenheit ein. Er wußte nicht so genau, welche Anteile an dem Gefühl er selbst durch sein unbeteiligtes Wodkanippen lieferte. Die Brüder taten jedenfalls so, als sei er kaum vorhanden oder schon immer da gewesen. Er stand auf und ging auf die Toilette. Durch die Tür hörte er, wie dem Gesprächston plötzlich andere Mischungen beigegeben wurden; nun redeten sie offenbar über ihn; er konnte nicht verstehen, was er hier verloren hatte. Undeutlich kam ihm Hannas Rede vom Blondieren bei Demants Open House in den Sinn, und er fragte sich, ob er eine klärende Provokation anbringen sollte. Andrerseits, Käthe konnte – wie auf Borkum gesehen – sehr frostig und ungeschlacht reagieren. Obwohl er sie seinerzeit in Wien vor allem wegen seines Judeseins interessiert hatte – »der erste Jude, den ich persönlich kennenlerne« –, blieb dieses Interesse bei sich selbst stehen und sollte anscheinend keine weiteren Folgen zeitigen. Ich mach mich zum Trottel, dachte Emanuel und wischte sich den Hintern ab.

Als er die gute Stube wieder betrat, war Kuchen am Tisch und Kaffee, die Wodkaflasche verschwunden. Jetzt erst stellte Käthe den beiden Brüdern ihren Freund aus Wien vor, rasch nachgeholt. Sie begann sodann in seiner Anwesenheit über ihn und seine beruflichen Tätigkeiten den Brüdern vorzutragen, erwähnte zu seiner Überraschung von selbst seine jüdische Herkunft, berichtete von den Tagen auf Borkum, war gut aufgelegt und zufrieden.

»Und wann werden Sie die Bank übernehmen?« fragte Holger und richtete seine klaren blauen Augen interessiert und ohne Anflug von Spott auf Emanuel.

»Gestern«, antwortete Katz. »Meiner Sippe gehört jetzt schon das Bankwesen von Wien und das halbe von Unterhollabrunn.« Er lächelte.

»Ist ja klar«, sagte Hans.

»Immer deine Späße«, sagte Käthe und schenkte sich Kaffee nach.

»Ach so, das war ein Scherz«, fragte Holger. »Da kann ich gar nicht lachen.«

»Wieso nicht?«

»Woher soll ich denn das wissen? Außergewöhnlich wäre das doch wohl nicht.«

»In Österreich sind die großen Banken alle verstaatlicht«, sagte Katz mißmutig.

»Auf die Kontrolle kommt's an«, sagte Holger und zwinkerte zu Katz hin. Der fragte in eine entstandene Pause hinein: »Was machen denn Sie so immer?«

»Ach, Holger ist Computerfachmann«, sagte Käthe rasch. »Und Hans arbeitet in einer Werbeagentur.«

»Merkwürdig«, versetzte Katz. »Ich dachte, Sie wären Förster in der Lüneburger Heide.«

»Sehen wir so aus?« Holger richtete sich auf.

»Na ja, grad so wie ich ausschau, als kontrollierte ich das Bankwesen.« Hans lachte:

»Das ist was anderes«, erklärte er Käthe. »Die haben einst tatsächlich das alles kontrolliert.«

»Ich geh ein bißchen spazieren«, sagte Katz und stand auf.

»Wir gehen ohnehin sofort«, antwortete Holger und stand ebenfalls auf.

»Nicht alle sind so empfindlich«, sagte er zu Emanuel. »Mein guter Freund Isi Rosen würde uns sofort zustimmen.«

»Der lacht sich sicher bucklig«, sagte Katz und drehte allen dreien den Rücken hin, ging in den Vorraum zur Garderobe. Käthe kam ihm nach.

»Immer mußt du provozieren«, sagte sie in seinen Rücken hinein.

»Pack«, knurrte Katz und zog sich den Mantel an. »Habt ihr diese Weisheiten eigentlich von eurem Papi, dem Obernazi?«

Er drehte sich um und sah an Käthes Ohr vorbei auf die Brüder, die hochaufgerichtet in der Tür standen. Beide hatten ihre Augen kühl und mäßig interessiert auf Katz gerichtet. Käthe aber schossen plötzlich die Tränen heraus, sie stampfte mit dem Fuß auf und schrie:

»Hau doch ab! Ich möchte endlich meine Ruhe haben! Der ganze Geburtstag ist mir verpatzt.« Holger kam.

»Nee«, sagte er. »Ich geh jetzt. Ihr habt ja allerhand zu bereden. Beruhige dich doch. Komm Hans.«

Doch Emanuel hatte schon die Wohnung verlassen. Käthe Richter riß die Wohnungstür nochmals auf und schrie ihm heulend nach, was sie schon im Inneren der Wohnung gesagt hatte. Dann schmiß sie die Tür zu.

Katz ging aus dem Haus und vor zur Max Brauer-Allee. Dort stand er unschlüssig. Während er dann in Richtung Bahnhof Altona ging, begann es zu regnen. Er spürte, wie er zitterte, und er ging schneller, atmete tief ein und aus. Der Regen fiel ihm auf den Kopf. Er stellte den Mantelkragen hoch. Ihm fiel ein, daß Käthe während ihrer ersten Nacht in Wien zärtlich zu ihm gesagt hatte, am besten an ihm gefiele ihr sein Rassemerkmal. Er hatte gelacht und an seinen beschnittenen Schwanz gedacht, doch sie strich ihm neckisch über den Nasenrücken. Daraufhin hatte er sie umarmt und ihr unter Küssen erklärt, daß dies kein Rassemerkmal sei und die Juden keine Rasse und so weiter. Sie hätte das von ihrer Großmutter, hatte sie ihm darauf erklärt.

»Auch Großmütter irren gelegentlich«, sprach damals Emanuel mit dem Mund an ihrem Hals. »Besonders deutsche.«

Am Bahnhof Altona kaufte er sich die Fahrkarte nach Wien. Er rief Käthe an und begehrte seinen Koffer. Nach einer halben Stunde erschien sie und forderte den Schlüssel. Nach kurzem Zögern streckte er ihr die Hand hin. Aber sie drehte sich um und begann wegzugehen.

»Und das ist eine Geschichtslehrerin«, schrie Katz ihr in den Rücken. »Gute Nacht.« Und er drehte sich ebenfalls um, fuhr auf der Rolltreppe ins Restaurant hinauf. Oben sah er durchs Fenster Käthe und ihre Brüder stehen. Die Männer hatten sich links und rechts bei ihr eingehängt und wanderten zu Käthes Auto. Katz sah ihnen nach. Vier Stunden später verließ er das stolze Hamburg.

Im Nachtzug träumte er prompt von Hardy Krüger und Robert Redford, die sich mit schwarzer Schuhpasta anschmierten, damit sie ihn bei der Besichtigung von Harlem besser schützen konnten. In Linz erwachte er. Wunderschöner Tag, tiefblauer Himmel.

16.

»Ich stelle meine eigenen Beziehungen zu Leuten her«, sagte Demant zu Christiane. Sie lachte. Er lachte zurück.

»Gefällt's dir hier?« fragte sie. Sie saßen in der Küche vor dem Wein.

»Was soll ich sagen? Na ja, dieses Lilienfeld ist ein netter Ort. Wo wohnen eigentlich deine Verwandten?«

»Die Eltern sind längst wieder in Sankt Ägyd. Wir fahren morgen hin.«

»Morgen nicht. Dreikönigsspringen in Bischofshofen. Das Dreikönigsspringen schau ich mir immer im Fernsehen an. Ich mag Schispringen.«

»Komisch.«

»Fahr du nur mit den Kindern dorthin. Es ist auch zu früh, deine Eltern kennenzulernen.«

Christiane nickte: »Bist du schon auf der Flucht?«

»Ich bin doch immer auf der Flucht.« Demant breitete seine Arme aus, damit sie ihm gegen die Brust fallen konnte. So umarmten sie einander, tranken Rotwein, und der Abend ging hin. Betrunken legten sie sich nieder, Demant begann Christiane überallhin zu küssen, sie zog sich ihr graues Nachthemd aus, auf ihnen lag die Tuchent so schwer, daß er sie mit dem Rücken abwarf, bevor er in Kalteisen hineinging, und als er das tun wollte, sprang die Tür auf, und Sabrina kam gelaufen.

»Mutti!« Demant rollte von ihr herunter, überquerte die beiden Bettkanten, legte sich unter seine Tuchent. So lag er da. Sabrina war schon bei Christiane im Bett, Mutter und Tochter deckten sich zu, Demant stand auf, zog sich an und verließ das Schlafzimmer. Zuerst blieb er ein bißchen in der Küche sitzen. Als Christiane im grauen Nachthemd aus dem Zimmer herauskam, hatte er eben den Rotwein ausgetrunken. Er sah sie, senkte seine Mundwinkel, stand auf.

»Das Nachthemd steht dir«, sagte er und ging.

»Wo rennst du denn hin?«

»Da muß doch noch wo ein Wirtshaus offen haben. Oder ich geh spazieren. Es ist sternenklar draußen. Ich möchte euch nicht stören.«

»Sie ist doch erst drei Jahre.«

»Christiane, liebste Christiane, ich lieb dich sehr, aber jetzt geh ich.«

»Ich hab eben Kinder.«

»Meinetwegen.« Demant ging wieder in die Küche zurück. »Dagegen wende ich gar nichts ein. Ich hab's bloß nicht gern, wenn Leute zur Tür reinkommen, wann sie wollen. Ich bin da etwas eigen. Verzeih mir.«

»Das hat den Herbert auch gestört.«

»Und dich stört's nicht?«

»Bei Herbert nicht.«

»Hast du irgendwo einen Wein?« Kalteisen ging in den Vorraum, kramte dort herum. Sabrina kam aus dem Zimmer rechts.

»Mutti!«

»Hachgott sakra«, knurrte Demant. »Geh schlafen, Bini!«

»Nein.«

»Doch.« Christiane kam mit dem Wein, stellte ihn vor Demant auf den Tisch. »Gehen wir schlafen«, sagte sie zu Sabrina. »Ich komme bald«, flüsterte sie Danny zum Ohr und verschwand mit der Tochter im Zimmer. Demant öffnete die Weinflasche, trank und wartete. Nach einiger Zeit schlich er sich hinein. Mutter und Tochter schliefen fest. Er kehrte in die Küche zurück, blieb beim Tisch sitzen. Weit war das Gefühl in der Brust, er starrte durch das hoch angebrachte kleine Fenster in die dunkle Nacht und auf einige Sterne.

Vor Mitternacht verließ er das Haus, tastete sich die Eisenstiege hinunter, ging ums Gebäude herum und hinein in die menschenleere Ortschaft. Die Gasthäuser waren geschlossen, die Traisen rauschte, ein leichter Wind ließ auch die Bäume um ihn herum dazu rauschen, und so ging er weiter und weiter.

Beim Bahnhof läutete er, und nach einiger Zeit öffnete ihm eine Frau. Er fragte nach einem Zimmer. Die Wirtin suchte das Meldebuch und versuchte gleichzeitig ihn einzuschätzen, doch er wollte das Zimmer sofort bezahlen.

»Sind Sie nicht«, fragte sie plötzlich, »mit der Frau Doktor Moser-Kalteisen da?«

»Stimmt genau. Wo ist das Zimmer?«

»Ich zeig's Ihnen.« Sie ging vor ihm durch einen Gang, sperrte ihm das Zimmer auf.

»Frühstück bis halbzehn.« Er fragte, ob sie Fernsehen in der Gaststube habe, sie nickte, er teilte ihr mit, daß er morgen das Dreikönigsspringen anschauen möchte. »Ist recht«, sagte sie. Ob sie eine Zeitung hätte, erkundigte er sich, als sie schon einige Schritte weg war. Sie schüttelte den Kopf. »Gute Nacht«, sagte er, sperrte von innen das Zimmer ab und legte sich aufs Bett.

Spät schlief er ein, dafür weckte ihn der Siebenuhrzug auf, sodann der um halb neun. Also stand er auf, wusch sich das Gesicht und ging in die Gaststube hinunter. Dort saßen schon einige Leute und sahen ihn an. Er nahm eine niederösterreichische Regionalzeitung vom Haken und bestellte sich eine Eierspeise und Kaffee. Der Briefträger betrat den Raum, nickte ihm zu. Er las die Zeitung aus, bestellte sich nochmals Kaffee, zahlte und ging den Weg zurück. Vom Stift läuteten die Glokken. Im Kalteisenhaus war niemand, doch fand er einen Zettel vor: Sind in Sankt Ägyd. Kommen am Abend. Wir hoffen, Du bist noch da. Christiane, Alice, Sabrina.«

Aha, dachte sich Demant. Er ging zurück zum Bahnhof. Um elf Uhr dreißig ging ein Autobus nach Sankt Pölten. Doch er sah sich in der Gaststube das Dreikönigsspringen an und nahm den Zug um vier. Abends war er in Wien, ging zum Zeppelin, traf Paul Hirschfeld, Hanna Löwenstein, und sogar Wilma schaute herein, verschwand aber gleich wieder. Demant zuckte unangenehm zusammen, als er Emanuel Katz vor dem Tisch stehen sah.

»Hallo, schon zurück.«

»Und wie!« Katz zog den Mantel aus, ging zur Wand und hängte ihn auf. Mit einem gräulich-weißen Schal von den Schultern herab ließ er sich auf den Sessel nieder. Hanna lachte ihm sofort ins Gesicht. Hirschfeld schlug ihm herzlich auf den Oberarm, der Ober stellte ihm einen großen Mokka auf den Tisch, nur vom Stephansdom kam kein Glockengeläut. Demant schaute unter den Tisch: »Wo ist denn Käthe?«

Katz erzählte, wie froh er sei, wieder aus Nordanien zurück zu sein. Dann schilderte er der Wiener Runde seine Auseinandersetzung in Käthes Wohnung. Während er noch mitten im Reden war, malte sich in Hanna Löwensteins Gesicht ein zufriedener Ausdruck, aus ihren Augen blitzte es, im Takt steigender Genugtuung nickte sie zu seinen Worten, die sie mit einem hellen »na siehst du« abschloß.

»Ich weiß«, beschwichtigte er ihr schadenfrohes Gehabe, »du hast aus den falschen Gründen recht gehabt.«

»Aus allen Gründen«, sagte sie. »Aus dem ganzen und großen. So was geht immer so aus.«

»Das glaube ich nicht«, sagte Hirschfeld und dachte an eine blonde Schauspielerin, die er in einer halben Stunde treffen wollte, um eine Geschichte zu beginnen. »Dir passiert das natürlich mit deiner ewigen Antisemitenriecherei.«

»Jud ist Jud«, sagte Hanna.

»So ein Unsinn«, ärgerte sich Hirschfeld. »Das ist unsere selbstgebaute Verrücktheit. In erster Linie bin ich ein Mensch, dann erst Jude oder Eskimo oder Pangermane.«

»So hättest du's gern«, schnaubte Katz und leerte Pauls Wodka in sich hinein. Hirschfeld spitzte den Mund: »Judeozentristen«, sagte er glatt zu Katz und Löwenstein. Und er verbog den Mund und sagte mauschelnd: »*Ä Chund hat geschissen. Is das git far die Jidden?*«

Hanna wollte eben ihr Glas zum Mund führen. Ihr Arm blieb in der Luft stehen. Sie stellte es gleich fest auf den Tisch.

»Bist du verrückt geworden«, schrie sie Hirschfeld an. »Nur weil du seit Jahrzehnten als Opportunist herumrennst und alles verdrängst, was dir nicht in den Kram paßt oder dir unangenehm ist, brauchst du dich hier nicht als der große Menschenrechtler aufspielen.«

»Als was spiel ich mich auf?« Hirschfeld lächelte mild, und etwas genervt schaute er von einem zum anderen.

»Bei den Maoisten hattest doch du nie was von Antisemitismus bemerkt. Dafür hast du allem zugestimmt, was die Leitung beschlossen hat, und wenn's noch so ein Blödsinn war.«

»Du bist vielleicht gut«, sagte Hirschfeld. Sich an die andern wendend, wies er mit dem Zeigefinger auf Hanna: »Die ist selber in einem Leitungsgremium gesessen und war stalinistischer als alle frischgefangenen oberösterreichischen Bauernburschen zusammen. Aber immer schon hat sie den Gmundner Antisemitismus entlarvt gehabt. Schade nur, daß du damals niemandem was davon gesagt hattest.«

»Stundenlang hab ich mit dem Rudi darüber geredet.«

»Ja, ja, daheim im Bett. Um so ärger.«

»Was habt ihr denn da für Klogeschichten«, fragte Emanuel Katz und sah erstaunt von Hanna zu Paul.

»Ah, nichts«, lenkte Hirschfeld ein und lächelte wieder. »Wir haben uns eben immer mit Wunschdenken befaßt. Sie hat nämlich recht. Ich hab wirklich im Kommunistischen Bund keinen Antisemitismus bemerkt. Obwohl, man hätte es schon bemerken können, wenn man wollen hätt.«

»Wie hör ich das«, sagte Katz. »Du willst ja auch nichts davon wissen!«

»Na ja. Ich hab's satt. Immer dieses Thema.« Er beugte sich vor und sagte zu Hanna: »Du, entschuldige.« Hanna lachte: »Klar. Wir sind eben, die wir sind.«

Hirschfeld bestellte sich einen neuen Wodka. »Am liebsten tät ich ausschauen wie Paul Newman.«

»Ist ja auch ein Jude«, sagte Demant geistesabwesend. Dann wie aufgewacht bohrte er sich den Zeigefinger ins Kinn. »Oder wie Kirk Douglas, he?«

»Jedenfalls normal«, sagte Hirschfeld. Er sah auf den Fußboden. »Die Antisemitenriecherei bringt gar nichts.«

»Ich hab aber nun mal beschlossen, mir einfach nichts mehr gefallen zu lassen«, sagte Katz. »Schon gar nicht von der eigenen Freundin.«

»Was ist eigentlich jetzt mit ihr?« fragte Hanna.

»Für wen hältst du mich«, antwortete Emanuel. »Sag, Danny, hast du schon gelesen?«

»Wir reden nächste Woche.«

Demants Sehnsucht nach Christiane wurde immer stärker. Den restlichen Abend schwieg er. Doch das machte nichts. Katz hörte gespannt zu, denn schließlich kam Hanna in ihre berühmten, weinbeschwingten Monologe hinein. An einer mehr-weniger passenden Stelle beugte sich Demant zu Löwenstein, küßte sie auf die Wange und ging.

Daheim angekommen, setzte er sich in den Ohrensessel und nahm sich seufzend Katzens Manuskript vor.

Nächsten Tag um elf kam ein Telegramm: Ich liebe dich. Christiane.

Mit dem nächsten Autobus fuhr Danny Demant nach Lilienfeld an der Traisen. Christiane war daheim und umarmte ihn heftig. Er schaute sich um.

»Wo sind die Biester?«

»Bei den Eltern.«

»Tja«, sagte er und lachte fröhlich, »Lilienfeld ist ein sehr netter Ort.«

17

Was lassen sie mich nicht in Ruhe. Genügt dem Lebensart nicht, daß ich beim Sheriff war und alles über den
Egger ausgesagt habe, was mir nur irgend eingefallen
war? Als schliefe ich nicht schon elend genug. Muß ich
die langen Schatten der Verbrecher in alle Ewigkeit auf
mich werfen lassen? Wozu bin ich fünfundvierzig und
bei der ersten Gelegenheit aus dem Naziland weggefahren, wenn mich die jetzt von dort beaasen? Ich versteh
den Lebensart, geht er mich deswegen was an? Gerechtigkeit, das ist ja ein groteskes Ideal. Aber Lebensart
hätte wenigstens verhindern sollen, daß mir diese
Ressel ellenlange Briefe schreibt, in welchen sie mich
beschwört, nach Wien zu kommen. Jetzt ist's überhaupt
aus mit dem Schlaf. Gestern habe ich geträumt, wie ich
auf dem Heldenplatz schlittschuhlaufe, und rundherum
steht der Haufen rotznäsiger Wiener und bewirft mich
mit Eierhandgranaten, welche irgendwie in Schneebälle
eingebacken sind. Andauernd explodieren sie in meiner
Nähe, das Eis platzt auf, und alles färbt sich rot. Wenn
ich dann aufwache, kann ich mir die Minuten numerie-
ren und auf den Morgen warten. Jetzt hab ich vergessen,
Milch einzukaufen. Ein Uhr früh? Bis vor einer Stunde
ist der Zuckerman wieder bei mir herumgesessen. Mein
Stück geht wirklich prima. Jetzt wollen sie es in Mont-
real und dann in Paris machen. Er will noch immer ein
Ebenseestück haben. Begreift dieser Emigrant nicht,
daß man über Konzentrationslager keine Stücke machen kann?
Überhaupt fangen jetzt auch die Juden an, mich zu sekkieren. Der eine will das, der andere jenes und so fort,
so ein Gezerre.

Ich bin Gebirtig und will Komödien schreiben und mit polnischen Jüdinnen schlafen und dann sterben.

Jetzt werde ich bald sechzig und kriege einen Bauch. Ich glaub, ich werd dieser Frau in Wien einen gröberen Brief schreiben, damit sie Ruhe gibt. Für so eine ist Schweigen offenbar keine Antwort. Es ist ja traurig, daß ihr Vater bei der Entlarvung vom Egger gestorben ist. Hätt er sich halt nicht drum kümmern brauchen. Wäre er weggegangen. Was hat er denn davon? Wer ist schon der Schädelknacker Egger? Ein höflicher Gendarm aus Leoben, der vorher zu wenig vom Leben gehabt hatte. Ich hab mich eigentlich auch vor ihm gefürchtet mit meinen achtzehn Jahren damals. Er konnte zwei ausgemergelte Häftlinge je am Genick packen und mit den Köpfen derart gegeneinanderschlagen, daß manchmal die Hirnschale geplatzt ist. Einmal hab ich es selber gesehen. Das Geräusch war so ein Schmatzen, das kriege ich nicht mehr aus den Ohren heraus. Warum soll ich mir jetzt dieses Würschtel im Gerichtssaal betrachten? Bin ich mir's nicht schuldig, wenn ich ihm schon gegenüberstehe, ihm dann auch in den Bauch zu treten. Oder soll ich den gütigen Juden machen, dem es um Gerechtigkeit geht, ja, Herr Richter, der Herr Egger ist der Oberscharführer Egger, ich kann sogar seine Stimme nachmachen, ich bin ja musikalisch. Begrüße Sie, Herr Oberscharführer, wie geht's Ihnen denn heute, schlimme Zeiten, oje. Kommen Ihnen beim Geschlechtsverkehr bisweilen die toten Juden, die toten Russen und Polen hoch? Schlafen Sie so gut wie ich, Herr Egger? Drückt Sie das Alter? Haben Sie auch schon einen Bauch? Ach, wie waren wir damals schlank, wir beide. Und das Gehen im Dezember in Fünferreihen hinein in den Stollen. Aber links und rechts die Einfamilienhäuser, bunte Fensterläden davor, vorweihnachtliche Bürgerstuben, drinnen weiße Tischtücher in der guten Stube, und rechtschaffene Leute um den Tisch, warm und behaglich das Ganze, und ich mit den andern in der dünnen Kluft und geschoren, jeden Tag zweimal vorbei an den Fensterläden mit dem ständigen Hunger, ich als Siebzehnjähriger, und Sie Herr Egger, um die Dreißig, gertenschlank, laut, blondes Haar, etwas derbes Gesicht und ausdruckslose graue Augen. Ich hab Sie gesehen, auch wenn ich Ihnen doch niemals in die Augen blicken durfte, sondern immer Mütze herunter und Blick gesenkt. Nichts hat sich in den Augen verändert, als Sie dem Weiskopf Sigmund den Schädel knackten, Sie taten es nicht gerne, Sie taten es bloß. Keine acht Meter war ich entfernt. Jetzt gehen Sie lebenslänglich ins Gefängnis, Herr Egger, mit Ihren siebzig Jahren und weißschädelig, und der Engel des Herrn möge Sie heimsuchen jede Nacht. Wo ist die Schallplatte meines Cousins?

Soll mir Mordechai wieder was vorsingen. Es hört ja sonst jetzt niemand. Warum kommen mir denn die Tränen? Was haben wir denn davon, wenn der Engel des Herrn einen Anton Egger heimsucht? Geht's dir dann besser, Mama? Strecken sich die Gebirtigs dann gemütlich in ihrem Aschenstern zur ewigen Ruhe? Würde das einen Deutschen oder Österreicher oder Ukrainer davon abhalten, Schädel zu knacken, wenn's Gelegenheit gibt? Was lassen sie mich nicht in Ruhe.

Ich will, daß die Schweine lachen, wenn sie aus meinen Stücken kommen. Ich möchte selber lachen. Welcher Jude ist sich witzig vorgekommen, als er den Satz erfunden hat: der Weg der Erlösung heißt Erinnerung. Was soll denn da erlöst werden bei welcher Erinnerung? Die

Fensterläden, die bunten, schönen Fensterläden? Ich erinnere sie, jawoll.

Nun sitze ich selber drinnen, am East River, und er ist draußen, ich herinnen. Zuckerman ist fort, Joana oder wie die heißt ist fort, ist sogar nach Warschau gefahren, die *Meschuggene*. Nein, liebe Frau, ich komme Ihnen nicht. Lassen wir die Toten weinen, wir können ihren Jammer nicht lindern, können wir nicht. Lachen Sie, liebe Frau, so wie ich lache, sehen Sie her, ich lache.

»Wejn nischt, wejn nischt, kleiner Josem
Oj wi schlecht, wen 's felt a trer
Wen dos hartz is ful mit lejdn
Un die ojgen senen ler.«

Ja, ja, Mordechai, sing nur, warum nicht, werd ich halt nicht weinen, hast ja recht. Schlafen werd ich versuchen zu gehen, und morgen werd ich Ihnen einen groben Brief schreiben, auch wenn Ihr Vater gestorben ist, denn so wie er jetzt seine Ruhe hat, so möcht ich Ruhe haben, auch wenn ich noch lebe, zufällig lebe, hier am East River. Auf amerikanisch werde ich Ihnen schreiben, gleich morgen. Ich bin Amerikaner, was gehen mich die Österreicher an? Dem Lebensart werde ich eine Kopie schikken. Und in die Berge werde ich fahren. Nach Vermont. Und Zuckerman kriegt keine Adresse. Schön ist's in Vermont. Gleich morgen kümmer ich mich um das und erledige es. Genug gesungen, Mordechai.

Was, die Schokolade habe ich auch schon aufgegessen? Ich kann doch nicht hungrig ins Bett gehen! Was mach ich denn jetzt? Was mache ich bloß? Das Kirschenkompott. Gott sei Dank, da ist ja noch das Kirschenkompott.

18

Die Wolken sausen unterm dunklen Himmel dahin, die Erdoberfläche schwankt, kippt nach links und nach rechts. Der Sturm erzeugt seltsame Töne, wo kommen diese Töne her? Hinter der Weggabelung die Schnauzen der Schakale, sie schauen aus, als versteckten sie sich immer wieder vor neugierigen Blicken; wenn ich genau hinsehe, verstecken sie sich, blicke ich woanders hin, entdecke ich sie doch im Augenwinkel. Ein kleiner, blondgelockter Junge spielt mitten auf der Straße, ständig verfängt sich der Sturm in seinen Locken, aber er lacht, schaut von Zeit zu Zeit zu mir her. Ich beuge mich vor, um zu sehen, womit er spielt, aber ständig deckt er mit der Hand das Spielzeug ab.

Ich höre Motorengeräusche und schaue hoch. Flugzeuge über mir. Aus ihnen fallen Schädel und schlagen am Boden auf, der Junge mitten unter den Schädeln. »Wo ist denn das übrige Gerippe?« frage ich die Frau neben mir. Sie antwortet nicht, sie zupft sich heftig an den Wimpern und pfeift. Ich höre hinter mir eine Stimme: »Hoppla jeschasmarja.« Der Junge, als er die Stimme hört, beginnt sich zu bekreuzigen, aber es sind sehr eckige Bewegungen, sie werden ganz rhythmisch; ein sonderbarer Einklang mit den sausenden Wolken, den verschwindenden und erscheinenden Schakalschnauzen, ein Flugzeug nach dem andern kommt vom fernen Firmament heraufgezogen, völlig im Rhythmus hüpfen die Schädel aus den Flugzeugen und springen auf dem Acker umher, ein hektisch geschnittener Film.

Konrad Sachs saß trübsinnig beim Frühstückstisch. Mißgelaunt hob er den kalt gewordenen Kaffee zu den

Lippen. Else war schon vor einer halben Stunde gegangen. Er hatte erst gegen Mittag zu tun, er machte sich einen gemütlichen Vormittag. Nun saß er im Schlafrock da und mußte sich an seinen jüngsten Traum erinnern. Ich sollte das Zeug aufschreiben und einem Irrenarzt zur Begutachtung geben, dachte er. Er stand auf und schlurfte in die Küche, holte sich eine Bierdose aus dem Kühlschrank, pflopfte sie auf und trank. Angewidert warf er sie leer in den Mülleimer, holte sich die Zeitung und blätterte sie über dem Frühstückstisch auf. Dabei deckte er alles zu, was noch auf dem Tisch stand und lag, so daß die Artikel unbequem zu lesen waren. Er nahm die Zeitung wieder fort, legte sie auf den Stuhl, ging in die Küche, holte ein Tablett und begann den Tisch abzuräumen. Er stapelte das Zeug übereinander und trug alles in die Küche zurück. Ein Teelöffel fiel hinunter, er hob ihn auf, ächzend, stellte alles draußen ab. Nachdem er sich wieder zum Tisch gesetzt und zur Zeitung gegriffen hatte, bemerkte er Butterreste und kleine Pfützen auf der Tischplatte. Wieder ging er in die Küche, bückte sich da und dann dort, suchte nach dem feuchten Tuch. Als er endlich den Tisch reinwischte, fuhr ihm eine Hitzewelle durch den Leib. Mit zwei Schritten war er beim Fenster, öffnete es rasch. Beim Tisch zurück legte er endlich die Zeitung auseinander, schob sich die Brille auf die Stirn und begann zu lesen. Der Wind kam herein, bewegte die Zeitungsseiten sehr. Indes er aufstand, um das Fenster zu schließen, fegte der Wind einen Teil der Zeitung vom Tisch. Konrad Sachs setzte sich wiederum hin, wischte den Rest der Blätter weg und auf den Boden, nahm die Brille von der Stirn und legte sie auf die leere, saubere Tischplatte. Der Atem wurde wieder ruhig, so saß er da.

Mitten unter den auf dem Acker umherspringenden Schädeln spielt der Junge weiter, bekreuzigt sich, immer hat er etwas versteckt. Da bemerke ich, daß ich auf einem Traktor sitze, der mit mir über den Acker fährt. Noch immer reißt die Frau neben mir an ihren Wimpern, auf der anderen Seite von mir sitzt ein stiernackiger Mann mit schütterem, grauen Haar, welcher im Rhythmus »Achtung« schreit.

»Hol doch die Flugzeuge vom Himmel«, sagt er auf einmal zu mir.

»Wie denn?« frage ich ihn.

»Mit Stoßgebeten, frag nicht so doof. Schau nicht so doof. Mit Stoßgebeten. Achtung!«

Ich denke nach, welches Stoßgebet ich verwenden soll, aber ich kann mich nicht zwischen einzelnen Textstücken entscheiden, so daß immer mehr Flugzeuge kommen. Der Mann dreht sich um, aber statt mich anzuschreien, beginnt er plötzlich zu grinsen, und ich sehe, das ist einer der Schakale. Ich drehe mich schnell zur Frau hin, aber die knurrt und beginnt dann zu heulen; von den Wimpern her wächst ihr so eine Art Fuchsfell ins Gesicht hinein, der Mann sagt: »Hab keine Angst, Prinz, wir haben die Wunderwaffe.« Dabei schaut er hinter mich, da sehe ich, daß am Traktor eine Egge befestigt ist, und die fährt über den Ackerboden, und der ist ganz frei von den Schädeln. Vorne bemerke ich sie immer noch, wie sie auf dem Acker umherhüpfen, hinten sind sie verschwunden. Auch ist es still, wenn ich nach hinten schaue, das Geheul und das Surren ist immer bloß zu hören, wenn ich nach vorn blicke.

Dort seh ich, der blonde Junge spielt mit gelben und grünen Sternen, und gleich bemerk ich, daß diese Sterne am Himmel fehlen. Wir sind schon sehr nahe bei dem

Blondschopf, ich schreie: »Uwaga«, da springt der Prinz auf und will wegrennen. »Stoßgebet«, knurrt der Schakal, ich beginne mich zu bekreuzigen, da hat die Egge schon den Prinzen am Bein, sogleich verwandelt sich das Kind in ein Gerippe, und ich sehe noch, wie die Egge es langsam unter den Ackerboden schiebt. Ich schaue nach hinten, da sind links und rechts Furchen, dazwischen das ebene Band bis in die Ferne, und dort seh ich noch ein paar Bauern, und gegen den Himmel hebt sich ein Wachtturm ab. Es ist alles totenstill, der Traktor bleibt stehen, statt des Schakals sitze ich selber hinterm Lenkrad, neben mir Else im Nachthemd.

»Es ist vorbei«, sagt sie. »Der Krieg ist aus.« Dabei kämmt sie sich hochaufgereckt das lange blonde Haar wie die Loreley.

Else beruhigte ihn, wischte ihm die schweißnasse Stirn ab, hielt ihn in den Armen. Nun hockte er da, vorm leeren, noch feuchten Frühstückstisch, die Zeitung am Fußboden, draußen fuhren wieder Kähne die Elbe hinauf.

Konrad Sachs hat sich erinnert. Er legte seine Stirn auf den reinen Tisch und schloß die Augen. Das Telefon klingelte. Er ging nicht hin.

19.

»Leibenfrost tut nicht sehr optimistisch«, sagte Susanne Ressel zu ihrem Freund und warf den Mantel auf einen Sessel. »Servus.« Sie küßte ihn flüchtig.

»Willst du Tee?«

»Gut, gut.« Während er das Wasser aufstellte, ging sie hinter ihm in der Küche auf und ab. »Er meint«, sagte sie, »daß die Belastungszeugen insgesamt nicht sehr zuverlässig sind. Guttman kommt zwar aus Tel Aviv, aber er ist halt sehr nervös. Leibenfrost sagt, in der Aufregung würden die Zeugen allerhand verwechseln. Es gäbe Erfahrungen, vor allem bei deutschen Prozessen. Die Verteidiger würden oft Fangfragen stellen, unmerkbare Details brächten die Zeugen regelmäßig durcheinander, so würde man deren Glaubwürdigkeit erschüttern und so fort.«

»Beruhig dich!«

»Dieser Gebirtig sollte her. Er ist jung, verhältnismäßig, prominent ist er auch, ich will ihn hier haben. Zu blöd, daß er nicht mag. Seine schriftliche Aussage ist nichts wert, das könne die Verteidigung ohne weiters zerpflükken. Sagt Leibenfrost. Ich glaub ihm.«

»Ich merk's.«

»Was mach ich bloß.«

»Ach, es wird schon werden.«

»Nein, Martin. Das wird gar nichts werden. Leibenfrost hat sogar vor, den blinden Mattuschka vorzuladen. Der soll ihn an der Stimme erkennen. Stell dir das vor! Und du kennst die österreichischen Geschworenen. Das wird eine Farce werden. Ach Martin.«

Susanne umfing den Mann von hinten, legte ihren Kopf auf seinen Rücken. In dieser Bewegung verharrte sie kurz, dann ließ sie ihn los, nahm ihre Wanderung wieder auf. Martin Körner, seit zwei Jahren mit ihr zusammen, goß ihr den Tee ein und versuchte, wie immer, beruhigend auf sie einzuwirken. Er sah sich gerne als ruhender Pol in diesem Verhältnis. Seine Bewegungen immer rund und so, daß jedermann sich in ihnen zusammenrollen konnte und schnurren. Aber nun lief Susanne in dieser Aura aufgeregt herum, seine Beschwich-

tigungen erzeugten zunehmend ein Gefühl von Hilf-
losigkeit bei ihr, zornig wandte sie sich gegen ihn: »Ich
bin nicht deine Patientin«, sagte sie und lief am Tee vorbei. »Was heißt ›es wird schon werden‹. Du gehst mir
auf die Nerven. Wieso versuchst du mich zu beruhigen?
Laß dir lieber was einfallen!«

»Ach, Susanne, mit dem Hinundhergerenne erreichst
du gar nichts. Du brauchst einen kühlen Kopf. Setz dich
hin. Trink den Tee.«

»Setz dich hin. Trink den Tee. Da sitzt der Doktor Körner, den nichts aus der Ruhe bringt.«

»So ist es«, sagte der verärgert.

»Hab ich dir schon gesagt, was für ein Langweiler du
bist?«

»Oft.«

»Hast du Lust auf eine Verurteilung dieses Eggers?«

»Natürlich.«

»Was würdest du unternehmen, um eine solche zu erreichen?« Martin Körner antwortete nicht. Wenn sie so
ist, fühlte er sich bei sich selbst an die Peripherie ge-
drängt.

»Warum antwortest du nicht?«

»Also gut. Du sagst, Leibenfrost meint, die Zeugen
taugten nichts. Okay, das ist die Realität. Du wünschst
dir eine andere? Klar, das ist immer so bei dir. Soll ich
dir eine andere zeichnen? Das kann ich nicht. Ich will's
nicht einmal. Wenn man nach fünfunddreißig Jahren
einen Nazimörder nicht mehr zur Verantwortung ziehen kann, so liegt das eben am Vergehen von Zeit,
meine Liebe. Das ist die Wahrheit. Glaub nicht«, und
er hob abwehrend die Hände, »daß mir das gefällt. Ich
wünsche mir vielleicht ebenso wie du seine Verurteilung, auch aus persönlichen Gründen, die dich kaum in-

teressieren werden, aber lassen wir das. Doch wenn ich bloß sage, wie es ist, bin ich bei dir ein Langweiler und ein indolenter Mensch und was noch.«

»Darf das wahr sein?« Susanne fächelte sich seine Worte zum Ohr. »Kannst du das nochmals sagen?«

»Das ist komplett hoffnungslos«, sagte er.

Susanne stand auf, nahm den Mantel vom Sessel. Beim Anziehen sagte sie über die Schulter: »Du taugst bestenfalls bei einer Lungenentzündung, Martin. Ich geh jetzt.«

»Das sehe ich«, antwortete er und stand auf. »Brauchst du Geld für das Ticket?« Susanne drehte sich um.

»New York?« fragte sie.

»Hol diesen Gebirtig her!«

»Wie denn?«

»Das kann der fade Körner nicht wissen. Aber vielleicht sagst du ihm, was du mir so an den Kopf wirfst. Indolenz. Gleichgültigkeit et cetera.«

»Idiot. So kann man doch nicht mit einem Gebirtig reden. Der hat Schreckliches mitgemacht. Ich kann verstehen, daß er mit uns nichts mehr zu tun haben will.«

»Na und? Bei dem akzeptierst du auf einmal die Realität? Seltsam.«

»Du bist doch ein Arschloch«, sagte sie und umarmte ihn. »Ja, borg mir den Zaster«, flüsterte sie an seinem Hals.

Er half ihr aus dem Mantel.

20

Der Nebel machte Demant und Kalteisen nichts aus. Sie gingen kreuz und quer durch die Ortschaft, besuchten den von Castelli erbauten Berghof, wanderten über den Chinesa, saßen in Gasthäusern, beugten sich über das Geländer der Traisenbrücke, sogar vor dem alten Krankenhaus standen sie und blickten auf ein Fenster hinauf.

Christiane Kalteisen bewegte sich sehr elegant durch ihre Umgebung. Aber auch die Intensität zwischen den beiden nahm wieder zu, ihr rechtes Wunderohr, ein kräftiges Rot.

Auch Demant war in einem Dorf zur Welt gekommen. Es heißt Moussac, liegt an der Vienne und befand sich neunzehneinundvierzig in der unbesetzten Zone Frankreichs. Seine Eltern waren dorthin geflohen und im Widerstand gegen Hitler tätig. Vater Heinrich Demant arbeitete unter falschem Namen bei einer Handelsfirma, die mit den Nazis kollaborierte. Nach der Besetzung ganz Frankreichs bewarb sich dieser Wiener Kommunist als Buchhalter bei der Heeresunterkunftsverwaltung der Deutschen Wehrmacht in Marseille. Die HUV lag in einer großen Kaserne, und Heinrich Demant brachte mit dem Jausenbrot Flugblätter hinein, die sich speziell an österreichische Soldaten der Wehrmacht wandten, sie zur Desertion aufriefen. Darüber hinaus wußte er als Buchhalter stets im voraus, wohin ein größerer Posten Decken, Zelte, Feldbetten und anderes Zeug ausgeliefert wurde und wann. Dadurch konnte die Résistance rechtzeitig gewarnt werden, wenn eine größere Aktion der Deutschen gegen sie geplant war.

Seine Frau Ida und Daniel, der Sohn, blieben in dem kleinen Ort verborgen. Vor dreiundvierzig wurden jüdische Kinder unter drei Jahren noch nicht ausgeliefert, das schützte auch Ida, und danach hatten sie vom Bürgermeister persönlich andere Papiere und Arbeit bei einem Bauern. Bis heute schwärmt Ida von der großen Solidarität der einfachen Leute in Frankreich. Heini Demant wurde letztendlich geschnappt und landete im Gestapogefängnis von Lyon. Über sein weiteres Schicksal ist nichts Genaues bekannt; man wußte bloß, daß er nach Auschwitz deportiert wurde, von dort nach Dachau und Mauthausen. In den letzten Tagen des Krieges soll er dort noch wegen Hochverrats hingerichtet worden sein, womöglich ist er aber auf andere Weise zu Tode gekommen.

»Simon Demant, mein Großvater«, erzählte Danny der Christiane, »war Gastwirt in der Leopoldstadt gewesen. Gegründet hatte das Gasthaus mein Urgroßvater, ich glaube, der hat Jakob geheißen. Es hat noch bis neunzehnhundertachtunddreißig existiert. Väterlicherseits hat's immer eine Gastwirtslinie gegeben, das waren die Erstgeborenen. Die jüngeren Brüder studierten irgendwas. Der Onkel von Jakob zum Beispiel war ein jüdischer Regimentsarzt in Galizien. Er hatte eine kapriziöse, *goische* Frau, die ihn offensichtlich gelegentlich mit den Leutnants der Kaserne hinterging. Wegen irgend so einer Geschichte fiel er schließlich im Duell.«

»Merkwürdig«, sagte Christiane und schaute beim Fenster hinaus in den Nebel.

»Wo liegt Galizien?«

»Weit hinterm Muckenkogel«, lächelte Demant. »Hinter Auschwitz, aber vor Brest-Litowsk.«

»Weiß ich, wo Brest-Litowsk liegt? Ich bin ganz schwach in Geographie.«

»Da ist Lilienfeld«, sagte Demant und tippte auf die Tuchent vor sich. »Da Wien, so herauf liegt Auschwitz, da Krakau und von da aus«, er zeichnete eine Art wellige Ellipse, »Galizien. Da ungefähr ist Lemberg, die Hauptstadt. Heute gehört's zu Rußland.«

»Gibt's das Gasthaus noch?«

»Als Supermarkt ja.«

»Und deine Mutter?«

»Meine Mutter Ida, vormals Landau, stammt aus Brünn, wie sich's für eine Wienerin gehört. Überhaupt sind die Eltern echte Wiener, meine Mutter ist bis heute in Wien verliebt, trotz alledem. Ich bin im vierten Bezirk aufgewachsen, Graf Starhemberggasse. Mutter lebt noch immer dort. Willst du sie kennenlernen?«

»Gern.«

»Wann holen wir denn die Kinder ab?« Demant nahm sie in die Arme und küßte sie auf den Hals.

»Auf dem Rückweg, morgen.«

»Da haben wir ja noch viel Zeit.« Demant drehte sich auf den Rücken. »Mein Vater«, sagte er, »ist mir nur verschwommen in Erinnerung. Sein Gesicht sieht darin aus wie mein eigenes, bloß mit Falten und grauem Haar.«

»Inzwischen hast du auch schon welches.«

»Und du erst«, lachte er und fuhr ihr hindurch. »Und erst dreißig. Ich sehe ihn immer nur als einen, der sich zu mir herunterbeugt. Ich glaube, wenn er da war, bin ich immer schon im Bett gelegen. Immer beugte er sich zu mir herunter, ein paarmal, und ich glaube er roch nach Tabak. An seine Augen kann ich mich nicht erinnern, aber an die grauen Haare und die Falten, und daß er mein Gesicht hatte.« Demant stand auf. Nackt ging er zum Fenster und schaute seinerseits hinaus in den Nebel, welcher zäh schon den ganzen Tag im Traisental hing. »Eigenartig ist das schon. Heute fällt mir das zum ersten Mal auf, als ich es dir erzählt habe. Wieviel Glück kann denn ein Vater haben, wenn er das Gesicht des Sohnes mit sich herumträgt?«

»Blödian«, entfuhr es Christiane. »Oh, entschuldige. Ich meine, du trägst doch seins herum.«

»Ich seins? Nie im Leben! Warum sollte ich?«

Viertes Kapitel
Egge

Nach wie vor: Alles ganz gut. Mein Bruder ist aus Lilienfeld zurückgekehrt und platzt vor Liebe. Am Ende hat es ihm der Traisenort noch angetan. Jetzt versteht er, sagte er mir, was Sommerfrische bedeutet, nachdem er in den winterlichen Rauhnächten mit den Fichten und Föhren geredet hatte.

»Das ist meine Schneekönigin«, sagte er mir, als ich ihn unlängst in der Halmgasse aufsuchte. Er saß vor beiden Manuskripten, die auf beiden Schreibtischen lagen. Er hatte die Schreibtische im rechten Winkel aneinandergestellt und saß selber gelöst und blendender Laune als Hypotenuse in seinem nagelneuen Schreibtischsessel mit Rädern und Federn. Trotz des ärgerlichen Manuskriptes von Pfennigschmied war Danny milde gestimmt, er kochte mir Tee, erkundigte sich en passant nach Mascha Singer.

»Ach die«, sagte ich ihm. »Die war beim steirischen Trunkenbold über Neujahr.«

»In Leibnitz? Mascha?«

»Was heißt Leibnitz? Deutschlandsberg. Aber ihr ist's nicht so gut bekommen wie dir. Sie hat bei seinen Eltern gewohnt. Der Vater hat abwechselnd Bier und Obstler getrunken. Die Mutter hat extra einen Sterz gekocht, obwohl das dort seit langem nicht mehr üblich ist. Sie haben Wörter bißchen hin und her geschoben. Der Vater hat seine Füße fest auf den Boden gestellt und begonnen, einen jüdischen Witz nach dem anderen zu erzählen. Irgendein Onkel war auch noch dort, und das ergab brüllendes Gelächter. Mascha hatte versucht mitzulachen, anscheinend ohne großen Erfolg. Na ja, sie ist überhaupt keine große Lächlerin vor dem Herrn.«

»Doch, doch«, sagte Danny. »Sie hat Humor. Gelegentlich.«

»Mag sein«, räumte ich ihm ein. »Ich werde demnächst bei ihr nach ihm suchen gehen. Jedenfalls hat sie sich immer mehr eingekrampft, saß dann, wie sie selbst sagte, mit eingefrorenem Lächeln bei Tisch, um schließlich sozusagen mit beiden Händen den steirischen Obstler in sich hineinzuschütten.«

»Ihre Darmgeschwüre werden es ihr gedankt haben.«

»Du sagst es. Den geselligen Abend schloß der Onkel mit einer Hitlerkritik ab: Der Führer hätte einen entscheidenden Fehler gemacht, nämlich den, zugleich gegen Weihrauch und Knoblauch zu kämpfen. So was könne ja nicht gutgehen.«

»Sind kritische Leute, die Steirer. Habe ich immer schon gewußt.« Danny steckte den Finger in die Nase, holte die Ladung heraus und ließ sie unterm Schreibtisch verschwinden.

»Es tut sich was«, sagte ich fröhlich. »Auch der Katz hat sein Fett bekommen. Jetzt wird's Zeit, daß auch du anfängst, dich ins Getümmel zu schmeißen, um den österreichischen Gebürtigkeiten ein Liedl zu fiedeln.«

»Ist das dein Plan?« fragte er und legte sich mit seinem Blick auf die Lauer.

»Ach wo. Alles rinnt, alles wischerlt, es kommt alles von selbst. So entsteht die Weite des Horizonts.«

»Mir ist's lieber eng«, sagte er mir wieder. »Verdirb mir

nicht die Laune. Ich hab, was ich brauche.« Er stand auf, wollte in die Küche gehen, um noch Tee zu holen, stieg auf eine Glaskugel und stürzte. Die Murmel rollte mit mäßigem Tempo zur Sesselleiste und von dort unter das Sofa. Danny war auf den Rücken gefallen. Er stand gleich wieder auf und holte den Tee. Kurz danach verließ ich ihn.

Aber ich beginn mir Sorgen um Mascha Singer zu machen. Die ganze Zeit schon schien sie sehr niedergedrückt zu sein. Gegenwärtig läßt sie sich verleugnen, und ich muß über Umwege hören, daß sie mit einem neuen, argen Schub ihrer Colitis darniederliegt. Sie hat die Hilfe von Christiane Kalteisen abgelehnt, läßt sich vielmehr von einem Wunderheiler behandeln. Man flüstert, sie habe bereits fünf Kilo abgenommen. Mir bleibt also nichts übrig, als das zu tun, was mir ohnedies am günstigsten erscheint: Ruhe und Übersicht bewahren.

Katz ist seit vierzehn Tagen nicht mehr im Zeppelin erschienen. Die blonde Horde aus dem Norden hat sich anscheinend als fruchtbar erwiesen, er leert seine Seele, indem er Manuskriptseiten füllt.

Konrad Sachs sitzt seit Mitte Jänner dreimal die Woche bei Adels Proben und schreibt abends verbissen an seiner Serie über Kitsch. Else ist sehr unruhig, denn er hat fast zu reden aufgehört, auch morgens beim Frühstück ist kaum noch ein Rülpser zu hören. Anscheinend überzieht jetzt sein Prinz von Polen die Umgebung mit Einsamkeit, wohl weil er selber in sie geraten ist. Der übliche Brauch. Susanne Ressel war bei David Lebensart erschienen.

»Was, die Adresse von Gebirtig wollen Sie haben? Überfallen wollen Sie ihn? Gewalt!«

»Sie müssen mir helfen. Ich fahre auf jeden Fall. Da ist das Ticket. Heute abend fahre ich auf alle Fälle. Helfen Sie mir!« Susanne redete mit blassem Gesicht weiter und weiter auf Lebensart ein.

»Adresse und Telefonnummer sind streng geheim«, antwortete Lebensart gedehnt. Er betrachtete die junge Frau vor sich, ihre funkelnden Augen, die vollen Lippen, die schönen Zähne, er hörte ihren Atem, er spürte ihn. »Wirklich, Frau Ressel. Die Adresse ist geheim. Ich darf sie nicht aus der Hand geben. Notieren Sie.«

2.

Die Gegensprechanlage wäre eine unüberwindbare Barriere gewesen. Susanne Ressel war schon abends vor dem Haus gestanden. Sie hatte überlegt, ob sie anläuten solle, hatte es dann gelassen, war zurück ins Hotel gegangen. Um sechs Uhr früh stand sie nun wieder da und wartete. Sie wußte nicht, ob sie von oben beobachtet werden konnte, andrerseits mußte Gebirtig irgendwann herauskommen, sie war entschlossen auszuharren. Sie konnte nicht wissen, daß er vorgestern erst aus Vermont zurückgekehrt war. Wohl hatte er sich dort gefühlt. Die grünen Berge im Oktober, voll die Luft mit Gerüchen aus Sommer und Winter, darin war er ausgiebig gewandert, vormittags hatte er die Vorarbeiten zu seinem neuen Stück gemacht. Dabei ging es um einen Amerikaner, der in den frühen dreißiger Jahren nach Wien kommt und dort zwischen Liebesgeschichte und Nazibedrohung seine Prägung erhält. Etliche Songs werden in das Stück eingeschrieben werden müssen. Locker notierte Gebirtig jeden Tag nach dem Frühstück ganze Sätze in verschiedene Schreibhefte, dann spazierte er also durch die Luft voller Gerüche, aß hernach mehr als genug und gut, schlief ausgezeichnet, allein, hier in den Alpen von einst, ganz ohne Leute. Susanne ging auf und ab, was sollte sie anderes tun?

Leute gingen an ihr vorbei, verschwanden um Ecken, in Autos. Sie selbst hatte an diesem frühen Novembertag wenig Sinn für die Bedürfnisse rundum, doch als sie ein Deli in der Nähe entdeckte, entschloß sie sich doch, sich etwas zum Beißen zu besorgen. Beunruhigt warf sie einen Blick auf das Haus, eilte hernach in das Geschäft. Sie mußte ein bißchen warten. Beim Zahlen und Hinausgehen begegnete ihr Gebirtig, der eben den Laden betrat. Er sah älter aus als auf dem Bild, aber er war es zweifelsfrei, ein schwerer, mächtiger Mann mit silbernen vollen Haaren, blauen Augen, gesunde, etwas rötliche Gesichtsfarbe. Als er wieder herauskam, ging sie ein bißchen neben ihm her. Sie spürte, wie sie ihr Gesicht mit aller Kraft zusammenhielt, so daß es ohne Ausdruck war, daweil ihr das Blut wie gefeuert durch die Adern schoß. Gebirtig warf einen flüchtigen Blick auf die Frau, die da neben ihm ging, um sie dann durch Geradeausschauen bloß im Gesichtswinkel zu halten. Attraktive Dame. Neu in der Gegend. Nichts für mich.

So gingen sie ein wenig nebeneinander dahin, bis Gebirtig bei seinem Haus angelangt war. Dort mußte sich nun Susanne Ressel zu ihm hindrehen. Sie tat es, holte Atem, wollte etwas sagen, doch sie starrte ihm bloß ins Gesicht. Gebirtig schaute mit aufgerissenen Augen in ihres hinein. Von der Brust her durchlief ihn ein heftiger Schauer und sogleich ein zweiter. So standen sie sich gegenüber. Sie nahm ihren Mut zusammen, öffnete die

Lippen, da sagte er mit leiser Stimme: »Sind Sie aus Wien?« und er bemerkte, daß er deutsch sprach. Sie nickte.

»Kommen Sie rein«, sagte er, sperrte auf und fuhr stumm mit ihr im Lift hoch. Hinter seiner Wohnungstür half er ihr aus dem Mantel und lud sie ins Wohnzimmer. Da stand sie und schaute herum und durchs Fenster auf den East River. Da bin ich, dachte sie. Das ging ja einfach.

»Sie sind die Tochter des Mannes, der den Egger wiedererkannt hat?« Susanne drehte sich um.

»So ist es.«

»Und jetzt wollen Sie mich überreden, nach Wien zu kommen?«

»Überzeugen.«

»Ich muß frühstücken.«

»Darf ich Ihnen helfen?«

»Machen Sie es.« Er zeigte ihr die Küche, ging ins Zimmer und stellte sich zum Fenster.

»Was wollen Sie überhaupt«, rief sie.

»Was immer.«

Sie frühstückten miteinander. Nachdem er sich den Mund abgewischt, alles auf ein Tablett gestellt und in die Küche transportiert hatte, setzte er sich gegenüber nieder.

»Alsdann. Überzeugen Sie mich. Um eins muß ich gehen. Bis dahin können Sie reden.«

Susanne nickte und begann.

Sie sprach gut. Von Zeit zu Zeit warf sie ihre blonden Haare zurück, gelegentlich beugte sie sich vor und ließ ihre Augen funkeln, indes Gebirtig etwas eingesunken vor ihr saß, häufig mit dem Blick auf dem Boden oder er betrachtete die Fesseln ihrer Füße unterm Tisch. Die

Sonne hinter seinem Rücken stieg hoch, beglänzte gelegentlich ihr Gesicht, das ganze Zimmer geriet ins Zwielicht, aber Susanne redete und redete. Sie begann ihm die Biographie ihres Vaters vorzutragen, streifte seine Kinder- und Jugendjahre bei den Roten Falken in Simmering, erwähnte die Februarkämpfe, die Flucht auf die Rax, das Gefängnis, die Amnestie und dann den Gang nach Spanien. Sie wiederholte die Geschichten Karl Ressels bei der Internationalen Brigade, schilderte die Kämpfe in der Casa del Campo, in Guadalajara, als sei sie eben von dort eingeflogen. Hernach die französischen Internierungslager wie Gurs, Saint Cyprien und Argelès-sur-Mèr, die Auslieferung an die Deutschen, Dachau.

Er hörte zu und schwieg die ganze Zeit hindurch. Als sie in Ebensee angekommen war, hob er kurz seinen Blick, ihr Gesicht, sehr hell, die Haare im vollen Sonnenblond, und sie gefiel ihm schon. Von seinen Eingeweiden her aber kam eine Art kalter Schatten den Leib heraufgekrochen. Ihn fühlte er gut, wie er wuchs und Oberhand bekam. Als die Sonne nahezu den Zenit erreicht hatte, begann er mit seinen Händen zwischen ihnen zu fuchteln.

»Genug«, sagte er, als sie gerade dabei war, ihres Vaters wenig fröhliche Pensionsjahre vor ihm auf den Tisch zu breiten. Sie hörte auf damit und sah ihn an. In die Stille hinein bewegte er sich etwas, er lehnte sich im Stuhl zurück, hob wieder seinen Blick und ließ ihn zum Plafond steigen. Sie folgte ihm, sah gar nichts und starrte verblüfft in Gebirtigs Antlitz, zog den Atem ein, um weiterzusprechen. Er hob die Hand, zeigte ihr die ganze Handinnenseite, ließ dann die Finger seitlich abstürzen, holte selber Atem und sagte: »Na und?«

Susanne stand auf, ging um den Tisch herum, stellte sich an seine Seite und schaute auf ihn drauf.

»Was heißt ›na und?‹ Verstehen Sie denn überhaupt, wozu ich Ihnen das alles erzähle? Sollten diese Kämpfe, dieses Leben vollkommen vergebens gewesen sein? Sollen immer und immer die Eggers gewinnen?«

»Na und«, machte er wieder und schielte zu ihr hinauf.

»Setzen Sie sich bitte wieder hin.«

»Nein.«

»Nicht? Glauben Sie, mich beeindruckt das, wenn Sie mich von da anstarren?«

Beide schwiegen. Dann setzte sie sich wieder gegenüber und schaute ihn von dort an.

»Das beeindruckt mich nicht. Deswegen soll ich in die Schlangengrube steigen? Fällt mir gar nicht ein.«

»Schön«, sagte er nach einer Weile, »Sie haben mir das Leben eines Kommunisten erzählt, der für seine falschen Hoffnungen bezahlt hat. Ich kann nicht einmal Respekt empfinden, entschuldigen Sie schon. Mir imponiert das gar nicht, wenn jemand im Namen Stalins gegen Hitler gekämpft hat.«

»Ja, ja, ich weiß, was Sie meinen«, erwiderte sie. »Immerhin hat die ganze Rote Armee in Stalins Namen gekämpft, und das hat doch auch Ihnen das Leben gerettet. Aber ich weiß schon.« Nun blickte Susanne Ressel zu Boden. »Oft genug hab ich mit Vater darüber diskutiert. Er war ein Arbeiterbub aus Simmering und hat für den Sozialismus gekämpft wie so viele andere auch und nicht die schlechtesten. Wie so viele hielt er das für eine Perspektive, aus dem Dreck herauszukommen, dem Unwissen und der Menschenschinderei. Schön. Stalin hat auch ihn beschissen, wieso nicht auch ihn? Doch gegen Hitler hat er nun mal gekämpft.«

»Wer, Stalin? Ich weiß, er hat kämpfen lassen, weil er mußte.«

»Ich red nicht von Stalin, Herr Gebirtig. Ich red von meinem Vater. Ich rede schon stundenlang von meinem Vater, der jetzt gestorben ist wegen Egger. Ich hab nicht die geringste Lust, mit Ihnen zu politisieren. Ich will lediglich...«

»Klar wollen Sie. Und wie Sie das wollen. Wissen Sie, wie sich die Kommunisten in den Lagern benommen haben?«

»Das werden Sie mir sagen, nicht wahr?«

»Ach, wozu. Jedenfalls waren ihnen die Juden so scheißegal wie irgendwas. Die Juden zählten nicht. Nur die eignen Leute zählten. Für sie war in den Lagern eine Organisation da, die Solidarität, wie sie das nannten. Sie verschafften sich gegenseitig die weniger schweren, nicht so lebensgefährlichen Arbeiten, sie schützten einander. Alle anderen interessierten sie nicht. In Auschwitz...«

»Sie waren gar nicht in Auschwitz.«

»In Auschwitz haben sie sich selber am Leben erhalten, auf Kosten der Ankommenden. Je mehr drinnen gelebt und funktioniert haben, desto mehr konnte an der Rampe gleich nach links ins Gas gehen. So waren sie überall nur für sich. Selber überleben, um nachher die Welt mit ihren Idealen zu überziehen. Haben Sie jemals vom Slansky-Prozeß gehört?«

»Natürlich.«

»Na eben. Keine sieben Jahre haben vergehen dürfen, und schon waren die Zionisten, Titoisten und was weiß ich was für Isten am Galgen und wieder in Lagern, und die Juden munter in der ersten Reih beim Vertilgen wie gehabt. Wo war da Ihr Herr Vater, he?«

»Sind Sie noch zu retten, Gebirtig«, sagte Ressel schrill. »Warum setzen Sie meinen Vater auf die Anklagebank? Glauben Sie, der ist im Ohr von Stalin gesessen? Wissen Sie, was mit den Schutzbündlern passiert ist, die nach vierunddreißig in die Sowjetunion geflohen waren?«

»Ich weiß, Frau Ressel, Sie brauchen mich nicht zu belehren. Doch die haben eben gekämpft, für eine andere Welt, möglich für eine bessere. Sie wußten, was sie riskieren. Aber wir? Mein Vater war Anwalt. Er hatte die Kanzlei in der Doblhofgasse, guter Bürgerbezirk, wie Sie wissen. Meine Mutter und er haben sich nie um Politik gekümmert, sich nie als Weltverbesserer betätigt und daher auch keinem, der nicht ihrer Meinung war, auf den Kopf geschlagen. Sie taten niemandem was zuleide. Sie haben, so gut sie konnten, das Gesetz gehalten und ansonsten ihren normalen Beitrag zur menschlichen Gesellschaft geleistet. Sie waren gute Leute, aber nicht von der Art, daß man sich vor ihnen hüten mußte. Warum hat man sie quer durch Europa transportiert und in die Gaskammer getrieben?«

»Mich brauchen Sie das nicht fragen«, antwortete sie.

»Und Ihresgleichen hat zugesehen«, fuhr Gebirtig fort und stand auf. »Und wenn sie gekämpft hatten, dann nicht, um den Völkermord an den Juden zu verhindern.« Mit dem linken Arm deutete er in eine Zimmerecke. »Dort in Frankreich haben die Kommunisten überhaupt erst mit dem Widerstand angefangen, als Hitler Rußland überfallen hatte. Und bis dreiundvierzig haben sie grad so zugesehen wie die andern auch, als die Nazis von überall die Juden zusammengefangen haben, um sie über Drancy nach dem Osten zu deportieren. Da mußte so ein Jud schon ein Kommunist sein oder ein Gaullist, damit ihm auch geholfen wurde. So

war das, meine Dame. Und jetzt soll ich in dieses Naziland zurückgehen und mithelfen, daß sie so ein kleines
Würstel verurteilen? Was ändert das, ha?«

»Ich will Sie wirklich nicht belehren, Herr Gebirtig«,
sagte Susanne, hob dann aber ihre Stimme. Während
sie sprach, füllten sich ihre Augen mit Tränen. »Sie sehen ja auch nur die Juden, wie die Kommunisten nur
die Kommunisten gesehen haben und die Gaullisten
die Gaullisten und die Slowaken die Slowaken und so
weiter. Aus irgendeinem Grund hatten wir doch den
gleichen Gegner. Egger zum Beispiel.«

»Ah, sagen Sie das nicht. Die Roten im Lager waren
bloß auf der anderen Seite. Die waren aus Leoben oder
Salzburg, gute, reinrassige Deutsche. Aber wir, wir und
die Polacken und der Iwan, wir waren die Wanzen.
Wir übrigens noch mehr als die Polen und Russen, von
Slowaken und Franzosen gar nicht zu reden. Einem
Spanienkämpfer hätte Egger nicht so ohne weiteres
den Schädel eingehauen.«

»Nein«, weinte Susanne los, »Schach gespielt hat mein
Vater mit ihm.«

»Auch so was kam vor«, sagte Gebirtig gelassen. »Aus
Ebensee haben sie sogar die Reinrassigen noch für die
Waffen-SS rekrutiert Anfang fünfundvierzig.«

»Mein Vater hat ihnen geantwortet, er trägt schon vier
Jahre das Ehrenkleid des Führers«, schrie sie, griff sich
auf die Bluse. »Und er hat sich aufs Kazetthemd gegriffen.«

»Tapfer waren einige«, gab Gebirtig zu. »Das ist schon
wahr. Dennoch. Mich geht das alles nichts mehr an.
Hat Ihnen Lebensart nicht gesagt, daß ich beim Sheriff
meine Aussage gemacht habe?« Er hielt inne, während
sie ihm gegenüber schluchzte. »Ja, weinen Sie nur«,

sagte er leise. »Ich kann auch nichts dafür, daß es so ist, wie es ist.« Susanne hob den Kopf.

»Wissen Sie«, sagte sie und stand auf, »Sie sind ein Feigling.« Sie hob die Hände, um ihn am Reden zu hindern. »Sie denken nur an sich und Ihre Familie. Seit Jahrzehnten sitzen Sie da und sind tödlich beleidigt. Gerechtigkeit interessiert Sie nicht. Nur das jüdische Volk und Ihr eigener Nabel ist für Sie von Belang. Wissen Sie, wieviel deutsche Juden Hitler gewählt hätten, wenn der kein Antisemit gewesen wäre? Viele, sag ich Ihnen.«

»Möglich.«

»Sagen Sie nichts!«

»Doch«, brüllte er los. »Sie wagen es, so mit mir zu sprechen? Sie?«

»Ja, ich«, schrie Susanne zurück. »Ich hab mir nichts vorzuwerfen. Das Zeug von der Ähnlichkeit der Spanienkämpfer mit den Stalingradkämpfern hab ich mit meinem Vater ausgefochten. Auch wenn er's nicht eingesehen hat, mir ist die Faktenlage ziemlich klar. Ich weiß auch und habe immer vertreten, daß sich nichts, absolut nichts mit Auschwitz vergleichen läßt, und das sage ich Ihnen, der Sie vielleicht Stalin mit Hitler vergleichen.«

»Tu ich nicht«, brüllte er.

»Vielleicht nicht«, sagte sie plötzlich ruhig. »So unschuldig, wie die Juden in die Gaskammern gekommen sind, ist normalerweise kein Mensch. Das ist das Barbarische dran. Sie brauchen mich nicht belehren. Gerade deswegen ist es Ihre verdammte Schuldigkeit, dafür zu sorgen, daß jeder, der Blut an seinen Händen hat, verurteilt wird. Herr Lebensart sagt das auch, und ich versteh eigentlich überhaupt nicht, warum wir da so herumschreien.«

»Hören Sie zu«, sagte er mit blutrotem Kopf. »Ende der Debatte. Sie werden nicht über meinem Schmerz Gericht sitzen, und wenn Sie hundertmal ein Freund des jüdischen Volkes sind.«

»Bin ich gar nicht«, sagte sie wieder lauter werdend. »Wenn ich Sie anschaue, nehm ich Sie jedenfalls von etwaigen Freundschaftsgefühlen aus.«

»Sie verachten mich«, fragte er erstaunt. Sie antwortete nicht, sondern schaute ihm fest in die Augen. Er schaute zwar zurück, hatte aber ein starkes Bedürfnis, den Blick abzuwenden.

»Nein«, sagte sie. »Aber Sie gefallen mir nicht. Meine Bewunderung für Sie ist gestorben.« Sie warf die Visitenkarte ihres Hotels auf den Tisch. »Bis acht Uhr bin ich noch dort, falls Sie sich's anders überlegen. Um Mitternacht geht mein Flieger nach Frankfurt.«

»Gehen Sie«, sagte er und schaute wieder auf ihre Füße. »Verschwinden Sie.«

»Bin schon dabei. Sie brauchen mir nicht in den Mantel zu helfen. Wiedersehen. Mazel do.« Sie schlug die Tür zu.

»Das heißt *Mazel tow,* blöde *Schickse*«, sagte er zur geschlossenen Tür. Er ging zum Kühlschrank, holte sich ein Glas Milch, trank die Hälfte, dann schaute er beim Fenster auf den East River hinunter. Ganz still war es in ihm, er hörte sein Herz schlagen, als feuerten sie Pistolenschüsse ab, weit weg, hinten im Nachtundnebelland, tief in ihm.

Danny Demant ließ alles liegen, zog sich seine Stiefel an und verließ die Wohnung. Den Donaukanal entlang ging er vor zur Rotundenbrücke. Es war später Nachmittag, nun wollte er ins Bräunerhof gehen und deutsche Zeitungen lesen. Gegen acht wird er dann Christiane im Zeppelin treffen. Essen, Kinogehen, nach Hernals fahren oder zurück in die Halmgasse mit ihr, und morgen ist Samstag, da hat die Meierei in der Hauptallee geöffnet, vorher ums Lusthaus rennen mit der Schneekönigin.

Er überquerte die Rotundenbrücke. Der Wind kam ihm eisig in den Kragen. Vom Bisamberg wehte er heftig zu ihm hin und klebte ihm den Frost ins rechte Ohr. Die Hände tief in der Manteltasche, die Camel im Mundwinkel, ging er in sich gebeugt zur Löwengasse hin. Er bemerkte die Tramway der Linie N hinter sich, begann zu laufen und stieg ein. Er ging den grauen Gang vor. Sonja Okun kam ihm entgegen, in gerader Haltung mit der Halskrause nickte sie ihm zuerst mit den Augen zu.

»Guten Tag, Josef. Willst du in die Bibliothek?«

»Servus Sonja. Ist Singer da?«

»Nein, er mußte zu Epstein. Seine Nichte steht auf der Liste.«

»Was? Die Ilse steht schon auf der Liste?« Josef Demant schüttelte den Kopf. »So weit ist es schon?«

»Epstein wird sie wieder runterkriegen. Ich bin sicher.« Sonja nickte wieder mit den Augen und ging aus dem Gebäude. Demant betrat die Bibliothek, brachte sein Buch zurück. »Den Wassermann hab ich noch«, sagte er zu Olga, die die Bücher entgegennimmt.

»Wie geht's?«

»Die Ilse steht auf der Liste für morgen.«

»Ich weiß es schon.«

»Sie räumen das Lager, Josef.«

»Das glaub ich nicht.« Josef Demant drehte sich um und ging nach K 11 in seine Wohnung zurück. Unterwegs schlug er dann doch den Weg zum Gemeindezentrum ein. Davor stand Murmelstein in seinen Lederstiefeln.

»Was ist«, knurrte er Demant an. »Willst du auch rauf?«

»Ist Singer oben?«

»Menge Leute sind oben.«

»Fangen die Transporte wieder an?«

»Laß mich in Ruh.« Murmelstein starrte zur Zitadelle hinüber. Grußlos ging Demant weiter und davon. Es begann leicht zu schneien. Leute in guten Kleidern kamen ihm entgegen. Er schnappte Wortfetzen auf. Das sind die Holländer, dachte er. Manche Gerüchte stimmen also. Er bog ab und ging südlich weiter, hinauf die Rotenturmstraße, überquerte den Stephansplatz. Ecke Graben kam ihm Wilma entgegen. Er küßte sie auf die Wange. Sie schaute ihn an, wollte was fragen. »Wohin des Weges?« fragte er.

»Ich glaub, ich geh heim. Und du?«

»Bräunerhof. Deutsche Zeitungen lesen.«

Wilma blickte auf die Uhr: »Eine halbe Stunde.«

»Fein«, sagte Demant. »Die Süddeutsche kann warten.« Vor der Dorotheergasse blieb Wilma abrupt stehen. »Ich geh doch lieber heim.« Sie küßte ihn jetzt rasch auf die Wange, ging zum Stephansplatz zurück. Demant zuckte die Achseln, marschierte am Hawelka vorbei, blieb vor der Casanovabar stehen, um die Fotografien der Nackten zu betrachten.

Im Bräunerhof bestellte er sich einen Großen Mokka und suchte dann die Süddeutsche.

»Ist in der Hand«, sagte der Ober Ferdinand. Demant holte sich also die Frankfurter Allgemeine und begann zu lesen. Er las und las und war gar nicht dabei. Seine Gedanken schwebten über den Zeilen, hielten sich aber noch zwischen der Zeitung und seinen Augen. Nach einer Viertelstunde aber flogen sie davon.

Sonja Okun, sagte Demant zu seinem Herzen, während er den Holländern nachsah. Er war in seiner eiskalten Wohnung in K 11 angelangt, konnte sich nicht auf Etzel Andergast konzentrieren. Solange es Frauen gibt wie Sonja. Demant legte sich auf den Rücken. Im Vorraum lag das alte Ehepaar Friedländer. Sie fieberte schwer, er schaute mit seinen kurzsichtigen Augen in die Dunkelheit.

Nächsten Tag ging ein Transport von Theresienstadt nach Auschwitz. Ilse Singer war nicht dabei.

4.

Susanne Ressel, Minute auf Minute im Hotel in Manhattan, neben ihr das Telefon, Dämmer vorm Fenster und auch sie zusammengesunken.

Klar ruft er nicht an. Ganz klar, er kommt auch nicht her. Wie komme ich dazu, ihn einen Feigling zu nennen, diesen hochgerühmten Herrmann Gebirtig, fünf Jahre Ebensee. Warum will ich seine Weigerung nicht akzeptieren. Papa, was soll ich tun?

Susanne ließ die Zeit vergehen. Sie tat nichts, sie schaute nicht einmal zum Telefon hin. Ihre Gedanken flogen in die Vergangenheit, landeten im Strindberg-

hof, von dort glitten sie die Simmeringer Hauptstraße
entlang zum Zentralfriedhof und wieder zurück in den
Strindberghof. Sie umschlangen die Mutter, diese
stumme und allzu verträgliche Person, sie krochen am
Bild des dickschädeligen Vaters rauf und runter, ver-
harrten immer wieder beim eigenen Bild von früher. Susanne hob die Augen. Alles war ruhig.
Es ist doch alles vorbei. Und was kommt, ist eben noch
nicht da. Vaters Hand aus dem Grab schleudert mich
nach New York, läßt mich jetzt da sitzen. Will ich selber, ich, daß Egger verurteilt wird? Sollte ich nicht mit
mir selbst ins Leben kommen?
Aber das gehört doch dazu. War ich nicht irgendwie unterm Guadarrama auch dabei? Kann ein Mensch überhaupt bei sich selbst anfangen, wenn er mit sich lebt?
Muß ich in meine Vorzeit hineinhängen, um nun dazu-
stehen? Es hat stets geholfen, wenn ich mich gefragt
habe, was will ich jetzt, jetzt, im Moment. Na? Schließ
die Augen, entspann dich. Was willst du jetzt?
Susanne riß erschrocken die Augen auf, schnell ver-
scheuchte sie die vornübergebeugte Gestalt Gebirtigs,
seine klaren, ruhigen Augen, stand auf, blickte auf die
Uhr, schmiß in den Koffer, was heraußen war, fuhr hinunter, bestellte ein Taxi und ab zum Kennedy Airport.
Beim Eincheckschalter der Lufthansa stand sie in der
Schlange, als Gebirtig sie von hinten ansprach:
»Checken Sie ein, glauben Sie nicht, daß ich Sie aufhal-
ten will.«
Da stand er, ein schüchternes, ihr unbekanntes Lächeln
im Gesicht, aber mit gerunzelter Stirn, nach vorne gebeugt, als schöbe ihn einer mit unsichtbarer Hand am
Genick, hielte ihn zugleich mit dem anderen Arm um
den Bauch zurück.

Susanne Ressel checkte also ein, kam dann auf ihn zu:

»Entschuldigen Sie, daß ich Sie so beschimpft habe«, sagte sie und schaute aus ihrem verlegenen Gesicht zu ihm hoch.

»Ich selbst darf mich entschuldigen«, antwortete Gebirtig. »Ich möchte mich darüber hinaus von Ihnen verabschieden, Ihnen einen guten Flug wünschen.«

»Ah ja.« Sie nickte. »Der Flug wird sicher gut werden. Ich flieg ja in den Morgen hinein. Vielleicht seh ich den Sonnenaufgang aus dem Atlantik.«

»Der ist ziemlich hübsch«, sagte er. »Vielleicht ist die Maschine nicht so voll, und Sie können schlafen.«

»Es werden«, sagte sie, »mir schon seltsame Gedanken durch den Kopf gehen. Doch vielleicht werde ich darüber einschlafen können. Schon möglich.«

»Sie werden erschöpft genug sein«, bekräftigte er. »Die zweimalige Zeitumstellung ist nicht eben angenehm.«

»Oh, ich glaube, das macht nicht so viel. Ich hab mich an die erste noch nicht gewöhnt, da wird sie schon wieder zurückgenommen. Geht es Ihnen gut?«

»Wissen Sie, Susanne, ich kann doch Susanne sagen...«

»Natürlich, ich heiß ja so.«

»Wissen Sie, vermutlich bin ich zu feig, wie Sie gesagt hatten. Darf ich Ihnen gestehen, daß ich mich vor Wien fürchte?«

»Sie werden mir nicht glauben«, murmelte sie, »aber ich denke, Wien hat sich seit achtunddreißig etwas verändert.«

»Etwas ist nicht genug, Susanne.«

»Sehen Sie, Herrmann«, sie lächelte, »ich darf Sie doch so nennen, weil Sie eh so heißen, ich hatte ja damals erst das Leben meines Vaters und meiner Mutter geführt und kenne mich von da her sozusagen nur aus zweiter Hand, aber dennoch sage ich Ihnen, Wien hat sich sehr geändert.«

»Wie? Trägt man dort jetzt die Juden auf den Händen?«

»Mein Problem ist, mich mit Juden gegenwärtig nie befaßt zu haben, jedenfalls weiß ich gar nicht, wer von meinen Bekannten Jude ist und wer nicht.«

»Ist Ihnen das gleichgültig?«

»Auf Anhieb würd ich sagen: ja. Aber, obwohl ich eine ziemlich blöde Person bin, ist mir im Gespräch mit Ihnen aufgefallen, was für ein Problem das ist. Verzeihen Sie, mir ist das alles noch so neu. Ich werde mich in Wien ein bißchen umsehen und stochern.«

»Ach, tun Sie sich das nicht an. Wir haben bloß eine prinzipiell unterschiedliche Vergangenheit als die Nichtjuden dort. Wir sind – ich bin halt noch nicht so recht aus dem Lager draußen, doch deswegen steh ich jetzt nicht neben Ihnen, sondern ich muß Ihnen was sagen.«

»Sie sind aus dem Lager draußen«, unterbrach Susanne. Sie fühlte, wie ihr das Wasser in die Augen stieg, und sie wandte den Kopf etwas zur Seite.

»Nein«, sagte er. »Vermutlich komme ich auch nicht so richtig raus.« Er griff entschlossen der Susanne unters Kinn, drehte ihr den Kopf zu sich herauf und sprach weiter: »Ich mach Ihnen die Aussage.« Er hörte auf mit dem Sprechen. Doch sie sagte kein Wort, erwiderte aber seinen Blick, ungeachtet, daß einige Tränen ihr die Wangen hinunterkrochen.

So standen die beiden gewissermaßen ewig einander gegenüber. Es sah so aus, als wollten sie sich küssen, doch eine durchsichtige Glasscheibe war ihnen zwischen die Münder geschoben worden.

Wenn er mich küßt, dachte Susanne, dann küßt er mich eben, und sie schloß die Augen.

Wenn ich sie küsse, dachte Herrmann, dann bin ich eindeutig zu weit gegangen. Das schaut aus wie eine Bedingung.

»Unter einer Bedingung«, sagte Gebirtig, ließ ihr Kinn aus und trat einen halben Schritt zurück, »komme ich nach Wien. Sie schreiben mir den Tag, an dem meine Aussage benötigt wird. Ich komme am Vorabend, fahre am nächsten Tag. Aus. Schluß. Basta.«

»Ja«, sagte Susanne verwirrt. »Ja. Gut.« Gebirtig legte sich den Zeigefinger auf die Lippen: »Zu keinem ein Wort, außer zum Gericht und zu Lebensart. Kein Aufsehen.«

»Gut, Herrmann.« Sie sah mit geöffneten Lippen zu ihm hoch. »Ich danke Ihnen.« Auf den Zehenspitzen küßte sie ihn, drehte sich fort und ging davon.

Als Gebirtig den Wagen startete, spielte ein Lächeln in seinem Gesicht, wärmte zugleich seinen Bauch. Schnell betrachtete er sich im Spiegel, fuhr sich durchs Haar, gefiel sich, war darüber nicht erstaunt, stellte den Spiegel wieder ein und fuhr zu seiner Wohnung.

»Zuckerman«, sagte er dort durchs Telefon. »Ich fahr demnächst nach Europa.«

»Weiß ich. Paris.«

»Gar nicht. Keine Lust. Wien.«

»Donnerwetter. Das Ebenseestück?«

»*Ganef*«, knurrte Gebirtig. »Vielleicht, du *Ganef*.«

Inzwischen hatte Susanne Ressel New York verlassen. Im Herzen des großen Vogels flog sie in der Dunkelheit durch alle Himmel des Atlantik nach Europa zurück.

Amalie Katz lag mit ihren halbgebrochenen Augen unter der Bettdecke und wartete, bis sie ganz brachen. Um das Bett herum saßen ihre Schwester Elisabeth, deren Mann Hugo; Emanuel ging zwischen ihnen auf und ab.

»Mali, mach keine Geschichten, was redest denn vom Sterben? Du wirst doch noch eine Grippe haben dürfen«, dröhnte Hugo und lachte der Schwägerin ins Gesicht. »Wo bleibt der Korn?« fragte er gedämpft den Emanuel, und schon läutete der, wurde hereingelassen. Die Anwesenden verließen das Zimmer, standen daneben im Dreieck und schwiegen.

Mit achtundsechzig braucht Mama doch noch nicht sterben, dachte Emanuel und schaute zwischen Onkel und Tante auf flammende Zypressen, die vertraute Reproduktion an der Wand. Tante Elisabeth ist fast fünf Jahre älter, und wie ist die unterwegs. Siebenunddreißig ist sie nach England gegangen als Au-pair-Mädchen und dann gleich zehn Jahre geblieben. Dort hatte sie den Hugo kennengelernt, der knapp vor Kriegsbeginn noch aus Buchenwald herausgekommen war. Aber Mama mußte bei Mama bleiben, und einundzwanzigjährig ging's nach Auschwitz. An der Rampe wurden sie getrennt, das war normal. Drei Jahre Birkenau, dachte sich Emanuel, oder zehn Jahre England.

»Drei Jahre Birkenau«, sagte Emanuel zu Hugo. »Und du redest von Grippe.«

»Wie«, machte Hugo und verzog das Gesicht. »A Grippe kann a jeder kriegen. Das hat damit gar nix zu tun.«

»Mach uns nur Angst«, sagte Elisabeth und setzte sich

in den Sessel. »Das könnt ihr gut: Angst haben und angst machen.«

»Wer ist ihr? Von wem redet ihr?« Emanuel ging zum Fenster. Die beiden gaben keine Antwort.

Warum kommt Mama nicht vor in meinem Manuskript? Warum schreib ich über irgendeinen verbitterten Emigranten vom East River statt über die vier überstandenen Selektionen bei Mengele in Birkenau? Die Geschichte mit der Orange, die sie mir erzählte, als ich nichts essen wollte. Oder von Fredi Hirsch. Von Mala Zimmetbaum. Wieso sag ich nichts über mich selber? Jetzt wird sie sterben, und weg ist alles und vorbei.

»Auch wenn es vierzig Fieber ist, es ist a Grippe. Laß dir doch ka Angst machen, Lisi. Die Mali ist zäh.«

»Sonsten hätt sie Birkenau auch nicht überstanden«, sagte Emanuel über die Schulter.

»Hör auf mit dem ewigen Birkenau!« Hugo wurde laut, dämpfte sodann wieder die Stimme.

»Sie hat sich schon in der Erd«, hörte sich Emanuel reden.

»Wo warst du denn die ganze letzte Zeit seit dem Tod deines Vaters?« Elisabeth flüsterte.

»Du warst in England«, antwortete Emanuel und drehte sich voll zur Tante hin. »Hast du damals eigentlich irgendwas unternommen, um deine Mutter und meine Mutter herauszuholen? Oder – laß mich ausreden – warst du froh, endlich einmal von der *Mischpoche* fort zu sein, frei, wie man das so nannte, nicht wahr?«

»Woher hast du diesen Mist, Emanuel«, sagte Hugo und kam drohend auf ihn zu. Elisabeth war vom Sessel hoch und Richtung Tür, und die öffnete sich, herein kam Korn. »Sie muß ins Spital. Lungenentzündung. Packt ihr was ein. Ich ruf einen Wagen.« Er verschwand im Vorraum.

»Auch a Lungenentzündung kann jeder kriegen«, sagte Hugo. »Es gibt Antibiotika. Sie ist zäh, Lisi. Also Emanuel. Verschieb deine Staatsangelegenheiten und pack deiner Mutter das Zahnbürstel ein.«

»Ja«, sagte Emanuel und ging zum Badezimmer. Er suchte das Nötigste zusammen, ging dann zu Amalie, erklärte ihr die Notwendigkeit der Spitalsübersiedlung. Als Amalie Katz das Wort Krankenhaus hörte, riß sie die Augen auf. Sie zeigte auf ein Täschchen.

»Nimm das mit«, flüsterte sie. »Schau nach, ob der Lippenstift drin ist.« Emanuel nickte. »Und das Amulett?« Emanuel suchte danach, klappte es auf, betrachtete das Bild einer jungen, hübschen Frau. »Hab ich«, sagte er. »Wer ist das, Mama?« Bevor sie noch antwortete, wußte er es bereits. »Das ist deine Mutter?«

»Wer denn, du Dummer. Wann werd ich abtransportiert?«

»Der Wagen kommt gleich, Mali«, sagte Doktor Korn von der Tür her.

6.

Acht Wochen nach dem Christtag gingen Kalteisen und Demant wiederum Richtung Lusthaus. Acht Wochen gingen hin wie nichts, Christiane in Hernals, Danny in der Leopoldstadt, jeden Tag zwei Anrufe, Kino, Lilienfeld, die Hitze in der Halbdistanz der beiden, Alice und Sabrina, die fernen Kinder hinter dem Rücken Kalteisen, er aber, ein aufgebrochenes Lebensgefühl lief leichten Fußes in das Jahr hinein, und so gingen sie auch wieder den Weg, vorbei an den gerupften Bäumen und dem andern.

Die ganze Zeit, ohne es zu beabsichtigen, horchte Danny in Christianes Seele. Vom Anfang an schien er ratlos, aber diese Ratlosigkeit war von der köstlichen Art. Was soll aus all dem werden, fragte er sich. Muß denn aus allem etwas werden? An ihre Länge beim Arm im Arm Gehen hatte er sich gewöhnt, ihr Kinn lag gewissermaßen seitlich an der rechten Schulter auf, und über ihnen, es war kurz nach vier nachmittags, flogen die Krähenschwärme hin. Daweil sich gar nichts tat, als sie acht Wochen nach dem Christtag ihren Weg zum Lusthaus beschritten, suchte der Krähenschwarm halblinks vorne in der Lobau seinen Schlafplatz, und so war das Krächzen durchaus in ihren Ohren. Sie aber schwiegen, bis die Krähen verschwunden waren, und in der schneedurchsetzten Dämmerung gingen sie das letzte Stück Hauptallee zum Lusthaus durch, umrundeten es wie damals und standen hernach vor dem Jägerhaus. Es war geschlossen; sie staunten das verriegelte Gasthaus an, beschlossen dann, zur Donau weiterzugehen, liefen an einem Sportplatz vorbei, welcher leer und gleichgültig dalag, eine Zeitung bewegte sich beim Elfmeterpunkt im Wind, Lastwagen überholten sie.

Als sie die Donau erreicht hatten, war es dunkel geworden, und der Westwind kam gut an sie heran. Ihre Atemzüge dampften, als sie stromaufwärts entlanggingen, sie schienen etwas in sich versackt zu sein, ihr Schweigen verlor an Leichtigkeit, war ihnen nicht so verständlich wie noch vorhin beim Lusthaus.

»Ich hätt noch gern ein Maul voll Schweigen«, sagte Demant schließlich zur Kalteisen, »doch der Vorrat ist zu Ende.«

»Bei mir ist es ebenso«, antwortete sie. Sie blieben stehen und küßten sich.

»Wollen wir bis zur Reichsbrücke gehen?«

»Nein«, sagte Christiane.

Also stellten sie sich am Handelskai auf und warteten auf ein Taxi. Nach einer Viertelstunde kam eines vorbei, sie setzten sich hinten hin und hielten sich an den Händen fest.

»Die Meierei hat offen«, sagte ihr Danny, und sie fuhren dorthin. An diesem Samstag hatte die Meierei ausnahmsweise geschlossen, und beide starrten das verriegelte Tor an.

»Jetzt hab ich aber einen Hunger, und keinen Schritt geh ich mehr«, sagte Kalteisen. »Mich friert, und ich hab es satt, irgendwohin zu gehen. Trag mich zum Butterfaßl«, verlangte sie schließlich und hing sich an seinen Hals. Sie lachten und marschierten die paar Schritte zum Butterfaßl. Im Raum waren etliche Gäste an den Tischen verteilt und sahen verfroren aus. Draußen hatte es Minusgrade, so tranken sie wie die anderen Glühwein, der dem Demant den Appetit vertrieb. Sie aber aß in aller Ruhe und sehr langsam ein Butterschnitzel mit Petersilienkartoffeln.

»Dafür, daß du acht Jahre in einem Internat warst, ißt du aber sehr langsam und sorglos.«

»Hm«, machte Christiane, ohne sich weiter um das zu kümmern, was er vor sich hin plauderte. Endlich schwieg er, brachte seine Speise nicht hinunter und bestellte Rotwein, der zu kalt war und wie ein abgelutschter Eiszapfen schmeckte. Als Christiane alles aufgegessen hatte, wischte sie sich den Mund ab, schob den Teller zur Seite, richtete ihre graublauen Augen auf Demant und begann ihn zu betrachten.

Danny Demant (August Zirner) im Kabarett »Mischpoche« besingt auf dem Holzpferd seine Heimatstadt Wien: »Einst Welthauptstadt des Antisemitismus, ist sie heute Vergessenshauptstadt worden ...«

Konrad Sachs (Daniel Olbrychski), Sohn eines hochrangigen KZ-Arztes, vor dem Stacheldrahtzaun von Birkenau.

Crissie Kalteisen (Katja Weitzenböck) und Danny:
   »›Ich bin auch halb in dich verliebt‹, sagte De-
mant dann und bedeckte sie mit seinem Leib.
›Wieso wird bloß dein rechtes Ohr rot?‹ fragte er
plötzlich.
   ›Hexenfieber‹, sagte sie und atmete schwer.«
(Seite 45/46)

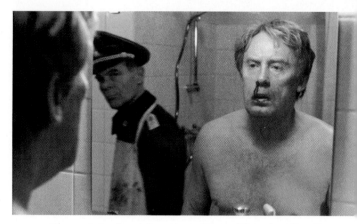

Konrad Sachs sieht seinen Vater Theodor (im Roman: Ernst) Sachs (Jörg Panknin) im Spiegel.

Klein Konrad (John Petschinger) in SS-Uniform in Birkenau.

Susanne Ressel (Ruth Rieser) in New York: Gebirtig anrufend, blickt sie zu dessen Fenster hoch.

Im Gerichtssaal: Gebirtig (Peter Simonischek) zeigt sich auf den Hals.

»Judenumkreisung«:
»›Sie sind a Echter. A Ächta bist du.‹ Schließlich beruhigt mich Gerhard Frumm mit dem jüdischen Gesicht, denn er sagt mir: ›Es gibt kein jüdisches Gesicht. Das ist ein hartnäckiges Gerede.‹« (Seite 346)

Konrad Sachs und seine Frau Else (Corinna Harfouch):

»Seine Frau Else sagte mit schläfriger Stimme:
›Schon wieder schlecht geträumt, nicht wahr?‹

›Hab ich geschrien?‹ Konrad drehte sich zu ihr
hin, fuhr sich dabei durchs schüttere Haar, bemerkte dabei den Schweiß an der Stirn.

›Das geht schon so den ganzen Herbst‹, flüsterte
Else.

›Schlaf weiter.‹« (Seite 50)

Susanne in New York:

»Susanne ging auf und ab, was sollte sie anderes tun? Leute gingen an ihr vorbei, verschwanden um Ecken, in Autos. Sie selbst hatte an diesem frühen Novembertag wenig Sinn für die Bedürfnisse rundum, doch als sie ein Deli in der Nähe entdeckte, entschloß sie sich doch, sich etwas zum Beißen zu besorgen. Beunruhigt warf sie einen Blick auf das Haus, eilte hernach in das Geschäft. Sie mußte ein bißchen warten. Beim Zahlen und Hinausgehen begegnete ihr Gebirtig, der eben den Laden betrat.« (Seite 164)

Gebirtig und Susanne in New York:

»Susanne stand auf, ging um den Tisch herum, stellte sich an seine Seite und schaute auf ihn drauf. ›Was heißt ›na und‹? Verstehen sie denn überhaupt, wozu ich Ihnen das alles erzähle? Sollten diese Kämpfe, dieses Leben vollkommen vergebens gewesen sein? Sollen immer und immer die Eggers gewinnen?‹

›Na und‹, machte er wieder und schielte zu ihr hinauf. ...

Beide schwiegen. Dann setzte sie sich wieder gegenüber und schaute ihn von dort an.« (Seite 167)

Danny in seinem Kabarett »Mischpoche«, die historische Revue »Kalte Fiess« darbietend:

»... in der Kälte wird die Unwirklichkeit so scharf und nahe, daß man sie glaubt und sogar annimmt als eigentlich Wirkliches, welches uns begleitet von damals nach heute. ... Da denk ich mir, wann endlich warm werden die Füße, und Kopf bleibt wunderbar kühl, kann passieren, daß kommt nicht der Messias, sondern ein schönes Gefühl.« (Seite 353)

»Ich bin exotisch für dich, gelt«, sagte er im Zurück-
schauen.

»In Hernals kann ich nicht wohnen bleiben«, sagte
Christiane.

»So, so.«

»In die Johann Straußgasse will ich nicht zurück.«

»Aha.«

Sie will bei mir einziehen. Mit ihrem ganzen Zeug wird
sie die Halmgasse belegen. Sabrina wird ihre Glaskugeln in der ganzen Wohnung verteilen, nachts kann ich
nicht lesen, solange ich mag, Alice wird ständig vorm
Fernseher sitzen. Das Salz wird immer woanders stehen, die Klorolle anders hängen. Alles wird anders
sein.

»Ich bin exotisch für dich, gelt«, sagte er wieder und
schaute in sein Rotweinglas.

»Kann ich übergangsweise bei dir bleiben?« fragte sie
lächelnd und strich ihm durchs Haar. Er sah sie an.
Dann spitzte er seine Lippen und antwortete: »Und ob.
Ach, Christiane. Ich liebe dich.«

»Ich dich auch.«

Sodann kehrten sie in die Halmgasse zurück.

7.

Sachs fühlte sich krank. Häufig hatte er Schweißausbrü-
che mitten am Tag, hinterm Schreibtisch in der Redaktion, aber auch bei den Morgenspaziergängen an der
Elbpromenade. Seit er mit der Serie über Kitsch begonnen hatte, war er in ein ihm selbst unverständliches
Schweigen verfallen. Else versuchte gelegentlich, ihn ins
Reden zu bringen; nach ein paar Sätzen versinterten

ihm die Wörter, er schnaubte noch etwas und verstummte wiederum. Die Frühstücksdreiviertelstunde ratlos.

»Ich bin deiner nicht wert«, sagte er eines Morgens und starrte ihr ins Gesicht. Sie wollte sogleich um den Tisch herumgehen, ihn in die Arme nehmen, irgend etwas sagen, doch er stoppte sie mit einer Handbewegung.

»Sag gar nichts Tröstliches. Ich kann darüber nicht reden, es ist nämlich so: Ich trage ein Geheimnis mit mir herum, und es bedrückt mich mehr und mehr, anstatt daß es weniger wird, denn es ist schon so alt.«

»Ach, Lieber, du kannst mir doch sagen, worum es sich handelt. Was immer es ist, es ändert doch nichts an meiner Liebe zu dir. Hast du kein Vertrauen? Du kannst doch Vertrauen haben. Ja, Konrad, sag's einfach, habe Vertrauen.«

»Das ist ja das Ganze«, sagte Sachs, ohne die Bitterkeit in seinem Antlitz zu verbergen. »Eben, weil das an deiner Liebe zu mir nichts ändern wird, ist es so trostlos für mich. Würdest du mich verlassen, ja, wenn ich sicher wäre, daß du mich auf der Stelle verläßt, könnte ich es dir sagen, vielleicht. Doch du wirst zu mir halten. Nichts wird dich dann von mir wegbringen. Das verdiene ich nicht.«

Else schwieg, nachdem er wieder in die Stummheit verfallen war und trug das Geschirr hinaus. In der Küche hielt sie sich am Kühlschrank fest und atmete tief. Sie drehte sich um und ging mit leeren Händen zu Konrad zurück, der mit verbittertem Gesicht auf die Wand schaute.

»Du kannst doch mich verlassen«, sagte sie ruhig. Er sah sie an. »Davor hast du Angst«, sagte sie nach seinem Blick. Er nickte.

»Was sollen wir also tun?« Sie setzte sich wiederum ihm gegenüber.

»Tu was«, sagte der Prinz von Polen.

»Nichts werde ich tun«, antwortete Konrad Sachs.

»Doch«, sagte der Prinz.

»Soll es also so weitergehen«, fragte Else. »Sprich dich doch endlich aus und schau, was dann passiert.«

»Du sollst mich in Frieden lassen. Ach, laßt mich doch in Ruhe.« Er stand auf, zeigte mit seinem dicken Finger auf seine Frau: »Wenn du je mein Geheimnis erfährst, hast du mich verloren.«

»Ich weiß doch ohnedies, daß du der Ritter vom heiligen Gral bist.«

»Witze. Jetzt macht sie Witze. Sehr komisch.«

»Ist es nicht, verzeih. Geh doch zu einem Arzt. Wozu gibt's Therapeuten?«

»Ich bin doch nicht entartet. Hältst du mich für verrückt?« Er ging vom Tisch weg und hinein ins Schlafzimmer. Im Schlafrock legte er sich aufs Bett. Ich werde vermutlich verrückt, dachte er.

Im Oktober sechsundvierzig hatte er Ernst Sachs an der Hand von Mutter im Nürnberger Gefängnis besucht. Vater sagte dies und das, Konrad hatte es vergessen, doch dann versprach ihm der Vater, bald bei ihm zu sein. Sein Vater hatte immer gelogen. Warum sollte er seinem eignen Sohn knapp vor der Hinrichtung nicht auch Lügen auftischen? Er war eben zu feige, mir mitzuteilen, daß er sein Leben verpfuscht hatte als Verbrecher und jetzt sterben wird. Immer war er ein Feigling. Warum soll ich anders sein? Sachs hörte, wie draußen die Tür ins Schloß fiel. Auf das hinauf zog er sich Schlafrock und Pyjama aus, und so lag er nackt auf dem Bett. Er betrachtete seinen Bauch, fuhr mit der Rechten mehrmals über die Wölbung, drehte sich zur Seite und schlug sich heftig aufs Gesäß. Hernach nahm er sein Geschlecht in die Hand. Sein Vater wurde zur Hinrichtung geführt. Konrad sah vor sich, wie ihm die Schlinge um den Hals gelegt wurde. Langsam wurde seinem Vater der Hals zugeschnürt, so daß er zu keuchen begann, und auch Konrad keuchte. Des Vaters Gesicht wurde rot und blau, in den Augen flackerte der Blick hin und her, doch Konrad schloß die seinen und in dem Augenblick, da der Vater mit dem Zappeln aufhörte, ejakulierte der fünfzehnjährige Konrad und stieß, den Schrei wegen der Mutter im Nebenzimmer unterdrückend, seinen Atem heftig aus, masturbierte weiter, bis es unerträglich wurde. Doch so sehr er sich die Strangulierung jetzt vorstellte, sein Glied blieb wie es war, so strich er sich wieder über den Bauch, verschränkte dann die Arme hinterm Kopf, und so lag er da, traurig und ratlos.

Schließlich stand er auf, stellte sich unter die Dusche, eiskalt, und er prustete heftig. Als er eben sich auf die Klomuschel gesetzt hatte, läutete das Telefon.

»Willst du nun permanent zu den Proben kommen«, fragte Peter Adel. »Jetzt siehst du schon was.«

»Wann ist es dir recht?«

»Wann du willst. Täglich ab elf.«

»Danke.« Sachs schlurfte zur Toilette zurück. Er drückte und preßte, er wurde nichts los. Also zog er sich an, um in die Redaktion zu fahren. Doch er nahm die Autobahn nach München und fuhr ohne Pause durch. Nachts im Hotel in München rief er die Redaktion an und meldete sich krank. Else teilte er mit, daß er sie verlassen hatte.

»Wo bist du«, fragte sie ruhig.

»Unterwegs«, antwortete er.

»Wohin?«

»Else, ich weiß es doch nicht.«

»Ich werde auf dich warten.«

»Bitte nicht.«

»Ist es eine Frau?«

»Du bist blöd, Else.«

»Ich weiß. Ja, ich weiß.«

»Verzeih mir.«

»Nein«, sagte sie. »Ich verzeihe gar nichts.«

»Das ist gut«, flüsterte er. »Das ist sehr gut.« Er hängte ein, ging in die Bar hinunter und trank einen kleinen Cognac.

»Na, Prinz«, sagte er ins Cognacglas. »Jetzt geht's dir an den Kragen.«

»Und dir«, antwortete der Prinz. »Uwaga.«

»Uwaga«, sagte Konrad, hob das Glas und prostete in den Spiegel. Der Barmann sah ihn erstaunt an.

»Noch einen?«

»Ach nee. Rechnung auf Zimmer zweizwölf. Gute Nacht.«

Und Konrad Sachs, nach zwanzig Jahren wieder in München, ging langsam die Stufen hinauf bis in sein Zimmer.

8.

Die Nachricht von der beabsichtigten Zeugenaussage Herrmann Gebirtigs beim Prozeß gegen Egger erzeugte ein gewisses Aufsehen. Susanne Ressel hatte zwar David Lebensart eingeschärft, nichts von der Ankunft des weltberühmten Schriftstellers in seiner Heimatstadt laut werden zu lassen, und Lebensart hatte dies auch zugesagt. Im Café Prückel teilte er auch bloß seinen sieben verschwiegenen Freunden mit, es sei ihm also doch gelungen, den großen Mann nach Wien zu bringen. Bevor er die zweite Melange ausgetrunken hatte, waren der Bürgermeister, der Kulturstadtrat, der Bundeskanzler, der Außenminister und noch ein halbes Hundert Personen aus dem Kultur- und Medienbereich im Bilde, so daß gewissermaßen ein Geraune über der Stadt lag. Bevor noch vierundzwanzig Stunden um waren, hatte die Kunde den gesamten deutschsprachigen Raum erfaßt. In den Verlagen wurden Inhaber wie Lektoren aufmerksam, ein weltberühmter Übersetzer wurde gar auf einer Karibikinsel aufgestöbert und zum Heimflug überredet.

Bei dem für diese Dinge unzuständigen Lebensart läutete ständig das Telefon, so daß dieser sich – bleich geworden – in sein Haus am Semmering zurückziehen mußte.

Susanne Ressel war konsterniert. Martin Körner brachte sie mit dem Wagen zu Lebensart. Der ließ die beiden ohne weiteres und sofort in sein Haus ein und erklärte ihnen mit großen Gesten, daß er an der erfolgten Indiskretion vollkommen schuldlos sei.

»Was reden Sie da?« unterbrach ihn Körner. »Von wem soll denn die Stadt das erfahren haben? Glauben Sie, Leibenfrost sitzt im Kaffeehaus und erzählt das rum? Bei allem Respekt, Herr Lebensart, das ist keine Art.«

Susanne mußte loslachen. Wie sich Martin in dieser Sache ereifert, dachte sie, doch dann nahm sie selber das Wort und führte Klage über den Vertrauensbruch, den Gebirtig wohl ihr anlasten werde.

»Und mit Recht«, sagte auf einmal Lebensart und nahm

von den Keksen, die seine Haushälterin inzwischen auf den Tisch gestellt hatte. Susanne ließ den Mund offen.

»Wie«, fragte sie schließlich, »soll ich das verstehen?«

»Sie haben mir gesagt, ich soll die Sache diskret behandeln. So habe ich getan.«

»Ich habe nicht gesagt, diskret, ich habe gesagt, niemandem sollen Sie etwas davon sagen.«

»Was heißt schon niemand. Mein alter Freund Moskowitz ist doch so gut wie niemand.« Martin zündete sich, ohne zu fragen, eine Zigarette an.

»Rauchen Sie nicht, junger Mann. Ich hab Asthma. Ich werd euch sagen, warum ich es dem Moskowitz erzählen mußte.« Lebensart legte eine Pause ein, lehnte sich zurück, beobachtete, wie Martin Körner sich suchend nach einem Aschenbecher umblickte, um die Zigarette abzutöten, deutete dann mit der Hand auf die Toilettentür, wartete, nachdem er sich ein weiteres Keks in den Mund gesteckt hatte, bis Martin von dort zurück wieder im Sessel saß.

»Der Siegfried Gebirtig, der Siggi, der ist gewesen der fünfzehn Jahre ältere Bruder von Herrmann. Und um wieviel Jahre ist der Moskowitz älter als der Herrmann? Erraten, um fünfzehn. Ins Sperleum sind sie miteinander gegangen, der Moskowitz und der Siggi. Deshalb hab ich ihm davon erzählen müssen. Aber«, Lebensart ließ Susanne beide Handteller sehen, »eingeschärft hab ich ihm: ›keiner Menschenseele ein Wort‹.«

Susanne schüttelte den Kopf: »Herrmann Gebirtig hat einen Bruder hier in Wien? Wieso haben... ach so.« Susanne verstummte.

»Ist doch egal«, sagte Körner zu Susanne. »Was geschehen ist, ist geschehen.«

»Hätten Sie das dem Moskowitz verschwiegen, wenn er im Kaffeehaus neben Ihnen sitzt, und Sie eben diese Nachricht erfahren hätten?«

»Seien Sie doch nicht so starrsinnig«, sagte Körner lächelnd. Lebensart blinzelte zu ihm hin.

»Das können Sie wohl nicht verstehen?«

»Ach, Herr Lebensart, ist ja schon gut«, sagte Susanne. »Ich müßte mit Herrmann telefonieren, bevor er das ganze aus den Zeitungen erfährt. Wie spät ist es jetzt in New York, Martin?«

Martin sagte es ihr, sie schaute fragend auf Lebensart.

»Sie wollen von hier nach New York telefonieren? Strafe muß sein.«

»Ach wo«, sagte Susanne. »Aber Zeit sollten wir tunlich keine verlieren. Ich ersetze Ihnen die Auslagen.«

»Sollten Sie nicht mit Gebirtig reden«, erkundigte sich Körner bei Lebensart. »Schließlich haben Sie ihm ja die Suppe eingebrockt.«

»Sie gefallen mir nicht«, sagte Lebensart, »Sie gefallen mir ganz und gar nicht. Ich bin zu alt, um noch Suppen auszulöffeln. Was ich Suppen ausgelöffelt habe, die andere mir eingebrockt hatten, davon haben Sie keinen Begriff.« Susanne stand auf.

»Ich mach das schon. Ohne Sie wäre ich ja gar nicht an Gebirtig herangekommen.«

»Soll ich im Wagen warten, Susanne?« Körner stand ebenfalls auf.

»Ach woher denn«, antwortete ihm Lebensart. »Empfindlich sein, davon verstehen Sie was, wie? Telefonieren Sie, Frau Ressel, ich werd mich daweil ein bißchen mit Ihnen unterhalten.«

»Na gut.« Martin Körner nahm wieder Platz. Susanne ließ sich von der Haushälterin zum Telefon führen. Es befand sich im Nebenraum. Vor den Fenstern sah sie die Nacht und etwas heller war der Schnee zu erraten. Am liebsten hätte sie jetzt eine Zigarette geraucht, bevor sie Herrmann beichten mußte, aber Lebensart hatte ja Asthma und war vor kurzem einundachtzig Jahre geworden.

Im andern Zimmer begann David Lebensart einen Vortrag zu halten, als sei Doktor Körner eine ganze Schulklasse, doch Martin hörte zu, sagte gar nichts, stellte auch keine Fragen.

9.

Der Wagen war da, Amalie Katz wurde auf die Tragbahre verfrachtet und nach unten getragen. Hinterher trotteten Tante Elisabeth und Onkel Hugo, Emanuel schloß die Wohnungstür ab. Als er sich eben von der Tür weggedreht hatte, fiel ihm ein – wie schon oft – daß er womöglich den Gashahn..., er verwarf – wie immer – diesen Gedanken und ging der Familienkarawane nach. Auf der Gasse Schneeregen und böiger Wind. Doktor Korn verabschiedete sich, Katz stieg in den Notarztwagen ein, Elisabeth und Hugo wollten mit ihrem Wagen nachfahren, doch Emanuel wies die beiden ab:

»Was soll so eine Prozession. Ich ruf euch nachher an.«

So saß er neben seiner glühenden Mutter und einer jungen Ärztin, die sich mit ihr beschäftigte. Eben als Amalie begann, wirres Zeug zu reden, hielt der Wagen. Sie wurde im Rudolfsspital ausgeladen und verschwand im Lastenaufzug. Vorhin hatte die junge Ärztin mit dem Spitalsarzt geredet, beide hatten sie ernste, zusammengezogene Gesichter, und so war ihnen das Reden sachlich geraten. Katz stand einige Meter daneben und wußte nicht recht, was er davon halten sollte. Sorge und Angst um seine Mutter waren ganz außer ihm, er selbst aber kam sich auf eine diffuse Weise wichtig vor, als läge in seiner Verantwortung, was in letzter Zeit hinter seinem Rücken stattgefunden hatte. Er trat auf die beiden Ärzte zu.

»Was ist jetzt mit meiner Mutter?« Die Ärztin legte ihre Hand auf seinen Oberarm, lächelte und sagte:

»Warte noch einen Moment. Ich komm gleich.«

Sie zog sich mit dem Arzt in die Portiersloge zurück, er sah, daß Zettel beschrieben und ausgetauscht wurden. So stand er also da, während seitlich an der gegenüberliegenden Wand Leute in Schlafröcken ihre Köpfe unter durchsichtige Plastikhauben steckten, jeder einen Telefonhörer am Ohr. In der Mitte der Empfangshalle befand sich ein Buffet, gegenüber die chirurgische Ambulanz. Von Zeit zu Zeit stackste ein Arzt in diesen laut klappernden Töffles, die jetzt in Mode waren, vorbei, alles hallte in ihm und wurde verschluckt, so daß Katz inmitten dieses emsigen Treibens ein Gefühl von Stille hatte.

»Also deine Mutter hat Lungenentzündung«, sagte die Ärztin. »Sie wird im Zimmer zwölfnullvier sein, in zwölften Stock.«

»Aha.«

»Soll ich dich wohin bringen?« Er ging neben ihr her zum Notarztwagen. »Du kennst mich nicht mehr, ich bin die Christiane Kalteisen. Wir haben uns zu Weihnachten bei Danny getroffen.«

»So?«

»Also wohin soll ich dich bringen?«

»Wie spät ist es?«

»Acht.«

»Bring mich irgendwohin«, sagte er und stieg vorne neben ihr ein. Sie fragte den Fahrer, ob über Funk ein neuer Auftrag gekommen sei.

»In der Josefstädterstraße sechzehn«, antwortete der.

»Ist das deine Richtung?«

»Sicher.«

»Brauchst du was?«

Katz schüttelte den Kopf. Ihre Stimme trat jedesmal wie eine eigene Figur aus der Stille heraus. Er aber konnte sich nicht satt hören an dieser seiner Empfindung. Dabei schmiegte er sich an Christianes Körper seitlich an, denn es war wenig Platz, und so fuhren sie los.

»Vor zweieinhalb Jahren ist mein Vater gestorben«, sagte Katz. Seine Augen folgten den Scheibenwischern, die den Schneeregen an den unteren Rand des Fensters quetschten und selber quietschten, ein reiner Ton. Katz schüttelte sich, denn auf einmal befiel ihn ein Grauen vor dem Selbständigwerden der Töne, da sagte ihm Christiane: »Lungenentzündung ist keine Lappalie, aber ans Schlimmste brauchst du nicht denken.«

»Wenn sie aber sterben will?«

»Dann wird sie sterben. Dafür reicht es.« Katz sah sie überrascht an.

»Du bist von der geraden Sorte, gelt? Immer rein ins Vergnügen.« Christiane erwiderte seinen Blick, schaute sogar ein bißchen forschend in seine Augen:

»Das willst du doch hören? Du willst dir doch große Sorgen machen.«

»Drei Jahre Birkenau ist nicht nichts.«

»Was ist Birkenau?«

»Auschwitz.«

»Ach so. Glaubst du, das hat damit zu tun?«

»Womit denn?«

»Für eine Lungenentzündung gibt es viele Gründe. Auch, wenn man nicht mehr leben will.«

»Ihr Grund ist Birkenau.«

»Willst du das?«

»Laß mich hier raus.«

Der Wagen hielt. Katz stieg aus, drehte sich um, beugte sich hinein und küßte Christiane auf die Wange.

»Grüß mir den Demant. Siehst du ihn oft?«

»Ich wohn dort.«

»Oho.« Katz lächelte. Kalteisen lächelte zurück: »Das mit deiner Mutter wird schon gutgehen.«

»Keineswegs«, antwortete er weiter lächelnd. »Sie wird noch diese Woche sterben. Ich spür das.«

»Hoffentlich spürt sie nicht, daß du das spürst.«

»Es geht ja von ihr aus.«

»Oder von dir.«

»Frau Doktor«, sagte Katz, »von Auschwitz verstehen Sie nichts.«

»Es lag in Galizien.«

»Es liegt immer noch dort.«

»Servus Emanuel«, sagte Christiane. »Mach dich nicht verrückt.« Er schlug die Tür zu, stellte den Mantelkragen hoch und steuerte auf das Café Museum zu.

In drei Tagen war Amalie Katz fieberfrei. Sie erwartete für heute nachmittag eine Menge Besuch. Knapp bevor die Stunde kam, war sie in einen leichten Schlummer gefallen. Sie befand sich wieder im Block zwölf in Birkenau und hatte Flecktyphus. Vollkommen abgemagert würde sie die nächste Selektion nicht überstehen. Entweder Mengele würde sie auf den Lastwagen schicken und ab durch den Schornstein oder Klehr würde kommen und ihr die Phenolspritze ins Herz geben, das wußte sie ganz genau. Die jugoslawische Ärztin hatte – ein Wunder – eine Tablette Aspirin aufgetrieben. Sie war sehr durstig, öffnete die Augen und sagte ihr: »Ich will eine Orange.« Schon der Klang des Wortes war herrlich. »Bloß eine O-ran-ge«, hauchte sie. »Dann geh ich von selber.« »Halt durch, Mali«, sagte die Ärztin. »Du mußt durchhalten.« »Gib mir eine Orange.« Sie sah den großen Süden vor sich, hell und grün. Als sie ihre Augen öffnete, waren die großen dunklen Augen ihres Sohnes über ihr. Da kam schon seine Hand mit einer Orangespalte zwischen den Fingern. Amalie ließ die Orange ein bißchen im Mund, es war ihr großartig zumute. Sie richtete sich auf, nahm ihre Schwester und auch den Schwager wahr. Sie drehte den Kopf von der einen Seite zur andern.

»Lippenstift«, sagte sie. Während Elisabeth ihr den Spiegel vors Gesicht hielt, trug sie sorgfältig auf. Dann rollte sie mit den Lippen etwas, betrachtete sich und gab den Stift zurück. Wiederum drehte sie den Kopf von rechts nach links und wieder nach rechts, streifte ihren Sohn mit dem Blick, stoppte dann und sah ihn voll an.

»Geht's dir gut, mein Sohn?«

»Natürlich, Mama.«

Amalie nickte, schloß die Augen. Da sah sie sich bereits unten liegen, ein Sack, sie aber dem Großen Süden entgegen hoch über der Stadt, und von ganz oben sah sie hinab auf die Blocks von Birkenau, ganz wie in den Luftaufnahmen, die sie im Film gesehen hatte. Nun sah sie sie wirklich, aber sie darüber hinweg, hinein ins weite Weiße.

»Was geht das mich an? *Gornischt.*«

Das Entzücken hatte sie vollkommen erfaßt.

10.

Die Zeit ging in der Halmgasse. Bald wird Christiane Kalteisen ihren Job als Kurärztin in Baden aufgeben, denn das Esplanade wird umgebaut und in irgend etwas verwandelt. Dafür fuhr sie mehr und mehr als Notärztin, gelegentlich auch mit der Rettung, und so bekam sie jede Menge Kontakt zur Wienerstadt, zu ihren Infarkten und Durchfällen, den Zerstürzungen, Suiciden und sonstigen Verstimmungen. In den Wohnungen stand sehr oft der Nebel und handdick, vor den Fenstern die Märzsonne, in zehn Tagen wird Ostern kommen.

In der Halmgasse hatte sich Christiane leidlich eingerichtet. Nach und nach war ihre Garderobe nachgekommen und begann nun allmählich die Fläche der Wohnung zu bedecken. Demant stieg anfangs gleichmütig über all das drüber, saß hinterm Schreibtisch und las abwechselnd in den beiden Manuskripten, erschien abends häufig mit Christiane beim Zeppelin, machte den Eindruck eines Mannes, der entschlossen ist, Zukunft und Gegenwart einander anzugleichen. Gelegentlich konnte man ihn beobachten, als er da mit einem kleinen Mädchen auf den Schultern im Kamelschritt durch die Hauptallee stampfte, mit einem anderen, älteren in den Konditoreien saß und selbst Süßigkeiten zu sich nahm oder gar mit beiden oder noch mehr Kindern

Nachmittagsvorstellungen besuchte. Als er unlängst mit Christiane, Sabrina und Alice im Café Museum saß, kam die stark kurzsichtige Dichterin Paula Williams am Tisch vorbei, begrüßte ihn herzlich und gratulierte ihm zu seinen drei bezaubernden Töchtern. Demant zuckte nicht mit der Wimper, er dankte.

Ich glaube, damals begann Christiane ihr Spottdrosselgesicht zu tragen, wie Danny es später nannte. Seine seltsame Arbeitswut vermischt sich mit vollkommener Trägheit. Als er vom Tod der Amalie Katz erfuhr, erschrak er sehr.

»Jetzt sterben unsere Mütter«, sagte er zu Christiane. »Hirschfelds Mutter hat Angina pectoris, Slatniks Mutter ist letzten Monat ins Altersheim übersiedelt und meine Mutter schaut auch nicht gut aus.«

»Die Väter leben auch nicht ewig«, antwortete Christiane. »Mein Vater gefällt mir gar nicht.«

»Diese Warterei ist nicht sehr angenehm«, sagte er.

»Ich weiß nicht.« Christiane lächelte spöttisch. »Frag deinen Freund Emanuel, wie es ihm jetzt geht.«

»Er hat's hinter sich«, erwiderte Demant.

»Von seiner Mutter gar nicht zu reden.« Christiane zog das Kleid aus und legte es auf seinen Schreibtischsessel.

»Emanuel spricht dauernd vom verspäteten Auschwitztod«, sagte er und nahm das Kleid vom Sessel weg.

»Mir hat er das schon gesagt, da war sie noch gar nicht tot.«

»Das kommt vermutlich von seinem Manuskript.«

»Ja, er wirkte etwas überspannt«, sagte sie, zog sich den Pullover über den Kopf und warf ihn auf den Schreibtischsessel.

»Was weißt denn du«, schnarrte er, nahm auch den Pullover in die Hand, streckte ihr dann beide Kleidungsstücke entgegen. »Mußt du alles herumliegen lassen?«

Christiane zog sich vollständig aus, nahm die Kleider entgegen und warf sie ins Eck.

»Ich bin dauernd vom Tod belästigt«, sagte sie und spazierte nackt zur Tür. »Kaum hängt sich wer auf, werde ich gerufen. Ihr erinnert euch ständig, redet von Auschwitz, aber ich seh das Sterben tagtäglich. Ich habe genug. Kannst du nicht von was anderem reden?« Und sie verschwand, um zu duschen.

»Das ist halt dein Job«, rief ihr Demant hinterdrein. »Bevor man stirbt, ruft man eben die Rettung. Das ist hier so üblich.«

»Red nix«, rief sie zurück. Er ging durch die zwei Zimmer ins Bad. Sie stand bereits unter der Dusche.

»Wer hat dich geheißen, Ärztin zu werden?«

»Alle haben das wollen, außer mir. Mein Mann, mein Vater. Sollen alle scheißen gehen.«

»Was redest du denn da daher?«

»Oh.« Kalteisen drehte sich unterm Duschstrahl zu ihm hin. »Bin ich dir nicht lieb genug? Verzeih, lieber Mann.«

»Was hast du denn?«

»Gar nichts. Ihr redet und redet.«

»Wer ist ihr?«

»Na du!«

Demant machte kehrt, ging durch die Zimmer, sammelte die diversen Textilien von ihr ein, erschien mit dem Zeug in den Armen wieder in der Badezimmertür.

»Wenn du da wohnen willst, dann bändige dein Gewand. Halt's fest im Schrank oder wenigstens in einem Zimmer.« Und er warf das Bündel neben sie in die Badewanne, verließ die Wohnung, eilte über die Rotundenbrücke und setzte sich ins Café Zartl.

»Ich hab mir gedacht«, sage ich ihm dort, »dir ist's lieber zu eng, als daß du in den Himmel qualmst?«

»Laß mich zufrieden, Alexander.«

»Das geht leider nicht. Du weißt, daß es nicht geht. Also rück schon raus. Was nervt dich denn so?«

»Du bist's doch, der alles weiß und aufnotiert. Also ist das deine Sache«, antwortet er mit geschlossenem Gesicht.

»Na gut, soll ich dir sagen, was dich nervt?« Lächelnd frage ich ihn dies über den Tisch hin.

»Untersteh dich«, knurrt er.

Danach schweigen wir beide eine Weile.

»Kommst du voran mit Mascha«, fragt er mich dann.

»Diese Geschichte ist in der Tat sonderbar, Zwillingsherz. Wenn ich sie notiert habe, kannst du davon hören.«

»Bin gar nicht neugierig. Mach mit ihr, was du willst.«

»Das würde dir gefallen?«

»Egal.«

»Sie liegt im Spital, Bruder. Achtunddreißig Kilo. Fast Kazettgewicht.«

»Aha.«

»Sie ist mit ihrem Darmgeschwür einem Handaufleger in die Hand gefallen.«

»Wie dumm von ihr.«

»Jetzt wird man sie auffüttern, auf Kur schicken, und in einem Jahr ist alles wie vorher.«

»Na ja«, sagte Danny. »Wer will schon die Zukunft, wie sie gewesen ist?«

»Du doch«, antworte ich über den Tisch. Kurz danach konnte Demant nicht mehr sitzen bleiben, und also eilte er in die Halmgasse zurück. Außer Atem kam er an, so war er gelaufen. Christiane war nicht da und auch keines ihrer Kleidungsstücke.

Fünftes Kapitel
Achtung

I.

Ein Mann geht durch die Straßen einer Stadt. Hinter ihm gehen viele, vor ihm sind auch etliche unterwegs. Die Stadt ist naß vom vergangenen Schnee, das Licht durchmischt von den vergangenen Frösten und den künftigen Sonnentagen, die Ampeln, die Autos, die Busse, der Mann geht und geht. Er hat schon in der Morgenfrüh zu gehen begonnen. Er geht aus einem Stadtteil heraus und in einen anderen hinein.

Seit Tagen läuft Konrad Sachs durch München. Er war aus dem Hotel nach einer Nacht ausgezogen, hatte sich in eine Pension nach Blutenburg zurückgezogen. Ursprünglich wollte er dort an der Kitschserie weiterarbeiten und bloß gelegentlich ein bißchen im Botanischen Garten spazierengehen, doch es riß ihn jeden Tag frühmorgens aus dem Bett; stehenden Fußes trank er noch den Kaffee, und schon ging's ab in die Stadt, ziellos aber unwiderstehlich mußte er sie durchlaufen, stets aufs neue, keine Ruhe war möglich. Es war so, als hätte ein Zögern sofort Krankheit und Tod zur Folge. Alles war besser als die Angst, die sich – ohne an etwas Bestimmtes zu gemahnen – vom Abend bis zum Morgen zu einem Koloß aufgebaut hatte, tagsüber in sich ruhen zu lassen. Durch heftiges Gehen konnte er sie bisher in sich immer wieder zerstösseln. Auch mußte er unterwegs andauernd seine Umgebung einfangen. Bereits bei den kurzen Aufenthalten in Lokalen während der Nahrungsaufnahme merkte er, wie sich der zerstössselte Block wiederum zu verfestigen begann, so daß es ihn ganz rasch wieder auftrieb, und so hetzte er ganze Tage durch die Stadt.

Der Prinz hatte eine Trutzburg gebaut jede Nacht, jeden Tag mußte Konrad sie niederreißen, und es staubte sehr in ihm, doch außerhalb war er mitten im bayerischen Vorfrühling, und er schob sich durch das Luft- und Lichtgemisch, und der Wintermantel hing ihm von den Schultern und drückte sehr.

Er geht an der Feldherrnhalle vorbei. Musik von damals klingt ihm in den Ohren, Konrad dreht sich um, geht wieder die Ludwigstraße zurück, es ist, als ob ihn die Feldherrnhalle wegschübe von sich, er biegt nach links und nach rechts und steht vor einer Buchhandlung. In der Auslage hebräische Zeichen, ein Buch neben dem andern und jedes über Juden, jüdisches Volk, Holocaust, Israel. Da ein Davidstern, dort ein Foto aus vergangener Zeit. In der Buchhandlung sieht er die Inhaberin an einem Schreibtisch sitzen, schwarzes, wuscheliges Haar, davor stehen Kunden, Leute, und die lachen, halten Bücher in den Händen, die Inhaberin lacht auch. Jetzt hat sie ihn bemerkt, wie er von draußen hineinstarrt in diesen Laden, in diese Welt, ihre Augen blitzen ihn an, sie lächelt zu ihm hin, da spürt er einen scharfen Schmerz in seinen Eingeweiden, schon blickt er zu seinen Schuhspitzen hinunter, schon dreht es ihn zur Seite, und er geht bis zur Theresienstraße vor und dann in die Amalienstraße und Türkenstraße und verliert sich, links und rechts gehend im Tag.

Wieder ist er draußen, und als würde die Natur ihm beipflichten, beginnt sich der Himmel mit Winterwolken zu verhängen, ein Schneeregen kommt herunter, Konrad Sachs knöpft sich den Mantel zu und läuft nach da und dort.

Bei Einbruch der Dunkelheit ist er an der Isar. Er steht auf einer Brücke. Eine Frau bleibt stehen, weil er in den Fluß hinunterschaut. Sachs spürt den Blick, dreht sich um.

Da liegt er auf dem Gehsteig, aber ihm ist's, als sei er in einer Höhle verschwunden; von ferne hört er Gemurmel von Bächen und Menschen, doch er merkt gut, wie er hochgehoben wird und weggeführt. Da vernimmt er ein lautes Schluchzen, öffnet die Augen und sieht durch sein Wasser durch, wie ein junger Mann ihm ständig das Gesicht abzuwischen versucht. Dann empfindet er einen Stich im Arm.

Er spürt, wie es leicht wird in ihm. Sachs wird in Obhut genommen.

2.

Leibenfrost wühlte sich durch die Aktenberge. Winter und Frühling gingen ins Land, Briefe durcheilten die Kontinente, Telefonate, Telegramme, ein letzter großer Prozeß gegen Naziverbrecher schien möglich. Nach dem ersten Schreck, als publik wurde, daß Herrmann Gebirtig zur Zeugenaussage nach Wien kommen werde, und die ganze Stadt summte, beruhigte sich Lebensart, denn auch die Öffentlichkeit hörte alsbald damit auf, denn es kamen andere Tage, die Öffentlichkeit ist kein Behälter, alles fließt. Susanne Ressel hätte beruhigt sein können. Im Frühling einundachtzig hatte man in Wien vergessen, daß es einen Gebirtig überhaupt gab. Bloß irgendwo, in stillen Zimmern, vor ruhigen Schreibtischen saßen ein paar Leute, welche gleichsam aus den Augenwinkeln die Tätigkeiten des Staatsanwalts beobachteten.

Für Lebensart wurde der Prozeß gegen Egger zum Jungbrunnen. Wiederum erschien eine kräftige Sonne auf seinem Abendhimmel, gab ihm Spannkraft, und er wurde zum Kummer seiner Frau umtriebig und ausufernd. Ohne weiteres bestieg er die Flugzeuge, jettete nach Polen und Israel, baggerte sich durch Altersdepression, Alzheimer und Arteriosklerose der Zeugen und stellte vergnügt fest, wie makellos sein Gedächtnis, wie robust er doch selber ist.

»Ich bin«, sagte er zur Sorge der Frau, »derjenige, der überhaupt nicht sterben wird.« Die Vorstellung, länger zu leben als der letzte Nazi, erquickte ihn.

Abseits von dieser lichtdurchflossenen Schneise, im Schatten der allgemeinen Beachtung, saß in einem stillen Zimmer vor seinem Schreibtisch der Magister Wendelin Katzenbeißer. Er war Sekretär und erster Einbläser des Wiener Kulturstadtrats Eugen Trnka. Ein langer, redeträger, stets dunkel gekleideter Herr von einigvierzig hatte er sich in der sozialdemokratischen Kulturbürokratie sukzessive von mehrpersonigen zum Einpersonenzimmer hindurchgesetzt. Mit Künstlern pflegte er seit Jahren Umgang von der ärgerlichen Art für beide Seiten, denn er tat selten, was die Künstler von ihm erwarteten, und diese hielten ihn für einen Banausen. Er aber, was sie nicht wußten, beschäftigte sich intensiv mit ihnen, verfolgte ihre Werdegänge, legte jeden Schnörksel von ihnen in seinen Zettelkasten und wurde so dem Eugen Trnka gar unentbehrlich. Das bezweckte er auch, und in Wien ging fast nichts ohne Katzenbeißer. Dabei blieb er im Hintergrund hinter seinem ruhigen Schreibtisch.

In den Tagen der Aufregung um Gebirtig erschien er zum Vortrag bei Trnka. Er erläuterte dem mehr an Sportangelegenheiten interessierten Kulturstadtrat Bedeutung und Werk Herrmann Gebirtigs. Trnka wurde wiederum schmerzlich daran erinnert, was er alles nicht wußte, ohnehin waren ihm Wiener Emigranten spanische Dörfer, so rechtfertigte er sich. Er merkte also auf, als er von Katzenbeißer erfuhr, wie berühmt Gebirtig in der Welt sei und daß es für Wien nicht schlecht wäre, sich anläßlich seines Besuches die Ehre zu geben.

»Vielleicht bringen wir eine Versöhnung zwischen Wien und Gebirtig zustande«, sagte Katzenbeißer.

»Versöhnung ist immer gut«, sagte Trnka. »Aber sind diese Emigranten nicht ziemlich halsstarrig, oder?«

»Sie haben sicher eine eigene Sicht der Dinge.«

»Muß man verstehen. Versteht man ja.«

»Uns, Doktor Trnka, ist an sich kein Vorwurf zu machen. Die Stadt Wien hat« – Katzenbeißer blätterte in den Papieren – »etliche Mal Anstrengungen unternommen, Gebirtig nach Wien einzuladen. Diese Anstrengungen wurden von Ihrem Vorgänger Hofrat Sedlnitzky sogar intensiviert, vor allem, als Gebirtig Haßtiraden – so nannte der Hofrat seine Bemerkungen – gegen Wien losließ, das war neunzehnvierundsiebzig. Damals wollte Trössler ein Stück von ihm hier aufführen, und damals wurde hieramts bekannt, daß nichts von Gebirtig ins Deutsche übersetzt werden und schon gar nichts im deutschen Sprachraum aufgeführt werden darf.«

»Was, nicht einmal in Basel?«

»Nichts, gar nichts.«

»Noja, Katzenbeißer, dann richten sich diese – Insinuierungen ja gar nicht gegen Wien, wenn ich recht versteh, oder?«

»Immerhin hat er in diesen Haßtiraden Wien stets als Welthauptstadt des Antisemitismus bezeichnet undsofort.«

»Übertreibungen, gelt? Die Deutschen sind auch nicht schlecht, oder? Und der Sedlnitzky hat ihn gewissermaßen konterkarieren wollen?«

»Es schaut nicht so gut aus, so dazustehn.«

»Das ist wahr. Aber wenn ihn der Sedlnitzky nicht hergekriegt hat, wie sollen da wir…«

»Er kommt ja sowieso her.«

»Aja, stimmt. Eben. Na, wenn er sowieso herkommt, da ist er ja dann da.«

»Dann ist er da.«

»Wann, haben Sie gesagt, kommt er?«

»Das wissen wir noch nicht.«

»Na, bleiben Sie am Ball, Katzenbeißer.« Trnka stand auf, füglich erhob sich Katzenbeißer und ging auf die Tür zu.

»Warten Sie. Was machen wir denn mit diesem Gebirtig, wenn er da ist?«

»Ich hätte ein paar Vorschläge.«

»Hat das noch ein bissel Zeit?«

»Nicht viel, Herr Doktor.«

»Was schwebt Ihnen denn vor? Stichwörter!«

»Ein Orden, eine Ehrung.«

»So gschwind? Das geht nicht. Zuerst nix und dann gleich ein Orden?«

»Dazwischen fällt mir nichts ein.«

»Andrerseits, ein Orden ist nicht schlecht. Schwer, den abzulehnen. Sogar für einen Emigranten. Wissen Sie was? Hören Sie sich bissl um. Lebensart, PEN-Klub,

Israelitische Kultusgemeinde, er ist doch ein Jude oder nur politischer Emigrant?«

»Kein Politischer, nur Jude.«

»Ja, also bei denen. Einen Korb will ich mir nicht holen.«

Nächsten Tag traf Trnka seinen Bürgermeister bei einer Vernissage. Bürgermeister Purr ging selten zu Ausstellungen, aber diesmal war's ein Schulfreund, da machte er sich gerne frei. Beim Buffet war eine Minute Gelegenheit, und Trnka setzte Purr ins Benehmen.

»Hochinteressant«, sagte Purr. »Wenn Sie erlauben, da werd ich selbst ein bißchen aktiv werden.« Denn Purr galt als Antifaschist. Er rief in der gleichen Woche den Katzenbeißer an und wollte dem am liebsten alles aus der Hand nehmen. Katzenbeißer blieb gelassen. Er riet ihm ab.

»Er ist leicht zu verprellen. Nach all dem, was ich in Erfahrung brachte, ist Behutsamkeit am Platz.«

»Das ist nicht meine Sache, da haben Sie recht.« Purr lachte. »Wissen Sie was? Schnüren Sie das Paket, aber dann kommen Sie rechtzeitig zu mir. Nur das mit dem Orden pressiert. Das muß ich jetzt vorbereiten, die Fristen sind blöd. Es geht ja nur die Goldene. Aber ich werd schauen. Reden Sie mit den Juden! Wie heißt der Staatsanwalt? Gott sei Dank, der Leibenfrost. Da können wir das Ganze gut timen.«

»Herr Bürgermeister, gestatten Sie noch eine Frage. Was ist mit dem Bund? Ist Wien nicht ein bißchen dürftig für den Orden? Sollte da nicht der Bund…«

»Das ist nicht unsere Angelegenheit. Da muß der Bund schon selbst…«

»Ich meine, ich könnte ja den Sektionschef Doktor Schnirch vom Unterrichtsministerium…«

»Wenn Sie das tun wollen, Herr Magister, dann tun Sie es«, sagte Purr kühl.

»Dann nicht, Herr Bürgermeister.«

»Es bleibt Ihnen unbenommen. Wo hat denn – außer in Wien – der Gebirtig vorm Krieg gelebt?«

»Nirgends, das heißt, in Ebensee, im Lager.«

»Na eben. Dann ist das zuerst unsere Sache. Wissen Sie was, kommen Sie nächsten Mittwoch um acht zu mir rauf, ja? Mit dem Doktor Trnka ist das akkordiert.«

»In Ordnung, Herr Bürgermeister.«

Jetzt mußte Katzenbeißer die Künstler etwas unerledigt lassen, denn nun wurde er auf seine Weise in der Sache Gebirtig aktiv.

3.

Jede Nacht kriecht das Gitter an der Decke entlang. Dazu hört er die Geräusche, und es sind die Geräusche, zwischen denen er ausatmet, das Gitter schiebt sich zur Mitte hin, und er atmet ein. Bunte Nebel dampfen gelegentlich zwischen den Baracken, gelber Schwefel schmiert den östlichen Himmel voll, aber es regnet Rußpartikel in Konrads Bronchien. Die Nasenflügel zucken und glänzen. Auf seiner hohen Stirne liegen die Haare verringelt und wie eingeschweißt. In der Morgenfrüh steigt draußen die Wintersonne, das Zimmer, weich und leicht umgibt es das Bett des Mannes, welcher schwer arbeitend aus seiner Nacht taucht, aufgewacht kommt Konrad zur Ruhe.

Ich liege im Spital, das ist recht. Durch die Augenschlitze die Krankenschwester, der Arzt, noch ein Arzt. Achtung. Der Doktor schaut her. Wohin schau ich, die Augen sind nicht zu, nichts ist zu verriegeln, der Doktor geht auf mich zu, er beugt sich, er streckt sich, seine Arme kommen mir entgegen, wieso kann ich die Augen nicht schließen, auch die Ohren hören allesamt zu, am ganzen Leib Serien von Ohren. Sachs schwimmt im Lärmmeer, er öffnet nun auch den Rachen, und schon höre ich, daß ich schreie. Achtung, brülle ich, ich Konrad will hinein in mich selber, verriegelt mich, bitte, Achtung, kein Kontakt, schaut mich nicht an, rührt mich nicht an, du da, kleines Weib, lächle nicht her, nimm einen Krampen, Doktor, hau mich in mich hinein, mit Feuer treibt mich zurück in die Höhle, was hab ich zu schaffen heraußen bei euch, hör ich mich schreien, die Schwester nestelt, der Arzt dreht mir den Rücken, durch die Augenschlitze sieht Sachs, wie die Leute kommen und gehen, und als er hinaufschaut auf die Zimmerdecke, war schon die Wintersonne verschwunden, und das Gitter kriecht die Decke entlang.

Ich werde mit meinem Frohsinn das Traumauge von Konrad zum Erblinden bringen, ich habe den Rippenkerker satt, den er mir seit Monaten bietet. Ach, früher konnte ich herumtollen in den gelbfettigen Nebelschwaden, da auftauchen und dort. Dauernd will es mich jetzt anstarren, dieses Fischauge. Die Menschenschatten einst, immer wenn ich hingesprungen kam, senkten ihre dunklen Gesichter ab, es war zu frech, mir ins Gesicht zu glotzen, keiner hatte mir ins Gesicht geschaut, so weit kam's nie, uwaga, sagte wer laut, und schon starrte alles auf den Erdboden, auf die Pantinen und Pfützen, so daß ich tanzen konnte zwischen dem gestreiften Zeug, dahin und dorthin, das konnte keiner wissen. Wo ich hinsah, bloß die helle Luft, Sonne, Musikkapelle, Schornsteine, ich war ja überall und Nebelschwaden, oft. Jawoll, ich bin der Prinz von Polen, wer tanzt mit mir?

»Was war denn los«, fragte Sachs eines Tages, als der Arzt wieder einmal vor seinem Bett stand.

»Sachte, sachte«, antwortete der. »Jetzt sind wir einmal zusammengeklappt. Kreislaufkollaps, na und?«

»Wann?«

»Vorgestern abends, Herr Sachs. Bleiben Sie hier, damit wir checken, was los ist.« Sachs nickte, atmete aus, streckte sich.

»Es ist wahr«, flüsterte er erstaunt und mehr zu sich als zum Arzt. »Bin tatsächlich zusammengeklappt. Ist mir noch nie passiert.«

»Jeder klappt einmal zusammen«, behauptete der Doktor. »Schlafen Sie sich aus, machen Sie sich keine Gedanken. Morgen beginnen die Untersuchungen, was wird schon sein, beruhigen Sie sich.«

»Bin nicht beunruhigt«, antwortete Sachs. »Bin froh. Danke.«

Die Untersuchungen ergaben nichts Neues. Der Arzt machte ihm Vorstellungen wegen Rauchen und Cholesterin, ansonsten war Konrad gesund, seine Organe taten, was sie mußten. Bald spazierte Sachs zwischen den Patienten umher, saß im Fernsehzimmer und rauchte, bald nahm er sich ein Einzelzimmer, eine Woche war um, mit Telefon und Tevau, schlief viel, und es war, als würde seinem Innendruck mangels Außendruck der Sinn zu sein verlustig gehen. Der Arzt setzte ihn auf achthundert Kalorien. Sachs las den ganzen Tag und war in Ordnung.

Else erfuhr vom Zusammenbruch ihres Mannes. In letzter Zeit war sie häufig bei Margot Dronte, wann immer die Zeit hatte, und gelegentlich kam Peter Adel dazu. Sie saßen dann ganze Abende in Adels Wohnung um den Tisch herum und rätselten über Sachs.

»Ich weiß nicht, was ich tun soll«, sagte Else immer wieder. »In ihm steckt eine böse Geschichte, vielleicht von früher, sicherlich, ich weiß es nicht...« Margot, deren Stärke das Verstehen nicht immer war, zuckte von Zeit zu Zeit die Achseln: »Midlifecrisis«, sagte sie und – »Männer!« Adel war seiner Frau sehr ergeben, dennoch pflegte er »bitte Margot« zu sagen und mit dem Kopf zu schütteln.

»Sag du was«, stieß sie schließlich hervor. »Du bist ja so klug.« Doch Adel schwieg. Er war in Gedanken bei seiner neuen Inszenierung und fand auch, daß das so in Ordnung sei.

»Wir sind alle in großer und gemütlicher Normalität ein wenig verloren«, sagte er einmal zu Else, als Margot sich woanders aufhielt. »Die Ereignislosigkeit des eigenen Lebens ist ziemlich anstrengend. Ich hab's ja leicht, weil ich die Tode und Todesängste inszenieren darf. Da tu ich mir einen großen Gefallen dabei. Ich glaube überhaupt, liebste Else, mich retten die fremden Schicksale. Sie haben mich immer gerettet und vielleicht sogar gefeit.«

»Ich verstehe das schon«, sagte Else langsam. »Es macht dir einfach Sinn.«

»Ach nee, Sinn.« Adel schaute irgendwohin. »Inszenieren ist mir was anderes. Es ist wie ein Stehen unter Liegenden. Ich glaube, mein Leben kommt in den Texten, an denen ich arbeite, zu einem Ende, es rinnt in einen Schwamm, und der wird klarerweise immer schwerer. Irgendwann bin ich nur mehr in ihm drin, doch Gott sei Dank kann ich doch noch eine Hand ausstrecken, und mit der drücke ich den Schwamm aus, und so rinnt das

Leben wieder in mich zurück. In den Zeitungen diskutieren sie dann eine Inszenierung. Im Grunde inszeniere
ich ja auch den Konrad. Er muß warten, was ich mache,
dann schreibt er entlang meiner Anlässe, vielleicht ist's
hart für ihn, denn was hat das groß mit ihm zu tun. Zu
den Proben der Ermittlung sollte er aber doch kommen.
Jenseits seiner Kritik. War sein Vater ein Nazi?«

»Das weiß ich gar nicht«, sagte Else nach einer Pause
überrascht. »Du, ich weiß gar nichts über seine Familie.
Er redet doch nie darüber. Soll ich, glaubst du, nach
München fahren?«

»Mein Vater ist in England gestorben. Er war mit uns
aus politischen Gründen emigriert. Klar doch, besuch
ihn.«

»Er hat mir verboten, ihn zu sehen.«

»Was hat dir Konrad schon groß zu verbieten?«

»Er kann es mir verbieten. Dazu hat er ein Recht.«

»Ein Recht.« Adel lachte förmlich. »Wenn du ihn liebst,
und du liebst ihn ja sehr, dann kümmerst du dich nicht
um Verbote dieser Art.«

»Meinst du?«

»Allerdings.« Adel nickte ein paar Mal, und dann kam
Margot zurück.

»Peter meint, ich soll ihn besuchen fahren, was sagst
du?« Margot küßte sie auf die Wange, hielt sie dann in
den Armen fest: »Sie verdienen's ja nicht, aber wir können eben nicht anders.« Sie lächelte über Elses Schulter
zu ihrem Mann hin, der die Backen aufblies und dann
freundlichst zurücklächelte.

»Ja also«, sagte er nach einer Weile. »Ich kann gar nicht
weg, und du auch nicht. Flieg hin, Else. Tu das.«

Als Else im Flugzeug saß, hatte sie große Angst. Adel
hatte ihr abgeraten, sich vorher bei Konrad anzukündi-

gen, und nun wußte sie nicht, wie sie ihm begegnen sollte. Schließlich klopfte sie an und betrat sein Zimmer. Er lag im Schlafrock auf dem Bett und sah ihr entgegen. Sie beugte sich vor, um ihn zu küssen, und sah dabei in seine Augen. Sein Blick war leer, so daß sie in der Bewegung zu ihm stecken blieb.

»Konrad?«

Sachs war geflohen, mit dem Rücken zum Jänner vierundachtzig lief er dem Prinzen entgegen.

4.

Katzenbeißer ging zu Lebensart. Der empfing ihn, hob aber beide Hände zur Abwehr.

»Was wollen Sie denn von mir, ausgerechnet? Hören Sie, ich komme eben aus Polen. Wissen Sie, in welchem Zustand die Überlebenden aus Mauthausen und Ebensee sind? Das sind keine Zeugen mehr. Sie brauchen diesen Menschen bloß ins Gesicht zu sehen, um zu ermessen… wieso erzähle ich Ihnen das? Es geht um die Aburteilung eines Verbrechers, und Sie reden von Ordensverleihungen?«

»Das eine, Herr Lebensart, wird durch das andere nicht behindert. Ich komme ja nur, weil Sie Herrn Gebirtig kennen. Ich möchte einfach wissen, ob Sie es für angebracht halten, angesichts der Verbitterung des zu Ehrenden, ihm diesen Akt zuzumuten.«

»Woher soll ich denn das wissen«, rief Lebensart, stand vom Schreibtisch auf, ging um ihn herum und stellte sich zum Fenster. »Reden Sie im Auftrag des Bürgermeisters?« Katzenbeißer nickte. »Woher soll ich das wissen?«

»Anders gefragt: Die Stadt Wien würde doch ein deutliches Zeichen setzen, wenn sie mit dem Orden für Gebirtig bei sich selbst ein Versäumnis einmahnt.«

Lebensart sah vom Fenster auf die Straße hinunter. Er spürte gleichwohl in seinem Rücken den Blick dieses schwarzgekleideten Beamten, der wohl stets und zu allen Zeiten unauffällig und beharrlich seine Aufträge auszuführen wüßte. Ja, dachte sich Lebensart, ist dies eine Genugtuung für Gebirtig? Ich selber habe zum Achtzigsten die Goldene bekommen, erstaunlicherweise, und das war reichlich spät gewesen. Hatte ich mir etwas vergeben dadurch? Haben wir etwas davon, wenn man uns jetzt ehrt? Nach fünfundvierzig ist aus dem Jud Süß auf einmal der süße Jud geworden, vor allem wohl, weil er so vereinzelt auftrat. Lebensart drehte sich zu Katzenbeißer:

»Wäre das eine Genugtuung für Gebirtig«, fragte er ihn. »Oder eine für die Judenheit? Ich selber habe zum achtzigsten Geburtstag die Goldene bekommen, ich habe mich sehr gefreut. Hatte sich dadurch aber etwas geändert?«

»Pardon, wie meinen Sie das?«

»Hat man je irgend etwas zum Anlaß genommen, um die Emigranten zurückzurufen? Hat man je gesagt: ›Es tut uns leid. Kommen Sie zurück. Sie sind willkommen‹?«

»Das wäre wohl jeweils Sache der Bundesregierung gewesen.«

»Da widerspreche ich Ihnen. Auch dem Bürgermeister von Wien wäre es gut angestanden. Ich warte jedenfalls seit fünfunddreißig Jahren auf so ein Wort.«

Katzenbeißer schwieg.

»Na ja«, sagte Lebensart nach einer Weile. »Ihre Sache

ist das wohl nicht. Also, sagen Sie dem Bürgermeister, ich würde zuraten.«

»Könnten Sie nicht mit Gebirtig sprechen, quasi sondieren…

»Oh, nein, Herr Katzenbeißer. Ich sondiere gar nichts. Ist Ihnen eigentlich wirklich klar, warum Gebirtig nach Wien kommt? Sie meinen, das eine hat mit dem andern nichts zu tun?«

»Das sagte ich nicht.«

»Meine Tätigkeit ist es, der Gerechtigkeit Geltung zu verschaffen. Das tu ich seit fünfundvierzig, als so einer steh ich vor Ihnen, nicht wahr. Ohne für die Juden Wiens sprechen zu können, kann ich Ihnen zusätzlich verraten, es wird nicht ungünstig aufgenommen werden, wenn Wien Gebirtig zu ehren wünscht.«

»Der springende Punkt ist Gebirtig selbst«, antwortete Katzenbeißer. Jetzt schwieg Lebensart. »Sie werden verstehen«, fuhr Katzenbeißer fort, »daß es für Wien unangenehm wäre, wenn…«

»Ja, wenn Gebirtig den Orden zurückweist«, sagte Lebensart.

»So ist es.«

»Wissen Sie, Sie sagten gerade, Gebirtig sei der springende Punkt. Ich sag Ihnen, nicht Gebirtig ist der springende Punkt, sondern Wien ist seit fünfunddreißig Jahren ein springender Punkt.«

»Sie machen es uns nicht gerade leicht«, sagte Katzenbeißer und lächelte freundlich dem Lebensart ins Gesicht. Er erhob sich. »Gleichwohl bedanke ich mich, möchte Ihre Zeit nicht länger…«

Lebensart brachte Katzenbeißer zur Tür.

»Es ist schwer«, sagte er zum Abschied, »dies alles zu verstehen, nicht wahr? Zwischen den Gefühlen der

Stadt Wien und denen von Gebirtig müssen Sie abwägen, so kommt's mir vor. Ich kann Ihnen da wirklich nicht zu Diensten sein. Leben Sie wohl.«

Katzenbeißer trat auf die Straße. Eine Windbö riß ihm den Hut vom Kopf. Mit einigen schnellen Schritten war er ihm nachgekommen, fing ihn ein, säuberte ihn sorgfältig und drückte ihn fest zurück auf seinen Schädel, überquerte die Straße, ging zum Auto und fuhr ins Amt. Dort ein Dossier.

Telefonate mit Trnka, dem Bürgermeister, Leibenfrost, Susanne Ressel. Anrufe bei ihm, Journalisten, ein Verleger, Katzenbeißer legte alles, was war, vor sich auf den Schreibtisch und betrachtete es lange. Die Amtsstunden waren längst um, keiner war mehr im Haus, still und dämmrig wurde es rundum. Nachdem er alles eine Weile betrachtet und überblickt hatte, machte er den Rücken krumm und begann zu arbeiten bis spät hinein in den Abend. Er knüpfte ein Netz, er wog die Eventualitäten ab, baute Sicherungen ein, arbeitete Alternativkonzepte aus, und alles, alles wurde sorgfältig jeweils in Beziehung gesetzt, schließlich vermappt und versperrt. Aus dem Amt heraußen wanderte Katzenbeißer über den Heldenplatz in die Innenstadt.

In vier Wochen wird Gebirtig in Wien sein. Das heißt also, morgen schon muß Purr die Gremien aufscheuchen. Hoffentlich hat Blünzelbach noch nicht gerüchteweise erfahren, daß man ihm die Goldene geben wollte. In dieser Stadt läßt sich rein gar nichts verheimlichen. Zugleich mit Gebirtig kann man dem Blünzelbach den Orden nicht geben, das gäbe ziemlich sicher einen Skandal. Wie beschwichtigen wir die Blünzelbachlobby? Man müßte den Loibner mit einem Beiratsposten bei diesem steirischen Kultursterz das Maul stopfen, aber die wollen den Loibner nicht so recht. Ob ich den Vizebürgermeister nicht doch en passant anbuserieren soll, das braucht der Purr gar nicht zu wissen. Katzenbeißer ging ins Milliöh und bestellte sich Spaghetti carbonara. Am Nebentisch saß Rechtsanwalt Murschitz. Das trifft sich gut, dachte Katzenbeißer und grüßte hinüber.

5.

Wieder einmal kam Demant nach Hause. Er war bei Pfennigschmied gewesen, hatte mit ihm dreißig Seiten seiner Sozialdemokratieoper durchgeochst, danach war er in ein, zwei Gasthäusern, jetzt schlug er die Eingangstür in der Halmgasse zu, zog sich die Stiefletten aus und machte Licht. Die Wohnung war still. Demant ging in die Küche, durch sie durch und sah aus dem Fenster. Gegenüber saß die alte Frau, seit zwanzig Jahren eine alte Frau, und legte Patiencen. Er drehte ihr den Rücken zu, knipste auch in der Küche das Licht an, stand ein bißchen da. Beginnender Abend, es war ruhig. Er zündete das Gas an, stellte Wasser auf. Hernach ging er ins Vorzimmer, zog den Mantel aus. Vorm Spiegel schnitt er eine Grimasse, ging zum Telefon. Er rief die Zeit an, blickte dabei auf seine Armbanduhr. Nachdem er den Hörer aufgelegt hatte, stand er eine Weile so da. Dann ging er nach hinten ins Wohnzimmer, knipste ein paar Lampen an und den Fernsehapparat. Der Nachrichtensprecher erschien.

»Servus«, sagte Demant und knipste den Apparat wieder aus. Er setzte sich in den Großvaterstuhl, entnahm seinem Hosensack Zigarettenschachtel und Feuerzeug. Da saß er. Der Frühlingswind sauste ums Haus und rüttelte an den Fenstern. In den Augenwinkeln war das Wohnzimmertelefon. Dort am Schreibtisch lag es, schwarz. Demant rauchte. Das Stöhnen und Sausen des Windes war zu hören. Demant legte das rechte Bein über das linke. Als er eben begann, ein bißchen in seinem Wohnzimmer zu sitzen, stand er auf und ging in die Küche. Das Wasser kochte noch nicht, so stand er vor dem Gasherd und betrachtete die Bläschen, die sich auf der Wasseroberfläche bildeten. Die alte Frau gegenüber schüttelte den Kopf, so daß ihre schmuddeligen Haare hin und her flogen. Demant bückte sich und holte ein Papiersäckchen mit Gemüsesuppe aus dem Fach. Schließlich warf er das Suppenpulver ins Wasser, suchte nach dem Kochlöffel, rührte um und stellte die Flamme klein. Hernach drehte er sich um, und ging am Vorzimmertelefon vorbei ins Wohnzimmer zurück. Als er im Großvaterstuhl Platz genommen hatte, war zur Stille und dem Frühlingswind noch ein mollartiger Ton in seiner Brust dazugekommen. Er warf rasch den Atem aus, stand auf und ging zur Toilette. Daweil er langsam abtröpfelte, bemerkte er einige Insekten an der Wand. Nachdem er die Spülung betätigt hatte, griff er sich das Insektenspray, das auf dem Fußboden stand, und besprühte die Viecher, welche wie winzige Gürteltiere aussahen. Sie hörten auf zu krabbeln und waren nun naß. Demant verließ die Toilette, überlegte, ob er zum Wohnzimmer oder in die Küche gehen solle. So stand er vor der Klotür und tat gar nichts. Als das Telefon läutete, warf er den Atem neuerlich aus und ging rasch zum Vorzimmerapparat. Am anderen Ende war ich, um wie jeden Tag meinen Bruder aufzumuntern.

»Ach so, du bist es«, sagte Danny.

Mir machte es nichts aus, daß es bloß ich war. Ich bin eben ich und basta. Mit Danny geht das schon so seit Wochen. Mir bleibt gar nichts übrig, wenn ich ihm stets das gleiche sage, denn was anderes ist gar nicht zu sagen. Selbstverständlich antwortete er mir mit gelangweilter Stimme, doch ich hörte nicht auf, in meine jenen anfeuernd-munteren Ton zu legen, ohne den kein Trostspruch auszukommen glaubt. Nachdem dieses Zeugs eine Weile hin und her gegangen war wie immer, legte er auf und dann auch ich. Also ging er in die Küche, rührte in der Suppe um und drehte das Gas ab. Er holte sich eine Schale und goß sich die Suppe hinein, nahm einen Teelöffel und trug sie ins Wohnzimmer. Daweil er zu schlürfen begann, erschien die Werbung auf dem Fernsehschirm. Vor der Sportsendung ging er nochmals in die Küche, entkorkte die Rotweinflasche, nahm ein grüngerandetes Römerglas aus der Kredenz und ließ sich damit vis-à-vis des Fernsehapparats nieder. Der Wind wurde heftiger und begann regelrecht die Fenster anzuspringen und am ganzen Gebäude zu zerren, als er sein erstes Viertel leerte.

6.

4. April 1981
Joana ist längst wieder da, doch ich mag sie nicht über Nacht bei mir haben. Sie kommt zwar hie und da, aber ich bin ohnedies mit dem neuen Stück geschlaucht, da habe ich mich auf etwas eingelassen. Mitte Mai soll ich jetzt nach Wien fahren, Susanne glaubt, es wird wohl Mitte Mai sein. Unangenehm. Aber nicht ganz. Die Telefonate mit ihr bewirken irgendwie so was, als ob die Vergangenheit noch ein Geheimnis hat. Aber was für

ein Geheimnis ist wohl in Wien für mich bereitgestellt? Meine Phantasien über Susanne dürfen doch nicht wahr sein. Was willst du alter Jud mit der *Goiete* anstellen? Hörst du überhaupt nicht auf, deine Ränder zu überschreiten, obwohl du doch weißt, wie blödsinnig so was ist?

Ich hätte gar nicht zustimmen sollen. Bei mir genügt anscheinend ein frecher Blick, nicht frech, ein Blick, also so ein heimlicher Sehnsuchtsblick, wie ich mir einbilde, um mich über den Teich zu bringen. Oder bringt mich der Schädelknacker in die Florianigasse zurück? Nein, in die Florianigasse geh ich auf keinen Fall. Das fehlte noch. Da stehst du wie ein Trottel vorm Elternhaus, schaust rauf zu den Fenstern, ah, was, vielleicht steht das Haus gar nicht mehr, von oben schaut ein alter Nazi herunter, vielleicht der Hofstätter, sicher ist der Hausmeister jetzt in unserer Wohnung. Oder die Doblhofgasse? Sitzt jetzt wer anderer in der Kanzlei, oder gibt's dort gar keine Kanzlei mehr? Ist alles uninteressant.

5. April 1981

Warum denkst du seit einiger Zeit ständig an Altaussee? Seit Susanne da war, denkst du daran, fast mehr als an Ebensee. Der Loser, deutlich steht er mir vor Augen. Der Loser und der Looser.

Ich frag mich überhaupt, wieso ich jetzt Tagebuch führe wie als Gymnasiast. Ich glaub, bis zur Kristallnacht hab ich jeden Tag geschrieben, vier Jahre lang. Nun bist du drei Wochen alt, liebes Tagebuch, und gehst auf Kosten meiner Arbeitsnotizen, du Scheusal. Ich glaube, im letzten Traum saß Susanne nackt in der Trisselwand, und künftige Nazis sowie vergehende Juden sahen mit Feldstechern vom Seehotel zu ihr hoch.

Ich bat Vater auch um einen Feldstecher. Er nahm ihn aus dem Rucksack, denn wir waren in Begriff, zum Saarstein aufzubrechen, sah selbst durch ihn zur Trisselwand hoch, er schaute und schaute, ich sah nur einen hellen Punkt dort oben, weiße Flüssigkeit bildete sich auf der Stirn und rann Vater links und rechts der Nasenflügel zu den Mundwinkeln herab, und er schleckte sie sich von dort hinein, doch dann sagte er: »Nichts für dich, Herrmann«, aber Mama umarmte mich, strich mir über die Augen, und so konnte ich ohne Feldstecher die nackte Susanne in der Trisselwand sehen.

Ein alter Jud träumt von einer jungen *Schickse* in Altaussee. Das hab ich notwendig gehabt. Die Vergangenheit ist eine Universität, sagte wer, war's Chandler? Ausgerechnet. Doch ich muß zugeben, nach Altaussee tät ich gern fahren. Vielleicht fahr ich einfach hin, komme von dort zum Termin, mach meine Aussage und dann noch ein paar Tage, schau, schau, das reimt sich ja – zusammen. Ich werde jetzt Susanne anrufen, das ist doch einmal eine Idee, besser als vieles, was ich in den letzten Jahrzehnten ausgeklügelt hatte. Und das Grab von Wassermann besuchen!

6. April 1981

Zuckerman weiß anscheinend alles. Hat er mir doch tatsächlich ein paar Juden aufgetrieben, die wieder in Altaussee waren. Albert Curtiz, John Stone. Die kann ich jetzt fragen, wie es dort ist, sagte er. Und Susanne wird sich nach Quartier erkundigen. Gibt's das Parkhotel noch, ich hatte vergessen zu fragen, das könnte ich mir doch heute leisten.

Aber Wien. In Wien will ich nur einen Tag sein.

Wien will mich ehren, sagt Lebensart. Ich fahre nicht. Das muß verhindert werden.

Das Parkhotel gibt's nicht mehr. Susanne sagt, sie verstecken mich in Altaussee, ich komme inkognito am Tag des Prozesses zur Verhandlung, sage aus und fahre sofort wieder zurück. Ihr Freund, ein gewisser Körner, möchte mich in München am Flughafen abholen und mit dem Auto nach Altaussee bringen.

Na ja. Was habe ich mit einem Körner zu schaffen? Ich hätte ihr sagen sollen, sie soll mich abholen, weshalb schiebt sie ihren Freund vor?

Was wird mich in Wien erwarten? Was wird geschehen? Ich glaub, ich muß achtgeben. Ach, Mama.

7.

Hell ist es auf Krakaus Wiesen. Die Wolken, wenn sie kommen, stehen so hinten in der Luft, die Blumen zwischen den Halmen wiegen sich so im Wind. Vor dem Prinzen hockerlt ein Knabe im Gras und hält in jeder Hand ein Heupferd. Aneinandergehalten beginnen die Insekten sich gegenseitig aufzuessen, so war es. Menschenmengen gehen in der Straße. Links und rechts Felder und in ihnen Trümmer aus Eisen. Der Chauffeur hupt, und die Mutter riecht so stark nach Schweiß. Draußen beginnen plötzlich Leute aufeinander einzuprügeln. Der Himmel ist voll von Maschinen, über allem scheint die Frühlingssonne, so war es. Pscht, sagt Eggenberger, pscht, pscht. Mein Vater ist in Südamerika. Ein kleines Land dort beherbergt einen starken Mann und eine Guerilla. Mein Vater, sagt Eggenberger, sitzt im Ohr des starken Mannes, und deshalb wird die Guerilla schwächer. Gelernt ist gelernt, so war es. Boger hat den Bogen raus, wird das Kind schon schaukeln. Wilhelm Boger lebt ruhig im deutschen Vorort Stuttgart-Zuffenhausen und baut das deutsche Land wieder auf. Man kennt ihn, man grüßt ihn, er ist ein netter Mensch, höflich, man hätte ihn auch in Südamerika brauchen können, mehr als da, doch er ist hier und trinkt ein Schnäpsle mit Schellfisch, dem Gendarmen, sonntags nach der Kirche, so war es. Immer schnüffeln Schakale am Boden herum, die Nase ist stets in das verwickelt, was sie so reizt. Bisweilen werden Knochen ausgebuddelt, die andere Schakale schon abgenagt haben, gelegentlich aber gibt es frisches Aas. Nachts auf Krakaus Wiesen, von ferne hören wir die Schakale heulen, denn immer heulen diese Tiere, der Mond steht so ruhig über Krakaus Wiesen, selig schläft bei offenem Fenster der Prinz, er hört die Schakale nicht, er schläft seinen Prinzenschlaf, so war es.

Gab es Wölfe in Polen, fragte sich Konrad Sachs, und er saß im Morgenmantel nachmittags beim Fenster und sah auf einige Bäume, deren Zweige sich eben mit Knospen versorgten. Es war ruhig in der Klinik, und es wurde Zeit, sie zu verlassen. Sachs stand auf, führte einige Telefonate, stellte sich zum dritten Mal unter die Dusche, zog sich an, packte. Niemand hielt ihn auf, als er herausging aus dem Spital, er gab die Adresse eines Frankfurter Hotels an, und bald war er auf der Autobahn.

8.

Gegen Egger sollte ab fünfzehnten Mai verhandelt werden. Das Gesumms hob an. Gebirtig hatte sich brieflich jede Ehrung verbeten, doch das kümmerte niemanden. Katzenbeißer hatte vorsorglich seinen Kulturstadtrat und dieser den Bürgermeister davon überzeugt, daß dies die Sache des Emigranten sei. Die Stadt werde ihm die Goldene verleihen, und damit hat sich's. Vor der Welt werde Wien nicht schlecht dastehen.

Katzenbeißer verfaßte ein kleines Dossier und formulierte darin die Argumentationslinie für seine beiden Chefs: Es herrsche großes Verständnis wegen Verbitterung des Hochgerühmten; Gebirtig sei als Künstler aber eben auch hochsensibel; die Nazis hätten ihm seine Jugend gestohlen wie bekannt; Versöhnung sei nicht ohneweiters zu erwarten; sie einzufordern, sei nicht opportun; Wien hätte nach dem Krieg nicht unbedingt alles unternommen, Versöhnung einzuleiten; (der Bund auch nicht, noch weniger). Demgegenüber stünde die Ehrung stellvertretend für alle Emigranten; die speziellen Verdienste Gebirtigs würden dadurch aber nicht geschmälert, sondern hätten zusätzlich Symbolcharakter; man täte hic et nunc, was getan werden könne. Was geschehen wäre, sei geschehen.

Hernach begann Katzenbeißer, den Festakt zu planen. Jemand mußte gefunden werden, um die Laudatio zu halten. Katzenbeißer mühte sich durch seine Zettelkästen, zog schließlich die Karteikarte des achtzigjährigen Egon Kattelbach heraus und begann sie zu bebrüten. Kattelbach wäre geeignet, dachte er endlich. Eigentlich damals nicht belastet. Katholisch, später katholisch-liberal. Bloß zwei judenfeindliche Passagen, neunzehnneununddreißig, in elegantem Stil, in allen Nachkriegsauflagen getilgt. Jetzt Vorstandsmitglied des PEN.

Hocherfreut stimmte Kattelbach zu. Sogleich nützte er die Gelegenheit, in dieser Laudatio sein eigenes Leben zu bilanzieren, nicht ohne natürlich Gebirtigs Verdienste um die Literatur in herzlichen Wörtern zu würdigen. Die Verhandlungen mit dem Ghostwriter von Bürgermeister Purr sowie mit den Herren von der Israelitischen Kultusgemeinde verliefen zufriedenstellend. Die Juden begannen alsogleich Artikel über Gebirtig in ihren Zeitschriften zu veröffentlichen; Tuchhändler und Rechtsanwälte besorgten sich die amerikanischen Ausgaben der Stücke und Romane und stellten sie zwischen die gelederten Werke von Goethe und Heine. Der Präsident der Kultusgemeinde wollte eine eigene Veranstaltung parallel zum Festakt organisieren und begann trotz Lebensarts heftiger Gegenrede den Kultusrat darauf einzuschwören, so daß dieser noch zerstrittener als sonst bebte und ächzte. Als Gebirtig schließlich schroff ablehnte, war der Präsident tief gekränkt. Er erwog allen Ernstes eine diplomatische Grippe, um dem Festakt fernzubleiben, erkrankte und verstarb. Dem neuen Präsidenten war alles recht, was Katzenbeißer ihm vorschlug. Er genoß sichtlich schon das Vorgefühl, neben Kattelbach und dem Bürgermeister eine Rede halten zu dürfen, und er war durchaus willig, einen Teil dessen, was ihm schmeichelte, an Gebirtig weiterzureichen. Es ist immer dasselbe, registrierte Lebensart melancholisch. Wir benützen jedes Wohlwollen, um uns sogleich aufzuplustern und um uns als normale, anerkannte Bürger dieser Stadt zu empfinden.

Nun wurde auch das Bundeskanzleramt unruhig. Nach ersten Presseberichten entschloß sich der Bundeskanzler der Republik, der Feier beizuwohnen, wollte aber einen anderen Termin haben. Purr bestand aber auf seinem, so daß der Kanzler mitten im Akt werde weggehen müssen, um auf Staatsbesuch in die Schweiz zu fliegen. Die Beamten des Kanzleramtes schrieben es mit schiefem Lächeln ins Verrechnungsbuch.

Verleger und Journalisten hatten in Katzenbeißer den Mann der Stunde erkannt und begannen ihn zu berennen. Er sollte ihnen zusätzliche Termine herausbrechen, wenigstens Kontakte zu Gebirtig herstellen. Übersetzungsrechte, Interviews, Porträts, auch das Fernsehen schickte Boten aus. Doch Katzenbeißer leitete ungerührt alles zu Susanne Ressel weiter. Diese aber hatte es auf sich genommen, Herrmann abzuschirmen, damit hatte sie nun zu tun. Doktor Körner mußte Urlaub nehmen, um im Verein mit Lebensart die übrigen Zeugen zu betreuen. Es waren nicht viele, doch auf Grund ihrer Hinfälligkeit würden sie beträchtliche Arbeit machen.

Leibenfrost schloß die Vorbereitungen ab. Die Ergebnisse waren dürftig, da konnte er noch so sehr in die Akten starren. Der blinde Mattuschka hatte in Mauthausen und Ebensee eine Menge erlebt und gesehen. Das wird er auch schildern, aber er konnte den Tatvorgängen eben bloß eine Stimme zuordnen, falls er sie wiedererkennt. Drei polnische Zeugen, schon in Warschau und Posen starr vor Angst, ein Halbverrückter aus Baltimore, zwei alte Herren aus Tel Aviv.

Wenigstens Gebirtig. Die anderen werden wohl grad als Garnierung der Anklage hingehen. Er ist sie selbst.

Leibenfrost war persönlich überzeugt, in Eigler den Egger vor sich zu haben, den sogenannten Schädelknakker. Er hoffte, ihm zumindest den Mord an Weiskopf nachweisen zu können. Doch sogar der geht vermutlich bloß als Totschlag durch und ergibt mit den mildernden Umständen – fünfunddreißig Jahre danach unbescholten – drei Jahre. Er wandte sich an Lebensart, der ihm den Edmund Fraul empfahl.

Fraul war Sachverständiger in Naziprozessen. Als einstiger Lagerschreiber in Auschwitz I hatte er danach nahezu alle Prozesse mitbestritten und Jahrzehnte später ein Standardwerk über dieses Lager geschrieben. Er kannte die Strategien der Verteidigung, die in den Jahren sich wenig änderten. Die Verteidiger konnten sich auf die Angst der Zeugen stets verlassen, und indem sie sie mobilisierten, brachten sie die Leute dazu, sich zu verheddern, Dinge durcheinanderzubringen, und von da aus schlossen sie auf deren Unzuverlässigkeit. Er fuhr auf eigene Kosten nach Polen und Israel, kam skeptisch zurück und versicherte dem Staatsanwalt, er hätte sein Möglichstes getan, damit die Zeugen halten.

»Es kommt«, sagte er, »auf die jeweilige Tagesverfassung an.«

Der Angeklagte saß währenddessen in seiner Zelle und verstand die Welt nicht mehr.

9.

In der Pension Westend konnte er auf einen Kirschenbaum schauen. Frühstück bis zehn, ein Schreibtisch im Zimmer, der Kirschenbaum blühte, Konrad Sachs richtete sich ein.

Auch Frankfurt durchwanderte er, doch er tat's in aller Ruhe und war erstaunt. Er stellte fest, daß er mehr flanierte als ging, häufig blieb er stehen, betrachtete die Schaufenster, begann Menschen zu beobachten und sich ein wenig in die Hochhäuser zu verlieben, welche gleichgültig stehen, wie sie stehen. Er kannte die Stadt wenig, die Mischung aus Geld und Kultur fand er sympathisch. Er zog seine Kreise, als lüftete er sich aus, er fühlte sich besser und gut; der Spuk schien weggeblasen, er begann sich die Tage einzuteilen und zu arbeiten.

Mittags ging er gern ins Fürstenberger Eck, eine Kneipe nahe dem Headquarter der US-Army. Hier hörte er dem Amerikanisch zu, während er seine fetten Würste aß. Dazu reichlich Fürstenberger Bier, Konrad Sachs gewann wieder Gewicht, und da saß er mit seinen Zeitungen, seinem Schreibblock und genoß sich selbst, als er hier im Frühling sich wieder zu bewegen begann. Und auch seine Nächte waren ruhig, sein Schlaf wie traumlos, und der Kirschenbaum vor dem Fenster.

Schließlich getraute er sich, in den Frankfurter Hof zu gehen, saß in der Lobby herum und traf auch den einen oder andern Bekannten, und so sprach sich seine Anwesenheit bis Hamburg herum. Also rief ihn Peter Adel an, um ihn auf die bevorstehende Premiere der Ermittlung hinzuweisen.

»Kommst du?«

»Nicht zur Premiere.«

»Wer wird dann rezensieren?«

»Keine Ahnung. Ich werde kündigen.«

»So? Aha. Wie geht es dir?«

»Hervorragend. Und dir?«

»Wie immer vor Premieren. Willst du mich was fragen?«

»Wegen Else? Ich weiß genug.«

»Nichts weißt du, Sachs!«

»Genug genug. Das ist alles vorbei.«

»Was wirst du jetzt tun?«

»Geld verdienen. Schreiben. Flanieren.«

»Flanieren?«

»Jawoll.«

»Schaust du dir eine Vorstellung an?«

»Sicher, aber ich kündige mich nicht an.«

»Also dann.«

»Tschüs.«

Sachs spürte eine kleine Unruhe in sich umgehen, wenn er an Adels Premiere dachte, und mit dieser im Leib spazierte er über die Taunusanlage, bog in die Bahnhofstraße ein. Er ging in eine Kneipe und trank einige Gläser Apfelwein. Es war dunkel geworden, er dachte eben an Else und trat wieder auf die Straße. Vorbei an den Sexshops stapfte er in Richtung Bahnhof, bog ein bißchen in Seitenstraßen ein, um dann wieder zur Bahnhofstraße zurückzukehren. Schließlich stand er einer blonden Frau gegenüber, und er musterte sie, und er sprach sie an, Wörter hin und her. Und sie gingen ins Hotel, er hinter ihr die Treppe hoch. Im Zimmer sagte er:

»Ich will die ganze Nacht.«

»Okay. Extras?« Und Konrad Sachs hörte sich sagen:

»Ich will reden.«

»Ach so.«

»Und Sie hören zu. Das ist das ganze Extra.«

»Wie Sie wollen. Setzen Sie sich.«

Er setzte sich und schwieg. Es vergingen einige Minuten. Er bemerkte, wie Angst in ihre Augen stieg, so daß er sich räusperte, ihr die Handflächen zeigte:

»Keine Angst. Ich bin der mit der Angst. Ich habe Angst.«

»Sagen Sie du zu mir. Ich bin Sabin.«

»Auf keinen Fall. Aber Sie müssen du zu mir sagen. Konrad. Ich bin der arme Konrad.« Sachs lachte auf. »Keine Angst«, sagte er, »ich will bloß reden.« Sabin steckte sich stumm eine Zigarette in den Mund, Konrad beugte sich vor und gab Feuer, roch ihr Parfüm, sah ihr rasch in die Augen, lehnte sich zurück, drehte sich seitwärts, ließ den Blick im Zimmer dahin gleiten und dorthin und schwieg. Nach einer Weile sagte sie: »Also, was ist oder soll ich mich ausziehen?« Er nickte. Sie nickte, und sie schlüpfte aus den Sachen, er bemerkte, daß sie verlegen war.

»Du auch«, sagte sie.

»Ja«, murmelte er. »Das ist besser.«

»Komm her«, sagte sie.

»Keine Berührung!«

»Soll ich mich…«

»Auch das nicht. Hören Sie. Ich will bloß reden.«

»Du redest aber nicht.«

»Es kommt. Warten Sie.«

Er wölbte seinen Bauch vor und begann ihn im Zimmer hin und her zu tragen, indes Sabin auf dem Bett lag, auf dem Ellenbogen ihr Blick ihm folgte.

»Willste mir Sauereien erzählen«, fragte sie, um ihn zu ermutigen. Er grunzte zustimmend, sie entspannte sich sofort, erleichtert legte sie sich zurück. Sachs blieb plötzlich stehen, dann setzte er sich auf den Teppich und blickte zu ihr hoch.

»Mein Vater hieß Ernst Sachs«, begann er. »Er war Generalgouverneur von Polen.«

»Du bist Pole?«

»Ach nee. Hören Sie zu! Unterbrechen Sie mich nicht!«

Sachs hob an von innen heraus zu kichern.

»Uwaga«, sagte er dann. »Uwaga, uwaga. Uwaga uwaga uwaga.«

Sabin starrte ihn an, dann zog sie die Bettdecke über.

»Ich komme sofort wieder«, sagte er, stand auf und ging ins Bad, betrachtete sich im Spiegel. Sogleich schnitt er eine Grimasse, wusch sie mit kaltem Wasser wieder fort, setzte sich auf die Klomuschel und entleerte sich unter kleinen, heftigen Explosionen.

»Er wurde«, schrie er durch die Tür, »als Naziverbrecher in Nürnberg gehenkt.« Als er keine Antwort vernahm, kam er hoch, stieß die Klotür auf und setzte sich wieder nieder.

»Hören Sie zu, Sie Nutte. Er wurde als Naziverbrecher in Nürnberg aufgehängt. Haben Sie verstanden?«

»Ja.«

»Kommen Sie her.«

Als sie in der Tür erschien, blickte er sie wiederum schräg von unten an, seine runden Knie waren gegen sie gerichtet und zusammengedrückt. »Man nannte ihn«, sagte er unter neuerlichen Explosionen, »den König von Polen. Daher bin ich nicht der arme Konrad, sondern der Prinz von Polen. Ich bin der Prinz von Polen.«

»Warum weinst du?«

Doch Sachs konnte und wollte nicht mehr antworten. Es schüttelte ihn sehr. Daweil nahm Sabin einen Lappen, um ihm das Gesicht zu kühlen, denn der Kopf war dunkelrot geworden, doch Sachs stieß ihre Hand weg, umfaßte sie und grub sein Gesicht in ihren Bauch. Sie strich ihm automatisch übers Haar und streichelte seine Glatze. Es vergingen einige Minuten, Sachs hörte auf zu schluchzen, er griff hinter sich, zog die Spülung, riß Papier ab, und Sabin trat zurück. Bei der Tür legte sie ihren

Arm um seine Schultern, so gingen die beiden zum Bett.
Er legte sich neben sie.
»Sie wissen nichts«, sagte er. »Ich werde Ihnen erklären
müssen, was das alles bedeutet. Ich hab ja noch nie dar-
über gesprochen. Wissen Sie, was Auschwitz war?«
»Klar doch«, antwortete sie.
Sachs begann zu erzählen.

10.

Nachdem Mascha Singer auf neununddreißig Kilo her-
untergekommen war, intervenierte Christiane Kalteisen
und brachte Mascha ins Spital. Es war höchste Zeit.
Dort lag sie jetzt seit zweieinhalb Wochen, und ich versuche mir vorzustellen, welche Träume sie träumt.
Überhaupt geht sie mir nicht aus den Sinnen heraus und
bringt mein papierenes Dasein durcheinander. Traurigkeiten befallen mich, so daß die Blicke aus dem Fenster
– zu den Wolken gerichtet – jäh abstürzen, auf Dächern
aufspringen oder in Straßenschluchten auslaufen. Mir
kommt's vor, als säße ich bereits wie mein Zwillingsbruder zwischen den Möbeln und täte so wenig wie er.
Ihn hat, seit Kalteisen ihn verließ, eine heftige Gleichgültigkeit gegen die Dinge des Lebens erfaßt. Monoton
seine Stimme, wenn ich mit ihm telefoniere und zusehends monoton auch die meine. Gelegentlich verfüge
ich mich zwar zu ihm, um ihm beim Rotweintrinken zu-
zusehen, indes seine Behausung von Papieren und anderen Gegenständen zuzuwachsen droht. Im Interesse
meines notierenden Daseins versuche ich ihn zwar an-
zufeuern, nehme Gespräche wieder auf, die wir einst
ruppig-brüderlich begonnen haben, doch er schaut

mich bloß angewidert an, nicht zuletzt deshalb, weil ich selber mit angewidertem Gesicht mein Hoppauf vortrage.

Ich möchte so gerne Mascha sehen, selber etwas tun, mich leben und nix mehr nachschreiben. Diese Gefahr ist im Wachsen. Noch genügt es mir, ich hoffe es, meinen Ärger in die Notizen zu emulgieren, noch schärfen sich dadurch die Sätze, noch würze ich hiermit die lauen Stimmungen, die ansonsten die Figuren beherrschen. Unwillig versuche ich Schilderungen, die zwar notwendig, aber mir langweilig sind, rasch zu Ende zu bringen. Dadurch ächzt und grammelt es in den aufgewürfelten Sätzen, weil das Öl alt ist oder ausgeronnen, so daß jedes ›so daß‹ quietscht und jedes ›hatte‹ knirscht. Am liebsten würde ich mir den Text vom Leibe reißen und nackt in mein eigenes Leben rennen.

Ich höre aber, zum Notieren gehört eine halbfade Gelassenheit. Ich muß mich wohl wieder etwas auswringen, damit diese lästige Lebenslust aus mir heraustropft, vor allem die begierlichen Phantasien zu Mascha müssen sich zu Sätzen und Absätzen flocken, sonst müßte ich wohl aufstehen und aus dem aufgeschriebenen Geschehen verschwinden.

Danny und ich sind so verschieden, weil wir Zwillinge sind, wir wissen das beide und sträuben uns. So hocken wir wie ein Ei gleich dem andern im Becher und lassen uns von der Sehnsucht nach der jeweiligen Frau bebrüten. Es kommt noch so weit, daß Danny mir über den Schädel streicht und mich mit einem Hoppauf zu Mascha scheucht. Das käme ihm eben gelegen, diesem Problemfanatiker, daß er mir die Aufsicht über sein niedergeschriebenes Leben entzieht und in das von mir geschenkte Notizbuch meine Maschamisere kritzelt. Ich hätte doch allein zur Welt kommen sollen, liebe Ida. Das hast du nicht gut gemacht, und ich hab mir's gefallen lassen. Zum Teufel mit ihr, zum Teufel mit Mascha, tu was, Danny, tu endlich was.

Demant tat nicht viel. Häufig saß er beim Fenster und schaute zum Donaukanal runter. Da kommt das Wasser daher und weg ist es. Katz rief an und kündigte einen neuen Packen vom Manuskript an. Scheußlich, diese Emsigkeit. Der rinnt. Seufzend holte er das bisherige und versuchte, wieder in das Zeug hineinzukommen. Doch Brüste, Beine und Augen der Kalteisen verriegelten es gut.

Schließlich saß Katz in der Halmgasse im Sessel und beklagte sich.

»Ist es so schlecht geschrieben?«

»Ich weiß es nicht.«

»Ist es fad?«

»Ich hab Sorgen im Moment, Emanuel. Tut mir leid.«

»Also hörst du? Alle haben Sorgen. Kannst du Beruf und Privatleben nicht trennen?«

»Beruf und Privatleben trennen?« Demant wiederholte es überrascht. »Ja«, sagte er langsam, »das ist eine Idee, eine Möglichkeit, ja.« Katz starrte ihn beleidigt an.

»Kommt dir die Idee etwa originell vor«, fragte er patzig.

»Sensationell«, antwortete Demant. »Laß das Zeug da«, und er deutete mit dem Zeigefinger auf Katzens Aktentasche. »Ich werde sie gleich ausprobieren.«

Katz holte das Manuskript heraus und warf es auf Demants Schreibtisch.

»Mir scheint, du brauchst einen Arzt«, schnaubte er und stand auf.

»Eine Ärztin.«

»Ah, die. Seid ihr auseinander?«

»Was geht's dich an.«

»Noja.« Über Emanuels Gesicht lief ein Gedanke.

»Keine Einmischung«, sagte Demant rasch.

»Ich doch nicht«, machte Katz und verabschiedete sich. Demant ging ins Schlafzimmer und legte sich, wie er war, aufs Bett. Tu was, Katz, sagte er zum Plafond über sich. Das Telefon. Wilma war dran.

»Du?«

»Wie geht's dir?«

»Glänzend.«

»Was tust du?«

»Ich lieg auf dem Bett.«

»Aha?«

»Wollen wir uns treffen?«

»Und Christiane?«

»Wollen wir uns treffen?«

»Nein«, sagte Wilma. Er hörte sie atmen.

»Heute um sechs bei mir.«

»Nein«, sagte Wilma.

»Bring Rotwein mit.« Demant legte auf. Er ging unter die Dusche, sang die Caprifischer, rasierte sich und setzte sich dann zu Katzens Manuskript.

11.

»Hör auf!« Sabin stand nackt am Fenster des Hotelzimmers; sie hatte schon einige Zeit in die Nacht hinausgestarrt, während Konrad im Bett den Prinz von Polen an die Öffentlichkeit brachte. Sachs unterbrach sich und starrte auf ihren Hintern. Sie fuhr herum.

»Mir graust«, schrie sie auf einmal. »Zieh dich an und

verschwinde!« Sachs blieb im Bett sitzen und senkte den Kopf. Sabin schrie weiter in seine Ohren hinein:

»Du glaubst wohl, weil ich eine Nutte bin, kannst du alles abladen.«

Sachs blinzelte.

»Nicht herschauen! Schauen Sie weg! Gehen Sie weg, sofort. Raus mit Ihnen.« Sie bückte sich und warf ihm die Klamotten ins Gesicht. »Raus, raus!«

Sachs stieg aus dem Bett und begann sich anzuziehen.

»Schneller.« Sie atmete heftig, lief ins Bad, als wollte sie sich erbrechen, rief durch die Tür, ihre Stimme kippte:

»Dreck, Blut, Arschlöcher alle ihr miteinander, alle. Und grad ich soll euch die Eier streicheln, so seht ihr aus, Vieh. Ich will mit euch nichts zu tun haben.«

»Schrei nicht, Idiotin«, schrie Sachs, der so blaß und wütend wurde, daß er sogar seine Pranken betrachtete, während er brüllte. Dann zog er sich die Hosen an. »Ich war doch damals vier, fünf Jahre. Ich kann doch nichts dafür.«

»Halt's Maul, verschwinden Sie. Sind Sie schon weg?«

»Hauen Sie ab, biste taub?«

Sachs verließ das Zimmer. In den Türen draußen standen einige und schauten ihn an. Er drehte sich um, knurrte und war wieder drin. Sabin hatte sich bäuchlings aufs Bett geworfen. Er warf sich zu ihr hin, preßte seinen Schädel auf ihre Schulterblätter. »Lassen Sie mich nicht so gehen«, flüsterte er zu ihrem Hals.

»Faß mich nicht an.« Sachs schossen die Tränen heraus. »Ich kann doch nichts dafür.«

»Ich vielleicht? Werden Sie Ihr Zeug woanders los.« Sie hatte sich unter seinem Kopf hervorgedreht, hielt sich die Decke vor den Leib, drückte mit dem Rücken an die Wand.

»Gehen Sie zu einem Arzt«, sagte sie dann ruhiger. Sachs schüttelte den Kopf und schluchzte immer lauter.

»Haben Sie sich nicht so.« Sabin stand auf, wickelte sich die Decke herum und holte eine Zigarette. »Hast du mich erschreckt«, sagte sie und schaute durch den Rauch auf Sachs. »Also jetzt hör auf. Vergessen wir das Ganze, ja?«

Sachs wurde langsam stiller. Dann ging er also ins Bad und wusch sein Gesicht. Er betrachtete es im Spiegel. Ernst Sachs sah ihn an, Verachtung lag in seinen Zügen. Konrad wandte den Blick ab und griff zum Handtuch. Im Zimmer zurück, warf er einen kurzen Blick auf Sabin, nickte und trottete aus dem Hotel. Durch die Weserstraße kehrte er zurück ins Westend, legte sich nieder und schlief sofort ein. Durch seinen Rippenkerker sah der Prinz auf rauchende Ruinen, aber drüber auch eine Frühlingssonne im dunstigen Himmel. Die Kirschenbäume blühten.

12.

Als Danny Demant am Stubenring erschien, waren die Wolken verzogen. Er überquerte den Ring, wandte sich zum Luegerplatz und ging ruhig dahin. Der Wintermantel, es war so kalt gewesen für den späten April, schmiegte sich um seine Schultern, er konnte die Lauheit der Luft nicht so recht spüren. Die Wollzeile betrat er und marschierte flott auf der linken Seite an den Geschäften vorbei. Eine letzte Wolke verdeckte noch kurz die Sonne, Demant blieb vor der Auslage mit optischen Geräten stehen. Nach kurzem Zögern, und nachdem er sich umgesehen hatte, betrat er den Laden. Vor dem Inhaber, der ihn fragend anschaute, öffnete er den Koffer und nahm das Mikroskop heraus.

»Wieviel geben Sie mir dafür«, fragte er in seinem für den Süden fremdklingenden Französisch, wobei er sich, wie immer, bemühte, eine Art elsässischen Akzent in seine Sprache zu bringen. Der Besitzer kniff die Augen zusammen, betrachtete abwechselnd Demant und das Mikroskop und nannte dann zögernd seinen Preis. Demant bedankte sich, zog den Hut, murmelte, er werde sich das noch überlegen und trat wieder auf die Gasse. Nun war es höchste Zeit zum Treff mit Adele Hirschfeld (Deckname: Annette), die mit neuen Instruktionen nach Toulouse gekommen war.

Als er eine Weile gegangen war, erblickte er Christiane Kalteisen vor sich. Auf der Stelle wurde ihm der Mund trocken, während ihm andrerseits der Schweiß aus der Haut kam. Zuerst wollte er im Café Diglas verschwinden, dann ihr von hinten auf die Schulter tippen, und so trottete er hinter ihr her. Hitzewellen rollten und brachen sich derweil an seinen Eingeweiden. Schließlich beschloß er, die Sonne schien ihm auf den Kopf, sich derart zu beschleunigen, daß er sie unauffällig überholen konnte, um dann von der Seite zufällig in ihr Gesichtsfeld zu treten. Die Wollzeile wurde allerdings schmäler und schmäler, so kam's ihm vor, auch war auf dieser Seite allerhand Bevölkerung unterwegs, so daß er auf die andere Seite zum Hasbach hinüberwechselte, rasch bis zur Ecke Rotenturmstraße voreilte, um dann langsam geworden wieder die Straßenseite zu wechseln. So tat er und kam also dort von links auf sie zu. Als ob er sie nicht sähe, schlenderte er in ihren Weg hinein, bereitete sein Erstaunen vor, welches sich beim

Blickkontakt in sein Gesicht malen sollte, aber etwas irritierte ihn. Er schaute auf, und tatsächlich sah er Leute unmerklich rascher gehen als normal. Er faßte den Koffer fester, schaute auf seine Armbanduhr, um sich zu versichern, daß er noch in der Zeit lag, und die Razzia war da. Jetzt wird sich erweisen, ob der Plan aufgeht, dachte er kühl und ging direkt auf die Kontrollstelle zu. Nachdem er seine Papiere vorgewiesen hatte, wurde er aufgefordert den Koffer zu öffnen, denn es schien nicht glaubhaft, daß er mitten im Krieg ein Mikroskop im Koffer haben konnte. Kopfschüttelnd betrachtete der Polizeibeamte das Ding.

»Was wollen Sie damit«, herrschte er Heinrich Demant an.

»Verkaufen. Dort.« Und er zeigte mit dem Daumen in die Richtung, aus der er eben gekommen war. Die Uniformierten wechselten Blicke, dann ging einer von denen mit Heinrich zurück. Nachdem der Ladenbesitzer bestätigte, was war, ließen sie Demant passieren. Er ging davon, die Blicke im Rücken, hatte allerdings nun eine ganze Stunde Zeit, denn der Treff war um drei Uhr und, wenn nicht, um vier, punkt zur vollen Stunde, oder er ist geplatzt. Also spazierte er in einen Park, setzte sich gemütlich auf eine Bank, den Koffer auf den Knien. Er schaute interessiert den Leuten zu, die da und dort vorbeihasteten. Die Frau von links kam ins Blickfeld, Demant machte das erstaunte Gesicht, denn sie war nicht Christiane, sah ihr von der Seite nicht einmal ähnlich, sondern ging als die, die sie war an ihm vorüber und bog zum Stephansplatz ab. Danny blieb stehen und stand. Ein dumpfer, ungebärdiger Schmerz kam in seine Brust, er schnaubte immer wieder staubtrockene Luft aus, schloß die Augen, unter den Lidern sah er feuerrote und orangene Ringe. So krampfte er sich zusammen und taumelte die Wollzeile zurück zum Diglas, fand irgendwie den Eingang. Drin setzte er sich schnell an den nächstbesten Tisch. Dann ließ er einige Zeit verstreichen. Nach mehrmaliger Aufforderung bestellte er Cognac beim Ober, trank ihn aber nicht. Ich werde gewiß an einem Herzinfarkt sterben und nicht an Urämie, wie ich bisher immer angenommen habe, sagte er zu seinem Herzen, als wollte er es noch zusätzlich verdrossen machen.

Später, ohne den Cognac angerührt zu haben, ging er zum Schönbichler und kaufte Tee ein, schritt mit dem Papiersack in der Linken zum Schwedenplatz hinunter und verschwand in der U-Bahn. Als er am Praterstern wiederauftauchte, war es Frühling in Wien. Er zog den Mantel aus und legte ihn über den Arm, bemerkte dabei, daß er den Tee in der U-Bahn stehengelassen hatte, drehte sich um und fuhr zum Teegeschäft zurück.

Sechstes Kapitel
Weite

1.

Lieber Emanuel Katz,

daß ich Ihnen schreibe, wird Sie wundern. Allerdings muß ich es tun, es sind Dinge eingetreten, die vielleicht ohne unser Gespräch auf Borkum nicht eingetreten wären, und ich bin ganz froh, daß sie eingetreten sind. Wie geht es Ihnen?

Frankfurt, 15. Mai 1984

Lieber Emanuel Katz,

wie geht es Ihnen? Ich denke häufig an Sie, an unser Gespräch auf Borkum. Inzwischen hat sich allerhand ereignet, und in mir steigt das Bedürfnis hoch, den Dialog mit Ihnen fortzusetzen oder neu zu beginnen. Nun weiß ich aber nicht recht, ob Ihnen dieser Dialog überhaupt angenehm ist, und ich möchte mich auch nicht aufdrängen damit, andrerseits hat mein Leben eine Wendung genommen. Ich bin nämlich allein, weil ich mich von meiner Frau trennen mußte, warum, wage ich gar nicht, Ihnen restlos anzuvertrauen. Ich hatte danach in München eine Art Nervenzusammenbruch mit Spitalaufenthalt und lebe jetzt in Frankfurt. Ich wende mich nun an Sie, lieber Emanuel Katz, denn Sie haben sich ja selbst als Jude bezeichnet und

Frankfurt, 16. Mai 1984

Liebe Else,

muß ich Dir kurz erklären, worum es geht. Ich bin mit mir nicht im reinen. Ich trage ein Geheimnis mit mir herum, und ich kann es nicht aussprechen. Es ist keiner Menschenseele zuzumuten, schon gar nicht Dir, die Du mich so liebst, wie ich sehr wohl weiß. Glaube mir, ich verdiene diese Liebe nicht, habe sie nie verdient.

Ich habe übrigens kein Verbrechen begangen, persönlich, falls Du bei diesem Geheimnis so was vermutest, im Gegenteil, ich bin vollkommen unschuldig zu meiner Schuld gekommen, aber diese ist bald nicht mehr zu ertragen. Ich wollte mich jemand Unbekanntem anvertrauen, das endete mit einem Fiasko, wie zu erwarten war. Mir ist in diesem Leben nicht zu helfen, wie der Dichter sagte, doch ich ziehe nicht seine Konsequenzen. Noch nicht.

Lebe Dein Leben, Else, such Dir einen neuen Gefährten, am besten keinen Deutschen. Du bist doch noch so schön und wirst es für mich immer bleiben. Du erinnerst Dich an Emanuel Katz, diesen Wiener auf Borkum? Vielleicht rede ich einmal mit ihm. Seinesgleichen kann mir vielleicht helfen, aber ich schreib Dir schon zu viel. Forsche nicht nach mir und frage niemanden nach nichts. Lebewohl

Konrad

Frankfurt, 17. Mai 1984

Lieber Emanuel Katz,

auf Grund unseres Gesprächs auf Borkum fühle ich mich Ihnen verbunden und schreibe Ihnen deshalb heute. Könnten Sie in nächster Zeit auf meine Kosten für ein Wochenende nach Frankfurt kommen? Flug und Hotel inklusive. Ich benötige einen Rat. Für diesen, egal wie er ausfällt, biete ich Ihnen zweitausend Mark. Ich bin nicht in der Lage, jetzt mehr zu äußern. Bitte antworten Sie umgehend.

Ihr Konrad Sachs

Frankfurt, 17. Mai 1984

Lieber Peter,
gratuliere zur gelungenen Premiere. Habe die Kritiken gelesen. Bist Du zufrieden?
Im Moment bin ich nicht in der Lage, das Stück zu sehen, es geht mir über die Hutschnur. Du wunderst Dich? Ich trage in mir ein Geheimnis, das mit dem Stück zu tun hat, mehr kann ich nicht sagen. Solltest Du demnächst den Zerbrochenen Krug inszenieren, bin ich gern wieder dabei. Das ist natürlich ein Scherz, vielleicht der erste seit langem. Alles Gute

Konrad

2.

Ich kann mich nicht zurückhalten. Ich bereue nichts. Kaum hörte ich vom Kuraufenthalt Maschas in Aflenz, schon kauerte ich mich zusammen, steckte die Ohren in den Wind und bewegte die Nüstern. Mir juckte der Damm, es pochte das Herz, vorm Spiegel erblickte ich tatsächlich im Gesicht die Leuchtkraft der Augen, das Rascheln des Papierkörpers war dahin, ich sog die Frühlingsluft ein, mein Atem rasselte, weil ich durch den Lainzer Tiergarten schritt.
Jaha, nun raschelte ich mit Papiersäckchen, in denen Futter für die Wildschweine war, und bei solchem Geräusch traten die auch aus der Waldestiefe heraus, be-

äugten mich und nahmen das Essen. Hinter der Hermesvilla war ich heraußen, kaum daß ich in Sankt Veit drinnen gewesen war, Bier trank ich und Wein beim Lainzer Tor.

Schließlich breitete ich mich in der Stadt aus. Was ficht mich Demant an, dieser verblasene Bruder. Ständig erhebt er sich halb aus dem Sessel und läßt sich wieder nieder, seit Monaten immer dasselbe. Wo nichts zu registrieren ist, hat ein Notierer bloß das Nasenbohren, bis es zum Zwang wird. Leb du dein Leben und schlage dich mit der Zukunft, bis sie verschrumpelt ist und verbeult.

Und rief Mascha an im Erholungsheim Aflenz. Ihre Stimme war fest, ihre Freude deutlich zu hören, wenn auch verhohlen, was tut's, ich setzte mich in den Zug und fuhr hinein in die Steiermark.

Als ich auf das Kurhaus zuging, erschien Mascha in der Eingangstür, erblickte mich, flog auf mich zu, warf mir ihre Arme um Schultern und Rücken, küßte mich freundschaftlich auf Wange, Stirn und Kinn. Das spitzte mich zu, doch ihren Mund konnte ich erst nicht erwischen mit meinem Mund, so trat ich zurück und verlegte mich aufs Reden.

Wir redeten einige Stunden, sodann nahm ich Logis im Hotel Alpenholodaro oder wie es heißt, trat ins Zimmer, öffnete die Fenster und schaute hinauf zur Bürgeralm.

Da war ich also und Mascha wieder drüben im Erholungsheim für Magenkranke und Nulldiätler. Ruhig war es in Aflenz, und ich lag auf dem Rücken, rauchte und trank, ging spätabends durch die Ortschaft, gesellte mich zur betrunkenen Dorfjugend, war selbst gruppiert um die Jukebox, beobachtete und wurde beobachtet, ging zurück, nahm mich und schlief dann tief durch die steirische Nacht.

In der Früh trat Mascha ins Zimmer, schaute mit hellen Augen und lächelnd in mein verschlafenes Antlitz, legte sich zu mir, und dann frühstückten wir unten in der lichtdurchflossenen Veranda.

Wie der Tag begann, so ging er weiter. Wir fuhren mit dem Sessellift hinauf auf die Bürgeralm. Hüfte an Hüfte spazierten wir samtenen Schritts über die Alm, warm war es und wunderbar, als wir wanderten durch Tann und Reisig.

Bald, nachdem Mascha den Krankheitsverlauf geschildert, den Seelenzustand, der ihn verschlimmerte, beschrieben und ihre jetzige Rekonvaleszenz beplaudert hatte, erklang im steirischen Wald wiederum die altvertraute jüdische Orgel, die sich zusehends mit jungkommunistischen Trompetenstößen vermischte. Links und rechts oben zwitscherten die Vögel aus Baum und Himmel, und ich spürte mich aufs Stärkste vorhanden, ein Schritt vor, einer nach dem andern, breit also in den Beinen den Hang hinauf und herunter, Lebenslust und Liebeslist.

Mascha redete immerzu von der Kindheit und also ständig von ihrer Mutter, und ich küßte sie in den Nacken, und das geschah den ganzen Tag, als wir gingen, saßen, aßen und tranken.

Abends senkten wir uns im Doppelsessellift wiederum herab, wir schwebten in wirklichem Abendrot. Mascha begann zu schweigen. Sie hatte den Kopf zurückgelehnt und die Augen geschlossen, und sie lächelte, als wäre sie geborgen, sah aus, als sei sie glücklich, so sagte sie es dann auch mir ins Gesicht, da wir nun vorm Eingang des Erholungsheims Abschied nahmen.

Kurz waren wir getrennt, denn nach dem obligatorischen Abendessen dort kam sie wieder heraus zu mir, und so saßen wir schließlich noch bis nach elf Uhr abends in der Ortschaft bei meinem Wein und ihrem Tee. Da sie etwas leergeredet war, begann ich mit meinen Gitarren, und ich sang von einer mir verborgen gebliebenen Liebe zu ihr.

Jaha, ich ging aus der Deckung und ließ die großen, gewichtigen Wörter aus dem Mund herauskommen, als wären sie Atemluft. Ihre Ohren füllten sich mit Blut, sie griff sogar zu mir hinüber und trank aus meinem Glas nahezu allen Wein heraus. Schließlich begleitete ich sie zurück und saß wie ein Neuer bis zur Sperrstunde im Gasthaus, ging schwerbetrunken, aber leichtfüßig unter dem ungeheuren Sternenhimmel in meinen Schlaf.

Als wir nächsten Morgen wieder zusammen schliefen, brach mittendrin das Bett zusammen, ich schwör, so war es. Doch wir machten kichernd weiter, und immer wieder prusteten wir los. Mittags fuhr ich zurück, nachdem wir uns gewissermaßen verschworen hatten. Im Zug kam mir ihre und meine kommunistische Erziehung in den Sinn; mit diesem Zeug alsdann waren wir uns letztendlich so nahegekommen.

»Stalin war unser Kuppler«, sage ich zu Danny, welcher mir mürrisch zuhört, als ich ihm jetzt berichte, ohne mich um sein Dunkles zu kümmern. Er steht auf, nimmt das Notizbuch, das ich ihm seinerzeit geschenkt habe, aus der Schreibtischlade und wirft es mir in den Schoß.

»*Mazel tow*«, sagt er und stellt sich zum Fenster, so daß ich bloß in seinen Rücken schauen kann.

»Also dann«, sage ich, nachdem ich das eine Zeitlang tat, und erhebe mich. »Berichte du nun selber, Zwillingsherz.« Weil er nicht antwortet, gehe ich aus der Wohnung heraus und hinein in mein Leben, doch das ist nun meine Angelegenheit.

3.

Es gelang. Niemand erfuhr von der Ankunft Gebirtigs in München. Susanne Ressel wartete, und die Gedanken, ihre Gedanken, die mit den Sorgeflügeln, flogen Pirouetten in ihr. Sie rauchte, hin und her wanderte sie zwischen den Leuten, stand auch an einem Platz fest, las die Anzeigetafel, was startete, flog, was flog, landete, und Gebirtig erschien. Er ließ die Koffer fallen und breitete mit verlegenem Lächeln die Arme aus. Sie ging auf ihn zu und hinein in seine Umarmung. Gleich darauf traten sie voneinander zurück und betrachteten einander.

»Sehen Sie, Herrmann«, sagte sie und wies auf die Menschenmenge, »keiner da.« Gebirtig nickte, hob die Koffer hoch, und sie gingen zum Auto.

Auf der Fahrt nach Salzburg beobachtete Susanne, wie Gebirtig bei halbgeschlossenen Augen mit bewegenden Lippen Ortsnamen von den Hinweistafeln herunterlas: Holzkirchen, Rosenheim.

»Rosenheim«, sagte Gebirtig laut. »Ein schöner Name. Vorn sind schon die Alpen, nicht wahr?«

»Hm«, machte Susanne.

»Die Alpen. Und Berchtesgaden ist auch nicht weit. Waren Sie in Berchtesgaden, Susanne?«

»Nein. Wollen Sie hin?«

»Bewahre. Das fehlte noch.«

Schweigend fuhren sie dahin, passierten die Grenze am

Walserberg. Als sie an Salzburg vorbeizufahren begannen, öffnete Herrmann das Seitenfenster und ließ die Hand dem Wind. Er starrte angestrengt aus dem Fenster, so kam es Susanne vor.

»Wollen Sie nach Salzburg hinein«, fragte sie in seinen Nacken und nahm dabei den Fuß etwas vom Gas.

»Auf keinen Fall.«

»Waren Sie in Salzburg damals?«

»Schon, schon.«

»Sie brauchen keine Angst haben.«

»Wieso? Mach ich den Eindruck?«

Susanne antwortete nicht und beschleunigte wieder. Sie fuhren nun, ohne zu reden. Nachdem sie bei Attnang abgebogen waren, fuhren sie ins Trauntal hinein. Nach Gmunden kam Ebensee näher.

»Über Ebensee müssen wir. Doch wir fahren einfach durch«, sagte sie.

»Wir könnten dort etwas essen«, antwortete er gleichgültig. »Ich bin ziemlich hungrig. Und Sie?«

»Vielleicht in Ischl?«

»Ischl? Ah, was. Bleiben wir in Ebensee stehen. Was macht das schon.«

»Wie du willst. Wie Sie wollen.«

»Ist es dir unangenehm, Susanne?«

»Sie sind der Gast.«

»Ich bin kein Gast. Sie sorgen sich um mich.«

»Nein. Ja. Ein bißchen.« Herrmann streckte seine Linke aus und berührte sie kurz am Hinterkopf.

»Was soll's«, sagte er heiter. »Speisen wir in Ebensee.«

Am Traunsee saßen sie auf einer Restaurationsterrasse, und Gebirtig bestellte sich Schweinsbraten mit Semmelknödeln.

»Der Salat ist noch immer so letschert. Das ändert sich wohl nie«, sagte er mit vollem Mund, sah häufig zum See hinaus, und gelegentlich warf er einen Blick auf den Berg, welcher vis-à-vis dem See ungerührt in der Nachmittagssonne hockte. Susanne bemerkte es wohl, denn, smart wie sie war, hatte sie bereits alles über das Lager Ebensee gelesen, was ihr in letzter Zeit in die Finger gekommen war.

»Wenn Sie zur Gedenkstätte wollen, wir können das später auch von Altaussee aus tun«, sagte sie. »Es ist nicht gar weit.«

»Was redest du da, das weiß ich doch eh«, antwortete er, während er auch die Leute betrachtete, die rund um sie auf der Terrasse saßen. »Hast du Einzelzimmer bestellt?«

»Zwei Einzelzimmer, natürlich.« Susanne sog schnell den Atem ein und schaute ihn an. Gebirtig senkte seinen Blick, sah auf die Uhr und murmelte: »Fahren wir? Ich zahle.«

Susanne nickte, nahm die Handtasche und ging zur Toilette. Als sie dann dort vorm Spiegel stand, gingen ihr Gedanken durch den Kopf und waren im Spiegelbild zu sehen. Sie sagte laut Susanne, Susanne, nahm den Lippenstift, trug ihn nochmals auf, kam zurück. Herrmann stand bereits beim Tisch, kam ihr sogleich entgegen, ging an ihr vorbei zum Ausgang.

»Soll ich fahren?« fragte er über die Schulter.

»Ist nicht notwendig.« Sie sperrte den Wagen für ihn auf, bevor sie bei sich die Tür öffnete. Als sie im Auto saßen, sagte Herrmann:

»Das war eine blöde Frage, verzeihen Sie.«

Sie startete, und sie fuhren los, durch Ebensee, und Gebirtig blickte kein einziges Mal aus dem Fenster, sondern ließ den Blick auf dem Handschuhfach liegen und schwieg. Susanne dachte an Martin, der jetzt wohl mit den Zeugen war, und Lebensart, Leibenfrost, und dann kam ihr das Bild des Vaters herauf, als der bleich und angestrengt hörend im Carl-Ludwighaus gesessen war.

Unterdessen vergingen viele Jahre und war das alles soeben, dachte sie.

»Wissen Sie«, sagte Herrmann plötzlich, da waren sie schon durch Ischl und vorbei, »das alles ist über fünfunddreißig Jahre her. Ich kann das gar nicht glauben.« Er unterbrach sich und schwieg.

»Ich bin siebenunddreißig«, antwortete Susanne und lächelte.

»Wann genau?«

»Vorige Woche.«

»Ich gratuliere im nachhinein.«

»Danke schön.«

Er überlegte, ob er sie auf die Wange küssen sollte, statt dessen zündete er sich eine Zigarette an. Als der Hallstättersee in Sicht kam, begann Gebirtig wieder aus dem Auto zu schauen.

»Altaussee«, sagte er leise. »Meine Güte. Altaussee. Ausgerechnet.«

Susanne lächelte wiederum und berührte seinen Arm. Als vor dem Pötschen-Paß zum ersten Mal der Loser zu sehen war, begann auch Herrmann zu lächeln, und so kamen sie an.

An der Rezeption bekamen sie die Zimmerschlüssel ausgehändigt, und jeder von ihnen verschwand alsogleich im jeweiligen Zimmer und blieb dort eine ganze Weile. Zum Abendessen jedoch waren sie verabredet.

Amaliental, Ankunft in Volker, die Tronjes tanzen, Bechelarn an der Alster, wieso Käthe das, da tritt sie bereits vor der Kirche Krimhilden in den Hintern. Wieder und wieder klatscht sie mit den ausgezogenen Stiefeln auf die Backen von Utes Tochter, doch die Sturmglokken läuten und schlucken das Geklatsche. Mit rotem Kopf weist Krimhild in die Ferne, dort im Galopp Leon mit blonder Mähne heranreitet, auf seinen Schultern Alberich mit der Judennase. Wieso Mendelssohn, noch dazu von dem aus Alzey gefiedelt? Käthe wirft ihr Haar zurück. Hans und Holger treten aus dem Schatten der Kirche, nehmen die Schwester in die Mitte, und sie schreiten auf den Reitersmann zu. Schon holt Holger aus und trifft ihn mit dem Spieß von vorne in den Rücken, Alberich springt herab und schwimmt im Brunnen herum, am Rand sitzt Gebirtig und singt mitten in den Mendelssohn hinein ein Lied von Moischele mein Freund; die Tronjes, alles einäugige Männer mit Bart, formieren sich zur Polonaise. Das ist die Rax, und die Nibelungen krabbeln auf dem Plateau kreuz und quer, Käthe kommt ins Zimmer. Sie wirft nochmals die Haare zurück, geil, sagt sie, wonnegeil und aus ihrem Mund blubbern grüne Gallenblasen, denn Kalteisen steht in der Tür und sagt, das sind Gallenblasen. Mit Gummihandschuhen greift sie in Käthes Maul und zieht zerquetschte Frösche heraus und wirft sie in den Kübel, die fallen mit metallenem Ton dort hinein. Kirchenglocken und Sirenen, Zimbeln und Klingeln, Katz stand kerzengerade im Bett und glotzte auf den Wecker.

Unter der Dusche ließ er seine Schultern kreisen, richtete den kalten Strahl auf den Nabel, hernach langsam bis zum Hals hoch und über den Nacken zum Rücken hinunter. Mehrmals zog er den Bauch ein, bis der Resttraum pfeifend aus den Gedärmen fuhr.

In der Küche schlug er sich zwei Spiegeleier, trank dazu Nescafé, nahm die Schale zum Schreibtisch mit, um wie immer Samstag und Sonntag vormittags am Schreibtisch in die Maschine zu hämmern. Er mochte dieses Ungeheuer von einer Underwood, jeder Buchstabe wurde tief nach unten gedrückt, das liebte Katz.

Anderthalb Stunden waren um, zwei neue Seiten waren getippt und jetzt in der Korrektur. Katz verließ die Wohnung mit Rucksack, um zum Naschmarkt zu fahren. Samstags gegen elf ist gut einkaufen dort, denn Bekannte trifft man und nachher im Café Museum ein Kaffee.

Als er beim Grknic vorbei den Naschmarkt hinaufging, war vor ihm eine Frau, die ihm bekannt vorkam. Er tippte ihr auf die Schulter und begrüßte sie. Dann schaute er zu Christiane Kalteisens Schenkeln hinunter, um die sich ein kleines, blondgelocktes Mädchen ringelte. Ein zweites, größeres kam sogleich links von den Tomaten dazu, und beide schauten neugierig zu Katz hinauf. Der machte ein freundliches Gesicht, beugte sich zu Sabrina hinunter.

»Wie heißt denn du?« Sabrina versteckte sich hinter Christiane, so daß Emanuel sich zum größeren Mädchen wandte: »Und du?«

»Alice«, sagte diese. »Mama, gehen wir jetzt endlich auf den Flohmarkt?«

»Gleich«, antwortete Christiane und gab Emanuel die Hand. Er wollte sie küssen, zögerte zu lange, und so unterblieb es.

»Meine Mutter ist doch gestorben«, sagte er.

»Ich hab gehört. Tut mir leid.«

»Jetzt hat sie sich in der Erd.«

»Mama, Flohmarkt!«

»Flohmarkt«, ließ sich Sabrina vernehmen.

»Wie heißt die denn?« Kalteisen sagte es ihm.

»Gemma auf einen Kaffee, wenn du fertig bist?« Christiane beäugte ihre Kinder forschend, zögerte mit der Antwort.

»Wir können zuerst auf den Flohmarkt gehen«, sagte Katz mehr zu den Kinder gewandt.

»Mama hat's versprochen!«

»Nix hab ich versprochen.«

»Doch!«

Jemand fuhr Emanuel mit einem Rucksack auf Rädern in die Kniekehlen.

»Lassen Sie das«, schnarrte er den an. »Gehen wir.«

Sie versuchten zum Flohmarkt durchzudringen, Sabrina wollte wieder getragen werden.

»Kein Honiglecken für so ein Kind«, sagte Emanuel.

»Immer so in Arschhöhe in einer Menschenmenge zu stecken.« Christiane lachte, gab Katz ihre Einkaufstasche und hob sich das Kind an die Hüfte.

»Nur bis da vor«, sagte sie.

Mitten am Flohmarkt erkundigte sich Katz tückisch nach mir. Christiane erzählte ihm traurig, sie hätte schon seit Wochen nichts von mir gehört.

»Bist du denn nicht ausgezogen«, fragte er überrascht.

»Darüber will ich nicht reden. Wie geht's ihm denn?«

Einige Stunden später rief sie bei mir an.

»Ich hab mein graues Nachthemd noch bei dir.«

»Ach so.«

»Willst du, daß ich dich besuche?«

»Ich kann's dir auch wohin bringen.«

»Wie geht's dir?«

»Gut.«

»Bist du böse?«

»Nein.«

Christiane begann zu schweigen. Ich preßte den Hörer fest ans Ohr und hörte sie atmen.

»Christiane?«

»Danny?«

»Ich habe Sehnsucht nach dir.«

»Ich doch auch, Blödmann.«

»Hm. Die Eule fliegt zur Minerva.«

»Ich komm lieber zu dir.«

»Wann?«

»Hörst du es läuten? Das bin ich.«

5.

Mit Else ging's so weiter: Sie saß beim Tisch in ihrer Wohnung Elbchaussee und schaute von Zeit zu Zeit auf den Brief, nachdem sie ihn einige Male gelesen hatte. Inzwischen ist es Abend geworden. Die Frau blieb regungslos auf dem Stuhl hocken. Die Zeit verging.

Tagsüber war ihr ganz gut im feinen Geschäft neben der Lombardsbrücke. Zu Hause aber fühlte sie sich nicht daheim, und die Kähne fuhren die Elbe hinauf und hinab. Sie tuteten. Also begann es zu dämmern, während Else beim Tisch war. Als sie sich erhob, bebten die Wände. Sie ging in die Küche, ihre Schritte hallten. Aus dem Hahn kam das Wasser geschossen, sie trank zwei Gläser, verharrte dann dort, und die Kähne tuteten.

Nach der Dämmerung wich sie ins Schlafzimmer zurück. Auf der Bettkante sitzend nahm sie die Fernbedienung und begann zu switchen. Als am Bildschirm zwei Gesichter auftauchten, und sie ein Flüstern vernahm, blieb sie hängen und geriet nach wenigen Minuten in den Film. Leute stritten sich, und es wurde an Türen gehorcht. Ein Mißverständnis brachte wen zum Laufen, ein Schluchzen, ein Bösewicht in Bürosesseln, eine Lady Milford unter der Friseurhaube und ein Kind mit Lungenentzündung. Alles kam ins Lot; beim Sport verließ Else den Kanal. Sie stand auf, machte kreuzhohl, schlürfte ins Wohnzimmer zurück, knipste das Licht an, kauerte im Stuhl beim Frühstückstisch und betrachtete den Briefumschlag. Es war dunkel draußen, so daß sie auf den Balkon ging, von ihm hinuntersah. Sacht bewegte sich die Umgebung, und oben waren etliche Sterne gut zu sehen. Else weinte.

Sie vernahm die Glocke, ging zum Telefon und hörte, was Margot Dronte zu sagen hatte. Schließlich nickte sie, knipste alle Lichter aus, schloß Fenster und Balkontür und ging langsam zum Volvo.

Am Eppendorfer Baum wartete Margot bereits vor der Haustür, stieg zu und sie fuhren zum Essen. Margot redete, sie tranken Sekt, und der Abend ging hin. Alle Kritiken waren vorgelesen, und Margot – gelobt und gepriesen – fühlte sich geliebt und nun beugte sie sich zu Else hin, nahm deren Hand und sah ihr in die Augen. Else schaute zurück und sagte das eine oder andere. Als die Dronte von Konrad zu reden begann, berichtete Else vom Brief, den sie dann auswendig aufsagte.

»Sehr geheimnisvoll«, murmelte Margot.

»Es ist alles versperrt«, sagte Else. »Ich kann nicht mehr. Mir bleibt nichts zu tun.«

»Du mußt doch nichts tun.«

»Aha. Ich muß nichts tun.«

Margot hielt ihr beide Hände, und so wurde es spät.

»Weißte, ich komm noch zu dir.« Margot chauffierte Else zurück, und die beiden machten den Wein auf, nachdem Else das Fenster geöffnet und die Lichter wieder aufgedreht hatte. Sie saßen jetzt beim Tisch im Wohnzimmer und tranken langsam, und Margot redete. Else krümmte sich allerdings in ihrem Stuhl immer mehr zusammen. Als sie wieder zu weinen begann, kam Margot zu ihr. Else schluchzte und schluchzte. Sie löste sich aus Margots Armen und legte sich im Schlafzimmer aufs Gesicht.

Margot rief ihren Mann an und erschien dann in der Tür.

»Peter hat auch einen Brief von Konrad bekommen, ähnlichen Inhalts. Ich bleibe heute bei dir«, zwitscherte sie, setzte sich aufs Bett und schaute auf Elses zuckende Schultern. Als sie sie zu streicheln begann, warf sich Else plötzlich herum, klammerte sich an Margots Hals, so daß diese auf sie niederkippte.

»Hilf mir doch«, keuchte Else, doch da küßte Margot ihr schon das Gesicht, leckte die Tränen ab und begann sie auszukleiden. Dabei stieß sie beruhigende Laute aus, bald ging ihre Stimme ins Flüstern über. Sie wollte die nackte Else unter die Bettdecke rollen, blieb aber mit ihrem Blick am Körper haften, so daß sie in der Bewegung innehalten mußte. Ihr kam ein Hauch von Angst, denn Else hatte die Augen weit aufgerissen und blickte sie an. Margot deckte sie zu, zog sich aus und schlüpfte unter die Decke.

»Halt mich fest.«

Und Else schlief an der Schulter der Margot Dronte ein.

In der Morgendämmerung wachte sie auf und hörte die Freundin atmen. Sie begann sie zu streicheln und am Körper zu küssen.

»Es wird alles gut, meine Liebe«, murmelte Margot und erwiderte die Liebkosungen. Als sie wieder einschliefen, war Elses Antlitz kindlich und lächelnd geworden und Margots war voll Behagen.

6.

Ohne Kinder auf auf nach Lilienfeld. Warum löst sich der Klumpen in mir sogleich auf, sobald Christiane angetanzt kommt? Schon in der Halmgasse lagen wir wieder zusammen wie in der Christnacht. Um halb fünf weckte sie mich, murmelte die Uhrzeit und fuhr mit beiden Händen meinen Bauch hinab. Wir tranken aneinander, ich schlief bald wieder ein, fand mich spät wieder in ihren Armen, das rote Ohr und jetzt die Eisenstiege hinauf in Lilienfeld an der Traisen.

»Drei Tage hab ich frei«, sagte sie. »Aber ich nicht«, sagte ich. »Was macht das schon«, lachte sie. »Gar nichts«, lachte ich und schaute durchs Fenster aufs Kreuz des Muckenkogels.

Katzens Manuskript am Kopfpolster ging ich mit ihr die Traisen entlang zum alten und neuen Krankenhaus und dann den Weg hinauf in den Wald. Wir wanderten. Bei der ersten Lichtung rasteten wir, nachts hatte es geregnet, jetzt standen in der Sonne zwei Schopftintlinge, einer neben dem andern, ich zeigte sie Christiane, sie nahm den Apparat und fotografierte. Das brachte sie auf eine Idee, und sie begann mich zu fotografieren, und als ich nach der zweiten Lichtung auf den Stamm einer Birke lullte, fotografierte sie auch dies. Über die Chinesawiese sprangen wir wieder hinunter in den Ort, und ich ging mit ihr in die Bahnhofswirtschaft. Die Gäste grüßten sie artig, als wir eingetreten waren, wir nahmen das Essen aber im Freien und tranken weißen Wein.

Wie liebe ich sie, dachte ich mir. Der Rest kann mir gestohlen bleiben. Ich stuppste sie an der Nase, sie zwickte mich ins Ohrläppchen, ich tippte auf ihre Brust, sie küßte mich schmatzend mitten ins Ohr, ich biß sie in den Hals, sie schob ihre Hand zwischen Sessel und meinen Hintern, ich grinste, am Nachbartisch begannen sie zu gucken, ich zündete die Zigarette an und blies Ringe, größere und kleinere, dorthin. Wir hörten auf und schauten herum und schwiegen. Am anderen Nebentisch begann ein Kleinkind zu brüllen, der Zug fuhr ein. Wir tranken den Weißwein, bis sich der Nachmittagshimmel mit zackigen Wolken bedeckte.

»Der Schopftintling ist ein Dichter«, sagte ich ihr, bevor wir aufbrachen. »Nach dem Regen steht er schneeweiß im Fleisch und aufrecht da. Nur sehr frisch ist er zu genießen. Am Schluß ist er an der eigenen Tinte zugrunde gegangen, denn er zerfließt regelrecht im hellen Sonnenschein, und zermatscht ist er und schwarz. Das Getier geht über ihn drüber.«

»Frisch schmeckt er so gut? Braten wir sie.« Christiane antwortete. Daheim warfen wir die beiden in eine Pfanne. Hernach ging ich das Katzmanuskript holen und setzte mich in den Garten. Sie blieb im Haus.

Als es dunkelte, war ich durch. Diese und jene Zeiten. Was würde wohl Ida von diesem Text halten? Dieser Gebirtig hockt also jetzt in Altaussee herum und wartet auf den Prozeß. Wie kann er sich dort fühlen?

»Essen«, schrie Christiane von der Eisenstiege herunter.

»Komm schon«, schrie ich hinauf, nahm das Manuskript und wanderte ein wenig im Garten umher. Christiane hatte den Tisch gedeckt, alles war so hergerichtet, Servietten, Besteck, Rotwein, ich brauchte mich bloß hinzusetzen und in aller Ruhe speisen, unterdessen hinterm hohen Küchenfenster das Kreuz sich in der Dunkelheit auflöste, und die Sterne statt dessen hervorkamen.

»Hier wurde vor hundert Jahren oder so eine junge Frau von einem Massenmörder umgebracht«, erzählte sie und schenkte den Wein ein.

»Ach so?«

»Sie hat Resi Ketterl geheißen und wurde hinten im Wald, durch den wir heute gegangen sind, erschlagen.«

»Bei den Schopftintlingen?«

»Wo du hingepinkelt hast.«

»Ach so?«

»Der Mörder hat Hugo Schenk geheißen.«

»Aha.«

»Und einen Komplizen hat er auch gehabt.«

»Wieso erzählst du mir das?«

»Na du liest doch auch Mordgeschichten.« Sie deutete auf Katzens Manuskript, das ich im Schoß liegen hatte. Ich nahm's und trug's ins Zimmer rechts.

»Das sind ganz andere Sachen«, sagte ich dann. »Willst du lesen?«

»Nein, danke. Mir genügt die Resi Ketterl.«

»Du bist albern.«

»Ich kann solche Geschichten nicht leiden«, sagte sie und zog die Schultern herunter. »Schmeckt's?«

»Ist gut.«

Nach dem Essen wollte ich im Zimmer rechts verschwinden, um mir ein paar Notizen über Gebirtig zu machen, denn Emanuel wird sicher bereits vor der Tür sitzen, wenn ich heimkomme.

»Nix«, sagte Kalteisen. »Lesen kannst du in Wien auch. Beschäftige dich mit mir!«

»Was?«

Ich mußte sie verdattert angesehen haben, denn sie riß die Augen auf und stieß zwischen ihren geröteten Wangen die Beschwerde heraus. Als sie damit fertig war, nickte ich und ging ins Zimmer rechts und setzte mich hinters Manuskript. Ich kam gut voran mit den Notizen und war vergnügt. Gegen elf erschien ich wieder in der Küche. Christiane sah von ihrem Zeichenblock auf und lächelte.

»Bist du jetzt fertig?«

»Alles erledigt.«

Wir gingen alsogleich ins Zimmer rechts, liebten uns und schliefen dann schnell ein. Traumlos war mir die Nacht.

7.

Als ich zwei Tage später den Zug bestieg, hatte sie mich satt. Sie kann mich eben nicht leiden. Sie hängt an mir, um den Widerwillen gegen meinesgleichen sich sinnlich erfahrbar zu machen.

»Was heißt deinesgleichen«, fragte Paul Hirschfeld, dem ich mich bei seiner Reise nach Frankfurt angeschlossen hatte. Denn ich fühlte mich sehr leer und wollte nicht in der sehr leeren Halmgasse eine leere Zeit verbringen.

»Unseresgleichen«, antwortete ich ihm. »Dieses Katholische mag keine Intellektuellen.«

»Du redest wie Katz«, sagte Hirschfeld mit heruntergezogenen Mundwinkeln, während wir in seinem alten Mercedes an der Abzweigung Rosenheim vorbeifuhren.

»Möglich. Aber einbilden tu ich mir so was nicht. Ich weiß, wovon ich red.« Bild ich mir das bloß ein? Habe ich sie etwa herablassend behandelt, weil ich mich von ihr bloß als Exote geliebt fühle? »Alles hat sie an einem Vormittag kaputtgemacht.«

»Ja, immer diese Frauen«, sagte Paul hinter München. Trottelhafter Hirschfeld! Was weiß denn der von der.

»Sei so gut und bring solche Kalauer in deinen Gedichten unter.«

»Tschuldige.« Hirschfeld nahm die Rechte vom Lenkrad und zeichnete ein paar Girlanden in die Luft. »Mach dich doch nicht fertig.«

»Ach was«, schnaubte ich über mich selber verärgert, »ich spüre eben nicht im selben Moment, was sie momentan spürt. Also versteh ich gar nix, verstehst du und red nur daher. Wenn ich also rede, bin ich ein wortwichsender Kopfmann. Sie spricht selbstredend authentisch aus dem Bauch. Daher vergleicht sie selbstverständlich einen Mörder Hugo Schenk, der vor hundert Jahren ein paar Frauen abgemurkst hat mit Eichmann. Und Juden sind eh nicht über Hunderte von Jahren hinweg verbrannt worden wie Millionen Frauen als Hexen.«

»So redet jene?«

»No, nicht direkt, aber darauf läuft sich's hinaus.«

»Bah, bah. Banaler Opferneid. Ortsüblich heute. Damit kann man leben.« Hirschfeld hob sich den Zigarettenanzünder zum Gesicht. »Es gibt«, sagte er dann, »manche, die solche Gefühle nachgerade provozieren. Mir passiert das nie.«

»Verleugnern passiert's später«, entgegnete ich ihm wütend und von meinen Worten selbst angewidert.

»Ich verleugne gar nichts. Ich trag's aber auch nicht als Orden. Außerdem lass' ich mir nicht von Hitler vorschreiben, wer ich bin.« Hirschfeld betätigte, während er diese Sätze zischte, zornig auf der linken Spur die Lichthupe, um den deutschen Ausflugsverkehr nach rechts zu scheuchen.

»Ach so. Du läßt nicht, du tust nicht, du bist großartig, Paul. Glücklich, dem die Geschichte ein Scheißhaufen ist.«

»Wie? Du willst mir Schuldgefühle machen? Und wenn es dir gelingt? Was kaufst du dir davon?«

»Lassen wir das. Wozu streiten«, sagte ich schließlich, weil ich merkte, daß wer anderer als ich aus mir redete. Inzwischen hatte sich der Himmel rötlich verfärbt. Wir bogen nach Augsburg ab, schoben uns zur Innenstadt vor, parkten uns ein und gingen abendessen. Ich beschloß, das Kalteisenthema überhaupt fallenzulassen und mit Paul statt dessen über seine Anstrengungen zu plaudern, die Gedichte einem Frankfurter Verlag einzureden. Er hatte sich die Verlegerin Anna Düren kürzlich aufgetan, nun wollte er sie en passant besuchen. Ich kenne die Anna ganz gut und glaube natürlich nicht, daß ihr kleiner, linker Verlag ausgerechnet Verse des unbekannten Hirschfeld sich leisten kann, doch warum sollte ich diesen Narren entmutigen? Außerdem kam ich auf die Art weg von Wien und dem ganzen Gebirge. Ich mußte ohnehin Schrötters wegen eines Nietzscheprojekts treffen, und so kam eines zum andern. Hirschfeld wollte dann weiterfahren nach Rotterdam zum Hegelkongreß, an dem auch Slatnik teilnimmt. Kurz hatte ich erwogen, als Dritter auch dorthin zu gehen, aber was soll ich in Rotterdam herumhängen und mir Karel Slatniks Auslassungen über Sittlichkeit und Moralität anhören? Ich bin doch wohl verkopft genug. Die Nürnberger Rostbratwürstel waren verzehrt, Hirschfeld kündigte uns bei Anna telefonisch an. Er wollte unbedingt zu Brechts Geburtshaus. Wiewohl ungern ein Pilger, trottete ich also kreuz und quer über Lechkanäle, stand vor dem Häuschen. Wir beglotzten es und kehrten zum Mercedes zurück. Des weiteren schlief ich ein wenig, die Schläfe ans Seitenfenster gepreßt.

»Die jüdische Paranoia«, ließ sich Hirschfeld plötzlich vernehmen, »hat sich nach Auschwitz nicht gerade abgeschwächt. Doch ich, verstehst du, ich, ich selbst bin entschlossen, ihr auf keinen Fall aufzusitzen. Ich leb mein Leben. Du deins. Bedenke aber, du bist ein herber Typ. Erstens sowieso, zweitens jenen Katholischen gegenüber.«

»Red nicht mit den Händen beim Fahren. Wird schon so sein.« Ich merkte, mein Maul war trocken und voll von Ärger, so daß ich die Wörter bloß mit erheblicher Anstrengung unversehrt durch diese Aura an Hirschfelds Ohr bringen konnte. »Vermutlich hat mich Katz angesteckt. Apropos Emanuel. Ich hab da einen Brief mit an Konrad Sachs. Der hat ihn auf einer Nordseeinsel angemacht, Freundschaft angeboten oder so.«

»Wer ist das?«

»Sachs? Ein Kulturessayist. Schreibt ziemlich gut. Ich könnte ihm bei der Gelegenheit die Gedichte zustecken. Hast du genug Kopien?« Hirschfeld grinste zu mir herüber.

»Hab ich, hab ich. Aber deutsche Kulturjournalisten lesen keine Gedichte.«

Zwischen Pforzheim und Darmstadt schlief ich wieder ein und sah Gebirtig in Altaussee Arm in Arm mit Göring herumspazieren. Der lange Kaltenbrunner mit Reitpeitsche, aber als Pfarrer getarnt, schlich unauffällig hinten nach. Schließlich stellte sich Gebirtig vors Grab von Jakob Wassermann und Göring vor das von Bruno Brehm. Beide urinierten synchron auf das ihnen zugehörige, daweil Kaltenbrunner hoch aufgerichtet beim Friedhofseingang die Monstranz schwang, aus der schwefelgelber Nebel entwich und roch. Ich schreckte auf und mußte zu einem Parkplatz.

In Frankfurt läuteten wir nach Mitternacht Anna Düren heraus. Ich war für mein eigenes Quartier einen Tag zu früh dran, doch Anna hatte bloß ein Zimmer mit Doppelbett. Also verbrachte ich die Nacht halbdösend, Christiane stand mir dauernd vorm Gesicht, vor allem ihr Hintern und ihre Augen, während Hirschfeld offenen Munds seiner literarischen Bestimmung entgegenröchelte.

8.

8. Mai 1982

Susanne weggefahren, da bin ich. Zur Blaa-Alm gewandert. Nicken mir die Bäume zu? Verneigen sich die Eichen? Mache ich eine Alpenverklärung durch?

Es begegnen mir die Hanseln. Lederhosen bis über die Knie, aber doch norddeutsche Laute. Bei der Blaa-Alm denke ich an Frösche, doch sie sind nirgendwo. Jetzt sitze ich im Wirtshaus unterm blauen Himmel: Stand by in Altaussee.

Sie nehmen Anlauf, und dann laufen sie auf den Abgrund zu. Schweben hoch überm See in diesen Hängegleitern. Ich schaue ihnen vom Losergasthaus zu. Vor mir die Trisselwand, unverändert, wie mir scheint. Ich ging nach hinten zu den Wassern. Keine Frösche. Die Burschen fahren mit den Autos die Panoramastraße hinauf, neben sich ihre Frauen oder Freundinnen. Alle haben sie außer den Hängegleitern eine Frau dabei. Dann bauen sie das Gerät zusammen, die Frauen werden freundlich kommandiert. Sie hocken in Gruppen beieinander, die Männer reden, die Weiber hören zu. Einer geht zum Gleiter, hängt sich die Arme hinein und läuft zum Abgrund. Kaum gleitet er, steigt schon die Freundin ins Auto und fährt die Panoramastraße runter, um den Meister unten am Landeplatz zu erwarten. Daran haben die Österreicher Spaß. Wie würde ich mich fühlen als Punkt überm Altausseer See, a jüdischer Adler. Vom Dachstein tät kommen ein plötzlicher Fallwind, und drin wär ich im See und Ruhe. Hätte ich damals wie jeder? Was schreib ich für *Schmonzes?*

Doch am Friedhof vorm Grab von Wassermann. Auch der Sohn liegt dort, an der Mauer beide. Als ich beim Tor hereinkomme, sehe ich eine Art Friedhofsgärtnerin, und ich frag sie nach dem Grab.

»Wassermann«, fragt sie zurück. »Ah, der muaß aunda Maua liegen.«

Tja, sie haben's im Blut, die Österreicher, was geh ich da herum? Gestern hat Susanne angerufen. Morgen beginnt der Prozeß.

Heute begann die Verhandlung gegen den Schädelknakker. Als ich gestern vor Jakobs Grab stand, ging mir
nichts durch den Sinn, aber heute muß ich oft an ihn
denken. Diesem vornehmen Menschen begegnete ich
damals, und Vater sagte uns, als er schon vorüber war:
»Das ist Wassermann.« Er sah aber ganz trocken aus,
ich war neun Jahre. Oder bereits zehn? Ein paar Meter
daneben das Grab von Bruno Brehm, das zwölfjährige
Reich. Hat sich was geändert? Damals waren schrecklich viele Juden hier in der Sommerfrische. Papa ist immer zwei Wochen später gekommen und zwei Wochen
früher gefahren. Aber es war immer August hier, die
Trisselwand war viel höher, merke ich, jetzt kündigen
sie das Narzissenfest an. Da bin ich längst wieder drüben. Ob ich a bissl am neuen Stück arbeite?

Sie haben mich aufgestöbert. Ein einheimischer Hansel
hat mich erkannt. Wieso, weiß ich nicht. Jedenfalls war
heute morgen ein Anruf von einem Katzenbeißer an der
Rezeption. Und ich kann Susanne nicht erreichen. Wo
soll ich jetzt hin? In ein paar Stunden ist die Meute da,
ich bin sicher.
Auch als ich auf der Terrasse der Seevilla saß, schauten
irgendwelche Juden dauernd zu mir rüber.
Warum tu ich mir das an? Eigentlich empfinde ich
nichts Besonderes hier. Ich erinnere mich nicht einmal
so genau. Das ist doch alles passé, was will ich denn
noch?

Susanne kommt heute noch. Morgen fährt sie mich in aller Frühe nach Wien. Um zwei Uhr hab ich meinen Auftritt, he, he. Anschließend fahr ich sofort zurück. Hierher kann ich nicht mehr. Ist nicht schad drum. Ich wußte es ohnehin: Altaussee is over. Was für ein Gesicht wird sie machen, wenn sie mich wieder sieht? Ihr Interesse an mir ist sicherlich ein zeugenhaftes. Jedenfalls hab ich ja dann meine Schuldigkeit getan. Tagebuch. Shit.

9.

»Verstehen Sie nicht, daß wir Herrn Gebirtig wegen des Festaktes nächsten Dienstag sprechen müssen«, sagte Katzenbeißer mit ruhiger Stimme in die Telefonmuschel.

»Das geht nicht, weil er es nicht wünscht«, antwortete Martin Körner gereizt.

»Darf ich bei Ihnen vorbeikommen, damit wir uns darüber noch unterhalten?«

»Jetzt am Abend? Auf keinen Fall.«

»Besten Dank für Ihre Mühe.« Katzenbeißer behielt den Finger an der Gabel, wählte erneut.

»Vermutlich kommt er heute zu Doktor Körner in die Schelleingasse 15 A«, flüsterte er. Nachdem er aufgelegt hatte, blieb er eine Weile unbewegt sitzen. Er seufzte, erhob sich und ging hinüber zu Eugen Trnka. Der empfing ihn unwirsch.

Susanne blieb in Heiligenstadt stehen. Sie und Gebirtig gingen in den Karl-Marx-Hof hinein, läuteten bei Monika Hanel an. Diese öffnete sofort, und sie verschwanden alle in der Wohnung. Ein kleines Zimmer, ein zweites, kleines, ein Mann, der sich sofort verabschiedete. Gebirtig betrachtete den kleinen Stuhl, bevor er sich auf ihm niederließ. Von dort begann er sich umzuschauen.

Heiligenstadt. Gebirtig äugte aus dem Fenster, das auf die Heiligenstädter Straße blickte. Ein D-Wagen fuhr vorbei. Mit zwei Schritten war Herrmann beim Fenster, ein anderer D-Wagen fuhr aus der entgegengesetzten Richtung vorüber. Nußdorf, las Gebirtig. Nußdorf. Döbling. Grinzing. Sievering. Klosterneuburg. Heiligenstädterhof alias Karl-Marx-Hof.

»Wollen Sie Tee?« Monika Hanel stand hinter ihm. Er drehte sich zu ihr hin, seine Blicke saßen locker auf ihrem Gesicht, während er in Wirklichkeit die Grinzinger Straße zur Hohen Warte hinaufging.

»Wenn Sie so freundlich sind«, antwortete er und ging sodann gebückt in den Vorraum, betrat das winzige Badezimmer. Warum rede ich Deutsch, ärgerte er sich. Überhaupt kam er sich nun als ungelenker, grober Mann vor mit riesigen Ausmaßen, schaute auf Tiegel und Tuben überm Waschtisch, warf einen Blick auf die putzige Badewanne, in welcher er höchstens mit seinem Rumpf Platz hätte, und auf das Zwergenklosett. Wien, dachte er und wusch sich die Hände. Draußen hörte er die beiden Frauen reden. Wie ein gedämpftes Klirren kamen die Stimmen an sein Ohr, und er suchte ein Handtuch, nahm das rosafarbene, ging zurück zum Fenster und schaute wieder auf die Heiligenstädter Straße hinaus.

»Wollen Sie auf den Balkon?« Er nickte und trottete neben der Frau dorthin.

Später beim Tee war es still, weil keiner redete. Sie hielten alle die Tassen in den Händen und führten sie zu den

Lippen, hüstelten und schwiegen. Gelegentlich sagte Frau Hanel etwas, und Susanne sagte etwas darauf, und Herrmann ertappte sich beim Nicken, ohne daß er wußte, was der Grund der Nickerei war. Er schüttelte den Kopf, beide Frauen sahen ihn sofort an, er lächelte, nickte wieder und schob sich einige Kekse in den Mund.

»Also ich geh jetzt«, sagte die Hausfrau und nickte. Als sie fort war, wurde Susanne unruhig. Herrmann sah sie an und sagte kein Wort.

»Was wollen Sie jetzt tun?«

»Die Wohnung ist zu klein«, antwortete er und erhob sich. Sie stand sofort auf, sie waren sich gegenüber, die Arme hingen ihnen dabei herab. Er bemerkte es und begann mit den seinen in der Luft zu rudern, stellte sich auf die Zehenspitzen und drückte die flache Hand auf den Türstock hinter sich.

»Hier findet Sie niemand«, sagte Susanne, bückte sich und holte eine Zigarette vom Tisch. Das Telefon läutete. Sie ging hinaus, er hörte sie reden. Als sie zurückkam, zitterte ihre Stimme, mit der sie ihm berichtete, was ihr Martin Körner eben gesagt hatte. Ein Haufen Reporter wären vorm Haus in der Schelleingasse, auch Fernsehen. Martin sei sehr grob gewesen und wäre nun nicht sicher, ob das nicht eher schade.

»Vielleicht fahr ich hinüber und gebe in Ihrem Namen eine Erklärung ab«, sagte sie endlich.

»Was für eine Erklärung sollte das sein?« Bevor sie antworten konnte, läutete es an der Tür. Gebirtig drehte sich zur Seite, er machte einige Schritte und nestelte an der Eingangstür. Schließlich gelang es ihm, sie zu öffnen. Ein dunkelgekleideter Herr stand draußen.

»Welcome in Vienna, Mister Gebörtig«, sagte er und

verbeugte sich. Gebirtig schaute über die Schulter zu Susanne, die aus der Tiefe des Zimmers rasch näher kam, an Herrmann vorbei auf den Herrn starrte.

»Sie, Katzenbeißer?«

»Mein Name ist Katzenbeißer«, sagte er. »Wollen wir verhandeln?«

»Kommen Sie rein«, sagte Susanne.

»Es wird«, meinte Katzenbeißer, als sie um den Tisch und bei der Sache waren, »Dienstag den großen Festakt geben. Sie werden von der Stadt Wien geehrt. Der Bundeskanzler, krank, wie er ist, wird anwesend sein. Der Bürgermeister hält eine Rede. Sie sind herzlich eingeladen, bei Ihrer eigenen Feier dabeizusein.«

»Wie können Sie«, fragte Susanne Ressel, »sich mir nichts dir nichts über die Gefühle, den Wunsch und den Willen von Mister Gebirtig hinwegsetzen?«

»Warum nicht«, ließ sich Herrmann vernehmen. »Das ist doch ihre Sache. Diese Feier hat mit mir nichts zu tun. Schicken Sie mir die Medaille oder wie das Ding heißt mit der Post nach New York, okay? Ich werde nicht versäumen, Ihnen ein förmliches Dankschreiben zukommen zu lassen.«

Susanne lachte, Katzenbeißer nickte höflich, Gebirtig hob die Schultern, wieso rede ich Deutsch, fragte er sich, ließ sie fallen.

»Wäre es wirklich so schlimm, wenn Sie morgen den Bürgermeister Herrn Doktor Purr aufsuchten, Dienstag beim Festakt anwesend sind, vielleicht die Presse durch eine Erklärung zufriedenstellten? Ich kann im Gegenzug versprechen, außerhalb vereinbarter Termine Ihnen jede Abschirmung zu gewährleisten, die Sie sich erbitten.«

Gebirtig stand auf und stellte sich wieder zum Fenster.

Ein D-Wagen mit der Aufschrift Südbahnhof fuhr vorbei.

»Ihnen gesagt, ich fliege unmittelbar nach meiner Aussage in die Staaten zurück. Ich möchte niemanden brüskieren, ich habe um nichts gebeten, ich erfülle hier eine Verpflichtung gegenüber... ist ja egal und damit basta. Mich geht die Stadt Wien nichts an, verstehen Sie das. Sagen Sie Ihrem Bürgermeister meine besten Empfehlungen.«

»Sie wissen, daß Sie uns alle blamieren und vor der Weltöffentlichkeit bloßstellen«, sagte Katzenbeißer und stand ebenfalls auf.

»Das lag und liegt nicht in meiner Absicht. Sie hätten sich eben das Spektakel ersparen können.«

»Herr Lebensart hatte uns dazu geraten.« Gebirtig starrte verblüfft auf den Beamten.

»Herr Lebensart?«

»Das ist nicht wahr«, sagte Susanne Ressel.

»Mir sagte er, er fände schon, daß durch diesen Festakt auch die jüdischen Mitbürger hier sich geehrt fühlten. Der Präsident der Israelitischen Kultusgemeinde wird ebenfalls einige Worte sprechen.«

»Das glaube ich«, lachte Gebirtig auf. »Den Wiener Juden bleibt wohl nichts anderes übrig, als sich bei diversen Festakten gelegentlich geehrt zu fühlen.«

»Wir sehen das ein wenig anders«, sagte Katzenbeißer und setzte ein jungenhaftes Lächeln auf. »Ich jedenfalls freue mich wirklich, daß diese Ehrung möglich wurde nach allem, was geschehen ist.«

Wiederum schaute Gebirtig dem Katzenbeißer ins Gesicht. Hernach wandte er sich an Susanne.

»Sehen Sie, was Sie mir eingebrockt haben?« Susanne erhob sich.

»Gehen Sie fort«, sagte sie zu Katzenbeißer. »Reden Sie keinen Unsinn. Lassen Sie uns jetzt in Ruhe, ja?«

»Ich glaube nicht«, antwortete Katzenbeißer mit sich verschließendem Gesicht, »daß Sie auch nur in Ihrem eigenen Interesse handeln. Ich bin übrigens dazu da, von der Stadt Schaden abzuwenden und von Ihnen auch. Lassen Sie mich das noch sagen: Wir sind in der allerbesten Absicht. Keiner von uns hat sich Ihrem Volk gegenüber auch nur das geringste zuschulden kommen lassen. Bürgermeister Doktor Purr ist für seine antifaschistische Gesinnung auch bei unseren jüdischen Mitbürgern bekannt und beliebt. Sie treffen mit Ihrer Weigerung die Falschen und geben denen Nahrung, die von vornherein gegen diese Ehrung waren, sowie gegen jede Anerkennung von vergangener Schuld. Wir sind Ihre Freunde, verehrter Herr Gebirtig, auch wenn Sie es aus begreiflichen Gründen nicht wahrhaben wollen. Ich mache Ihnen einen Vorschlag: Überschlafen Sie das noch einmal. Ich werde mir erlauben, Sie morgen gegen zehn anzurufen. Das Ganze hat, ich geb's ja zu, auch einen gewissen Selbstlauf genommen. Vielleicht finden wir einen Weg, aus der Sache einigermaßen erträglich für alle Seiten herauszukommen.« Er streckte Susanne Ressel die Rechte hin. Sie schüttelte zornig den Kopf und sah hin zu Gebirtig, der mit zusammengepreßtem Mund dieser Rede gelauscht hatte. Katzenbeißer verbeugte sich, drehte sich um und verließ die Wohnung.

»Ha. Ha. Ha«, machte Gebirtig.

»Ach, Herrmann«, sagte Susanne und ging auf ihn hin, umarmte ihn und legte ihren Kopf an seine Brust. Er schloß die Arme um sie.

»Witziger Bursche«, flüsterte er. »Wissen Sie was? Fahren wir nach Grinzing zum Heurigen.«
Susanne löste sich und ging zum Telefon.

10.

Nächsten Vormittag gingen wir auf Empfehlung Annas zu einer älteren Dame, die sich sehr für die Gedichte Hirschfelds zu interessieren schien. Natürlich kannte sie nichts von ihm. Ihr genügte anscheinend, daß Paul ein jüdischer Autor sei, und so stellte sie in Aussicht, eine Lesung in der jüdischen Gemeinde zu organisieren. Sie war dort Kulturreferentin, und so gingen wir zu ihr hin. Unterwegs maulte Hirschfeld herum, denn er fürchtete, bevor er noch bekannt wird, schon im jüdischen Ghetto zu verschwinden. Ich mußte ihn herzlich auslachen und tat es, während wir den Grüneburgweg hinauftippelten. Gegen Paul bin ich direkt ein Rabbi. Mir ist vertraut, wie er fühlt, aber ein Jude bleibt schließlich ein solcher.

»Dein Verhältnis zur Sprache hat was Jüdisches«, sagte ich ihm, nachdem ich fertig gelacht hatte. »Was du dich drehst und wendest. Ich denke eh ähnlich wie du, doch du übertreibst. Wenn du als Jude avancierst, soll's dir recht sein. Andere haben es als Bergbauern oder Krebskranke zu was gebracht, und keiner fand was dabei. Ob du hältst, hängt von anderen Dingen ab.«

»Was heißt, hat was Jüdisches? Ich schreibe ein tadelloses Deutsch.«

»Schon damit unterscheidest du dich von den Deutschen. Im Unterschied zu denen mußt du es beweisen.«

»Unsinn. Ihr mit eurem jüdisch. Wenn ich nach Kärnten fahre und zurück, wirst du auch sagen, Gott, ist das jüdisch.«

»Zurück auf jeden Fall.« Jetzt lachte Hirschfeld ein wenig, und wir bogen rechts in die Fürstenberger ein und standen vor dem Haus, in welches wir alsogleich hineingingen. Ich läutete, und Ilse Jacobssohn-Singer öffnete.

»Kommen Sie herein, kommen Sie herein«, sagte sie mit dröhnender Stimme. Sie war eine kleine, gebückt gehende, vitale Frau, Mitte Sechzig, mit einem breiten Gesicht und einem Mund, dem man anzusehen schien, daß er sich häufig stark öffnete, um gewaltige Gelächtertöne herauszulassen. Sie hatte silbrig durchzogenes, dunkles Haar, und die Augen waren das andere, das ihr Gesicht und die ganze Person beherrschte. Wir wurden ins Wohnzimmer geführt, welches an allen Wänden von Büchern übersät war. Mitten in den Schriftmassen war ein Foto von einer dunkelhaarigen jungen Frau. Auch Hirschfeld hatte einen Blick darauf geworfen, bevor wir hinter Ilse Singer zu einer Art Veranda gingen und uns in die fragil aussehenden Stühle setzten.

»Anna ist ja von Ihren Gedichten sehr beeindruckt«, sagte Ilse Singer. Paul öffnete den Mund, um etwas Verlegenes zur Antwort zu geben, doch sie sprach weiter, indem sie Tee, Kaffee oder Wein offerierte, dazu diesen oder jenen Kuchen. Nachdem wir unsere Wünsche geäußert hatten, setzte sie sich Richtung Küche in Trab. Da waren wir nun und schauten aus der Glasveranda heraus und warteten. Bald danach war alles auf den Tisch bugsiert, und die Jause begann. Dann las Hirschfeld Gedichte. Ich kannte sie alle und beobachtete deswegen ihr Gesicht. Ich sah, daß sie jedes Wort gleichsam mit dem Antlitz empfing, bevor sie es in sich eindringen ließ, doch hie und da irrte ihr Blick für einen Moment ab in Richtung Wohnzimmer. Einige Texte waren hervorragend und machten auf Ilse Singer großen Eindruck, so daß ihre Augen feucht wurden. Da schien sie sich zu verwandeln, eine Frau aus einer vergangenen Zeit zu werden, und ich hatte den Eindruck, daß sie dann dem Foto glich, welches inmitten der Bücher angebracht war. Äußerlich waren keine Ähnlichkeiten da, und doch zwang mich das sich auflösende Gesicht der alten Dame aus dem Sessel hoch. Ich nuschelte eine Entschuldigung, um zur Toilette zu gehen. Auf Hin- und Rückweg faßte ich im Vorübergehen das Foto fest ins Auge, setzte mich wieder dazu. Paul hatte nicht gewartet, sondern las jetzt eine seiner Lorcaparaphrasen vor, und Frau Singers Gesicht war wieder ruhig und entspannt. Als er fertig war, patschte sie begeistert die Hände zusammen, beglückwünschte ihn, lehnte sich zurück und betrachtete ihn stolz. Hernach begann sie ihn höflich nach seinem Leben auszufragen. Mich überkam Müdigkeit, so daß ich unterbrach und um ein Glas Wein bat. Sie wandte sich an mich, ließ sich meinen Namen nochmals sagen.

»Demant? Ich hatte einen Demant gekannt, der kam aus Wien.«

»Wann?«

»Damals. In Theresienstadt.«

»Mein Onkel war in Theresienstadt.«

»Hat er überlebt?« Ich schüttelte den Kopf.

»Auschwitz?«

»Sicher.«

»Habe ich mir gedacht. Sie sehen ihm ein bißchen ähnlich, wenn ich mich richtig erinnere.«

»Sicher nicht.«

Ilse Singer lächelte.

»Vielleicht bilde ich es mir ein. Der Vorname war?«

»Josef.«

»Richtig. Na sehen Sie. Er war in der Hannover.«

»Wie hieß die?«

Sie wiederholte den Namen, stand auf und ging das Buch von Theresienstadt holen.

»Das wär was für Katz«, sagte Hirschfeld, nahm die Gedichtmappe und verstaute sie in seiner Tasche. Als wollte ich Paul ärgern, begann ich Ilse Singer meinerseits auszufragen. Nach ein paar Minuten unterbrach er folglich, beugte sich vor und fragte sie:

»Wer ist denn die Dame auf dem Foto draußen?«

Ich erschrak, denn wer weiß, was bei so direkten Fragen ausgelöst wird. Frau Jacobssohn-Singer schwieg einen Moment, dann sagte sie mit fester Stimme und weit offenen Augen:

»Das ist Sonja Okun.«

11.

Nächsten Tag, Viertel elf, rief Katzenbeißer an. Gebirtig saß beim Glas Milch und hörte einem späten Streichquartett Beethovens zu. Obwohl er diese Streichquartette sehr liebte, dudelte ihm das da heute bloß im Kopf. Er hatte die Hand am Milchglas und saß regungslos. Gestern mit Susanne beim Heurigen, als sei freies Wochenende. Nett die Leute, leicht und spritzig der Weißwein, die Pfefferoni mild. Sie redeten nicht viel. Er war in eine ihm unvertraute Aura hineingeraten und doch kam ihm dabei vor, als säße er zwei Mal die Woche seit Jahr und Tag beim Wein in Grinzing. Eine Zeitlang war es Gewohnheit seiner Eltern gewesen, ein paar Mal war er dabei. Als Dreizehnjähriger trank er sein Kracherl am gleichen Platz. Sehr verändert der Ort. Viele Autobusse gestern. Onkel Karel aus Tarnov war mit. Ah, ja und Siggi. Jetzt, nicht gestern fiel ihm das ein. Als das lachende Gesicht des Bruders auftauchte, zuckte ihm die Hand, die Milch schwabbte aus dem Glas. Auf dem Heimweg und vor dem Haus war Susanne sehr nahe. Sie verabschiedeten sich, und sie lehnte sich zurück. Er war aus dem Taxi gestiegen und sie weitergefahren. Tief hatte er geschlafen, und dennoch saß er nun so da, das Herz schlug ihm gegen die Kehle. Hätte er doch zugestimmt, da sie frühmorgens heute schon hier sein wollte, doch abgewunken hatte er, sie erst gegen elf hergebeten.

Gebirtig drückte auf die Pausetaste und ging raus zum Apparat. Katzenbeißer wünschte ihm einen guten Morgen. Herrmann dankte und setzte zu einer Erklärung an. Katzenbeißer unterbrach sofort.

»Der Angeklagte ist erkrankt, Mister Gebörtig. Die Verhandlung ist vorerst auf fünf Tage unterbrochen.«

»Nennen Sie mich nicht Gebörtig! Ich heiße Gebirtig. Wie Gebürtig, aber mit i!«

»Entschuldigen Sie, ich dachte…«

»Schluß damit. Was sagten Sie?« Katzenbeißer wiederholte.

»Das ist nicht möglich«, flüsterte Herrmann.

»Herr Eigler hat einen grippalen Infekt erlitten.«

»Eigler? Sie nennen ihn Eigler?«

»Er nennt sich so. Also gut, Egger. Jetzt werden Sie Ihren Rückflug ohnedies verschieben müssen.«

»Nichts muß ich müssen. Auf Wiedersehen.«

»Warten Sie doch.«

Gebirtig legte den Hörer auf die Gabel zurück. Einige Zeit verstrich. Er stoppte sich plötzlich in seiner Regungslosigkeit, schlenkerte mit dem ganzen Oberkörper, griff fahrig in seine Brusttasche, um nach Doktor Körners Telefonnummer zu suchen. Er hielt sich den Zettel vors Gesicht, wollte den Hörer packen, da läutete es, und Susannes Stimme war da.

»Ich lass’ meinen Wagen in Heiligenstadt stehen, Herrmann«, sagte sie atemlos. »Steigen Sie doch in den D-Wagen und fahren direkt zum Südbahnhof.«

»Okay.«

»Auf der mittleren Ebene, nach der Rolltreppe links, ist das Restaurant. Vorne stehen die Sandler, aber...«

»Wer ist dort?«

»Die... die Alkoholiker oder Obdachlosen, die Clochards. Hinten aber ist normaler Restaurationsbetrieb. Gehen Sie durch, ich erwarte Sie. Dann sehen wir weiter.«

»Okay. Was hast du vor?«

»Wir brauchen ein neues Versteck.«

»Ich komme«, sagte Gebirtig und legte auf. Er schüttelte den Kopf. Sandler, sagte er laut. Sandler. Etwas stimmte nicht, dachte er, als er zur Straßenbahnhaltestelle ging. Er drehte sich mehrmals um und merkte auch, daß ihm jemand zu folgen schien. Der saß auch dann hinter ihm, als sie auf der Heiligenstädter Straße zum Lichtenwerder Platz fuhren, blieb dort, als sie über die Althanstraße zum Franz-Josefs-Bahnhof kamen, der auf dem Julius Tandler Platz stand. Immerhin. In Herrmann war allmählich die Anspannung wie aufgesogen und verschwunden. Er hockte etwas zusammengekrümmt auf seinem Sitzplatz und schaute neugierig auf Häuser und Plätze. So ging’s die Porzellangasse dahin, sonst geschah nichts. Bei der Börse bog das Ganze in den Ring, gleich darauf fuhr der Zug beim Schottentor ein. Gebirtig lächelte, drehte sich zum Mann dahinten um und lachte ihn an. Der runzelte die Stirne, senkte die Augen, wendete den Kopf nach links und schaute in die Schottengasse hinein. Gebirtig drehte sich zurück und betrachtete die Rampe der Universität, nicht aber ohne vorher die Doppeltürme der Votivkirche wahrgenommen zu haben. Als er bei Burgtheater und Rathaus vorbeikam, wartete er schon aufs Parlament. Bei der Stadiongasse begann er angestrengt rechts in sie hinein zu linsen, doch konnte er das Café an ihrem Ende am Eck nicht erspähen, ein riesiger Möbelwagen verdeckte das Café Eiles, er war schon vorbei. An der Oper stieg der Mann hinter ihm aus. Als Gebirtigs D-Wagen in den Schwarzenbergplatz einbog, betrachtete er erstaunt ein bizarres Denkmal vorne, vor dem ein Springbrunnen sprudelte. Die Prinz-Eugen-Straße hinauf, es war etwas nach elf, und er saß Susanne gegenüber.

»Ich bin«, sagte er ihr, »soeben mit der Straßenbahn den Ring entlang gefahren.«

»Natürlich«, lächelte sie.

»Aber nun bin ich halt einfach mit dem D-Wagen an Parlament und Oper vorbeigefahren. Und am Imperial.«

Susanne schwieg.

»Ich möchte«, fuhr er fort, »in der Skodagasse oder Florianigasse, Laudongasse, Kochgasse oder so in einer Pension absteigen. Wir könnten mit dem Dreizehner hinfahren. Fährt der noch?«

»Das ist jetzt ein Bus. Fährt noch.«

»Ein Bus? Ist ja egal. Ist das zu machen?«

»Na ja, die Journalisten...«

»Susanne! Könnten Sie mit Katzenhuber einen Termin vereinbaren? Achtzehn Uhr?«

»Herrmann, was ist los?«

»Sag, was ist das für ein Denkmal am Schwarzenbergplatz?«

»Das Russendenkmal. Lenk nicht ab. Was ist los?«

»Ich lenk nicht ab, im Gegenteil«, sagte Herrmann und lächelte übers ganze Gesicht. »Herrjeh, ich bin nun mal in der Stadt.« Er schwieg, nickte heftig. »Sollen sie doch kommen«, rief er. »Alle! Her mit ihnen! Her mit Katzenhuber!«

»Katzenbeißer.«

»Auch gut. Katzenbeißer!«

Susanne Ressel sagte nichts, schaute fest ins Blaue seiner Augen. Er, mit rosigem Gesicht hielt nicht nur dem Blick stand, sondern er funkelte sie nachgerade an. Sie senkte den Kopf und murmelte:

»Und der Festakt, das ganze Brimborium?«

Gebirtig klatschte schallend in die Hände, so daß die Kellner herblickten.

»Her mit ihm! Im Ernst, Frau Ressel. Alles andere ist Unsinn. Zahlen, Herr Ober. Ich hätte nicht herkommen sollen. Du bist schuld. Nun bin ich da. Da bin ich. Es hilft nichts.«

»Wie Sie wünschen«, sagte sie und wollte sich erheben. Er hielt sie mit der Hand zurück.

»Was geht's dich an«, schnaubte er und blickte kalt. »Was geht es euch alle an. Hier bin ich. Nehmt mich zur Kenntnis. Ja.«

Ilse Singer, einzige Tochter des Kürschnermeisters Herrmann Singer, stammte aus Pilsen. In der vorletzten Klasse des Gymnasiums betrat Adolf Hitler das Klassenzimmer, worauf Ilse es verließ. Sie begann, sich auf die Auswanderung nach Palästina vorzubereiten. Herrmann Singer wurde verhaftet und nach Buchenwald verbracht. Als ihre ganze Gruppe mit Jugend*aliah*zertifikat nach Palästina ausreiste, mußte Ilse im Protektorat verbleiben, da noch ein kleiner Weinberg auf ihren Namen im Grundbuch eingetragen war. Ihre *Chawerim* von *Makkabi Hazair* landeten allerdings statt in Palästina auf der Insel Mauritius. Daweil hatte irgendwer bei der Gestapo unter unfreundlichen Bedingungen zu weinen, zu schreien und schließlich zu singen begonnen. Wahres und Erfundenes mischten sich in seinem endlosen Verzweiflungslied, doch solange es erklang, blieben die Schläge aus. Also wurde Ilse als kommunistische Agitatorin verhaftet. Damit hatte sie nie etwas zu tun gehabt. Sie saß im Kaunitzcolleg zu Brünn und wartete auf die Erschießung, denn täglich wurden dort kommunistische Agitatoren erschossen, sie hörte es. Sie aber kam über einige Stationen nach Theresienstadt. Ihre Mutter war schon dort. Vom Vater und den Freunden hatte sie schon ein Jahr lang nichts vernommen und erfahren. Einundzwanzigjährig, im Zustand restloser Verlassenheit, nach Wochen der Todesangst, welche nicht zu beschreiben ist, stand sie in der Schleuse von Theresienstadt. Als Gefängnisinsassin war es höchst ungewiß, ob sie die Schleuse überhaupt passieren durfte; eher würde sie zurückgewiesen und sogleich nach dem Osten deportiert. Doch die Kameraden von

He Chaluz bemerkten sie noch, als sie da so drin stand. So kam sie durch und schloß ihre Mutter und ihren Onkel in die Arme.

Sie bezog Quartier in L 208 und begann im Mädchenkinderheim als Betreuerin zu arbeiten. Zu der Zeit war der Judenälteste Edelstein bereits abgelöst, Doktor Paul Epstein, aus Mannheim gebürtig und ehemaliger stellvertretender Vorsitzender der Reichsvereinigung der Juden in Deutschland, war sein Nachfolger. Mit ihm war auch der deutsche Arzt Sigmund Jacobssohn nach Theresienstadt gekommen. Ilse gefiel der fünfzehn Jahre ältere, schmale Intellektuelle außerordentlich, und umgekehrt schien es genauso zu sein. Sie war allerdings in diesen Dingen unerfahren genug, sie hatte eine romantische Beziehung von der letzten *Hachschara* eben hinter sich, wie lange war das her, und Geli saß inzwischen, und sie wußte es nicht, auf Mauritius fest und träumte abwechselnd von Palästina und von Ilse. Sie war auch durch die Gefängnisaufenthalte und den Verlust des Vaters, das hatte man ihr hinterbracht, den hoffnungslosen Gang nach innen angetreten, welcher sie beinah das Leben kostete. An dieser Verzweiflung gemessen erschien ihr Theresienstadt wie ein Glück, ihre Mutter in der Nähe und dazu noch dieser Arzt aus Deutschland, dessen Vorträgen sie gerne lauschte, aber der von einer nahezu abstrusen Schüchternheit war. Immerhin häufige Gespräche, sie freundeten sich miteinander irgendwie an, und dadurch geriet Ilse in engen Kontakt mit Paul Epstein und mehr noch mit dessen Frau Hedwig.

Zu *Rosch Haschana* des Jahres dreiundvierzig feierten sie als ganze Gruppe zusammen, und da Ilse und Sigmund sich bei den *Schana Towa* Wünschen wohl oder übel küssen mußten, taten sie es auch. So ging der Plan der Gruppe auf, und sie galten als verlobt.

»Man warnte mich immer«, sagte Ilse Jacobssohn-Singer lachend, »weil ich, wenn ich meine Vorträge in Schulen halte, zu positiv über Theresienstadt rede. Doch was soll ich machen? Die große Liebe ist mir dort begegnet. Und Sonja. Die anderthalb Jahre mit Sonja.«

Eines Tages stand Ilses Mutter auf der Liste, bestimmt zum Abtransport nach Osten. Man wußte zwar nichts genaues, Ilse jedenfalls nicht, aber auch Paul Epstein schien nicht informiert gewesen zu sein, was in Polen geschieht. Dennoch alle fürchteten Veränderungen, es konnte bloß schlechter werden, und Ilse versuchte entweder mit der Mutter mitzugehen, oder was besser war, diese aus dem Transport herauszureklamieren.

»Ich hatte mir die Hände schmutzig gemacht«, sagte Ilse Jacobssohn-Singer leise, »denn selbstverständlich ging statt ihr wer anders auf Transport. Die Zahl mußte ja stimmen.« Sie hob den Kopf und mit dröhnender Stimme: »Es soll einer aufstehn und mir erzählen, daß er das nicht für seine Mutter gemacht hätte.« Sie zeigte uns beide Handteller, betrachtete sie und brach ab.

Mit Hilfe von Hedwig Epstein blieb Ilses Mutter noch eine Weile in Theresienstadt. Eines anderen Tages stand sie selbst auf der Liste und wurde von ihrem Onkel wieder herausreklamiert.

»Am siebenten September dreiundvierzig ging ein großer Transport nach Auschwitz-Birkenau. Darunter befand sich der Berliner Sportlehrer Fredi Hirsch, vielleicht habt ihr von ihm gehört?«

Hatten wir nicht.

»Jedenfalls trafen bald darauf Briefe und Postkarten

ein, denen zufolge der ganze Transport in einem Familienlager zusammen lebte. Die Kinder gingen in Kindergarten und Schule, und allen ging es gut. Wir sind voll darauf reingefallen. Präzis sechs Monate später, siebenter März vierundvierzig gingen alle ins Gas, Fredi brachte sich am Vorabend um. Das Ganze hatte den Zweck, uns Theresienstädter zu beruhigen, so daß wir ohne Panik in die nachfolgenden Züge stiegen.«

Paul Epstein ward auch getäuscht. Er wurde wegen seiner angeblichen Deutschfreundlichkeit angegriffen, vor allem von den Tschechen, aber Ilse glaubt heute, daß sie ihm unrecht taten. »Es wird einmal der Tag kommen«, sagte er zu Sonja Okun, »an dem ich nicht mehr Ja sagen kann.« In seinem Gürtel trug er das Zyankali. Als er allerdings später von Rahn überraschend zur kleinen Festung befohlen wurde, hatte er den Gürtel nicht an. Er wurde dort erschlagen.

»Wollt ihr noch Kaffee?«

»Haben Sie Wein?« Ilse ging ihn holen.

»Hat mein Onkel Sonja gekannt«, fragte ich.

»Er muß sie gekannt haben.«

Sie kam eines Tages zu Ilse und fragte, ob sie bei ihr wohnen möchte. Als Freundin von Hedwig und Paul etwas privilegiert, wohnte Sonja in einem eigenen größeren Zimmer in der Magdeburger Kaserne, nah bei den Epsteins. Ilse freute sich und zog zu ihr. Auf dem Nachtkästchen stand die Fotografie eines Mannes. Nach einiger Zeit wagte Ilse Sonja nach dem Mann zu fragen, und Sonja erzählte ihr die Geschichte ihrer sechzehn Jahre lang dauernden Liebe zu Egon Stellein.

Egon war ein aufstrebender Theaterregisseur gewesen. In den zwanziger Jahren begegnete sie ihm auf einem der rasend gemütlichen Künstlerfeste. Sie sahen und blieben sich. Zwar hatte Stellein daheim eine Frau und zwei Kinder, doch Halt gab es für ihn keinen. Sonja stammte aus Wilna, war aber schon länger in Deutschlands Theaterkreisen bekannt. Eine außergewöhnliche Erscheinung, hochgewachsen und schlank, dunkle Augen, ihre Ausstrahlung war schwer zu beschreiben, sensationell, sagte man damals. Egon verfiel ihr sofort, auch ihr ging es nicht besser. Also lebten sie miteinander in Berlin, waren befreundet mit Bert Brecht und Helene Weigel, mit Fritz Kortner. Ilse glaubte sich zu erinnern, daß Sonja Fritzens Trauzeugin war, egal. Stellein wurde mit einem Stück Brechts, an dessen Uraufführung er neunzehnachtundzwanzig wesentlich Anteil hatte, schlagartig berühmt.

Mitte der Dreißiger erkrankte Sonja an Tuberkulose und fuhr in die Schweiz auf Kur. Kortners und Brechts waren schon längst geflohen, Stellein konnte sich zur Emigration nicht entschließen. Weit davon entfernt mit den Nazis zu sympathisieren, hatte er sich offenbar doch so weit arrangiert, daß Goebbels ihn unpolitische Lustspiele und Filmchen dieser Art drehen ließ. Als nun Sonja fort war, verfiel Stellein in Depression. Er wußte wohl, daß sie als litauische Jüdin aus der Schweiz nicht wieder nach Deutschland zurückkommen werde. Er hielt es nicht mehr aus, und er reiste ihr hinterher. In der Schweiz schien er sie beschworen zu haben, nach erfolgter Ausheilung der Tb nach Berlin und zu ihm zurückzukehren.

Sonja willigte ein, denn sie liebte ihn sehr, und da er außerhalb Deutschlands für sich keine Zukunft sah, ging sie wieder mit ihm. Das muß neunzehnhundertachtunddreißig gewesen sein.

Hirschfeld beugte sich vor: »Achtunddreißig? Die

Nürnberger Rassengesetze waren doch schon seit fünfunddreißig in Kraft. Wie kann…«
»Fragen Sie mich was Leichteres. Es war siebenunddreißig oder achtunddreißig. Genau weiß ich es nicht. Jedenfalls vor der sogenannten Kristallnacht.«

13.

Die Pension in der Skodagasse war zufriedenstellend.
Um sechs Uhr traf Herrmann Gebirtig den Magister
Wendelin Katzenbeißer im Café Eiles, wie vereinbart.
Das Zusammentreffen entwickelte sich allmählich zu
einer Pressekonferenz, die Journalisten blitzten kreuz
und quer über die Kaffeehaustische. Alte Herren, auch
Stammgäste, legten verärgert die Zeitungen weg und
verließen kopfschüttelnd das Lokal. Katzenbeißer hatte
die Journalisten ersucht, sich ein wenig zu gedulden.
Doch dann handelte er in fünf Minuten den Treff mit
Bürgermeister Purr aus, holte Gebirtigs Zustimmung
zum Festakt, lehnte sich nun bequem zurück und beobachtete den Hochberühmten amüsiert, daweil die Journalisten ihre Fragen stellten. Das Fernsehen baute sich
schließlich vor Herrmanns Tisch auf, Lampen links und
rechts, drei Mikrophone vor der Nase. Die Mokka-
schale wurde hin und her geschoben, fand ihren Platz
im Bild. Durchs Fenster bemerkten vorbeigehende Passanten Licht und Kamera und drückten ihre Gesichter
an die Glasscheibe, so daß ein Fernsehmensch hinaus
geschickt werden mußte, um das Volk aus dem Bild zu
wedeln.
Susanne Ressel und Martin Körner saßen am anderen
Ende des Lokals und schauten zu dem Spektakel hin-

über. Gelegentlich trafen sich Susannes und Herrmanns Blicke, und so ging eine Stunde hin. Gebirtig hielt sich gut. Seine Schüchternheit kam als Charme über die »Rampe«, seine gelegentlichen Witze verstand zwar kaum wer, dennoch lachten sie alle, gleichsam auf Verdacht. Der Journalist Sternberg stellte als einziger eine Frage zum Prozeß und bekam seine Antwort. Er nickte, stand auf und ging. Gebirtig sah ihm lange nach, so daß er sich die an ihn gestellte Frage eines quicken Kulturreporters wiederholen lassen mußte. Nach fünf Viertelstunden baute das Fernsehen ab. In gebuckelter Stellung nahten sich dem Dichter nacheinander einige Interessenten, welche vorm Tisch ihr Begehren vorbrachten. Doch die Verleger und Übersetzer bekamen nicht einmal einen Termin, freundlich lehnte Gebirtig all das ab. Als der eine oder andere hartnäckig zu werden drohte, winkte er durchs Lokal zu Susanne hinüber, so daß sie Martin sitzen ließ, wo der saß, zum Fensterplatz kam und sich daneben niederließ. Martin fand sich bei sich selbst nicht nett behandelt, er zahlte und ging zeitgleich mit Katzenbeißer aus dem Eiles hinaus. Der klopfte ihm herzlich auf den Rücken, lachte und lud ihn zum Festakt dienstags persönlich ein. Doktor Körner bedankte sich uninteressiert und eilte die Josefstädter Straße hinauf.

Als alle gegangen waren, zahlte Gebirtig und übersiedelte mit Susanne zum Blauensteiner daneben, betrachtete die Fotos des Heimito von Doderer, die dort herumhingen, und setzte sich mit dem Rücken zu ihnen an den Tisch darunter.

»Ich soll Ihnen nun meinen Meinungsumschwung erklären«, begann er, warf sodann den Kopf nach hinten und grinste sie an. »Ich kann's gar nicht.«

»Hab ich Sie gebeten, Sie sollen mir etwas erklären?«

»Wieso haben Sie mir den Doktor Körner nicht vorgestellt?«

»Ein Versehen.« Susanne lächelte, beobachtete dabei seinen Gesichtsausdruck. »Macht es Ihnen was aus?«

»Mir macht gar nichts was aus.« Er hob einige Bierdeckel hoch und ließ sie auf die Tischplatte plumpsen, bestellte ein Gulasch und ein kleines Bier, Susanne einen Weißwein gespritzt.

»Begleit mich morgen zum Bürgermeister!« Sie nickte. Nach dem Essen und vor dem Wirtshaus standen sie in der Dämmerung.

»Gelt, ich bin Ihnen bloß als Zeuge wichtig«, sagte er und sah auf die Häuser der Zweierlinie.

»Was soll ich da antworten?«

»Ach, antworten Sie gar nicht. Laß mich jetzt allein.« Susanne neigte den Kopf, überlegte, ob sie sagen sollte, was sie soeben dachte, neigte nochmals den Kopf.

»Ruf ich dich im Baltic an?«

»Okay. Nach zehn.« Und sie gingen auseinander. Gebirtig schaute zu, wie sie in den J-Wagen stieg, spazierte über die Straße und stieg in seinen eigenen J-Wagen. Beim Café Hummel verließ er die Tramway, stellte sich dem Lokal gegenüber auf und verharrte dort, bis es dunkel geworden war. Er legte den Kopf in den Nacken, spähte lange und ruhig in den Himmel über der Josefstadt, und er lachte ohne Laut in sich hinein. Er hatte gemerkt, daß der jahrzehntelange, leise Druck im Brustkorb weg war. Einige Leute drehten sich im Vorübergehen zu ihm hin. Er merkte es wohl und blinzelte. Morgen um acht geh ich nach Hause, sagte er zu sich. Von dort pomali zur Kanzlei. Das mach ich.

Mit diesen Gedanken kam er in der Pension an. Er legte

sich in den Kleidern aufs Bett. Süß ist die Leichtigkeit, süß und köstlich.

»Süß, Susanne, ist die Leichtigkeit. Süß und köstlich.«

»Ich glaube Ihnen. Ich spür sie.«

»Bin ich verliebt?«

»Vielleicht, Herrmann.«

»In Sie?«

»Auch vielleicht. Ein bissel.«

»Und du?«

»Was soll ich darauf antworten?«

»Was Angenehmes.«

»Dräng mich nicht.«

»Das ist eine angenehme Antwort?« Susanne schwieg. Herrmann nahm den Hörer von einem Ohr weg, fixierte ihn einen Moment, legte ihn ans andere und murmelte:

»Doch, ziemlich angenehm.«

»Gute Nacht, Herrmann. Um halb elf im Eiles?

»Um halb elf eilt es ins Eiles, ha, ha. Schlaf gut.« Susanne legte den Hörer auf die Gabel, ging rüber zu Martin, streichelte dem Sitzenden, während er in die Luft schnaubte, über die Haare. Er blickte zu ihr hoch. Ihm kam sein eigener Gesichtsausdruck ruhig und gelassen vor, er hielt seine Hand an ihrer Hüfte.

»Fängst du dir ein Pantscherl an mit ihm?«

»Und wenn? Gehst du dann?«

»Freilich.«

Susanne lachte, holte sich den Mantel und verließ grußlos seine Wohnung. Martin blieb sitzen und schaute weiter in die Luft. Dabei rauchte er seine Zigaretten. Als der Morgen hereinkam, war die letzte verbraucht. Er stand auf, ging runter zum Automaten. Ein Besoffener, vom Südbahnhof her, steuerte auf ihn zu.

»Hamms a boa Schüling, Schäff?«

Körner zog die Brieftasche, und dann schritt er in Richtung Südbahnhof aus und ging. Im Schweizer Garten setzte er sich im Morgentau auf eine Parkbank. Das Vogelgezwitscher schien ihn einzuhüllen, er kauerte uninteressiert unter den Ästen.

Susanne Ressel, in ihrer eigenen Wohnung, stellte sich unter die Dusche. Süß ist die Leichtigkeit, süß und kostbar, sagte sie zu ihrer Gestalt im Spiegel, während der allmählich anlief. Sie legte ihre Hände lächelnd auf die Brüste, zwickte sich sacht und atmete aus.

Siebentes Kapitel

Hitze

1.

»Sonja Okun ging mit Egon Stellein also zurück nach Berlin. Sie tat, was er wollte, sie tat es.«

Ilse Jacobssohn-Singer schwieg. Ich trank ihren Wein, Hirschfeld thronte abgehoben und wie im eigenen Kreis auf dem Sessel, ein Innenblick, als ob er eben Gedichte schriebe oder als tönte Ilses Stimme aus seiner Gurgel. Sie blickte uns mit glänzenden Augen an, aber als sie weitersprach, gewann die Stimme schnell an Festigkeit.

»Wie alle wissen, verfinsterten sich die finsteren Jahre. Jetzt hätte Egon Stellein der Sonja helfen müssen, neununddreißig, vierzig, einundvierzig. Vielleicht hatte er es auch versucht, jedenfalls kehrte er zu jener Zeit zu Frau und Kindern zurück.

»Was«, knurrte Hirschfeld.

»Sie selbst, Sonja hatte die Versöhnung eingeleitet«, beschwichtigte Ilse. »In Theresienstadt sprach sie von ihm in so liebevollem Ton, sie ließ nichts auf ihn kommen, sie verstand es. Es ist nicht so, wie ihr annehmt. Er war kein Schwein.«

»Er hätte sie nicht aus Deutschland rausbringen können«, fragte ich erstaunt, »So weit wird sein Einfluß nicht gereicht haben als Filmemacher von Goebbels Gnaden?«

»Vielleicht haben Sie recht, er war ein armer Teufel. Ich hörte, er war Vierteljude, weiß nicht, ob's stimmt.

Er hat wahrscheinlich nichts tun können. Jedenfalls begann Sonja noch in Berlin mit Jugend*aliah*, und sie freundete sich dabei mit Hedwig Epstein an. Und nun wohnte ich bei ihr in der Magdeburger Kaserne.«

Die anderthalb Jahre waren für Ilse außerordentlich. Sie berichtete uns darüber, als ob achtzehn Monate ein Menschenleben wären. Die Transporte setzten wieder voll ein. Paul Epstein war tot, und Sonja sagte häufig zu Ilse, ihr Schicksal wäre mit dem Hedwigs verknüpft. Als Hedwig in den Zug steigen mußte, ging Sonja mit. Das war ein Waggon, auf dem mit Kreide ein W aufgeschrieben stand, W für Weisung. Die Weisung lautete: der Inhalt dieses Waggons geht ohne Selektion an der Rampe ins Gas. Also alle. Zu dem Zeitpunkt wußte Sonja bereits, was dieses W bedeutet. Epstein hatte ja schließlich herausgekriegt, was mit den Transporten geschah, deswegen wurde er getötet. Er konnte nicht mehr Ja sagen. Die SS wollte Sonja Okun davon abhalten, mit Hedwig mitzugehen. Es gelang nicht. »Ich habe ein wunderbares Leben gehabt«, sprach sie zu Ilse. Sie kam sicher nicht lebend in Auschwitz an. Sie hatte Gift bei sich.

»Und Ihre Mutter«, erkundigte sich Paul Hirschfeld nach einer Pause.

»Ach, sie ging zwei Transporte davor. Ich wollte mit, doch sie bat mich, bei meinem Mann zu bleiben. Auch Sonja redete mir zu, daß ich bleibe, und ich blieb noch. Von Mutti… ich habe nie mehr etwas von ihr gehört.« Ilse sah uns an, indem sie durch uns durchschaute, ganz nach hinten zum Horizont der Verschwundenen. Wir senkten beide die Augen, sie sah es, schloß die ihren für einen Moment, öffnete sie und fuhr fort:

»Ich selbst kam Ende Oktober vierundvierzig nach

Auschwitz. Dann setzte meine Erinnerung aus. Ich kann mich bloß noch ans Bad erinnern, daß uns die Haare geschoren wurden. Der nächste Erinnerungsfetzen war schon nach Auschwitz. Ich müßte vier Wochen dort gewesen sein und dann mit einem Transport wieder weg. Beim besten Willen«, Ilses Stimme begann wieder zu dröhnen, »ich kann mich nicht erinnern. Ich fand mich in Kurzbach wieder.«

»Wozu gehörte Kurzbach«, fragte ich.

»Zu Groß-Rosen. Es liegt in der Nähe von Breslau.«

Und Ilse erzählte uns – ich hatte die Flasche Wein ausgetrunken – wie sie immer nah an der Front die letzten Kriegsmonate auf der Flucht war, im Treck mit fliehenden Deutschen.

Am Tag des Kriegsendes befand sie sich in einem Wäldchen. Dort in einem Blockhaus, das überstürzt von seinen Bewohnern verlassen worden war, fanden sie und ihre Kameradinnen eine große Beutekiste. Sie enthielt wunderbare Sachen, kostbare, überhaupt zu jener Zeit. Man forderte sie und die andern auf, sich zu bedienen. Was die andern alles nahmen, sie wußte es nicht, sie nahm sich bloß eine kleine Zuckerzange aus Silber. Außer dem Fahrrad und den Kleidern am Leib besaß sie nichts auf der Welt als diese Zuckerzange. Sie setzte sich auf den Drahtesel und fuhr übers Riesengebirge nach Prag.

Glasig der Morgen, Gebirtig kam aus der Pension. Ein Skateboardfahrer sauste die Skodagasse hinunter. Herrmann machte den Mund auf und blickte ihm nach. Er nahm Schwung, ging selbst in die andere Richtung hinauf zur Ecke Laudongasse, stand vor der Hauptbücherei der Städtischen Büchereien. Im Vorraum Zeitungen, Gebirtig blickte durch die Glastüren in die Bücherei hinein, wo Leute an Computern saßen; eine dickliche Frau kam mit mürrischem Gesicht zur einen Tür und sperrte auf, eine jüngere, andere Bibliothekarin mit silbrigen Haaren und nicht weniger verdrossenem Ausdruck öffnete die andere Tür. Die Leser davor in der Schlange betraten daraufhin den großen Saal, entnahmen Bücher aus ihren Taschen und stellten sich wiederum vor dem Computer an. Gebirtig verspürte Lust hineinzugehen, statt dessen verließ er den Vorraum und sah die Laudongasse hinauf und hinunter. Erneut setzte er sich in Bewegung, schlenderte zur Florianigasse, blieb stehen. Nun konnte er, wenn er wollte, links hinuntergehen, bis er zu seinem Wohnhaus gelangt. Er verlagerte sein Gewicht von einem Fuß auf den andern, vom andern auf den einen, am Himmel waren Schäfchenwolken aufgezogen, Passanten in großer Zahl, der Verkehr floß an ihm vorbei, die Gedanken kamen, erklärten sich nicht und verschwanden. Draußen sah er alles scharf, innen war bloße Bewegung, so stand er da.

Schließlich marschierte er in die Florianigasse hinein, erreichte den Schlesingerplatz und atmete schwer. Der Weg war noch weit.

Vierzig Jahre. Florianigasse. Schlesingerplatz. Ha. Ha.

Das Letzte war laut gewesen, er hatte es mit dem Gesicht gegen das Café Florianihof hingebellt.

Papá und die Zeitungen. Die Arbeitslosen und Ausgesteuerten schleichen draußen vorbei, spitze, weil aufgestellte Mantelkrägen, abgewetzt, wie Fremdlinge hängen die Proleten in der Josefstadt herum, bevor sie den Gürtel erreichen, über ihn drüber in ihre Schlafstätten gelangen, Bettgeher etliche. Hier aber im hellen Licht des Cafés, in der großen Wärme, die Neue Freie Presse und hinter ihr Papá mit der randlosen Brille, und der Kaffee duftet. Die wunderschöne Dora kommt dazu, Mamá, immer leicht lächelnde Augen, und Moskowitz, immer rinnende Nase. Siggi mit randloser Brille wie Papá, und draußen streichen sie vorbei, geduckt und gestemmt gegen den Februarsturm, die Herren der Welt, bis sie niederfallen und ihr Leben ausatmen in Stalingrad, bei Monte Cassino, an der Weichsel, auf dem Balkan, in den Wäldern des Elsaß.

Herrmann ging über die Gasse und spähte durchs Fenster ins Café. Automatisch zog es ihm die Schultern hinauf zu den Ohren, er ließ sie fallen, schaute die Gasse hinunter bis zum Turm des Rathauses. In neunzig Minuten würde er dem Bürgermeister gegenübersitzen. Es riß ihm die Mundecken nach hinten, daweil eine alte Frau – er war weitergegangen – aus dem Schönbornpark herausgetrippelt kam, über die Straße ging. War das die Lori Hofstätter? Gebirtig beschleunigte sich. Er überholte die Hausmeistertochter von einst, und sie schlurfte neben ihm einher, die Lori, jawoll. Sie sah an ihm vorbei. Vor ihr gegangen drehte er sich um, sie erkannte ihn nicht, mißtrauisch kniff sie die Augen zusammen, der Mund ein Strich.

Lebt ihr Bruder Heini noch, der um Jahre ältere, der

SA-Mann, derjenige, welcher dem Siggi schon Anfang der Dreißigerjahre erklärt, was der Führer mit den Juden vorhat? Wie blaß wird Mamá. »Was hörst du auf den blöden Heini«, sagte sie dann wieder lächelnd. »Ich geh ihn verhauen«, murrt Siggi. »Wirst du nicht tun«, antwortete Dora. »Hauen ist nicht jüdisch.« »Soll sein jüdisch«, schreit Siggi.

»Sind Sie Hannelore Hofstätter?« Die alte Frau blieb stehen, öffnete den Mund, sagte nichts.

»Lori?«

»Jessas, der Herrmann!«

Sie gingen nebeneinander her und redeten ein bißchen. Ecke Lange Gasse standen sie. Sie erzählte von ihrem bitteren Leben, seit Jahren war sie Witwe, Lackner hieß sie seit dreiundvierzig, er starb an Blasenkrebs, jahrelang gepflegt, vorige Woche war ihr Hund gestorben, mit dem sie stets im Schönbornpark gewesen war, die Witwenpension reichte aus, das schon, in der Langen Gasse wohnte sie schon seit damals, natürlich, der Heini ist noch da, ja freilich, im gleichen Haus, aber Wohnung Nummer acht, da ist er, das Herz macht Probleme, nicht ihres, seines, es geht so.

»Du lebst in Amerika?« »Ja.« »Amerika«, sagte sie und lächelte, verabschiedete sich in der Lange Gasse. Immer mehr dieser Wolken zogen den Himmel entlang, ein schöner Maientag, das konnte man sagen. Gebirtig ging weiter hinunter, bis er vorm Haus zwölf A stand. Er sah zum zweiten Stock hinauf. Aus dem Haustor kam ein schwarzgelber Schäferhund mit einem Mann. Der Köter ging auf Gebirtig zu, der stand starr, versuchte fest in die Augen des Tieres zu blicken. Totenstill wurde es in der Florianigasse, Herrmann vernahm bloß ein leises Knurren. Der Hund ging mit der Nase zum hilflos herabhängenden rechten Arm von Gebirtig, begann zu schnüffeln und knurrte lauter.

»Nero, Platz«, schnarrte der Mann hinter dem Hund diesen mit heiserer Stimme an. Nero stellte die Ohren auf, trottete zurück, der Mann nahm ihn beim Halsband und befestigte die Leine. Während die beiden davongingen, setzte der Straßenlärm wieder ein. Herrmann Gebirtig stand vor seinem Vaterhaus. Von seinem Rücken ging die Buchfeldgasse weg.

3.

Nach einigen Monaten der Nachkriegswirren fand Ilse Singer Doktor Jacobssohn wieder, welcher durch eine Anhäufung von Wundern die Zeit nach Theresienstadt überlebt hatte. Sie hielt ihn für tot, und so war alles hin, was ihr etwas bedeutete. Wieder – und so schien es endgültig – ging sie den Weg nach innen.

Als sie im Sommer fünfundvierzig ihre Heimatstadt Pilsen betrat, erkannte sie sie nicht wieder. Sie verirrte sich in den wohlvertrauten Gassen, sie wußte nicht, weshalb sie überhaupt von Prag hierher gekommen war. Das Gewölk des Nachkriegs hing tief und drohte sie in seiner Mitte aufzunehmen und zum Verschwinden zu bringen. Es hatte Platz gefunden in ihrem Kopf, und so irrte sie in der Fremde ihrer Kindheit umher. Endlich fuhr sie aufs Land zu jenem kleinen Weinberg, der ihr einmal gehört hatte, das wußte sie gut. Eine christliche Frau, die in ihre Familie eingeheiratet hatte einst, und nun nahezu ohne einen einzigen Menschen dastand, begrüßte sie verdattert, um ihr unmittelbar darauf mitzuteilen, ein Herr Sigmund Jacobssohn wäre vor einer Woche hier gewesen. Das Gewölk hob sich, der Sommer gewann an Klarheit, Konturen und gar Farben lösten sich aus dem Gebräu, sie fanden einander und standen sich fremd gegenüber.

»Wir mußten völlig von vorne anfangen«, dröhnte Ilse, daweil sich ein grübchenreiches Lächeln um den Mund herum ausbreitete. »Ich habe in den letzten Kriegswochen einen französischen Zwangsarbeiter kennengelernt. Er war der Erste seit Ewigkeit, der mich wie einen Menschen behandelte. Doch ich konnte ja nicht, solange ich nichts von Sigmund wußte. Er, Pierre, war sehr katholisch, das muß ich sagen. Wer weiß, was gewesen wäre, aber das ist eine andere Geschichte, gehört nicht hierher.«

»Doch«, ermunterte ich sie. Dann schwiegen wir ein Weilchen in der Fürstenberger Straße.

»Lebt dieser Egon Stellein noch«, fragte Hirschfeld.

»Das ist es ja eben«, antwortete Ilse. »Die Geschichte ist noch nicht zu Ende.«

Nachdem die beiden sich nach und nach wieder aneinander gewöhnt hatten, geschah es, daß sie auch die Liebe zueinander wiederfanden. Sie verschworen sich, zur Vergangenheit ein verpflichtendes, aber kein verschlingendes Verhältnis zu versuchen und zogen zu Beginn achtundvierzig nach Hamburg, nach Deutschland. Jacobssohn begann mit Forschungen über die Folgen von Kazetthaft, zugleich engagierte er sich in der Hamburger Jüdischen Gemeinde. Ilse nahm eine krankenpflegerische Tätigkeit auf, kümmerte sich um Displaced Persons, die da und dort angesammelt und angehäuft waren und nun endgültig den alten und tödlichen Kontinent verlassen wollten. Anfang fünfzig kam ihre Tochter Sonja zur Welt, sie ist heute Ärztin.

Es geschah, daß im Jahre zweiundfünfzig oder dreiundfünfzig Egon Stellein in Hamburg einen Film drehte. Ilse erfuhr davon, und sie wollte ihn sehen, sie wollte über Sonja mit ihm sprechen. Vor allem drängte es sie ihm zu sagen, wie hoch Sonja ihn die ganze Zeit hindurch gehalten hatte. Das wird ihn freuen, dachte sie. Es war schwer, an ihn heranzukommen. Es fand sich ein Mittelsmann, der bloß den Namen Sonja sagen sollte, und die Türen würden sich öffnen. Dieser Mann, ein Freund von Stellein, vergaß zwar das Zauberwort, doch er vermittelte das Zusammentreffen, indem er um zehn anrief, sie solle um elf bei ihm sein. Sie fuhr zum Rotenbaum, wo er ein Büro zur Verfügung hatte, betrat es.

Stellein saß hinterm Schreibtisch, ein zerfurchtes Gesicht, nervöse Augen, er hob den Kopf.

»Walter Knoll sagte mir, Sie wollen mich dringend sprechen. Ich hab's eilig. Ist es wegen des Films oder wo brennt's denn?«

Es brennt in meinem Herzen, dachte sich Ilse, laut aber antwortete sie:

»Ich möchte Ihnen von den letzten beiden Jahren der Sonja Okun in Theresienstadt berichten.« Nachdem sie das gesagt hatte, setzte sie sich unaufgefordert in den Stuhl vor dem Schreibtisch. Der Mann starrte sie eine Weile an, dann begann sich vom Halse her sein Gesicht zu färben.

»Ich möchte diesen Namen nie wieder hören«, brüllte er los, ging um den Schreibtisch herum und stürzte aus dem Zimmer.

Seit damals hatte Ilse nie mehr etwas von ihm gehört. Ende der Sechziger, kurz nach Sigmunds Tod las sie in der Zeitung, daß er gestorben war.

»Da schau her«, entfuhr es Hirschfeld.

Ich schickte mich an, die Geschichte zu kommentieren, unterließ es aber und betrachtete statt dessen Ilses Gesicht, das auch jetzt nach so vielen Jahren ratlos schien.

»So eine Geschichte«, murmelte ich schließlich.

»Ja«, sagte sie. Das ist die Geschichte von Sonja Okun. Später traf ich das Ehepaar Kortner. Ich erwähnte den Namen Sonja, und der schwere, grobklotzige Mann drehte sich weg und begann zu heulen. Sie sind doch ein so großartiger Dichter, Herr Hirschfeld. Könnten Sie nicht die Geschichte aufschreiben, daß, wie soll ich sagen, man von Sonja Okun auch in Zukunft weiß?«

»Ach, ich bin doch bloß ein Lyriker«, sagte Paul bekümmert.

»Ich erledige das«, sagte ich schnell. »Ich werde jemand finden, dem sprechen Sie die Geschichte auf Band, und er schreibt sie dann.«

»Oh, ich wäre sehr froh.«

»Es kann seine Zeit dauern.«

»Ich lebe nicht ewig«, dröhnte Ilse und lachte. Wir schieden voneinander. Ich ging mit Paul am IG-Farben-Haus vorüber.

»Du verstehen«, fragte ich ihn.

»Gib Ruh. Das gilt für jene. Übrigens, sie hält mich für einen – guten Dichter. Hast du das gehört?«

Und wir kehrten in unsere Quartiere zurück.

Während Herrmann Gebirtig zur Landesgerichtsstraße kam, fiel ihm die Tabak-Trafik ein. Bevor er sie noch sah, wußte er, daß sie noch da war.

Wie er mit Papá in der Früh ein Stück gemeinsam geht, der eine zur Kanzlei, der andere ins Gymnasium. Sie betreten immer das Geschäft der Thea Leitner. Papá kauft sich Donau-Zigaretten. Thea ist eine schlanke Vierzigerin, die den Rechtsanwalt Gebirtig mit Grüß Gott, Herr Doktor, schöner Tag, Herr Doktor, waren Sie in der Sommerfrische, Herr Doktor, regelrecht eindeckt. Gern beugt sie sich zum sieben- und achtjährigen Herrmann hinunter, schenkt ihm Zuckerl, und sie sieht auch zum Dreizehnjährigen hinauf, wenn er neben Papá die Trafik betritt.

Mit verdrossenem Gesicht wandte er sich dem Geschäft zu, öffnete die Tür, starrte, daweil ihm das Blut aus dem Gesicht zu weichen schien, auf die vierzigjährige Thea Leitner, welche soeben »Auf Wiedersehen, Herr Oberrat« zu einem aus der Trafik gehenden Kunden sagte. Er stand so da, und sonst war niemand herinnen. Frau Leitner mit freundlichem Lächeln: »Sie wünschen?«

»Geben Sie mir eine Schachtel Donau.« Eine alte Frau kam von hinten in den Raum.

»Die Donau gibt's nicht mehr«, sagte die Trafikantin.

»Was will der Herr«, fragte die Alte.

»Donau, Mutti.«

»Ach, die sind aus dem Verkehr gezogen«, sprach Thea Leitner zu Gebirtig. Dieser erkannte sie sofort wieder. Sie aber schaute mit hin und her schwimmenden Pupillen zu ihm rauf.

»Na, dann andere«, sagte er.

»Welche Sie wollen«, machte die Tochter, stemmte sich am Pult auf und begann abzuwarten.

»Die Donau gibt's nicht mehr«, wiederholte er, warf den Kopf nach hinten und fuhr mit zwei Fingern der Linken sich über die Schläfe.

»Großer Gott, der Herr Doktor, ah, Herrmann!«

»Grüß Gott, Frau Leitner.«

»Nein, so etwas. Stell dir vor, Annemarie, das ist der Herr Herrmann, der Sohn vom Herrn Doktor Gebirtig. Ich hab dir doch immer erzählt von dem feinen Herrn, der bei uns immer die Donau gekauft hat. Wie geht es Ihnen, Herr Doktor?«

»Ich bin kein Doktor. Ich mußte ja aus der Schule.«

»Ich hab's gehört. Sie sind nach Amerika gegangen?«

»Das war auch später, Frau Leitner. Zuerst war ich in einem Lager.«

»Furchtbar, Herr Doktor. Es war ja schrecklich damals. Ist der Papa auch nach Amerika?«

»Nein, Frau Leitner. Umgekommen.«

Thea Leitner schlug die Hände zusammen.

»Schrecklich. Das waren schreckliche Zeiten. Und die Gesundheit?« Gebirtig lächelte.

»Ich kann nicht klagen.«

»Das ist das Wichtigste, nicht wahr? Ach, so eine Freude, daß Sie wieder da sind. Einen Moment.« Sie griff zum Telefon. »Papa komm doch runter. Der Doktor Gebirtig ist wieder da. Aber nein, Papa, der Sohn natürlich, der Herr Herrmann. Bring den Kirsch, gelt!« Sie legte auf. »Sie trinken doch ein Gläschen mit uns?«

Herr Hofstätter kam in die Trafik.

»Grüß dich, Herrmann. Eben hat mir die Lori mitgeteilt, daß du in Wien bist. Das ist klass. Das ist gut.« Und Hofstätter schüttelte ihm kräftig die Hand.

»Ah, Sie kennen sich ja«, sagte Thea Leitner und nickte heftig. »Das ist ein besonderer Tag. Daß uns das der Herrgott noch geschenkt hat.« Kopfschüttelnd nun nestelte sie an ihren Zeitschriften. Der etwas tattrig aussehende alte Herr Leitner, an den sich Herrmann nicht erinnern konnte, brachte den Kirsch mit Gläsern. Die Tochter nahm ihm die Flasche aus der Hand und goß ein. »Für Sie auch, Herr Hofstätter?«

»Klar.«

»Auf Ihre Rückkehr«, sagte Frau Leitner und gitschte auf Herrmanns Gläschen. Er lächele und schüttete den Schnaps in einer Bewegung in sich hinein.

»Noch einen?« Er zögerte.

»Klar«, sagte Hofstätter. »So ein Tag.« Nach dem zweiten Glas wischte sich Herrmann den Mund und sagte zur Tochter:

»Geben Sie mir filterlose.«

»Wir haben da die Jonny. Sind aber sehr stark.«

»Stärker, als die Donau war«, krächzte der alte Herr Leitner.

»Grade recht.« Gebirtig holte eine Zigarette aus der Packung. Hofstätter gab ihm Feuer. Tief atmete Herrmann ein.

»Bleibst du in Wien«, fragte Hofstätter.

»Was für eine Idee. Ich bin wegen des Prozesses da.«

»Welcher Prozeß?«

»Gegen Egger – Eigler. Den Schädelknacker von Ebensee.«

»Ach so. Wie gefällt es dir in Wien?« Gebirtig verabschiedete sich per Handschlag von Thea Leitner, nickte den anderen zu und ging mit Hofstätter auf die Straße.

»Weißt du, es gefällt mir. Es hat sich viel verändert, Heini.«

»Genau. Nichts ist mehr wie früher.«

»Gott sei Dank.« Hofstätter schaute ihn für einen Moment überrascht an.

»Ach so, klar«, sagte er dann. »Weißt du, wir waren doch damals radikal, verbittert. Hunger, Kälte, viele hackenstad, ohne Wohnung. Den meisten ist es wirklich mies gegangen. Ihr habt das nicht so gemerkt, ich weiß. Da hat's der Hitler leicht gehabt.« Er machte eine Pause, während er wie automatisch neben Gebirtig die Landesgerichtsstraße entlangging. »Auch bei mir, ich geb's zu. No, was hat's mir bitte eingebracht? Ostfront. Verwundet bei Kursk. Fünf Jahre Kriegsgefangenschaft, kein Honiglecken. Zuerst hat's mir nichts genützt, daß ich bei der Partei war, nachher aber sehr geschadet, so war das.«

»Man zahlt für alles, Heini.«

»Genau. Klar. Dich haben sie im Bergwerk arbeiten lassen?«

»So ähnlich.«

»Ach, ich sag dir, Herrmann. Die oben machen immer, was sie wollen. Unsereiner hat alles auszulöffeln. Was hat sich da geändert? Weißt du, die Partei hat uns eure Wohnung zugewiesen. Aber wir haben sie nicht gewollt. Das konnte ich dem Herrn Doktor nicht antun, ich konnt's nicht. Wir haben die Achterwohnung genommen.«

»Die von Rosenstrauch? Ah ja, Lori hat's mir gesagt.«

»Der ist doch ordnungsgemäß nach England ausgewandert, du weißt doch. Wir haben doch gewußt, daß er nicht zurückkommt. Warst du nicht noch da?«

»Ich bin doch mit dem Siggi zur Tante in die Leopoldsgasse gekommen. Wir mußten doch die Wohnung aufgeben, weil Papa nicht mehr arbeiten durfte.«

»Stimmt. War ja eine Sauerei. Du weißt, daß ich ihn gemocht hab, den Papa. Und auch den Siggi, ach Gott.«

»Paß auf, du. Ich hab andere Erinnerungen.«

»Sicher. Ich war ja damals für den Adolf. Aber das war nicht gegen euch persönlich. Wo willst du hin?« Sie standen vor dem Café Eiles.

»Ich geh in die Doblhofgasse.«

»Zur Kanzlei, klar. Na, ich will dich nicht stören. Wo wohnst du denn jetzt?« Gebirtig sagte es ihm, die beiden standen sich gegenüber.

»Tja«, sagte Heini. »Das ist jetzt ein halbes Menschenalter her oder noch mehr. Man wird klüger. Nichts für ungut, Herrmann.« Er streckte ihm die Hand hin.

»Also für meine Familie kann ich dir nicht gut die Hand geben«, murmelte Herrmann. »Aber ich selbst…« Und er nahm sie, ging in die Stadiongasse und dann zweimal ums Eck, und er stand vorm Haus Doblhofgasse 7-9. Wieder sah er auf ein Fenster hinauf. Der Himmel hatte sich vollends bedeckt. Viel hat sich verändert in Wien. Alles halb so schlimm für heutige Leute. Und in dem Haus befand sich keine Anwaltspraxis mehr.

5.

Ich saß in der Lobby des Frankfurter Hofes und wartete auf Herrn Konrad Sachs. Später war ich mit Schrötter verabredet, um in der Nietzschegeschichte endlich weiterzukommen, und so hatte ich volles Programm und brauchte nicht jenen unnötigen Gedanken nachhängen, die mich – in jeder Entfernung – doch mit Christiane Kalteisen zusammenbinden. Der Ober sprach mich mit französischem Akzent an. Ich bestellte mir irgendwas, vielleicht Tomatensaft und schaute an den Tischen der Geschäftsleute entlang.

Tja, Alexander macht nun wohl seine Liegestütz in Margareten bei Mascha Singer und hat sich bereits ausreichend verheddert, als daß er über seine eigenen Ziele noch Bescheid wüßte. Solche Lebenspläne sind albern genug, ihre Durchkreuzung könnte nicht alberner sein. Da will einer zum großen Schriftsteller werden – und das kommt dabei heraus. Da ist mir meine halbfade Lektorentätigkeit noch lieber, denn mit oder ohne Kalteisen bleiben Pfennigschmied, Katz und Nietzsche, was sie sind. Überhaupt gelingt die strikte Trennung von Privatleben und Beruf nicht schlecht, im Gegenteil: bei der Herumsitzerei in der Halmgasse hatte Christiane beträchtliche Macht über mich.

Nützlich und egal sind solche Liebesgeschichten, die ich leben kann. Das verleidet mir auch ihre Verdrießlichkeiten besonders, denn es ist ja wurscht, wie ich mich fühle, wenn über das Fühlen hinaus sich nichts bewegt. Kalteisen jedenfalls kann bleiben, wo Stoppelfelder und Kirchenglocken Grenzen von Welt sind, da verschwinde ich wahrlich lieber in den Buchstabenmassen. Die sind gelegentlich und an bestimmten Kraftquadraten in sich unendlich. Im Geschriebenen mag ich mich verlieren, auch ohne Schriftsteller zu sein und kann Schriftstellerisches immerhin leidlich aufbocken und von unten Flüssigkeit, Schrauben und Blech überprüfen, ersetzen, nachstellen.

Meine eigenen Notizen, wie ich sie bis vor kurzem verfaßte, geraten mir nun, da sie nicht mehr als Notizen firmieren, besser. Zwar habe ich nicht die Eleganz meines Bruders, dafür fühle ich mich auch nicht beschrieben in der Art, daß ich ohne Beschreibung eigentlich gar nicht ich selber bin, sondern eine Projektionsfläche karger Art, ein Beispiel, ein wohltemperierter Golem, der sich von den Organen jener nährt, die ihn schufen. So klotze ich halt hin, was ist, kümmere mich nicht um spätere Wirkungen. Was die Kalteisen angeht, kann ich sie jederzeit mit dem schriftlichen Ausdruck meines Ärgers zudreschen, oder?

Zwischen den Rippen pulst mir das Fleisch, und wenn mir Christiane plötzlich – und nicht allmählich – in den Sinn kommt, sticht's und flammt's, und übel ist mir auch schon geworden. Seltsam, die Liebe zur Kalteisernen ist durch Wörter über die Liebe zu ihr nicht zu bannen. Liegt das an meiner Unfähigkeit, aus dem Schmerz eine befriedigende Kreation zu machen oder hülfe dies auch wirklichen Dichtern nichts?

Also saß ich in der Lobby, mit Gedanken beschäftigt, welche das Ding, von dem ich handle, bloß in meiner Seele herumfuhrwerken, doch das Ding kugelt nicht heraus, bleibt in der Kutsche und rührt sich kaum; herausfallen sollte es doch und zu Bruch gehen, damit statt dessen etwas anderes wird, nichts da.

Sachs, von Katz nicht schlecht beschrieben, erschien in der Tür und sah sich um. Ich nickte, und er kam auf mich zu. Nachdem wir einander die Hand gegeben und uns ein bißchen gemustert hatten, saßen wir in den Fauteuils. Er bestellte sich was, ich zog den Brief von Emanuel Katz aus dem Sakko. Er öffnete ihn und begann zu lesen. Ich wußte nicht, wie er sonst beinander war, jetzt wirkte er elend. Die Tränensäcke sahen aus, als wollten sie sich jeden Moment entleeren, dahingegen seine blaßblauen Augen stumpf in den achtlos um sie herum gezeichneten Höhlen mehr steckten als lagen. Die Bakken, bleich oder fahl, wabbelten bei kleiner Bewegung, das setzte sich beim Mehrfachkinn fort. Zwar war er elegant gekleidet, doch schien er in seinem Zustand dieser Eleganz nicht mit seinem Körper standzuhalten. Der tat alles, um Jackett und Hose, Hemd und Krawatte in den gleichen erbärmlichen Zustand zu bringen, in dem er selbst war. Kurzum, ein gutgekleidetes fettes Gespenst von einem Mann las Katzens Brief, während ich ihn durch den Rauch meiner Zigarette wahrnahm.

Kaum fertig gelesen verharrte er kurz mit leerem Gesicht, wandte sich an mich, um mit wohlklingender Stimme die Unterhaltung zu beginnen.

»Sie kennen den Brief, Herr Diamant?«

»Demant heiß ich. Nein, keine Ahnung.«

Sachs lehnte sich zurück, dankte dem Ober für den Weißwein, der ihm auf den Tisch gestellt worden war.

»Ich hatte Herrn Katz auf Borkum kennengelernt und Vertrauen zu ihm gefaßt. Nun habe ich ein persönliches Problem, das ich mit ihm besprechen wollte. Doch er schickt mir Sie als Ersatzmann und schreibt, Sie könnten mir – was immer es sei – so gut raten wie er selbst. Sie sind also Jude?«

»Was? Oh, das geht Sie eigentlich gar nichts an.«

»Indirekt geht es aus dem Brief hervor. Glauben Sie mir, ich will gar nicht aufdringlich erscheinen, aber es hat mit der ganzen Angelegenheit zu tun. Ich müßte es wissen, sonst hat ja alles keinen Sinn und...«

»Schon gut«, unterbrach ich, bevor auch sein Gerede zu wabbeln begann, »ja, was ich Jude bin, reicht aus, um ein Ghetto zu skizzieren. Mir reicht's auch.«

»Ich verstehe«, sagte er, und sein Gesicht belebte sich. »Das ist die Sprache, auf die es ankommt und die Katz auf Borkum gesprochen hat.«

Dachte ich es mir doch, sagte ich zu mir. Ich kenne doch diesen Oberjuden. Zu Sachs aber sagte ich:

»Um was dreht es sich?«

»Warten Sie. Ich habe Herrn Katz zweitausend Mark für seinen Rat angeboten, gleichgültig, wie er ausfällt. Wenn ich mit Ihnen, Herr Deiamant, klarkomme, und ich wünsche es mir sehr, dann steht Ihnen selbstverständlich dieser Betrag zu.«

»Fürs erste«, antwortete ich verärgert, »müssen Sie sich einmal meinen Namen merken. Ich heiße Demant, sehr einfach. Ich finde es großartig, daß ihr aus jedem Rosenzweig einen Rosenblatt, aus jedem Hirschfeld einen Hirschberg und aus jedem Wiesengrün einen Wiesengrund macht, gleichzeitig aber penibel darauf schaut, daß euer Meyer sich ja mit e und Ypsilon schreibt.«

»Großartig«, sagte Sachs nach einer Pause, und er begann über den ganzen Schädel zu grinsen, so daß er sogleich aufhörte, der Jammergestalt zu gleichen, die eben noch vor mir saß. »Ich sehe, Sie sind mein Mann.« Er hob das Glas und kippte es hinunter.

So einer ist er also, sagte ich zu meinem Herzen. Ein Deutscher mit schlechtem Gewissen. Wenn unter den achtzig Millionen es einen gibt, dann findet ihn der Katz mit Sicherheit. Zweitausend Em für einen *Ez*? Nicht schlecht. Zu Sachs gewandt: »Also, um was geht's? Ich sage Ihnen gleich, mit jüdischen Religionsgesetzen kenn ich mich nicht aus, ebensowenig weiß ich ein Gebet, außer dem Gebet schlechthin. Ich red nicht jiddisch, und hebräisch versteh ich zwar jedes Wort, weiß aber nicht, was es auf deutsch bedeutet.« Sachs lachte.

»Aber Herr Demant. Nichts davon wird benötigt.« Er machte wieder eine Pause, als hörte er auf etwas in sich, wartete, bis er es verstand, um es dann herauszusagen:

»Sagen Sie. Wurde Ihre Mutter ver... ich meine, ist sie...«

»Meine Mutter ist quietschvergnügt, in gewissen Grenzen«, sagte ich grob und bei mir belustigt. »Mein Vater wurde vermutlich in Mauthausen getötet. Der Rest der *Mischpoche* mit Ausnahme meines Zwillingsbruders ist pfff.« Und ich blies in die Luft.

Todtraurig schauten mich seine Augen an, so daß mich das gegen meinen Willen anrührte.

»Entschuldigen Sie, Herr Sachs«, sagte ich und lächelte zu ihm hinüber. Er nickte einige Male vor sich hin.

»Wo wollen wir denn mit dem Gespräch beginnen? Es ist ein harter Brocken.«

»Wo ist gut«, antwortete ich ihm. »Ich frage, wann? In einer Stunde treffe ich Wilhelm Schrötter, den Verleger. Kennen Sie ihn?« Er verneinte. »Denn ich muß vermutlich wegen eines Nietzscheprojekts nach Turin. Dort sitzt leider nicht nur der Autor des Manuskriptes, sondern auch der Übersetzer, abgesehen davon, daß auch dem Nietzsche dort Wunderliches widerfahren war.«

»Nach Turin müssen Sie«, rief Sachs aus. »Ich müßte nach Mailand. Dort sitzt ein bedeutender Kitschforscher, Professor Luigi Bernardo. Ich arbeite an einem Buch über Kitsch und Tod.«

»Aha, Saul Friedländer«, sagte ich, denn ich bin ein Lektor.

»Ja, aber noch von einer anderen Seite. Bernardo hat sich sehr mit Gabriele d'Annunzio, ach, aber darüber könnten wir im Auto reden. Wissen Sie was?« – und wie seine Äuglein blitzten – »ich fahre Sie morgen nach Turin. Wir lernen einander ein wenig kennen, obzwar ich Ihnen schon jetzt durchaus vertraue. Dann machen wir dort irgendwo das Gespräch. Außerhalb von

Deutschland ist das vielleicht ohnehin leichter«, fügte er hinzu. »Für Spesen aller Art komme ich auf. Ich bin ein dicker Kulturjournalist und kann's mir leisten.«

So verwandelt war der Mann. Ich stimmte zu.

6.

Kalteisen litt es nicht länger in Lilienfeld an der Traisen. Nach Wien zurückgekehrt gab sie mit flatternden Händen die Töchter bei Herbert Moser ab und bestieg den Zug nach Milano. Sie wußte nicht, was sie dort hintrieb, aber da sie in der Eisenbahn saß, brauchte sie das auch gar nicht zu wissen. Dort angekommen, eine Stadt, ihr unbekannt, stand sie nachdenklich vor dem bombastischen Dom, runzelte, anstatt ihn abzulichten, immer wieder die Stirn, konnte aber die Gedanken nicht fassen, die sich bloß durch Kommen und Gehen bemerkbar machten. Sie zog sich in die Galerien zurück, durchwanderte sie, bis sie den einen Gedanken halten konnte, der ihr einredete: sie sei nichts wert. Die Arbeit war ihr eine Last, und die andern schätzten sie nicht, sondern schwatzten bloß von ihren riesigen Vergangenheiten. Aber wenn sie mit der Rettung eine Wohnung betrat, in welcher ein Erhängter noch an der Schnur war und nach Scheiße roch, so war das weiter gar nichts. Hauptsache, ich bin ein braves Mädchen und laß mich ficken. Also beschloß sie, sich von Kopf bis Fuß neu einzukleiden. Alles, was sie aus Wien mitgebracht hatte, kam in einen Sack, den sie im Hotel zurücklassen wollte. Schließlich besorgte sie sich noch zwei neue Koffer, ließ sich zum Bahnhof bringen und fuhr weiter nach der Stadt Marseille. Sie hatte zwar in

Bordeaux eine Freundin aus längst entschwundener Zeit, aber statt sie zu besuchen – die Häuser in Bordeaux waren ihr zu niedrig – lief sie in Marseille durch die Straßen, fotografierte Mauersimse und Ölflecken im Hafenbecken, bis ihre Vergangenheit sich nächtens bei ihr meldete. Als Sechzehnjährige war sie im Austausch ein Jahr in Paris gewesen, hatte irgendwo bei der Rue Faubourg Saint Denis gewohnt. Die Leute waren sehr katholisch, wie auch sie damals. Ihre jetzige Vorstellung von ihnen war undeutlich. Darüber ärgerte sie sich, sie lag schlaflos da und wälzte sich.

Nächsten Tag fuhr sie nach Paris, lief vom Gare de Lyon weg und fand sich bald im Quartier Latin, ließ dort ihre Sachen in einem kleinen, eleganten Hotel in der Rue Monge, streunte dann ein bißchen, saß in einem Bistro an der Place Maubert, atmete durch.

Schließlich zog sie ein Schreibheft aus der Tasche und schrieb in ihrer Jungmädchenschrift einige hübsche Gedichte hin. Während des Schreibens geriet sie ins Träumen, und so vergingen einige Stunden. Am späten Nachmittag begann sie in ausgreifenden Schritten den Boulevard Saint Germain entlangzugehen, bog bei Saint Germain des Prés nach links ab und ging immer so fort. Auf der Place El Salvador mit dem goldenen Invalidendom im Auge, an den sie sich noch sehr gut erinnern konnte, saß sie in einem Chinarestaurant im Vorgarten, bis der Lärm des Verkehrs sie nach innen übersiedeln ließ. Sie aß Gemüse, trank warmen Pflaumenwein, wurde ruhig.

Neben ihr speiste ein Ehepaar, das sich dabei angeregt auf deutsch unterhielt. Der Mann trug einen zart-silbrigen Bart, ein Halstuch und eine weiße Strickjacke. Vielleicht war er sechzig, er redete ständig von einem gewissen Breytenbach, bis dieser selbst erschien und auf Englisch willkommen geheißen wurde. Die Frau war blond und schlank, vielleicht wenig älter als sie selber, beide Männer nannten sie Kirsten. Christiane legte weiter ihre Ohrlappen in die Teller des Nachbartisches, um nach den langen Tagen irgendwie außer sich zu geraten.

Nächsten Tag fuhr sie zur Rue Faubourg Saint Denis, doch beim ersten Platz, den sie wiedererkannte, wurde ihr übel, so daß sie diesem Stadtteil für immer den Rükken kehrte. Aus dem Louvre gekommen, Géricault hatte ihr am besten gefallen, lief sie über die Seine und betrat eine Bar in der Rue Dauphine. Dort stand ein hochgewachsener blonder Mann mit einem Bierglas in der Hand, der sie mit seinen hellen Augen auf der Stelle anzustarren begann. Da er sie an einen ihrer Cousins erinnerte, einen der wenigen, den sie mochte, ließ sie sich schnell auf ein Gespräch ein. Er hieß Robert van Looy, kam aus Groningen, welches, wie sie von ihm erfuhr, ein Ort in Holland ist. Was sie redeten, war ihr egal, sie gab bloß soweit jeweils Antwort, als zur Aufrechterhaltung des Kontaktes notwendig war. Er begriff bald, sie schlenderten in die Rue Monge.

Innerhalb von drei Tagen stand Christiane im Saft ihrer Verrücktheit nach Rob, der gleichgültig und lässig ihre Leidenschaftlichkeit mit Armen und Lenden abfederte. Er schien irgendwelchen Geschäften nachzugehen, kam soeben aus Marseille, Kalteisen lachte, mußte bald nach Barcelona und so fort. Inzwischen war Rob von ihrer Liebe zu ihm so überzeugt, daß er ihr ohne weiteres von einträglichen Drogendeals berichtete. Ihr war alles gleich, und sie beschloß ohne Verzug sich Rob van Looy anzuschließen, wohin immer es ging. Er hatte ihr nie mitgeteilt, wo er wohnte, denn er kam stets zu ihr. Endlich bat er sie um etwas Geld, verreiste zwei Tage, kam wieder und schenkte ihr eine Uhr. Kalteisen lächelte, denn sie haßte es, Uhren zu tragen. Errötend band sie sie ums Handgelenk.

In Wien kam eine gewisse Unruhe auf, denn niemand wußte, wann Christiane zurückkehren werde. Die Töchter wurden mauzig, Herbert Moser begann sich leidzutun.

Am Tag, bevor die beiden nach Amsterdam aufbrechen wollten, stolperte Christiane beim Nebeneinandergehen mit Rob in der Rue Monge und brach sich den Knöchel. Rob war dabei, als sie im Krankenhaus versorgt wurde. Am nächsten Tag mit Gips, mühsam, kam sie zurück in ihr Hotel. Dort fand sie den Zettel vor. Rob van Looy werde sich gegebenenfalls wieder bei ihr melden, er hätte ja auch ihre Wiener Telefonnummer. Sie sei mit dem Gipsbein genug beschäftigt, er liebe sie, und bis auf ein anderes Mal. Christiane weinte drei Tage und Nächte, von Essenspausen und Bergblumenträumen abgesehen. Als ihre Tränendrüsen nicht mehr mochten, packte sie sich zusammen und fuhr zurück nach Wien.

Sie versuchte, mich anzurufen, erreichte aber bloß meinen Bruder, der mir hierauf prompt telefonisch eine ausführliche Schmuckvariante der Geschichte zu Ohren brachte.

So ist das. Ich soll dann nehmen, was dieser Robert van Looy von ihr übriggelassen hat! So schau ich aus. Vielleicht wäre es sogar dazu gekommen, aber nun saß ich in der Kutsche von Herrn Konrad Sachs, und flott bewegten wir uns Richtung Basel.

7

Gebirtig wurde vom Bürgermeister aufs allerfreundlichste empfangen. Ohne Devotion erzählte ihm Purr von der Entwicklung Wiens nach dem Krieg, und wie sich die Stadt nach dem Mief der fünfziger Jahre weltoffen und liberal entwickelt habe. Herrmann blieb zwar in seiner Haltung skeptisch, verhehlte aber nicht, daß er sich die Atmosphäre hier schlimmer vorgestellt hatte und angenehm überrascht sei.

Die Zeit bis zum Festakt nutzte er, um Ausflüge in die Umgebung zu machen. Er stieg wie einst die Nase des Leopoldsberges hoch und blickte von dort auf die Stadt, die ihm weitläufig, grün und sehr weich erschien.

Der Festakt selbst war längst nicht so peinlich. Zwar trug der alte Kattelbach etwas dick auf, als er die Verdienste Gebirtigs auflistete, er gerierte sich durchaus als kenntnisreicher Gebirtigforscher, so daß die Laudatio einen etwas lächerlichen Anstrich hatte, aber welche Laudatio, dachte Gebirtig, hatte das nicht? Der Präsident der Israelitischen Kultusgemeinde, von Lebensart gut beraten, hielt sich mit Anschmeißereien zurück und formulierte sogar einige kritische Gedanken über die Behandlung ehemaliger Österreicher durch den heutigen Staat. Purr hob die Bedeutung der Judenheit für Wien in der Vergangenheit hervor, begann bei Freud und Schnitzler, graste dann kursorisch die zwanziger und dreißiger Jahre ab, um endlich die Abwesenheit dieser Kultur im heutigen Wien zu bedauern. Er sprach kühl, so daß etwaige falsche Töne wenigstens nicht auf Stelzen durch den Saal gingen, sondern allenfalls dem aufmerksamen Gebirtig ein Schmunzeln entlockten. Er selbst bedankte sich artig für die hohe Auszeichnung und wiederholte sein Erstaunen darüber, daß sich Wien seit den Umtrieben von sechsunddreißig bis zur Katastrophe verändert hat. Susanne im Publikum war etwas irritiert von der Glätte, mit der die ganze Angelegenheit nun ablief, nachdem vorher die Kanten und Risse soviel Mühe gemacht hatten. Die Presse war freundlich, die Öffentlichkeit mild, und alles war so versöhnlich gestimmt, daß der Prozeß ein bißchen schrill in die situierte Harmonie platzte. Auf diesen kam allerdings Gebirtig in seiner Dankrede zu sprechen. Er nahm seine Zeugenaussage vorweg, indem er die Zustände im »schönen« Ebensee kurz aber deutlich beschrieb. Diese Passagen wurden von den Zeitungen zwar nicht verschwiegen, aber doch eher beiläufig wiedergegeben.

Nächsten Tag rief Edmund Fraul Lebensart an und beklagte sich über Gebirtigs Rede, denn das wäre ja nicht sehr hilfreich für die Anklage. Lebensart konnte dem bloß zustimmen.

»Was wollen Sie machen? So geht's einem eben, wenn unerwartet der Schmerz nachläßt.«

Als er mit Herrmann und Susanne sich im Café Landtmann traf, kam er dennoch über Gebirtigs Milde aus dem Staunen nicht heraus.

»Ich weiß selbst«, sagte Gebirtig und führte sich den Kaffee zum Mund, trank und stellte ihn wieder ab, »daß es Emigranten gibt, die mein Verhalten nachgerade als Verrat empfinden. Doch der Bundeskanzler, selber ein Emigrant, hat dann wieder hier gelebt und doch einiges bewegt oder nicht? Ich weiß, er hat Ebensee nicht zu schmecken bekommen. Und er lebt hier und irgendwie, so sagte er mir, doch im Einklang mit sich.«

»Mag sein«, sagte Lebensart und verzog das Gesicht. »Sie wissen nicht, wie viele ehemalige Nazis er in seine erste Regierung genommen hatte und wie sehr er gerade als Jude dazu beitrug, daß hier alles unter den Teppich gekehrt wurde.«

»Ja, ja, ich will ja auch gar nicht Bundeskanzler sein«, sagte Gebirtig lächelnd. »Ich frage mich bloß, warum ich nach dem Krieg bis zum Lebensende in einer häßlichen Wohnung in New York existieren soll. Wien hier ist doch ein netter Platz um zu sterben.«

Gebirtig schaute auf Susanne, die schon seit Tagen nicht wußte, was sie von der Kehrtwendung Herrmanns halten sollte.

»Ich weiß nicht«, sagte sie langsam, »ich komme mir etwas blöd vor, wenn ich dich jetzt an das erinnere, was du mir in New York an den Kopf geworfen hast.«

»Vielleicht«, sagte er leise, »bin ich eben erst jetzt aus dem Lager herausgekommen.«

»Wissen Sie«, sagte Lebensart und tunkte sich das Kipferl in den Kaffee, »mir sind Ihre Gefühle, sowohl die früheren als auch die nunmehrigen, nicht fremd. Doch, Gebirtig, ich warne Sie. Wien bleibt Wien.«

»Und um mit Karl Kraus hinzuzufügen: das ist eine Drohung«, lachte Herrmann. »Sie waren vor dem Krieg nicht da. Der Unterschied ist kolossal. Stellen Sie sich vor, der Sohn des Hausmeisters hat sich faktisch bei mir entschuldigt.«

»Verzeihen können nur die Toten«, brummte Lebensart. Darauf erwiderte Gebirtig nichts, und so entstand eine Pause.

»Herrmann verzeiht auch nicht«, sagte Susanne langsam, und während sie weiterredete, warf sie schnelle Kontrollblicke zu Gebirtig. »Wenn es ihm jetzt hier gefällt, warum soll er sich sozusagen nochmals aufopfern und aus Prinzip der Stadt fernbleiben?«

»So ist es.« Herrmann sagte es ruhig. »Ich möchte ganz gern persönlich leben. Selbst. So, wie ich es will. Einmal.«

»Bringen wir einmal den Eggerprozeß hinter uns«, sagte Lebensart. »Mehr als fünf Jahre kriegt der nicht, das sage ich Ihnen gleich.«

»Das Strafmaß ist mir nicht wichtig. Verurteilt wird er, dafür sorge ich und so ist ihm Recht geschehen. Ob dann dieses Würschtel Jahre im Gefängnis modert oder nicht, ist egal. Niemand wird davon *lebedik*, auch dein Vater nicht.«

»Es ist ungerecht«, sagte Susanne kurz. David Lebensart lachte auf. »Gerecht ist, daß er seinen Schuldspruch bekommt. Wieviel er davon absitzt... er wird nicht lange sitzen. Es ist ja alles zu spät.«

Die Verhandlung wurde wieder aufgenommen. Herrmann sah Egger im Gerichtssaal wieder. Seine Aussage war eindrucksvoll. Er machte sie präzise und ohne Angst. Abends besuchte er Susanne in ihrer Wohnung, und sie schliefen zusammen. Morgens kam die Frühlingssonne herein, Herrmann fühlte sich leicht und wohlig, er betrachtete die blonden Haare der Frau neben sich, beugte sich hinüber und blies in sie. Susanne wachte auf, lächelte, verzog dann ihr Gesicht.

»Geht's dir gut«, fragte sie.

»Und wie.«

»Weil in der Nacht...«

»Oh, ich hab geschnarcht.«

»Gar nicht, Herrmann. Geschrien. Schreist du oft?«

Gebirtig schwieg. Sie umarmte ihn.

Dinge sind vorgefallen, die mich aushöhlen. Jetzt sitze ich wieder in meinem Klappsessel und notiere, doch die Erinnerung zieht durch mein Gefieder, so daß ich gegen meinen Willen surrende Geräusche von mir gebe.

Kaum war Mascha aus Aflenz zurück, begann ich fast täglich, sie in ihrer Wohnung in der Zentagasse zu besuchen. Zwar waren die steirischen Exklusivitäten dem Margaretener Alltag gewichen, und ich merkte gut den Unterschied, da ich mit ihr in ihrem eigenen, vertrauten Kram verweilte. Aber anfangs focht mich das nicht an, und ich spürte nicht das geringste Nachlassen meiner Freude, wenn ich ihren Bewegungen zusah oder den immer wieder einsetzenden Erzählungen lauschte. Unmerklich streute sich in ihr leidenschaftliches Kreiseln um sich selbst auch der Umriß des verflossenen Untner aus Deutschlandsberg ein. Sie begann ihn zeitweilig aufzurufen, aber bloß so, als würde sie sich an ihn erinnern und wüßte seinen Namen noch.

Wenn ich von Mascha wegging, griff ich gewissermaßen ein bißchen ins Leere. Offen gesagt, ich hatte etwas Schwierigkeiten, die Zeit dazwischen zu überbrücken. Danny war nach Deutschland gefahren und Kalteisen verschwunden, aber all dies interessierte mich wenig. Sie jedoch hatte eine Menge zu tun, denn sie arbeitete wie besessen an ihrer Dissertation, zornig darüber, daß ihre Krankheit sie so lange davon abgehalten hatte. Mein Wechsel vom Notierer zum Liebhaber bekam langsam für mich ein und die gleiche Aura; in den Zwischenzeiten hatte ich mehr und mehr das Gefühl, ein und dasselbe zu tun, war ich aber bei ihr, jaha, dann konnte ich nicht im geringsten mein früheres Leben mit dem jetzigen vergleichen. Schön war es und verging.

Begonnen hatte das Beenden an einem der merkwürdig hellen Junitage, als ich in der Zentagasse neben ihr auf dem Rücken lag, die Hände hinterm Kopf verschränkt, die Zigarette aus dem Maul steil in die Höhe und sie an der Schulter. Kaum waren wir in der gewöhnlichen Atmung angelangt und nahe, klang vom offenen Fenster ein mauzender Ton herein, der sich anhörte, als jaulte wer den Namen Maschas. Sie selbst saß augenblicklich kerzengerade im Bett.

»Oh, Gott, Untner steht unten«, flüsterte sie und stand auf, zog sich ein Leiberl an und ging zum Fenster.

»Was Untner«, knurrte ich ihr in den Rücken. »Steht der öfters unter deinem Fenster und miaut?«

»Noch nie«, behauptete sie, warf sich den Schlafrock über, drehte sich zu mir: »Ich komm gleich wieder.« Sie war noch kaum aus der Wohnung, schlich ich mich zum Fenster und äugte hinab. Tatsächlich stand der Mensch da unten und hielt sich an der Laterne fest. Der Alkohol mußte ihm schon bei den Ohren herausrinnen, ich hatte nicht den Eindruck, daß der noch freihändig stehen konnte. Ich spazierte ins Zimmer zurück, setzte mich aufs Bett, hörte Mascha unten auf ihn einreden. Da ich nicht wußte, wieviel sie dem Steirer von mir erzählt hatte, wollte ich nicht von oben in die Diskussion eingreifen, andrerseits war mir ein bißchen langweilig geworden. Wegen polternder Geräusche im Vorraum zog ich mir die Hosen an und ging nachschauen. Untner lehnte an der Tür, Mascha schwirrte um ihn herum, suchte durch Herumgenestel an ihm die stabilste Anlehnlage, schaute mich schließlich bittend an. Ich zuckte mit den Achseln, packte dieses Trumm und karrte es mit Maschas unwesentlicher Hilfe ins Bett. Untner gab sich durch gurgelndes Schnarchen mit seiner neuen Lage zufrieden. Wir setzten uns beide ins andere Zimmer um den Tisch, ich atmete schwer. Wir schauten uns an. Dann lachten wir.

Drei Tage später konnte ich Mascha schon nicht mehr erreichen, auch nicht nach fünf Tagen. Als sie mich endlich von sich aus anrief, tat sie das, um mir ohne weiters mitzuteilen, daß sie zu Fritz Untner zurückgekehrt sei. Ich machte eine abschätzige Bemerkung, sie murmelte etwas von meinen ewigen Vorurteilen und beendete das Gespräch.

Jetzt sitze ich wieder in meinem Klappsessel. Habe eben mit Danny telefoniert. Habe ihm erzählt, daß mich Christiane angerufen hat. Habe ihm erzählt, daß Mascha das Ding zu mir einfach ausgeknipst hat. »Das macht sie immer so«, belehrt mich Danny. »Das macht sie mit allen. Ist ein Zwang.«

»Das hab ich nicht gewußt«, sagte ich in die Muschel.

»Christiane wird versuchen, dich zu erreichen.«

»Besten Dank.«

»Ich nehme das Notieren wieder auf, Bruderherz.«

»Von mir aus. Aber nicht bei mir, Alexander.«

»Was?«

»Reg dich nicht auf! Du hast doch nun mit dir zu tun. Und ich mit mir. Dabei soll's bleiben.«

»Ich hab gar nichts zu tun. Überhaupt nichts.«

»Dann tu endlich was!

Ich fahre jetzt nach Turin. Von dort melde ich mich.«

»Ist recht«, sage ich ihm, lege auf und stehe nun da. Ich setze mich hin und schreibe einen langen Brief an Mascha Singer. Sie wird ihn nie erhalten.

9

Der Wagen fuhr gut. Links der Schwarzwald, es ging dahin. Konrad Sachs schien sich ganz wohl zu fühlen, fest hatte er das Lenkrad zwischen seinen Tatzen, zugleich hielt er mir mit seiner angenehmen Stimme einen Vortrag über Kitsch und Tod. Er sprach über Leni Riefenstahl, während ich hinter seinem kräftigen Nacken den Schwarzwald betrachtete und an das kalte Herz dachte. Sachs sprach druckreif, das kann man sagen, es wimmelte von gescheiten und pointierten Formulierungen, ich war von diesem Menschen durchaus angetan und konnte mir nicht vorstellen, was für ein großmächtiges Leid ihn dazu bewogen haben soll, den verrückten Katz oder mich zu konsultieren. Ich schätzte ihn auf Mitte Vierzig, und so alt war er. An den Krieg wird er sich vielleicht erinnern können, ich selbst hab ja bloß eine einzige Erinnerung an den Krieg in Person des zigarettenrauchenden Vaters. Sachs wollte nach Freiburg hineinfahren, um dort noch etwas zu erledigen, ich hatte nichts dagegen. Wir fuhren von der Autobahn runter und zuckelten eine Landstraße dahin.

»Mist«, sagte Sachs. »Ich bin eine zu früh abgefahren.«

»Landstraße ist auch gut«, sagte ich, gurtete mich los, um meine Tasche auf dem Rücksitz zu erreichen, in der sich eine neue Zigarettenschachtel befand. Ich holte sie vor, und wir fuhren zwischen Wiesen und Pappeln dem Ort entgegen, zu dem mir Heidegger und KD Wolf einfielen. Ich entzündete die Camel, lehnte mich zurück. Ein Reh stand auf der Straße, sah uns an. Sachs verriß den Wagen, und langsam bot sich eine Pappel als Ziel an.

Bin ich tatsächlich aus dem Auto herausgesegelt? Ich spürte deutlich den Luftzug um die Ohren, ja, der Flugwind hinter den Ohren war so deutlich, daß er kaum bremste, ja, ich flog über Grashalme und Löwenzahn dahin, hörte während des Fluges einen Knall, nahm gut Sachsens Wagen an der Pappel wahr, landete auf dem Ellenbogen, kugelte ein bißchen, spürte einen schweren Schlag am rechten Schienbein und kam neben einem zweiten Baum zur Ruhe. Still war es in der Gegend, ich sah dorthin zurück, woher ich geflogen kam und bemerkte, wie Sachs mit knallrotem Kopf schwankend aus dem Auto stieg und zu mir her glotzte. Verdutzt spürte ich die Camel an meinen Lippen, sie brannte, und ich machte einen tiefen Zug. Blöde sah ich mich nach dem Reh um, es war verschwunden, obwohl eine große Fläche einzusehen war. Bloß die Pappeln, am Horizont der Schwarzwald. Ich erwartete, ein paar Kuhglocken zu hören.

Ich lachte in mich hinein und beobachtete interessiert, daß Sachs mit seinem Knallkopf auf mich zuzustolpern begann. Er ruderte mit seinen Armen in der Luft, als würde er etwas dirigieren, aber es war weiter nichts zu hören. Doch dann vernahm ich eine schrille Stimme, in der sich eine Herde von Wörtern ineinandergestöpselt hatte und wie ein Wort ihm aus der Kehle fuhr. Ich konnte gar nicht verstehen, was er da faselte und wartete also ab, bis er an mich herangekommen war. Als er da war und sich zu mir herunterbeugte, besprühte er sofort mein Gesicht und hörte nicht zu faseln auf. Ich entschloß mich, ihn zu unterbrechen.

»Ein Jud gehört ins Kaffeehaus«, sagte ich in seinen Schwall hinein, ich wußte nicht, wieso mir dieses Zeug in den Sinn kam. Sachs schaute mich mit offenem Mund an, und sein Gesicht war dabei derart bizarr, daß ich zu kichern begann. Diesen gelungenen Moment wählte der Schmerz aus, um zu erscheinen. Zuerst glaubte ich, Sachsens Gesicht färbte sich von dunkelrot auf schwarz, aber dann lag ich in einem Bett, das durch einen Korridor geschoben wurde. Ein asiatisches Frauenantlitz war über mir, und ich war sicher, daß mit mir nicht alles in der gewohnten Ordnung war.

Mein rechtes Schienbein war gebrochen und irgendein anderes Bein links, zwei Rippen. Ich lag nun im Krankenhaus zu Freiburg im Breisgau. Das eine Bein war hochgezogen, das andere war normal eingegipst und ruhte wie ich selbst im Krankenbett. Auf dem Stuhl neben mir saß Konrad Sachs und fand diese Situation passend, um sein Problem loszuwerden. Nach einigen Minuten, in welchen ich ihm durchaus nicht folgen wollte, drehte ich meinen Kopf zur Seite und tat so, als wäre ich eingeschlafen. Daraufhin schwieg er, wartete eine Weile, ich hörte ihn stark atmen, schließlich verließ er das Zimmer. Ich machte die Augen auf und schaute mich um. Ich war in einem Einzelzimmer. Am Nachtkästchen stand ein Telefon, über der Tür hing ein Kruzifix. Ich versuchte Klarheit in meinen Kopf zu bekommen, indem ich über Sinn und Zweck des Kruzifixes zu grübeln begann.

Endlich gab ich das auf und wandte meine Aufmerksamkeit den Schmerzen zu, die vor allem im hochgezogenen Bein zu toben begannen. Nachdem ich Tabletten dagegen bekommen hatte, schickte ich mich an, ein wenig zu dösen, kam aber nahezu zwei Tage aus der Schlaferei nicht heraus. Bloß hie und da öffneten sich mir die Augen, und immer bot sich ihnen der auf dem Stuhl sitzende Sachs dar.

Nach einigen Tagen kam ich drauf, daß wir einen Verkehrsunfall hatten. Deswegen liege ich da, dachte ich und verspürte Erleichterung darüber, wie einfach ich die Lösung rätselhafter Sachverhalte fand.

»Wir hatten einen Unfall«, sagte ich mit klarer Stimme zu Sachs, der auf diesem Stuhl neben mir zu wohnen schien. Er schreckte auf, begann heftig zu nicken, streckte abwehrend die Arme von sich.

»Ich habe Ihnen Beine und Rippen gebrochen«, sagte er tonlos. »Es ist soweit. Jetzt beginne ich damit, Juden zu verwunden. Das ist erst der Anfang.« Und er vergrub sein Gesicht.

»Spinnen Sie oder ich«, erkundigte ich mich durch die verschränkten Arme von ihm hindurch. Er sah hoch.

»Mein Vater war Ernst Sachs. Er war Generalgouverneur von Polen.

»Aha«, machte ich und atmete ein, spürte die gebrochenen Rippen, atmete vorsichtig aus.

10.

Noch keine zehn Tage in Wien hatte ihn die Stadt bereits aufgesogen. Mit großen Schritten ging er selbstverständlich durch ihre Straßen, aß in diversen Restaurants, lernte Leute kennen, traf auch zweimal den alten Moskowitz, der ihm den toten Siggi sehr nahe brachte. Zur alten Liebe, die ihn ganz erfüllte, kam seine neue zu Susanne Ressel dazu, so daß er nach kürzester Zeit beschloß, den Rest seines Lebens in Wien zu verbringen. Unverzüglich begann er den Umzug zu organisieren. Der verblüffte Zuckerman bekam Auftrag um Auftrag, so daß er schließlich selbst hierher kam, um sich einen Überblick zu verschaffen. Er brachte ein Bündel von Verträgen mit und hielt sie Gebirtig unter die Nase. Dieser nahm sich einen Anwalt und ging mit ihm alles durch. Tags darauf gab er einem Frankfurter Verlag die Übersetzungsrechte und suchte Immobilienmakler auf, denn er wollte in der Josefstadt eine Wohnung kaufen. Es ging so weit, daß er mit Susanne einige Wohnungen durchschritt, die Aussicht prüfte, die Höhe der Zimmer. Auch las er an den Wohnungstüren die Namen der Bewohner ab. Ins Baltic ging er bloß um sich umzuziehen, ansonsten war er bei Susanne, die mitgerissen von seiner Aktivität sich auf ein Leben mit ihm einließ. Sie entsann sich ihres Berufs und begann an einem großen Porträt von Herrmann zu arbeiten, es wuchs des Tages und Nachts, und sie hatten viel zu lachen.

Nach den Plädoyers von Staatsanwalt und Verteidigern verschwanden die Geschworenen, um sich zu beraten. Als sie wiederkamen, teilten sie dem Gericht mit, daß sie Eigler für unschuldig und nicht identisch mit Egger hielten. Der alte Herr wurde sofort enthaftet.

Herrmann saß bei Susanne, als die Nachricht übers Radio kam. Unmittelbar darauf rief Lebensart an. Gebirtig, der mit gelassenem Gesicht die Nachricht aufgenommen hatte, war bereits gegangen. Von der Landesgerichtsstraße wollte er die Florianigasse hinaufgehen, um aus seinem Quartier etwas zu holen. Als er bei der Trafik vorbeikam, es war halbsechs Uhr abends, grüßte ihn die alte Frau Leitner freundlich wie eh und je, ihre Augen blickten kalt. Er ging weiter, hatte das Gefühl, Hofstätter wäre hinter ihm, er drehte sich um, alle Personen schauten ihn an, bloß Hofstätter hielt sich hinter den Gardinen der Rosenstrauchwohnung verborgen.

Als er schon vorbei war beim Haus Florianigasse 12 A, kam ihm der schwarzgelbe Schäferhund entgegen. Er knurrte. »Ruhig, Barry«, fauchte sein Herr und zog übertrieben den Hut. Vorm Café Florianihof standen die Leute in Trauben, alle hatten sie die Arme vor der Brust verschränkt.

Ein prachtvoller Juniabend legte sich über die Stadt. Gebirtig erreichte die Spätmaschine nach Frankfurt. Nächsten Tag in New York holte ihn Joana Friedmann ab. Oder hieß sie Sussmann? Daheim angekommen trat er zum Fenster und schaute auf den East River. Joana war wieder gegangen. Er drehte sich um, durchquerte sein Zimmer, gelangte zur Küche, öffnete den Kühlschrank. Er war leer und roch. Doch es gab noch etwas Kirschenkompott. Er setzte sich an den Tisch und löffelte es aus.

11.

Er kam immer wieder. Ich konnte noch so oft meinen Kopf zur Seite sinken lassen, Müdigkeit und Schlaf vortäuschen, kaum schlug ich die Augen auf, war er mir zur Seite und begann zu reden.

Ich konnte nichts dagegen ausrichten. Zwischen all dem Unsinn, der aus seinem Mund blubberte, wurde allerdings eine traurige Gestalt in schärfster Kontur sichtbar und tat weh. Wie kam ich eigentlich dazu, mir jetzt noch dieses verzweifelte Leben in die Ohren gießen zu lassen? Da saß er, die riesigen Pranken auf den Kniescheiben, mal blaß, mal rotgesichtig. Nicht zu vertreiben. Von den Schwestern kaum zu verjagen. Es wurde allmählich weniger mühsam, sich alles anzuhören und hinter sich zu bringen, als den Widerstand fortzusetzen.

Ich begann also, aufmerksam zuzuhören. Sachs bemerkte es, und sein Krampf löste sich etwas, so daß er sich nicht mehr gezwungen sah, soviel Selbstbezichtigung und derlei Blödsinn auf einmal abzusondern. Ich sah ein, daß es keinen Sinn machte, ihm die Schuld an meinen Verletzungen auszureden, denn dieses Schuldgefühl öffnete ihm ja die Schleusen. Er setzte sich mit seinem Vater gleich und erging sich in ewigen Als-ob-Verschlingungen. Präzise teilte er mir mit, was für eine komplette Nazisau er geworden wäre, hätte er zwanzig Jahre früher gelebt, und als Beleg dienten ihm die Hände des Vaters, die Stimme, sein ganzer Habitus. Seit Jahrzehnten trüge er diese Gewißheit mit sich herum; seit der Begegnung mit einem gewissen Eggenberger würde der Druck in ihm unerträglich, nun wisse er nicht mehr, was er machen solle. Meinen Einwand, ich wäre ja selber vielleicht ein ordentlicher Nazi geworden, wenn ich damals gelebt und kein Jude gewesen wäre, fegte er mit abrupten sich mehrmals wiederholenden Armbewegungen weg, nichts von alledem wollte er hören. Auf solche Hypothesen ginge er nicht ein, flüsterte er immer wieder, ohne zu bemerken, daß sein ganzer Druck aus solchen Hypothesen bestand.

Wir drehten uns also munter im Kreise, während wir beide immerzu in jenem Freiburger Krankenzimmer aneinanderklebten. Ich war ziemlich ratlos, erteilte ihm – in der Hoffnung, die Sache abzuschließen – eine Art Absolution, versicherte ihm, daß er gerade wegen seines Vaters immun gegen Nazismus und Antisemitismus sei und redete in der Art in ihn hinein, ärgerte mich zugleich über das Gequatsche, und die Schmerzen in Brust und Beinen trugen das Ihre zur allgemeinen Heiterkeit bei. Sachs hörte sich mein Gerede ruhig an, um danach heftig den Kopf zu schütteln und mit andern Worten wiederum von vorne dasselbe zu sagen. So gingen die Tage hin.

Mitten in einer dieser Selbstbezichtigungen platzte Christiane Kalteisen hinein. Ich wollte mich der Freude, die ich empfand, ganz hingeben, ersuchte Sachs, sich zu entfernen und mußte auflachen, als ich ihr Gipsbein sah. Sie schaute scheu und schüchtern im Zimmer herum, gab dem aufgesprungenen Konrad Sachs die Hand und wickelte hernach irgendwelche Blumen aus. Sachs verließ das Zimmer, und da lag ich nun, und sie setzte sich ans Bett, schaute mir ins Angesicht, neugierig und schamhaft, beugte sich über mich, und sie küßte mich. Ich nahm ihre Hand und führte sie ohne Bedenken zu meinen Schenkeln über dem Gipsrand hinunter und hinauf, sie warf den Kopf zurück und lächelte.

In dürren Wörtern erzählte mir Christiane hernach, was ich von Alexander bereits wußte, und noch einiges dazu, mir war's egal. Ich bat sie um Verzeihung, weil ich über den Verlust ihres Rob van Looy nicht so richtig weinen mochte, hielt ihr einen psychologisch eingefärbten Vortrag über Sicherheitsstreben und Abenteuerlust, doch Christiane war derart auf Versöhnungskurs, daß ich mir viele Unverschämtheiten hätte erlauben können. Als ich ihr von Konrad Sachs berichtete, der Stunde um Stunde vor der Tür sicher wartete, bemerkte sie bloß, daß es blöd von ihm wäre, der ganzen Welt den Vater zu verheimlichen. Ich starrte sie an, nahm sie an den Ohren, zog sie mir zum Hals, begann zu glucksen und zu kichern, denn dieses Lilienfelder Landkind hatte das Schlüsselchen gefunden, mit dem man die Sachstür aufsperren konnte, um die ganzen Nachtmahrgestalten herauszulassen.

»Ihr Prinz von Polen, verehrter Konrad Sachs«, sagte ich nächstens zu ihm, »verträgt das Tageslicht nicht, glauben Sie mir. Schmeißen Sie ihn raus, zerren Sie ihn in die Öffentlichkeit.«

Sachs hob ruckartig den Schädel.

»Ich soll allen sagen…«

»Was heißt allen? Der Welt bringen Sie zu Gehör, woher Sie kommen, was Sie geworden sind. Ihr ganzer Alb liegt im Geheimnis, das wissen Sie doch selbst.«

»Man wird mich ächten.« Sachs schwieg.

»Ach was. Sie selbst werden sich nicht mehr zu ächten brauchen. Ob's die anderen tun, ich glaube das nicht. Sie arbeiten doch über Kitsch und Tod. Na also: der Kitsch, das ist Ihr Prinz von Polen, der Tod war der König. Sie selbst sind Konrad Sachs, ein Mensch, der das nun offenlegt. Dann ist Ruhe.«

Sachs hielt es nicht mehr im Stuhl. Auf und ab lief er, schnaufte, blickte immer wieder zu mir hin, so daß ich ihm endlich noch grinsend zurief:

»Und ich hab auch Ruhe. Erzählen Sie all das nicht mir, erzählen Sie es der Welt. Schreiben Sie ein Buch oder so!«

Nach einer Weile holte Sachs die Brieftasche, und er legte dreitausend Mark auf das Nachtkästchen.

»Hören Sie auf«, fuhr ich ihn an. »Zahlen Sie, wenn das Buch veröffentlicht ist.«

»Ich schreibe eine Serie für meine ehemalige Zeitschrift. Wie sagen die Schwulen? Ich mache ein Coming out.«

»Machen Sie das. Dann bezahlen Sie.«

Sachs, obgleich ihn die Idee sichtlich ängstigte, lächelte übers ganze Gesicht, er nahm das Geld wieder an sich, beugte sich über mich und griff zu meiner Rechten.

»Gehen Sie schon los«, sagte ich und boxte ihm in die

Schulter. Fürchten Sie sich nicht. Was wird schon werden!«

Alsogleich reiste er ab, Christiane nächsten Tag. Ich mußte noch eine Zeitlang dort herumliegen, bis ich schließlich wieder nach Wien heimgehumpelt kam.

Drei Wochen später erschien der erste Artikel von Sachs, und der begann mit den Worten: Mein Vater, Ernst Sachs, wurde am 16. Oktober 1946 in Nürnberg als Naziverbrecher hingerichtet, und wie ich meine, mit Recht.

»Na also«, sagte ich zu Emanuel Katz und reichte ihm die Zeitschrift.

»Daß ich mir das habe entgehen lassen.«

»Und was ist mit deinem Manuskript?«

»Was? Ah so. Es ist fertig.« Nächsten Tag brachte er es mir.

»Ich habe mit der *Bnai Brith* geredet. Sie werden Sachs zu einem Vortrag einladen. Er wird zusagen.«

»Du läßt nichts aus, Emanuel«, sagte ich. »Die Juden werden sich das anhören?«

»Sie werden es gerne tun.«

Er hatte recht.

12.

Hamburg, 5. Januar 1985

Lieber Daniel Demant,

mit gleicher Post schicke ich Ihnen mein Buch. Es heißt jetzt doch: Uwaga, der Prinz von Polen. Vielleicht haben Sie es schon. Es ist die überarbeitete Version jener Artikelserie, die ich nach unseren Gesprächen in Freiburg zu veröffentlichen begann. Wie lange ist das schon her. Schade, daß wir uns beim Vortrag in der *Bnai Brith* damals in Wien nicht getroffen haben, Herr Katz hat Ihnen sicher davon berichtet. Mein Prinz von Polen hat die Öffentlichkeit tatsächlich nicht vertragen, er ist mehr und mehr ausgebleicht und schließlich irgendwie zergangen. Trotz der Anfeindungen, denen ich mich seit der Veröffentlichung ausgesetzt sehe, fühle ich mich exzellent. Die Hauptvorwürfe beziehen sich auf die Art, wie ich meinen Vater behandle, das tue man nicht.

Vorgestern ist meine Mutter gestorben. Meine Schwester warf mir sofort vor, ich sei an ihrem Tode schuldig, ich hätte ihr das Herz zerrissen. Und wenn schon. Auch wenn es persönlich tragisch ist, sie hat sich von den alten Zeiten nicht lösen können, und mit achtzig Jahren kann jeder doch ganz normal sein Leben beschließen. Ich verspüre jedenfalls keine Schuld. Meine Schwester ist ohnehin eine törichte Person. Sie hatte sich doch nicht entblödet, beim Majdanekprozeß sich für die armen Angeklagten zu engagieren, Schwamm drüber. Ich will Ihnen, bester Demant, noch einmal meinen Dank aussprechen und Ihnen kurz berichten, wie mein persönliches Leben nach dieser großen Hitze wiederum in guter Atmosphäre weiterging. Sie wissen doch, daß ich mich wegen des Prinzen von meiner Frau Else getrennt hatte, obwohl oder weil ich sie so liebte, und ich ihr den Prinzen auf keinen Fall mehr zumuten konnte. Sie hatte dann auch aus der Zeitung meine Herkunft erfahren. Sofort war sie zu unserem gemeinsamen Freund Peter Adel, dem Regisseur, geeilt und hat offenbar so lange auf ihn eingeredet, bis er eine Audienz — wie sie das seither nennt — bei mir für sie erwirkt hat. Ich wollte eigentlich nach dem »Coming out« durchaus zu Else zurück, aber ich fürchtete mich einfach davor, daß sie mir sagt, der Prinz stünde ihrerseits doch nicht zwischen uns, das sei eine verständliche, aber doch bloß meinerseitige Einbildung. Hätte sie das gesagt, wäre es mir auf keinen Fall möglich gewesen, die Ehe wiederaufzunehmen. Doch Gott gab ein Wunder, würde das Ihr Volk so ausdrücken? Im Gespräch, bei dem Adel anwesend war, sagte sie mir klipp und klar, mit dieser Belastung müßte sie auch erst fertig werden, sie müsse gleichsam ihre Liebe zu mir neu entdecken, und dazu brauche sie Zeit. Als ich das hörte, mußte ich weinen, so glücklich war ich. Adel gratulierte mir übrigens zu meinem Mut und gestand im Gegenzug mit mokantem Lächeln, daß er Jude sei und das, wenn auch aus anderen Gründen, dreißig Jahre vor der Welt verschwiegen habe, aber durch mein Coming out käme es ihm jetzt auch nicht mehr darauf an. (Später stellte sich heraus, daß genug Leute davon wußten, das hatte ihn sehr erstaunt und etwas geärgert). Für einen Moment kam mir der Verdacht, Adel hätte Else präpariert, so daß sie so zu mir sprach, aber das ist Unsinn, oder?

Einige Wochen nach dem Gespräch betrat ich wieder unsere Wohnung in der Elbchaussee. Ich glaube, wir lieben uns.

Nun, lieber Daniel Demant, das wollte ich Ihnen mitteilen. Wissen Sie, ich fühle mich keineswegs geheilt oder was man unter diesem Wort versteht, sondern bloß in einer guten Ausgangssituation. Nach wie vor fällt es mir beispielsweise schwer, das Wort Jude auszusprechen. Nach wie vor plagt mich die Angst, doch noch innerlich in die Fußstapfen meines Vaters zu treten, entschuldigen Sie diese dumme Formulierung. Aber alle wissen, wer ich bin, und ich habe auch von Deutschen da und dort Solidarität erfahren und Einverständnis mit meiner Haltung.

Nun eine letzte Bitte: Ich möchte eine Reise in meine Kindheit machen und habe mich zu einer Psychoanalyse entschlossen. Es muß aber, Sie werden das vielleicht für einen philosemitischen Quatsch halten, ein jüdischer Analytiker sein. Der Grund ist sehr einfach: Ein nichtjüdischer Analytiker in Deutschland hat doch in aller Regel ein belastetes Verhältnis zu jener Vergangenheit, in welcher der Prinz gedieh. Sei es der eigene Vater oder gar er selbst als Pimpf. Auch andere Verwandte könnten irgendwie verstrickt sein, so daß er womöglich in große Verdrießlichkeit während der Analyse kommt, die ich dann auszubaden hätte. Natürlich kann ich nicht ausschließen, daß es nichtjüdische Analytiker gibt, bei denen solche Schwierigkeiten nicht zu erwarten sind, aber ich will diese Reise nicht von Anfang an mit einer Hypothek belasten.

Zwar könnte ein Jude seinerseits Vorurteile und Schwierigkeiten mit mir haben, aber die Reaktion der jüdischen Menschen auf mein Buch lassen mich diesbezüglich zuversichtlich sein. Zu meiner Bitte: Könnten Sie mir im Hamburger Umfeld einen solchen Analytiker namhaft machen?

Was macht Ihr Nietzscheprojekt? Sind Sie inzwischen doch nach Turin gekommen?

Ich grüße Sie und bleibe immer

Ihr Konrad Sachs

13

Ich sitze im Zeppelin neben Christiane, meine Freundin im Februar, Juli und November der letzten beiden Jahre oder so. Mascha steht vorne an der Theke und redet mit Erich Stiglitz, Alexander lehnt am andern Ende des Lokals und schaut abwechselnd zu uns und zu Mascha. Christiane redet heftig mit dieser Freundin, die einen alternativen Kindergarten leitet, in welchen Sabrina geht, und den ich jedem Kind empfehlen kann. Jetzt kommt auf einmal Mascha her, setzt sich und beginnt mir den Streit, in den sie mit Stiglitz geraten ist, zu referieren. Der Idiot hat sich über Mauthausen irgendwie blödsinnig geäußert, und jetzt ist Mascha außer sich, und ich kann sie durchaus nicht beruhigen, obwohl ich es versuche, im Gegenteil. Schließlich wirft sie mir vor, daß ich sein möchte, wie alle andern, meine Jüdischkeit verstecke und so fort. Das macht mich ziemlich wütend. Wie kommt sie dazu, ständig die Gebeine der Juden als Orgelpfeifen zu verwenden, um ihren verstimmten Song wieder und wieder losbrausen zu lassen? Ich äußere mich in diesem Sinn und sie weint.

Auf dem Heimweg teilt mir Christiane mit, daß sie völlig auf seiten Maschas sei und stellt die Theorie auf, daß man es als Frau und Jüdin doppelt schwer hat mit so beschissenen Männern. Ich schaue sie erstaunt an, ziehe sie leicht am Ohr und erkundige mich, woher sich ihr auf einmal eine jüdische Seele erschließe, und sei es auch bloß eine weibliche. Am Wort »bloß« entzündet sich dann eine der üblichen Streitereien, und ich gebe ihr um des lieben Friedens willen zu, daß dies eine machistische Bemerkung war. Dabei verliere ich aber den Faden, und die Frage, die ich gestellt habe, bleibt unbeantwortet.

Wir sind in der Halmgasse angelangt. Auf dem Anrufbeantworter sind zwei Nachrichten: Wilhelm Schrötter sagt mir, daß er mich heute noch wegen Nietzsche sehen will. Er ist im Hilton, und ich soll zurückrufen. Die zweite Mitteilung betrifft Filmaufnahmen im slawonischen Osijek, wo der amerikanische Regisseur Dan Curtis Theresienstadt neu aufbaut und vierzig original Wiener Juden für die Nahkomparserie sucht. Jetzt erfahre ich, daß ich zu diesem illustren Kreis gehöre, und nächsten Februar beginnen die Dreharbeiten mit uns.

Ich rufe Schrötter zurück. Er muß, sagt er, morgen früh nach Budapest, und ob es mir ausgeht. Ich küsse Christiane, sage ihr, ich sei in einer Stunde zurück, sie nickt, und ich eile ins Hilton.

Schrötter kommt mir mit ausgestreckten Armen entgegen, wir verpflanzen uns ins Gestühl, und er beginnt mir das schon aufgegebene Nietzscheprojekt schmackhaft zu machen. Nach monatelangen Querelen hätte sich der Verlag mit dem Autor nun doch geeinigt, und ich könnte jetzt nach Turin fahren, womöglich ohne mir die Beine zu brechen, wir lachen.

Ich sage ihm, mir sei das recht, berichte ihm von Katzens Manuskript, welches noch immer nicht vom Verleger akzeptiert worden sei, und ob er eventuell einen Blick hineinwerfen wolle. Das sagt er zu, und so reden wir noch ein bißchen.

Ich erzähle ihm von Konrad Sachs, und daß der es war, welcher mich damals ins Krankenhaus nach Freiburg gebracht hat.

»Wissen Sie, Herr Demant«, gibt Schrötter mürrisch zur Antwort, »dieser Sachs ist wohl das Letzte.«

»Wieso?«

»Na, kennen Sie sein Buch? Eine unappetitliche Geschichte, sage ich Ihnen. Wenn einer so einen Vater hat, soll er die Fresse halten.«

»Kommen Sie, Schrötter. Schon Nietzsche sagte, welches Kind hätte nicht Ursache, über seine Eltern zu weinen.«

»Weinen soll er. So viel er will. Überhaupt, so einer sollte weder Politiker noch Journalist oder sonst ein Öffentlichkeitsarbeiter sein.«

Ich schüttel den Kopf. Der ist grad richtig fürs Katzmanuskript, denke ich mir.

»Er kann doch nichts dafür. Was reden Sie da?«

»Wenn er sich so in den Vordergrund schiebt, dann kann er was dafür. Wissen Sie, so einer wie Sachs hätte Schlosser werden sollen oder Schreiner!«

»Schreiner? Ein Sargtischler?« Schrötter schaut mich erstaunt an, dann lächelt er.

»Ach nee, bei uns in Deutschland ist ein Schreiner ein normaler Tischler.«

»Aha«, sage ich. »Ich versteh.«

Epilog
Verzweifelte

26. Februar 1986

Ein Autobus, darin vierzig Juden unter jener Graublende der Geschichte.

Letzter Versuch auszusteigen: Ich finde die Leute nicht am nordwestlichen Praterstern. Ich will schon wieder heimfahren, im letzten Moment kann ich Paul mit der Pullmannkappe nicht übersehen. In Gottesnämlichkeit, wir fahren halt ab nach Theresienstadt in ABC-Version zum slawonischen Osijek.

Die Blicke sind nach dorthin gerichtet, wir fahren in die Zukunft, die wegen ihrer gewissen Vergangenheit so habtacht, so verkrümmt eine Gegenwart bildet. Es ist schön, so herumzufahren hinein ins Steirische.

Neben mir sitzt Lea, eine vierzigjährige Frau mit inneren Radikaloperationen. Sie erfährt, daß ich Lektor bin.

»Die Literatur mit der Fäkalmode, das ist so arg.« Sie will Puppentheater machen als Oper oder Oper als Puppentheater, egal. Ihr Mann kommt aus der Ukraine.

»Ich red nie was, außer in Sprüchwörtern.« Aber dann streiten sie laut und mit voll nach innen gerichteter Sehnsucht. Unmöglich, daß die Sonne sich bei denen unterzugehen traut.

Bei Gelegenheit Riesenszene, weil Lea zu viel Geld für Paßbilder bezahlt hatte. Jetzt steht sie da, denn ABC zahlt bloß einen Fünfziger. Jetzt glaubt sie, alle glauben, sie wäre geldgierig. Bis ins Jugoslawische hinein rinnen die Tränen.

Esther Lichtblau fährt mit uns. Sie will mit uns Statisten eine Geschichte in ihrem Schmerz unterbringen, sie, die Dokumentarfilmerin aus Wien und Czernowitz, sie will ihre Melancholie mittels laufender Bilder verstärken und beenden zugleich. Ihre Kamerafrau Nana, aber das später, ein Fluoreszieren im Fluoreszieren.

Sany, die Tochter des Literaturverstärkers Georges Weiß, eine Ganzjunge mit kippiger Sozialisation, betulich heute, glatt, sehr ehrgeizig, liebenswürdigst.

Hinten das Ehepaar Thurn und Taxis, zwei Schwestern von Einigensiebzig bis Schwachachtzig, still-bescheiden, asketisch. Zwei Christinnen unter den gackernden Kindern Israels, stumm.

Irgendwo hinter Varaždin rutscht der Bus aus. Spät kommen wir an.

Wie soll ich's notieren, ich kann nicht notieren. Als einundvierzigster über die vierzig notieren, das ist ein Schreiben aus der Hüfte, aus der Gurgel, ach was.

Hannah und Mordechai, das israelische Ehepaar, dieses Würgritual, sie ist sehr schön, er singt sehr schön; ich glaube, alle Hysteriker können ohrenverliebt singen.

Der einzige, der weiß, was ein Kazett ist, denn er war in einigen, und er prahlt verzweifelt mit dem einzigen, was seine jetzige Gebrochenheit harmonisiert.

Aber Herr Recht, bloß in einem Lager zwischen Dnjestr und Bug, will keinen Juden statieren, sondern, na endlich, einen SS-Mann.

Unauffällige gibt es, sie werden noch auffallen. Auffällige, sie werden ihre Traumschreie, in denen die Gegenwart hinter der Vergangenheitsmaske eingezwängt ist, als organischen Schweiß in der Morgenfrüh vom Leib duschen, aber auffällig bleiben, weil ihr Gestorbensein so vital ist.

»Ich hab's·ja gewußt, die Juden sind keine Familie, zu blöd, wie weh das tut«, sagt Esther Lichtblau, nicht nur sie.

Übrigens ist diese vierzigköpfige Judenheit minus Thurn und Taxis im Autobusbehälter durch den südöstlichen Winter heruntergerollt und her nach Osijek an der Drau, um der ABC-Fernsehgesellschaft für die Fernsehserie »Krieg und Erinnerung« die Nahkomparserie zu liefern. Hier haben sie Theresienstadt adaptiert, hier können wir froh sein, weil wir den Vertilgten nachspielen können, a Glück, das wir haben, wir sinen bloß Komparsen in einem Film, in einem Spiel, Millionen werden können sehn vorm Fernsehschirm, daß mer lebn, a Glück. Wir spielen und wahrlich, das müssen Verzweifelte nur.

Heute ist Kostüm. Auch ich werde eingekleidet. Das Kostüm, betreut von netten Jugoslawen, zieht mich aus, zieht mich um.

»Wien ist die schönste Stadt der Welt«, sagte ein Zagreber Kostümmann zu mir, derweil er mir den Judenstern mit der Sicherheitsnadel provisorisch am Mantel befestigt. »Ich hab dort studiert. Fühlen Sie sich wohl, oh, entschuldigen Sie, ich meine, paßt das Kostüm, verzeihen Sie. Ich komme aus Zagreb – Agram«, sagt er.

»Zagreb, ja, aha«, antworte ich. Es ist wahr, Osijek hat etwas von Triest, trotz Schnee und Drau.

Da ich die alten Kleider anhabe, den Stern, den Hut und jetzt nicht mehr aussehe wie tausend Juden, sondern wie zehntausend Judenlämmer, hab ich kein unschönes Gefühl von Spiel. Allerdings bin ich eingeschlossen in diesen Kleidern, und ich denk mir, es ist, als stünde ich am Nollendorfplatz in Berlin neben den Huren: Vor fünfundvierzig, fünfzig Jahren tät ich anders dastehn in Berlin mit dem Stern, mit dem Hut, und fünfzig Jahre, das ist nicht einmal ein Rülpser im Zeitganzen unserer Erinnerung. Aber jetzt geh ich frech an den Huren vorbei, an den Schupos, und ins Café Einstein geh ich, und wenn Paul vernarrt ist in ein Mädchen von der Schwäbischen Alp, wundert sich die deutsche Population bloß im geheimen.

Da ich perfekt bin in der Judenlämmerkluft, darf ich mich wieder rückverwandeln in Den von heute – eine blitzartige Befreiung durch die Amerikaner, von der Derjenige, den ich statiere, in den langen Frost- und Hungerödemwirksamkeiten wohl ständig geträumt hat; ich bin perfekt, weil nachgeboren, also spielend.

Müssen wir Verzweifelte sein? Wo doch mein Humor mit meiner Eitelkeit um ein passendes Lebensgefühl kämpft, jenseits von Depressenburg in der Melancholei?

»Nur wenn der Mensch spielt, ist er ganz Mensch«, sagte einer der innerlich entzündeten Klassiker aus Schwaben.

Arg wird mir beim Essen mit dem einzigen im Kazett und drei andern. Was sind sie so garstig zum Ober, so beleidigt, so empfindlich, so hochfahrend, so unhöflich, vom Kleinlichen will ich nicht reden?

»Ein Kellner aus Slawonien wird nie ein Glück haben mit einem so auserwählten Volk«, sagt Paul im Beiseiteton.

Am morgen müssen wir gleich im Kazettgewand frühstücken, jedem das Seine.

Beim Runtergehen zum Frühstück überleg ich zuerst und weiß nicht wieso, ob ich mir den Mantel bloß über den Arm hängen oder anziehen soll. Meinen eigenen Mantel hab ich doch immer gleich angehabt, also zieh ich den auch an. Im Runtergehen ertapp ich meinen rechten Arm, wie er mir links die Brust bedeckt, da mir das Zimmermädchen entgegenkommt. Verwundert tu ich ihn dorthin zurück, wo er hingehört und gebe den gelben Stern überm Herzen wieder frei. Unten beim Frühstück sitzen die Kinder Israels in der Kluft, in der Kluft.

Juppi, jetzt fahren wir nach Theresienstadt an der Drau, »macht ma gornix aus«, sagt der einzige, der im Kazett war, doch Renee, deren Tochter das Statieren der Mutter mit »makaber« kommentierte, bricht in Tränen aus und entschuldigt sich und trocknet die Tränen und entschuldigt sich und Tränen, und weinend geht sie unter Entschuldigungen schnell zum Klo.

»Es ist, weil ich die Kinder gesehen habe draußen im Schnee spielen, jüdische aus Sarajevo, und die spielen draußen im Schnee, das war zuviel.«

Achtzig oder noch mehr Juden aus Sarajevo sind da, schauen aus wie jedermann in Bosnien, wenigstens von Wien aus gesehen. Ein alter Mann, der in den Arbeitslagern war, begrüßt Paul mit den Worten: »Also Sie mit Ihrer Barbe schauen aus sehr original.«

Meine eigenen Juden aus Wien und der Ukraine, ein jeder mit einem Gesicht, das so aussieht, wie sich der kleine Maxi und Hollywood einen mitteleuropäischen Juden vorstellen, kommen zu mir, seit ich in der Lammkluft bin und versichern mir hundertmal zwischen Frühstück und Mittagessen im Wartesaal:

»Sie sind a Echter. A Ächta bist du.« Schließlich beruhigt mich Gerhard Frumm mit dem jüdischen Gesicht, denn er sagt mir:
»Es gibt gar kein jüdisches Gesicht. Das ist ein hartnäckiges Gerede.«
Im Wartesaal hetzt mich Sany zur nächsten schluchzenden Frau. Larissa schluchzt und verbeißt und Oleg, ihr Mann, sitzt daneben, rührt sich nicht, schaut nirgendwohin oder irgendwohin, wohin ich nicht schauen kann. Die zwei sind vor acht Jahren aus der Sowjetunion raus und nach Israel. Larissa aber hat's dort nicht ausgehalten. »Das Klima«, sagt sie, und vermutlich meint sie das Klima. So sind sie zurück bis nach Wien mit israelischen Pässen, und ka Mensch hilft ihnen hier, sie haben keine Arbeit, verlieren die Wohnung, aber die Tochter ist noch Pianistin, der Sohn a Geiger und in der Sowjetunion geblieben, die kleine Tochter hat überall Musik, aber man läßt sie nicht aufs Konservatorium.
»Und da kommt«, erzählt mir Larissa auf deutschrussischjiddisch, »eine Wiener Jüdin – die dort – und fragt mich, was ich da verleuren hab, ich soll nach Israel zurückgehen oder nach Rußland oder jedenfalls awek.«
»Ich bin satt«, hätte die Wiener Jüdin gesagt. »Ich hab das und das, und das hab ich auch, und was hast du?«
Und eine zweite hätte gesagt: »Was gute Juden von euch waren, sind tot, geblieben sind solchene wie ihr.«
Und Nana kommt von hinten mit der Kamera, Esther setzt sich dazu, das Ganze kommt auf den Film im Film, was sie jetzt noch alles erzählen im Wartesaal; und wie sie sich, denn jetzt redet auch Oleg, beklagen:
»Leben kann man nur unter die Gojim. Sterben wird ma scho missn mit die Jidden. Ich will arbeiten, egal was«, Oleg gestikuliert. »Auf der Kultusgemeinde hat

ma aner geben wollen hundert Schilling, haben wir abgelehnt. Arbeit ja, aber nicht den Hut arunternehmen und bitte, danke. Sind gegangen zum Rebbe wegen einer leichten Arbeit für die Tochter, sie ist so a Pianistin, vielleicht bei Kinder arbeiten oder so was.

›Sie soll gehen putzen‹, antwortete der Rebbe.«

Mir ist wehe zumute, so daß ich sogar befremdet bin, weil Esther mir zuflüstert, ich soll wieder zum Thema von vorher zurückleiten.

Du und dein Film, denke ich angefrostet, anstatt Antworten zu haben, die helfen. Aber Esther hat ja recht. Ist es auf Film, kann's ja nützen und wem schadet's, der Kultusgemeinde wegen der Russischen einmal auf die Füß zu steigen.

Willi Klang, ein Chirurg in Pension, aber er operiert noch bis pünktlich zum siebzigsten Geburtstag, sagt mir, da ich ihn auf den Konflikt anrede:

»Aber hat nicht gestern abend irgend einer von den Russischen gesagt, man hätte zuwenig Wiener Juden vergast?«

»Wer weiß«, sag ich. »So ein Regime kann man gar nicht erfinden, daß wir gescheiter werden.«

»Immerhin« – und jetzt kriegt er sein Yves Montand-Gesicht – »bei Jom Kipper machma doch die Tür weit auf für die Bedürftigen. So a Masel, daß kana draußen steht.«

»Stehen s' nicht hinterm Eck?«

»Was willst, die Juden sind auch nur Menschen, Gott sei Dank. Und die Russischen haben nicht Gelegenheit gehabt zu lernen, zu denken.«

Und Willi Klang setzt sich auf einen Sessel und erzählt:

»Vor ein paar Jahren ruft mich einer an wegen einer Beschneidung. ›Kommen Sie um halb acht in der Früh‹, sag ich ihm, ›weil nachher muß ich ins Spital. No, es wird halb zehn, bin ich weggefahren ins Spital. Um zehn ruft er mich dort an: ›No was ist‹, schreit er durchs Telefon, ›wir sinen alle do, und far wus sind Sie woanders?‹ A hin und a her, gut, fahr ich zurück, mach die Beschneidung, verbinde, zwei Stunden später, was soll ich dir sagen, macht eine Großmutter die Verbände wieder runter, um zu schauen, ob's gut und richtig gemacht ist. Versteh mich recht, sie haben eben nicht gelernt zu denken.«

Wir gehen zum Set für unsern ersten Dreh. Ein Gewimmel, SS fährt vorbei, wir ziehen unsere Hüte. Wir gehen zum zweiten Dreh in die Schule, im Film das jüdische Gemeindezentrum von Theresienstadt. Dort sollen wir machen bla bla, bis Klang – jetzt hat er eine Sprechrolle – »Achtung« schreit, weil der Kommandant mit einem andern SSler die Treppe herunter kommt. Wir spritzen auseinander, haben zu erstarren und die Hüte zu ziehen. Einer der acht Regieassistenten korrigiert bei zwei Osijeker Statisten das Hutziehn, denn die haben den Hut heruntergenommen und mit der offenen Seite nach oben in der Hand gehalten.

In zwei Szenen zweimal zieh ich den Hut, schau auf die Erd dabei, ich versteh schon, warum Herr Recht einen SS-Mann spielen wollte.

In den Gassen hat die ABC Puppen, das sind Tote, herumverteilt, sie schauen so unecht aus wie echte verhungerte Tote, so daß das ein bissl grauslich ist, bevor man sich gewöhnt. Die Sonne scheint, die SSler und die Juden gehen – zum Teil sich an den Händen haltend und sich gegenseitig stützend, weil's so glatt ist – in irgendwelche Kantinen.

Vor fünfundvierzig Jahren sind sie nicht übergeschnapt, die jetzt Statisten sind. Ob sie es nun schaffen werden?

Nach dem Essen Gesangsprobe mit Mordechai und denen aus Sarajevo. Anfangs läuft's nicht, denn wenn die schon singen, dann singen sie lieber, was sie können. Dabei aber kommt eine gute Stimmung auf, Esther hat's auf ihrem Film. Ich komm mir vor wie in einem Jugendlager auf zionistisch, aber ich werde dennoch fröhlich. Dann tanzen sie, wie sich's gehört, verkehrt zum Rhythmus, ohne Anfang, ohne Ende, ein lachendes Irgendwie. Die anschließende Gesangsprobe – zwei bitterliche Lieder – hat in sich einen Körper bekommen.

Der dritte Dreh, ein Kaddisch auf Typhustote. Wir alle stehn um Holzsärge herum, die wie von Ikea ausschauen, aber Mordechai intoniert die Totenklage so schön, daß man zur Not weinen könnte darüber, wie lebendig der Tod ist. Branko Lustig, der erste Regieassistent, hat mich – so geht's mir immer – sofort erspäht und in einen gewissen Vordergrund placiert und auch Paul, damit die Welt nicht vergißt, was ein jüdisches Gesicht ist. Aber den Gerhard Frumm, für den das jüdische Gesicht bloß ein hartnäckiges Gerede ist, haben sie gleich links neben Mordechai hingestellt; wer's gesehen hat, wird's nicht gleich vergessen. Mir ist in den Zehen sehr kalt, aber dennoch dieser Tag war ganz gut, und um fünf ist er vorbei.

Während ich jetzt geschrieben habe, ist Nana hereingekommen in mein Zimmer. Wir reden über den heutigen Tag, und womöglich ist noch immer dies Fluoreszieren im Fluoreszieren. Andrerseits, ich sagte es schon, erweis ich mich offenbar wieder als auffälliger Mensch; Humor und Eitelkeit mögen um eine Sinninterpretation wegen dieser Auffälligkeit streiten. Hier ist nicht der Ort, sich nach dem Verschwinden zu sehnen.

Da sind offensichtlich Verzweifelte in Osijek an der Drau losgelassen worden. Wahrlich, das müssen Spieler sein.

Aber Esther, sie macht ja einen Film über ihr Vergessen und ihr Erinnern und hat von der ABC eine Drehgenehmigung, damit sie ins Herz kriechen kann uns Statisten, die wir verschiedentlich das Herz umpanzert haben aus Angst, kommt näher, und nah ist sie mir wieder geworden, nebenbei, nebenbei.

Aber als beim Kaddisch Mordechai Papiertaschentücher verteilte, damit die Frauen, wer sonst, ein bißchen auch weinen sollten beim Dreh, dachte ich: It's a Feh. In Theresienstadt gab's natürlich keine Taschentücher aus Papier, es mußte auf pures Textil geweint werden, als die Szene gedreht wurde.

Der Tag war gut, alles hatte miteinander zu tun, und so war's auch in Ordnung, als ich die Lämmerkluft abtat von mir und unter die wirkliche Dusche ging vorhin.

28. Februar 1986

Heute haben sie mich zweimal rausgefischt und ins schärfste Profil gesetzt und damit die jeweilige Einstellung begonnen. Irgendwer ist in meine den Stürmerkarikaturen nachempfundene Nase verliebt, so daß gleichsam wie ein Gongschlag vor Judenelendsszenen meine Nase die gewünschte Stimmung ankündigen sollte, hinter der – man wird's jeweils gleich sehen – sich das wahre Leben von Theresienstadt offenbart oder – und dazu fährt die Kamera ein paar Meter in die Höhe – ein Todesappell im Schnee, wo von den achthundert Komparsen etliche und mehr und mehr umfallen, natürlich für den Film.

In der ersten Einstellung sitz ich mit Hannah auf dem Sofa, und hinter mir liegt unser krankes Kind und wird von Hannah gefüttert. Vor mir sitzt Harry, unser Fou, neunzehnvierzig in Ungarn geboren, was brauch ich noch viel erklären, und spielt auf einem Blasinstrument was Melancholisches, und ich hab ihm zuzuhören, mit eingesunkenem Gesicht, aber Nase. Keine Glanzleistung bei den kalten Füßen. Wer von den Yankees da nicht gerührt ist, der ist halt nicht gerührt, aber vermutlich werden etliche heulen, bevor sie zum Baseball umschalten. An die vierzig Leute sind eingepfercht in der schlauchartigen Wohung aus einem Raum, zuerst kommt die Kamera bei Harry und mir vorbei und absolviert der Reihe nach das elende jüdische Leben; die Einstellung soll nachempfunden sein einem Gemälde, das jedermann im Jüdischen Museum von Tel Aviv besichtigen kann.

Ich hab bloß Handschuhe anzuhaben und krieg bestenfalls eine Lammfelleinlage hinein, also frier ich vormittags – alle frieren –, frier ich besonders nachmittags beim großen Todesappell. Bis jetzt hab ich mich an die eiskalten Zehen noch nicht gewöhnt, aber es geht, wenn man steht im knöcheltiefen Schnee. Schon aber holt mich Branko Lustig aus der Reihe und setzt mich ganz vorne an einen Tisch, dort sitzen noch unser jüdischer Maler und zwei andre aus Sarajevo; der Judenrat im Schnee. Die jüdische Polizei kommt dann jeweils einzeln gelaufen, und sie berichten was, vermutlich, wieviel umgefallen sind, und wir Kommission schreiben das alles auf ein Papier; bloß ich krieg kein Papier, ich sitz bloß so da, auf einem Sessel im Schnee und schau mit eingesunkenem Gesicht, wie sich der Appell zieht, aber daneben SS und Schäferhunde und achthundert Leute.

Es ist so kalt, wenn man sitzt und hat die Schuh im Schnee, und das Ganze noch einmal vor fünfundvierzig Jahren, aber nackte Füße oder Holzpantoffel oder Lappen und nicht neunzig Minuten, sondern einen Tag, eine Nacht und noch einen Tag. Mir schießt in den Kopf, man sollte die Antisemiten doch statieren lassen. Sollen sie nicht anderthalb Stunden, sondern, sagen wir, drei Stunden so sitzen und stehn bei Minus zweiundzwanzig Grad. Andrerseits, wenn die frieren, werden die Unsern doch nicht erwärmt, damals nicht, und heut tut's ein Tee auch.

Ich ertapp mich wie ich auf die noch und noch pelzgefütterten Stiefel des Regisseurs Dan Curtis starre, wenn ich nicht auf Position, das heißt, im Profil sein muß. Er hat sich gemausert der Daniel Kohn aus Budapest. Mir soll's recht sein, aber ich hätt nix dagegen, wenn er sich etwas beeilt.

In der nächsten Einstellung fall ich tief, denn da muß ich mich verkrümeln in die letzte Reihe ebendesselben Todesappelles. Ich versteck mich hinterm breiten Rükken eines slawonischen Bauern, denn entweder ich sitz als Judenrat draußen beim Tisch oder ich steh Appell. Uns von draußen haben die Geizlinge von der ABC nicht auslassen wollen bei der nächsten Szene. Wir sollten nur nicht zu sehen sein. Auch ein Komparse, den man nicht sehen soll, aber der sich nicht aufwärmen gehen darf. Also, wir verstecken uns, und es dauert und dauert etwas, dann drehen sie. Versteckt hab ich mich gut hinter jenem breiten Rücken meines Vordermannes, da fällt der um, und da steh ich trotzig, vor mir sind

Tote in Massen, oben ist die Kamera, aber im Profil bin ich nicht.

Dann gehen wir zurück in den Wartesaal, und Esther Lichtblau filmt mich durchs Auge der Nana, und ich red beim Hereinkommen vor deren Kamera nur dummes Zeug, aber Esther findet das gut, wenn ich einen Blödsinn von mir geb, da bin ich nicht nur spontan, sondern authentisch sogar.

Die Lose des Lebens, wie sind sie anders verteilt, wenn einem kalt ist; in der Kälte wird die Unwirklichkeit so scharf und nahe, daß man sie glaubt und sogar annimmt als eigentlich Wirkliches, welches uns begleitet von damals nach heute.

Und so kommt es, daß der des Betens nahezu unkundige Doktor Klang im Schlauch von Daniel Kohns Theresienstadt an der Drau, als die Kamera vorbeifuhr an ihm, und der Ton sein rhythmisches Gebetsgemurmel, ohne daß man Worte verstehen sollte, einfing, ein inneres Wesen des jüdischen Gebets preisgab, denn er betete murmelnd in Wörtern voll Klarheit und Wahrheit:

»Sch'ma Jisruel, kalt is ma in die Fiß, Sch'ma, die Fiß so kalt, oj is ma in die Fiß Israel. Sch'ma Jisruel, in die Fiß is ma soi koit in die Fiß adonai.«

Da denk ich mir, wann endlich warm werden die Füße, und Kopf bleibt wunderbar kühl, kann passieren, daß kommt nicht der Messias, sondern ein schönes Gefühl.

Awek (jidd.) Fort, weg

Barry Name eines Schäferhundes in Treblinka, der vom SS-Mann Franz speziell auf das Fassen der Geschlechtsteile von Häftlingen abgerichtet wurde

Bnai Brith Jüdisch-humanistische freimaurerische Loge

Boger Wilhelm. Mitglied der SS in der Politischen Abteilung von Auschwitz; berüchtigt wegen der Bogerschaukel, einem speziell gefertigten Folterinstrument

Chaverim (hebr.) Freunde, Genossen

Edelstein Jakob. Judenältester in Theresienstadt. Später in Auschwitz ermordet

Ez (hebr.) Gutgemeinter Rat

Ganef (jidd.) Gauner

Gemeindebau Kommunale Wohnanlage

Gemma (wiener.) Gehen wir

Gitschen (wiener.) Das Geräusch zusammenstoßender Glasmurmeln

Gojete Nichtjüdische Frau

Gojim Nichtjuden

Gürtel Ehemalige Vorstädte (jetzt die Wiener Bezirke 3-9) umschließender Straßenzug, ungefähr an der Stelle des »Linienwalls«, einer vorgeschobenen Befestigungsanlage

Hachschara Landarbeit in der Diaspora als Vorbereitung zur Einwanderung = Aliah nach Palästina

Hackenstad (wiener.) Arbeitslos (stad = still)

He Chaluz (hebr.) Heißt: Der Pionier. Dachverband

zionistischer Jugendbewegungen zur Einwanderung = Aliah nach Palästina

Heimwehr Austrofaschistische bewaffnete Formation der zwanziger und dreißiger Jahre

Hernals Siebzehnter Wiener Gemeindebezirk

Heuriger Junger Wein, der in Lokalen in den Weinanbaugebieten um Wien ausgeschenkt wird. Traditioneller Ort Wiener Geselligkeit

It's a Feh Werbespruch einer österreichischen Papiertaschentuchmarke

Jom Kipper (jidd.) Versöhnungsfest

Josefstadt Achter Wiener Gemeindebezirk

Jugendaliah Jugendbewegung zur Einwanderung nach Palästina

Kaddisch Totengebet, Totenklage

Kaltenbrunner Ernst. 1903-1946. Österreichischer Nationalsozialist und als Nachfolger Heydrichs Chef des Reichssicherheitshauptamtes. Er kontrollierte nicht nur die Gestapo, sondern auch den für die »Endlösung« zuständigen Verwaltungsapparat. Nach Kriegsende fiel er in Altaussee einer amerikanischen Militärpatrouille in die Hände. In Nürnberg 1946 hingerichtet

Kamptal Kamp, Fluß im Waldviertel, dem nordwestlichen Teil Niederösterreichs

Klammer Franz. Populärer österreichischer Schirennläufer. Olympiasieger im Abfahrtslauf

Klass (wiener.) Großartig, ausgezeichnet (von: klassisch)

Klehr Josef. SS-Oberscharführer und Mitglied der Wachmannschaften des KZ Auschwitz. Seine Aufgabe als Sanitätsdienstgrad war die Tötung von Häftlingen mittels Phenolspritzen ins Herz

Kommunistischer Bund　Maoistische Organisation in Österreich von 1972 bis 1978

Kracherl　Stark gesüßtes und kohlensäurehaltiges, chemisch schmeckendes Erfrischungsgetränk in früheren Zeiten

Krampen　Spitzhacke

Kredenz　Anrichte

Kunschak　Leopold. Gründer und Leiter des christlich-sozialen Arbeitervereins. Ab 1945 bis 1953 Präsident des Nationalrats, führender Funktionär der Österreichischen Volkspartei

Lebedik (jidd.)　Lebendig

Leopoldstadt　Zweiter Wiener Gemeindebezirk, in der Zwischenkriegszeit mit fünfzig Prozent jüdischem Bevölkerungsanteil

Letschert　Hier: von welker Konsistenz

Loser　Charakteristisch geformter Berg bei Altaussee

Makkabäus　Judas Makkabäus. Führer des jüdischen Aufstandes gegen die Seleukiden (166 v. u. Z.)

Makkabi Hazair　Heißt: Der junge Makkabäer. Zionistische Jugendbewegung

Margareten　Fünfter Wiener Gemeindebezirk

Mazel tow (jidd./hebr.)　Gut Glück! Viel Glück! Alles Gute!

Mengele　Josef. 1911-1979. Ab 1943 Chefarzt in Auschwitz. Verantwortlich für die Vergasungen von Juden. Erbarmungsloser Vollstrecker der »Endlösung der Judenfrage«

Meschugge (jidd.)　Verrückt

Mesuse　Kleines Behältnis, in dem auf Papierröllchen das Sch'ma Israel (siehe unten) enthalten ist. Ist an Eingangstüren zu Wohnräumen außen angebracht

Mischpoche (jidd.)   Familie, Verwandtschaft

Mordechai Gebirtig ＊1877 in Krakau, Tischler, Mitglied der jüdischen Sozialdemokratischen Partei in Galizien. Liedermacher, bald in ganz Polen bekannt. Am 4. Juli 1942 von einem deutschen Soldaten bei einer »Aussiedlung« in Krakau erschossen

Nebbich (jidd.)   Hier: unbedeutender Mensch in ironischer Selbstabwertung

Ottakring   Sechzehnter Wiener Gemeindebezirk

Pantscherl (wiener.)   Techtelmechtel mit wahrscheinlich sexuellem Kontakt

Pomali   Langsam, gemächlich

Rax   Gebirgsstock in den steirisch-niederösterreichischen Kalkalpen (Heukuppe 2009 Meter)

Republikanischer Schutzbund   1923 vor allem als Reaktion gegen die Heimwehr gegründeter sozialdemokratischer Wehrverband

Rosch Haschana   Jüdisches Neujahr (Ende September, Anfang Oktober)

Rote Falken   Sozialdemokratische Jugendorganisation für Vierzehn- bis Achtzehnjährige

Saarstein   Berg zwischen Altaussee und Hallstatt

Schalom (hebr.)   Frieden. Gebrauch auch als Gruß

Schaná towá (hebr.)   Neujahrswunsch: Gutes Jahr!

Schickse (jidd.)   Nichtjüdisches Mädchen. Meist, aber nicht unbedingt abwertend gebraucht

Schilcher   Sehr heller südsteirischer Rotwein

Sch'ma Israel (hebr.)   Höre, Israel. Beginn eines sehr wichtigen jüdischen Gebetes

Schmonzes (jidd.)   Blödsinn

Sekkieren   jemanden wiederholt ärgern

Simmering   Elfter, vor allem proletarisch besiedelter Wiener Gemeindebezirk

Slansky-Prozeß Prozeß gegen Rudolf Slansky, eigentlich Rudolf Salzmann, Generalsekretär der Kommunistischen Partei der Tschechoslowakei, und dreizehn Mitangeklagte, vorwiegend Juden, wegen Titoismus und Zionismus. Elf der Angeklagten wurden 1952 in Prag zum Tode verurteilt und hingerichtet

Tacheles, Tachles (jidd./hebr.) Zweck, Ziel. T. reden: Fraktur reden, zur Sache reden

Tam (jidd./hebr.) Geschmack, Anmut, Eleganz

Tatraplan Tschechoslowakische Luxuslimousine der späten vierziger Jahre. Bevorzugtes Funktionärsauto auch der österreichischen kommunistischen Parteispitze

Trisselwand Bergwand bei Altaussee

Tuchent Mit Daunen gefüllte schwere Bettdecke

Wallenberg Raoul. Schwedischer Diplomat, der sich gegen Ende des 2. Weltkrieges um die Rettung der Budapester Juden verdient machte. Von den Sowjets als »Spion« verschleppt und verschwunden

Wischerln Urinieren

Wurln Wimmeln. Bewegung wie etwa in einem Ameisenhaufen

Zores (jidd./hebr.) Schwierigkeiten, Unglück, Leid

Zuckerl Bonbon

Gefördert aus Mitteln
des Deutschen Literaturfonds

Gebürtig
Spielfilm, Farbe, 110 min

Produktion:	Cult Film Wien,
	Extrafilm Wien,
	Dazufilm Köln,
	Akson Studio Warschau
Produzenten:	Niki List, Lukas Stepanik,
	Daniel Zuta,
	Michal Kwiecinski

Regie:	Lukas Stepanik,
	Robert Schindel
Drehbuch:	Georg Stefan Troller,
	Robert Schindel,
	Lukas Stepanik
Kamera:	Edward Klosinski
Schnitt:	Hubert Canaval
Musik:	Peter Ponger
Ton:	Thomas Schmidt-Gentner
Ausstattung:	Friedrich Hollergschwandtner
Kostüm:	Erika Navas
Produktionsleitung:	Bruno Wagner

Darsteller:

Peter Simonischek	(Gebirtig)
August Zirner	(Danny Demant)
Daniel Olbrychski	(Konrad Sachs)
Ruth Rieser	(Susanne Ressel)
Katja Weitzenböck	(Crissie Kalteisen)

sowie

Corinna Harfouch, Samuel Fintzi, Branko Samarovski,
Judith Holzmeister, Ernst Stankovski, Edd Stavjanik,
Peter Matic, Noemi Fischer, Peter Strauss,
Dagmar Schwarz, Bruno Dallansky, Chris Pichler,
Luise Prasser, Maria Seweryn, Jörg Panknin,
Erhard Koren, Hermann Schmid, Michaela Wiebusch,
Silvia Haider, Karl Heinz Hackl
u.v.a.

suhrkamp taschenbücher
Eine Auswahl

Isabel Allende
- Das Geisterhaus. Übersetzt von Anneliese Botond.
  st 1676. 500 Seiten
- Die Insel unter dem Meer. Roman. Übersetzt von
  Svenja Becker. st 4290. 552 Seiten
- Inés meines Herzens. Roman. Übersetzt von Svenja Becker.
  st 4035. 394 Seiten. st 4062. Großdruck. 620 Seiten
- Das Siegel der Tage. Roman. Übersetzt von Svenja Becker.
  st 4126. 409 Seiten

Antonia Baum
- Vollkommen leblos, bestenfalls tot. st 4413. 239 Seiten

Jurek Becker
- Amanda herzlos. Roman. st 2295. 384 Seiten
- Jakob der Lügner. Roman. st 774. 283 Seiten

Louis Begley
- Lügen in Zeiten des Krieges. Roman. Übersetzt von Christa
  Krüger. st 2546. 223 Seiten
- Der Fall Dreyfus. Teufelsinsel, Guantánamo, Alptraum der
  Geschichte. st 4304. 248 Seiten

Stefan Berg
- Zitterpartie. Eine Erzählung. st 4418. 128 Seiten

Thomas Bernhard
- Alte Meister. Komödie. st 1553. 311 Seiten
- Alte Meister. Komödie. Gezeichnet von Nicolas Mahler.
  Graphic Novel. st 4293. 158 Seiten
- Ein Lesebuch. Herausgegeben von Raimund Fellinger.
  st 3165. 112 Seiten

Lily Brett
- Einfach so. Roman. Übersetzt von Anne Lösch.
  st 3033. 446 Seiten.
- Chuzpe. Übersetzt von Melanie Walz. st 3922. 334 Seiten

Truman Capote
- Die Grasharfe. Roman. Übersetzt von Annemarie Seidel
  und Friedrich Podszus. st 1796. 208 Seiten.

Marguerite Duras
- Der Liebhaber. Übersetzt von Ilma Rakusa.
  st 1629. 194 Seiten.

Hans Magnus Enzensberger
- Der Fliegende Robert. Gedichte, Szenen, Essays.
  st 1962. 350 Seiten
- Hammerstein oder Der Eigensinn. Eine deutsche
  Geschichte. st 4095. 378 Seiten

Louise Erdrich
- Der Club der singenden Metzger. Roman. Übersetzt von
  Renate Orth-Guttmann. st 3750. 503 Seiten
- Solange du lebst. Roman. Übersetzt von Chris Hirte.
  st 4267. 396 Seiten

Philippe Grimbert. Ein Geheimnis. Roman. Übersetzt von
Holger Fock und Sabine Müller. st 3920. 154 Seiten

Peter Handke
- Immer noch Sturm. st 4323. 165 Seiten
- Die morawische Nacht. Erzählung. st 4108. 560 Seiten
- Mein Jahr in der Niemandsbucht. st 3084. 632 Seiten

Hermann Hesse
- Der Steppenwolf. Roman. st 175. 288 Seiten
- Siddhartha. Eine indische Dichtung. st 182. 136 Seiten
- Unterm Rad. Materialienband. st 3883. 315 Seiten

Reginald Hill. Rache verjährt nicht. Roman. st 4390. 684 Seiten

Daniel Kehlmann. Ich und Kaminski. Roman. st 3653. 174 Seiten.

Jörn Klare
- Als meine Mutter ihre Küche nicht mehr fand. Vom Wert des Lebens mit Demenz. st 4401. 250 Seiten
- Was bin ich wert? Eine Preisermittlung. st 4262. 274 Seiten

Sibylle Lewitscharoff
- Apostoloff. Roman. st 4180. 248 Seiten
- Blumenberg. Roman. st 4399. 221 Seiten
- Montgomery. Roman. st 4321. 346 Seiten

Nicolas Mahler
- Alice in Sussex. Frei nach Lewis Carroll und H. C. Artmann. Graphic Novel. st 4386. 143 Seiten
- Thomas Bernhard: Alte Meister. Komödie. Gezeichnet von Nicolas Mahler. Graphic Novel. st 4293. 158 Seiten

Andreas Maier
- Das Haus. Roman. st 4416. 165 Seiten
- Onkel J. Heimatkunde. st 4261. 132 Seiten
- Sanssouci. Roman. st 4165. 298 Seiten
- Wäldchestag. Roman. st 3381. 315 Seiten
- Das Zimmer. Roman. st 4303. 203 Seiten

Cees Nooteboom
- Allerseelen. Roman. Übersetzt von Helga van Beuningen. st 3163. 440 Seiten

- Roter Regen. Leichte Geschichten. st 4246. 239 Seiten.
- Schiffstagebuch. Ein Buch von fernen Reisen. st 4362.
  283 Seiten

Amos Oz. Eine Geschichte von Liebe und Finsternis. Roman.
Übersetzt von Ruth Achlama. st 3788 und st 3968. 829 Seiten

Ralf Rothmann
- Feuer brennt nicht. Roman. st 4173. 304 Seiten
- Junges Licht. Roman. st 3754. 236 Seiten
- Milch und Kohle. Roman. st 3309. 210 Seiten
- Shakespeares Hühner. Erzählungen. st 4434. 212 Seiten
- Stier. Roman. st 2255. 384 Seiten

Judith Schalansky
- Blau steht dir nicht. Matrosenroman. st 4284. 139 Seiten
- Der Hals der Giraffe. Bildungsroman. st 4388. 222 Seiten

Andrzej Stasiuk
- Dojczland. st 4316. 92 Seiten
- Hinter der Blechwand. Roman. st 4405. 349 Seiten
- Kurzes Buch über das Sterben. Geschichten.
  Übersetzt von Renate Schmidgall. Gebundene Ausgabe.
  st 4421. 111 Seiten

Uwe Tellkamp
- Der Eisvogel. Roman. st 4161. 318 Seiten
- Der Turm. Roman. st 4160. 976 Seiten

Hans-Ulrich Treichel
- Grunewaldsee. Roman. st 4244. 237 Seiten
- Menschenflug. Roman. st 3837. 234 Seiten
- Der Verlorene. Erzählung. st 3061. 175 Seiten

Rose Tremain. Der unausweichliche Tag. Roman. st 4403.
334 Seiten

Thomas Vašek. Denkstücke. Lockerungsübungen für den
philosophischen Verstand. st 4394. 207 Seiten

Mario Vargas Llosa
- Das böse Mädchen. Roman. Übersetzt von Elke Wehr.
  st 3932. 395 Seiten

Martin Walser. Ein fliehendes Pferd. Novelle. st 600. 151 Seiten

Don Winslow
- Kings of Cool. Roman. st 4400. 351 Seiten
- Tage der Toten. Kriminalroman. st 4300. 689 Seiten
- Die Sprache des Feuers. Roman. st 4350. 419 Seiten
- Pacific Paradise. Kriminalroman. st 4172. 386 Seiten